W0463997

BASTEI
LÜBBE
TASCHENBUCH

Weitere Titel des Autors:

15 954 Phänomen

Über den Autor:

Tom Nestor, geboren 1968, ist das Pseudonym eines deutschen Autors, der bereits seit zehn Jahren Bücher schreibt. Neben einigen Thrillern hat er auch zwei Business-Fabeln und einen Jugend-Abenteuerroman veröffentlicht. Er lebt mit seiner Frau und seinen beiden Kindern in der Nähe von Stuttgart. Nach PHÄNOMEN ist CALIGULA sein zweiter unter dem Namen Tom Nestor erschienener Roman.

Weitere Informationen: www.tomnestor.de

Tom Nestor

CALIGULA

Thriller

BASTEI LÜBBE
TASCHENBUCH

BASTEI LÜBBE TASCHENBUCH
Band 16 435

1. Auflage: September 2010

Bastei Lübbe Taschenbuch in der Bastei Lübbe GmbH & Co. KG

Originalausgabe

Dieses Werk wurde vermittelt durch die
Literarische Agentur Thomas Schlück GmbH, 30827 Garbsen

Copyright © 2010 by Bastei Lübbe GmbH & Co. KG, Köln
Lektorat: Monika Hofko/Jan F. Wielpütz
Titelillustration: © SuchBild
Umschlaggestaltung: Pauline Schimmelpenninck
Büro für Gestaltung, Berlin
Satz: Urban SatzKonzept, Düsseldorf
Gesetzt aus der Garamond
Druck und Verarbeitung: GGP MediaGmbH, Pößneck
Printed in Germany
ISBN 978-3-404-16435-6

Sie finden uns im Internet unter
www.luebbe.de
Bitte beachten Sie auch:
www.lesejury.de

Der Preis dieses Bandes versteht sich einschließlich
der gesetzlichen Mehrwertsteuer.

Für Sarah, Nico und Sonja,
meine drei Schätze,
die oft auf mich verzichten müssen,
wenn ich in meinen Scheinwelten versinke.

Kapitel 1

Linienflug UA 922 von Mexiko-City nach Washington, D. C.
Bordzeit: 07:15 Uhr

»Ist alles in Ordnung mit dir?«

Aurelia Fernandéz zwang sich zu einem Lächeln und nickte ihrer Tochter zu, die auf dem Passagiersitz neben ihr saß. »Alles bestens, Schatz.«

»Bist du sicher?«

»Natürlich.« Aurelia nahm Evas Hand und drückte sie zärtlich. »Mach dir keine Sorgen.« Sie hoffte, dass es beruhigend klang. In Wahrheit fühlte sie sich elend. Die Schmerzen kamen wie aus dem Nichts, und es fühlte sich an, als würde ihr jemand glühende Nägel durch den Körper treiben. In den letzten Wochen waren sie seltener geworden, manchmal waren sie sogar tagelang ausgeblieben. Umso schlimmer war es, wenn sie plötzlich wieder auftauchten.

Aurelia atmete durch, versuchte, nicht zu verkrampfen. Dabei lächelte sie tapfer weiter und und hoffte, dass ihre Tochter nichts merkte. Sie wollte nicht, dass Eva sich Sorgen machte, schon gar nicht heute, an ihrem letzten gemeinsamen Tag. Morgen war der Urlaub vorbei. Eva würde ins Internat zurückkehren, und Aurelia würde wieder ihre Arbeit in Langley aufnehmen. Danach waren sie erst einmal wieder für einige Wochen getrennt – kein guter Zeitpunkt für schlechte Nachrichten.

Sie atmete noch ein paarmal tief durch, während sie erleichtert feststellte, dass die Schmerzen allmählich verebbten. Zumindest für den Moment.

Eva setzte ihre Kopfhörer wieder auf, um den Film weiterzuschauen, der auf dem im Sitz vor ihr eingebauten Bildschirm lief. Irgendeine Komödie mit Johnny Depp.

Wie groß das Mädchen geworden war! Und wie erwachsen. Kaum zu glauben, dass Eva schon vierzehn Jahre alt war. Dennoch hatte sie ihre Kindlichkeit noch nicht ganz verloren. Sie sah so verletzlich aus, so hübsch mit ihren dunklen, fast schwarzen Haaren und der zarten, blassen Haut, dass es Aurelia beinahe die Kehle zuschnürte. Bis vor Kurzem hatte sie nicht geahnt, wie sehr sie ihre Tochter liebte. Sie hatte sich solch tief empfundener Muttergefühle gar nicht für fähig gehalten. Erst der missglückte Einsatz in Afghanistan hatte sie in eine tiefe Krise gestürzt und sie dazu gebracht, kritisch über ihr bisheriges Leben nachzudenken.

Aurelia spürte, wie ihr die Tränen in die Augen stiegen. Afghanistan. Ihre Gefangennahme. Die Folter. Über fünf Monate war das jetzt her. Sie wollte das alles vergessen, wollte alles weit hinter sich lassen, aber die Erinnerungen holten sie immer wieder ein, genau wie die Schmerzen. Dämonen der Vergangenheit. Sie war dagegen machtlos.

»Fliegen wir nächsten Sommer wieder irgendwohin?«, fragte Eva, ohne den Kopfhörer abzunehmen.

»Wenn du das willst.«

Eva nickte. »Ich finde, es war ein schöner Urlaub«, sagte sie. »Sehr schön sogar. Ich würde mich freuen, wenn wir mehr Zeit miteinander verbringen könnten, wenigstens in den Ferien.«

»Das werden wir«, sagte Aurelia fest. »Wir werden jetzt mehr Zeit füreinander haben. Ich verspreche es. Und einmal im Jahr machen wir Urlaub, nur wir beide. Wie klingt das?«

»Super.« Eva strahlte über das ganze Gesicht. »Ich hab dich lieb, Mom.«

»Ich dich auch, mein Schatz.«

Aurelia zog ein Buch aus ihrer Handtasche, das sie im Urlaub zu lesen begonnen hatte, konnte sich aber nicht darauf konzentrieren. Die unterschwellige Angst vor der nächsten Schmerzattacke machte sie unruhig, denn meistens kamen die Anfälle in Schüben.

Sie ging zur Bordtoilette, wo sie einen Moment allein sein konnte. Sie wusch sich das Gesicht, trocknete sich ab und betrachtete ihr Abbild im Spiegel. Ihr tiefschwarzes glattes Haar wirkte matt, ebenso wie der bronzefarbene Teint ihrer Haut. Auch das Leuchten in ihren Augen, von dem ihr Vater früher so geschwärmt hatte, war irgendwie erloschen. Seit Kabul war nichts mehr wie früher. Etwas in ihr war damals gestorben. Aber wenigstens hatte sie dadurch den Weg zu ihrer Tochter wiedergefunden.

Sie ging zurück zu ihrem Sitz. Eva betrachtete noch immer den Bildschirm und grinste dabei über das ganze Gesicht. Ihre Fröhlichkeit war geradezu ansteckend. Früher hatte Aurelia das nie so bewusst wahrgenommen. Erst in diesem Urlaub war ihr das sonnige Gemüt ihrer Tochter aufgefallen. Eva sprühte vor Leben, in ihrer Ferienanlage auf Yukatan hatte sie kaum eine Aktivität ausgelassen: Ausflüge, Tennis, Volleyball, ein Ausritt. Sogar einen Tauchkurs hatte sie belegt. Aurelia war bei den Ausflügen dabei gewesen und hatte auf Evas Drängen hin auch den Ausritt mitgemacht. Bei allem anderen hatte sie sich jedoch zurückgehalten, um sich nach ihrer langen Zwangspause nicht zu übernehmen.

Sie setzte sich und schloss die Augen. Obwohl sie hundemüde war, wollte sie nicht schlafen. Schlaf bedeutete, immer wieder denselben Albtraum zu durchleiden, dieselbe Hölle.

Aber sie wollte versuchen, sich ein wenig zu entspannen. Im Rahmen der psychologischen Betreuung während ihrer Rehabilitierungsphase hatte sie Techniken wie Yoga und autogenes Training gelernt, Dinge, von denen sie zuvor keine Ahnung gehabt, die sie sogar stillschweigend belächelt hatte. Heute halfen sie ihr, Ängste und Schmerzen zu lindern.

»Ach, Mist! Ausgerechnet jetzt!«

Aurelia schlug die Augen auf. Eva saß mit vor der Brust verschränkten Armen neben ihr und zog die Mundwinkel nach unten, was sie immer tat, wenn ihr etwas nicht passte – ganz der trotzige Teenager.

»Was ist denn?«, wollte Aurelia wissen.

»Blackout. Gerade jetzt, wo's so richtig lustig wurde!«

Aurelias Blick wanderte zu Evas Bordmonitor, und sie verstand. Dort, wo Johnny Depp wenige Minuten zuvor noch herumgealbert hatte, war jetzt nur noch grauweißes Schneegestöber zu sehen – nicht nur auf diesem Bildschirm, sondern auf allen, wie es schien.

»Das dauert bestimmt nicht lange«, sagte Aurelia. »Die haben das sicher gleich behoben.«

Die Schmerzen waren auch eine halbe Stunde später noch nicht wiedergekommen, und Aurelia seufzte erleichtert auf. Vielleicht hatte sie jetzt wieder ein paar Tage oder gar Wochen Ruhe.

Die Bildschirme waren inzwischen ausgeschaltet worden, weil man den Film nicht mehr zum Laufen gebracht hatte. Über die Bordlautsprecher hatte der Pilot sich für den Zwischenfall entschuldigt.

»Jetzt ärgere dich nicht mehr«, sagte Aurelia zu Eva, die noch immer schmollte. »So etwas passiert einfach.«

»Bei einem Flugzeug, das noch nicht mal ein Jahr alt ist?« Das hatte der Pilot während seiner Begrüßungsworte erwähnt.

»Na ja, besser, die Bordbildschirme fallen aus, als wenn etwas mit den Triebwerken oder der Steuerung nicht stimmen würde, oder?«

Eva schwieg. Inzwischen kamen die Stewardessen mit dem Duty-free-Angebot durch den Gang. Aurelia erstand für ihre Tochter den neuesten Duft von Laura Biagiotti, was deren Groll ein wenig besänftigte.

Der ältere Herr auf der gegenüberliegenden Seite des Gangs wandte sich an eine der Stewardessen. »Hören Sie, Miss – dieser Bildschirmausfall hat doch nichts zu bedeuten, oder?«

Gegen ihren Willen wurde Aurelia hellhörig. Sie hatte den Bildschirmausfall noch gar nicht mit einer ernsthaften Gefahr in Verbindung gebracht. Wenn bei einem Auto die Radioanzeige streikte, bedeutete das ja auch nicht gleich, dass die Bremsen versagten.

»Machen Sie sich keine Sorgen, Sir«, sagte die Stewardess. »Es handelt sich wirklich nur um einen harmlosen technischen Fehler. Ein Wackelkontakt in der Leitung, das ist alles.«

»Danke, Miss. Ich will nicht, dass meine Frau sich unnötig Sorgen macht.« Dabei tätschelte er der Frau neben sich liebevoll die Hand. »Sie fliegt heute zum ersten Mal.«

Die Stewardess lächelte die beiden an, versicherte ihnen nochmals, dass alles in bester Ordnung sei, und setzte ihre Duty-free-Tour fort.

Das ältere Ehepaar schien beruhigt. Doch bei Aurelia blieb der Eindruck zurück, dass die Unbekümmertheit der Stewardess aufgesetzt und ihr Lächeln ein wenig zu professionell gewesen war.

Aber vielleicht ging da einfach schon wieder der Ermittlerinstinkt mit ihr durch. Abgesehen von dem Problem mit den Bildschirmen war der Flug bislang völlig ruhig verlaufen, und nichts deutete darauf hin, dass sich das ändern sollte.

Eine Stunde später befand sich der Airbus A380 im Landeanflug auf Washington. Weitere Störfälle hatte es nicht gegeben. Das Wetter war prächtig, die Sonne stand strahlend am wolkenlosen Morgenhimmel.

Als Aurelia an Eva vorbei einen Blick durch das Fenster warf, sah sie schon die ersten Ausläufer der amerikanischen Hauptstadt unter sich hinwegziehen, ein Anblick, der in ihr zwiespältige Gefühle auslöste. Einerseits bedeutete er *Heimat* für sie. Die Rückkehr zur Normalität. Andererseits rückte mit der Landung auch der Abschied von Eva näher. Schon heute Abend würden sie sich voneinander verabschieden – und dann würden sie sich bis zu den Herbstferien nicht mehr sehen. Aurelia war schon jetzt etwas bang vor dem Moment, wo Helen, ihre Nachbarin, und deren Tochter Holly bei ihr klingeln würden, um Eva abzuholen. Helen fuhr die Kinder dann ins Internat.

»Ich kann schon den Flughafen sehen!«, rief Eva und presste ihr Gesicht gegen das bullaugenartige Fenster. Aurelia beugte sich zu ihr. Tatsächlich war das riesige Gelände des Dulles International Airport mit seinen vier Landebahnen nicht mehr weit. Nur noch ein paar Minuten, bis die Maschine auf dem Boden aufsetzen würde.

Aurelia lehnte sich in ihrem Sitz zurück und überprüfte ihren Gurt. Das Geräusch der Turbinen änderte sich, als der Pilot etwas Gas wegnahm. Der Airbus lag vollkommen ruhig in der Luft, glitt über die Stadt hinweg wie ein riesiger stählerner Vogel – der größte, der jemals gebaut worden war. Aurelias Gedanken schweiften zum kommenden Tag. Wie würde es sein, nach so langer Zeit wieder ins Büro zu gehen? Was würde ihr Chef sagen, was ihre Kollegen? Sie spürte Unsicherheit in sich aufsteigen, vielleicht weil sie befürchtete, auf den missglückten Einsatz in Kabul angesprochen zu werden. Aber wenn sie ihren alten Beruf wieder ausüben wollte, musste sie da durch.

»Wir landen gleich!« Eva war Feuer und Flamme, wie schon beim Hinflug. Durch das Fenster sah Aurelia, dass die Maschine sich nur noch vierzig oder fünfzig Meter über dem Boden befand.

Wieder änderte sich das Geräusch der Turbinen. Diesmal hörte es sich irgendwie schrill an. Der Airbus begann sich zur Seite zu neigen. Die rechte Flügelspitze, die Aurelia durch das Fenster sehen konnte, berührte fast die Landebahn. Ein Aufschrei ging durch den Passagierraum, dann rief jemand entsetzt: »Wir stürzen ab!«

Sofort brach das Chaos los. Alle schrien durcheinander, manche fingen an zu weinen oder zu beten. Auch Eva schrie und schlug die Hände vors Gesicht. Aurelia brachte vor Schreck keinen Ton heraus. Sie versuchte, ihre Tochter an sich zu drücken, doch die riss sich von ihr los.

Das Flugzeug neigte sich immer weiter nach rechts. Gepäckstücke aus der linken Hälfte des Passagierraums rutschten über den Boden und fielen aus den Stauräumen. Die Fluggäste hingen in ihren Gurten wie Würmer am Angelhaken, sich windend und um ihr Leben flehend. Aus den Notboxen über den Sitzen fielen die Sauerstoffmasken herab und vollführten einen wilden Tanz. Dann gellte der akustische Alarm los.

Für Aurelia spielte sich all das wie in Zeitlupe ab. In stillem

Entsetzen beobachtete sie durchs Fenster, wie die Flügelspitze jetzt tatsächlich den Boden berührte und eine Funkenfontäne hinter sich herzog. Im selben Moment ging ein Ruck durch das Flugzeug, so gewaltig und brutal, dass Aurelia trotz des Sicherheitsgurts gegen den Vordersitz geschleudert wurde. Das schrille Geräusch von berstendem Metall lag in der Luft und übertönte alles, auch die panischen Schreie der Menschen im Flugzeug. Eine junge Frau, die sich während des Landeanflugs nicht angeschnallt hatte, wurde durch die Kabine geschleudert, bevor sie zu Boden fiel wie eine Stoffpuppe, die Gliedmaßen grotesk verrenkt.

Aurelias Schädel dröhnte von dem Aufprall, aber sie glaubte nicht, dass sie ernsthaft verletzt war. Hastig warf sie einen Blick auf Eva. Ihre Tochter hing reglos in ihrem Sitz. Sie hatte eine tiefe Platzwunde an der Stirn, und ihr Gesicht war blutüberströmt. Ihre weit aufgerissenen Augen starrten dumpf ins Leere.

»Eva!« Aurelia packte sie bei den Schultern und schüttelte sie. »Eva! Kannst du mich hören?«

Keine Reaktion.

Panisch rüttelte Aurelia weiter am reglosen Körper ihrer Tochter. »Eva!« Nur unterbewusst nahm sie wahr, wie sie in ihrem Sitz nach oben gehoben wurde, immer höher und höher, bis sie schließlich beinahe von einem Gefühl der Schwerelosigkeit erfasst wurde.

In diesem Augenblick verstummte das Kreischen des Metalls. Eine Sekunde später zerriss ein Lichtblitz die vordere Hälfte des Flugzeugs, gefolgt von einem ohrenbetäubenden Knall und einer Druckwelle mit der Gewalt einer Lawine. Aurelia presste instinktiv den Kopf gegen die Knie und spürte, wie eine unsägliche Hitze über sie hinwegfegte, an ihrer Kleidung und an ihren Haaren zerrte wie das Fegefeuer selbst. Dann wurde sie erfasst von einer gnädigen schwarzen Stille. Auf einmal war die Welt nur noch ein dunkles, schwereloses Universum, in das sie dankbar eintauchte. Endlich keine Ängste mehr, keine Schmerzen und keine Albträume. Endlich wieder frei.

Kapitel 2

Saint-Jean-Brévelay
Bretagne, Frankreich

Wie immer, wenn er vor dem Computer saß und seinen kleinen, nicht ganz legalen Geschäften nachging, fühlte Lars Hendriksson sich wie elektrisiert. Er war siebenundzwanzig Jahre alt, nicht sehr groß und etwas übergewichtig. Außerdem wirkte sein Äußeres ein wenig vernachlässigt. Aber am Computer gab es kaum einen, der ihm das Wasser reichen konnte.

Sein Haus stand ein gutes Stück abseits des Ortes, ein kleines, von außen unscheinbar, nein geradezu baufällig wirkendes Gebäude, von dem an vielen Stellen der Putz bröckelte. Und das war gut so, denn niemand sollte wissen, dass Lars Hendriksson sich im Innern dieser schäbigen vier Wände ein hochmodernes Arbeitszimmer eingerichtet hatte, ausgestattet mit allem, was ein Hackerherz höher schlagen ließ.

Die drei Flachbildmonitore vor ihm auf dem Tisch zeigten im Moment eine Fülle von Wirtschaftsdaten aus aller Welt: Aktien-, Rentenpapier- und Investmentfondskurse, die Ölpreise in Amerika, Russland, Europa und Japan, Umrechnungskurse für die gängigsten Währungen. Auf einem der Monitore ließ Hendriksson sich den EuroStoxx50, den NASDAQ, den Dow Jones, den Nikkei und den DAX anzeigen, während ein Laufband am unteren Bildschirmrand aktuelle Reuters-Meldungen einspielte. Außerdem hatte Hendriksson in der rechten oberen Bildschirmecke ein Fenster geöffnet, in dem CNN lief, momentan allerdings ohne Ton, denn der wäre von dem aus voll aufgedrehten Lautsprechern dröhnenden Metallica-Sound ohnehin verschluckt worden.

Laute Musik wirkte belebend auf Hendriksson, was bei seinem Computerpensum – mindestens dreizehn Stunden täglich – auch dringend nötig war. Bei Heavy Metal konnte er sich besonders gut konzentrieren. Dumpfe Bässe und Schlagzeuggewitter waren wie inspirierende Symphonien, ein guter E-Gitarrenriff wie eine berauschende Droge. Finanzielle Dinge erledigte er am liebsten in Begleitung von Metallica, Motörhead oder Black Sabbath.

In Europa hatte die Erhöhung der Leitzinsen für sinkende Aktienkurse gesorgt, vor allem in Deutschland. Der DAX war im Lauf der letzten vierundzwanzig Stunden um drei Prozentpunkte gefallen. Allerdings war Hendriksson davon überzeugt, dass dieser Kursrückgang nur von vorübergehender Natur sein würde, denn die gesamtwirtschaftlichen Daten deuteten auf einen mittel- bis langfristigen Konjunkturaufschwung hin. Vor allem im Exportbereich standen die Zeichen günstig. Hendriksson war sich sicher, dass er mit einer Investition in deutsche Stahlaktien ein gutes Geschäft machen würde.

Er brauchte nur noch etwas Kleingeld.

Diesmal wollte er sich das Geld über eine kleine Privatbank in Liechtenstein besorgen. Die Sicherheitssysteme des Instituts wiesen Lücken auf, groß wie Scheunentore, und Hendriksson hatte sich dort schon mehrere Male unbemerkt bedient. Er buchte das Geld nie in einer großen Summe ab, sondern in unauffälligen Kleinbeträgen von Hunderten von Konten. Ein paar Euro hier, ein paar Euro dort, mit einem selbst entwickelten Programm, das den Großteil der Arbeit automatisiert erledigte. Innerhalb von zehn Minuten hatte

Hendriksson auf diese Weise fünfzigtausend Euro beisammen – ein hübsches Spielgeld, wie er fand.

Zufrieden lehnte er sich in seinem Stuhl zurück. Während er seine nächsten Transaktionen plante, verspürte er plötzlich Hunger. Er ging in die Küche, schaltete den Backofen ein und schob eine Tiefkühlpizza in die Röhre. Dann holte er sich aus dem Kühlschrank zwei Dosen Diät-Cola.

Als er zurück ins Arbeitszimmer kam, zeigte ein Info-Fenster auf einem der Bildschirme einen Nachrichteneingang an: *Uncle Scrooge* hatte ihm geschrieben. Scrooge gehörte den *Netcrawlern* an, genau wie er selbst – einer weltweiten Vereinigung von Profi-Hackern, die über ihr eigenes, nur Insidern zugängiges Internetforum in regelmäßigem Kontakt standen.

Neugierig öffnete er Scrooges Nachricht: *Ey, Leute, das ist echt krass! Seht euch das mal an! Gerade mit dem Handy aufgenommen. Der Vogel wäre mir beinahe in den Schoß gefallen. Urlaubsgrüße aus dem schönen Kalifornien! Uncle S.* Hendriksson öffnete den Mailanhang. Scrooge hatte zehn Fotos einer Boeing geschickt, die auf einer breiten Straße, einer Art Autobahn, lichterloh in Flammen stand; drei der Fotos zeigten, wie ein Flügel explodierte und in tausend Teile zerbarst.

Hendriksson setzte sich aufrecht hin und runzelte die Stirn. Er klickte auf »*Antworten*« und schrieb Scrooge zurück: *Ist das ein Fake?* Vielleicht ein paar Bilder aus einem Katastrophenfilm oder eine Reihe perfekt gestalteter Fotomontagen.

Doch die Reaktion kam sofort: *Ein Fake? Keine Spur! Das Ding ist erst vor fünf Minuten abgeschmiert. Reiner Zufall, dass ich in der Nähe war, und pures Glück, dass es mich nicht unter sich begraben hat.*

Hendriksson betrachtete nochmals die Bilder und versuchte sich auszumalen, was sich an Bord der Maschine abgespielt haben musste. Auf einem Foto erkannte er jetzt einen Mann, der vor dem Flugzeug auf der Erde lag, brennend, einen Arm und ein Bein in der Luft, als schlage er um sich, um das Feuer zu ersticken.

Hendriksson stieß die Luft aus und wandte den Blick ab. Er schloss die Nachricht und widmete sich lieber wieder dem internationalen Finanzmarkt. Der Reuters-Ticker meldete schlechte Absatzzahlen von General Motors und Porsche. Dafür hatte das Bruttoinlandsprodukt der USA im vergangenen Quartal um ein halbes Prozent zugelegt.

Erneut poppte ein Info-Fenster auf, diesmal mit einer Nachricht von *KremlCracker* – ebenfalls ein alter, gesichtsloser Bekannter aus dem Netcrawler-Forum. Einen Kilometer vor der italienischen Küste war ein Airbus beim Landeanflug auf Rom ins Mittelmeer gestürzt. Ein Großaufgebot von Feuerwehr, Rettungsdienst und Küstenwache war bereits auf dem Weg zur Unglücksstelle.

Sonderbarer Zufall, dachte Hendriksson.

Er wandte sich wieder der deutschen Börse zu. Seine neu erworbenen Stahlaktien waren in den letzten zehn Minuten um jeweils drei Euro gefallen. Das entsprach einem Gesamtverlust von etwa dreitausend Euro. Zum Glück war es nicht sein eigenes Geld, das er da verspielte.

Ihm kam ein Gedanke: Zwei Flugzeugabstürze an einem Tag – daraus ließ sich Kapital schlagen, denn auch mit sinkenden Aktienkursen konnte man an der Börse Gewinn machen. Aber noch bevor er sich Scrooges Bilder noch einmal angesehen hatte, um in Erfahrung zu bringen, welche Airline von dem Absturz betroffen war, brachte der Reuters-Ticker die Meldung:

+++ *Flugzeugabstürze in Russland, Indien und Südafrika. Mindestens fünfhundert Tote und dreihundert Verletzte.* +++

Hendrikssons Augen weiteten sich. Zusammen mit den Maschinen von Scrooge und KremlCracker waren es damit schon fünf. Irgendetwas Großes, Unfassbares war da im Gang.

Jetzt kam auch eine Meldung auf CNN. Hendriksson schaltete per Fernbedienung die dröhnende Metallica-Musik aus, dann stellte er den Ton des Nachrichtenkanals an und vergrößerte das Bildfenster. Der CNN-Sprecher machte ein betroffenes Gesicht, im Hintergrund war das Foto einer Passagiermaschine knapp über einer Landebahn zu sehen.

»Soeben erreicht uns die Nachricht, dass es in den vergangenen fünfzehn Minuten weltweit zu mindestens sieben Flugzeugabstürzen gekommen ist. Die Unglücke ereigneten sich in Italien, Südafrika, Indien, Russland und China, außerdem in den USA, wo zwei Maschinen abstürzten. Die Ursache ist noch ungeklärt. Hier ein Amateurvideo, aufgenommen auf dem Dulles International Airport in Washington.«

Der Sprecher wurde ausgeblendet, das Hintergrundfoto erwachte zum Leben. Das Bild wackelte stark, wie es bei Amateuraufnahmen häufig der Fall ist, und genau das verlieh dem Video eine beklemmende Intensität, wie Hendriksson sie zuletzt bei der Berichterstattung zum 11. September verspürt hatte.

Das Flugzeug, ein Airbus A380, flog heran, noch deutete nichts auf irgendwelche Probleme hin. Doch dann neigte es sich plötzlich zur Seite, wie von einer heftigen Bö erfasst, immer weiter und weiter. Schon berührte die rechte Flügelspitze die Landebahn. Funken stoben auf, der Flügel zog einen gewaltigen Feuerschweif hinter sich her. Die Maschine geriet nun völlig aus dem Gleichgewicht und kippte nach vorn. Die Nase saß auf, verformte sich unter dem gewaltigen Druck der schlitternden Stahlmassen. Abgebremst durch den Asphalt, bäumte sich das Heck des Airbusses auf. Es hob sich gen Himmel wie die Schwanzflosse eines tauchenden Wals, stieg immer höher hinauf, bis das Flugzeug Nase voran beinahe senkrecht in der Luft stand. Die Cockpitfenster zersplitterten, aus dem rechten Flügel schoss eine Stichflamme wie eine glühende Fontäne. Der vordere Teil des Flugzeugs fing ebenfalls Feuer. Dann kippte die Maschine wieder zurück, rutschte noch einige Meter und blieb dann auf der Landebahn liegen wie ein riesiges erlegtes Tier.

Das Bild erstarrte, und der CNN-Sprecher wurde wieder eingeblendet. »Wie ich soeben höre, wurden zwei weitere Zwischenfälle gemeldet«, sagte er, sichtlich betroffen. »Eine Boeing 747 musste auf einem Acker in der Nähe von München notlanden. Außerdem hat eine DC 10 auf dem Flug von London nach New York einen Notruf abgesetzt. Die Funkverbindung ist seitdem abgebrochen.«

Hendriksson hatte das Gefühl, als würde eine riesige Faust ihm den Brustkorb zusammendrücken. Etwas Unheimliches war heute geschehen – vielleicht geschah es sogar immer noch. Etwas Beängstigendes, wie es die Welt bisher noch nicht erlebt hatte. Mehrere große Passagiermaschinen, abgestürzt rund um den Globus, und das innerhalb von wenigen Minuten. Hendriksson hatte keine Ahnung, welche Macht in der Lage war, ein solches Unglück heraufzubeschwören.

Genau das jagte ihm Angst ein.

Kapitel 3

AIBEX-Institut, Louisiana
Neunzig Kilometer westlich von New Orleans

Zwischen den langen Reihen von Computern, Schalttafeln und Messwertanzeigen wirkte Dr. Amanda Nash beinah verloren. Es war zehn Uhr vormittags, und sie war das einzige menschliche Wesen in diesem Labyrinth aus Hochleistungsrechnern, Monitoren, Tastaturen und Druckern. Hierher, ins zweite Untergeschoss, verirrte sich selten jemand. Der Raum wirkte ein wenig wie die Schaltzentrale aus einem James-Bond-Film der späten Sechzigerjahre, aber dahinter verbarg sich eines der modernsten Computersysteme der Welt.

Amanda Nashs Augen waren starr auf den Computerbildschirm vor ihr gerichtet. Sie startete das Programm zur Phasenauswertung der Versuchsanordnung in Labor 11, aber je länger sie sich damit beschäftigte, desto weniger verstand sie, was sie da sah. Bisher waren die Abweichungen von der Norm noch innerhalb des Toleranzbereichs gewesen. Heute aber lagen die Messwerte weit über der Toleranzgrenze.

Dieses Ergebnis konnte nicht stimmen – es sei denn, ihre Versuche hätten zehn Jahre früher als erwartet zum gewünschten Ergebnis geführt. Die Wahrscheinlichkeit dafür lag bei ziemlich genau null Prozent. Dennoch wollte sie diesen kleinen Funken Hoffnung nicht aufgeben.

Realistisch betrachtet, kam sie allerdings zu der Einsicht, dass nicht die Daten das Problem waren, sondern das Analyseprogramm. Aller Wahrscheinlichkeit nach enthielt es einen Fehler, den sie bislang übersehen hatte. Amanda Nash hatte die letzten zwei Jahre ihres Lebens darauf verwendet, dieses Programm zu schreiben und zu perfektionieren. Sie hatte es vor dem Echteinsatz auf Herz und Nieren geprüft, und in den ersten zwei Monaten hatte es wunderbar funktioniert – bis es dann zu den ersten Unstimmigkeiten gekommen war. Da diese bislang stets im Toleranzbereich gelegen hatten, war es Amanda einigermaßen leichtgefallen, zu glauben, dass ihr Programm in Ordnung war. Aber das heutige Ergebnis konnte sie sich nicht mehr schönreden. Es stellte ihre gesamte Arbeit der letzten vierundzwanzig Monate in Frage.

Amanda Nash seufzte.

Sie startete ein paar Analyseprogramme, doch es gelang ihr nicht, den Fehler zu identifizieren. Die einzige Auffälligkeit war, dass die CPU-Auslastung des für Labor 11 zuständigen Servers ziemlich hoch war. Aber bei einer aufwändigen Versuchsanordnung wie der in Labor 11 war das gar nicht so verwunderlich.

Wo zum Teufel steckte der Fehler? Wenn die maschinelle Suche kein Ergebnis brachte, blieb am Ende nur noch die manuelle Durchsicht des Programms übrig – eine wahre Herkulesarbeit, denn in ausgedruckter Form füllte es inzwischen vierundzwanzig Leitzordner. Es konnte Wochen oder gar Monate dauern, bis sie die Passage mit dem falschen Programmcode fand, selbst wenn sie sich die Arbeit mit ihren Kollegen aufteilte. Außerdem bedeutete der Fehler im Programm, dass die Auswertungen der letzten Monate hinfällig waren, zumindest ein Großteil davon. Die ganze Arbeit umsonst! Amanda Nash tippte unruhig mit dem Fuß auf den Boden. Der Fehler hätte ihr schon viel früher auffallen müssen, noch bevor ihr Programm vom Testumfeld ins laufende

Betriebssystem eingespeist worden war. Durch ihre Schuld hatten zwei Dutzend AIBEX-Wissenschaftler wochenlang ihre Zeit vergeudet.

Doch was, wenn ihr Programm nun doch keinen Fehler enthielt und die Versuchsanordnung in Labor 11 entgegen jeder Wahrscheinlichkeit viel schneller gereift war, als Amanda und alle anderen AIBEX-Experten es für möglich gehalten hatten? Es wäre der Durchbruch für die AIBEX-Forschungen und damit natürlich auch Amandas Durchbruch, denn sie war gemeinsam mit ihrem Chef Collin Guerney für dieses Projekt verantwortlich. Wenn die Analyseergebnisse tatsächlich stimmten, winkten nicht nur ein fetter Bonus und wissenschaftlicher Ruhm, nein, dann rückte sogar ihr Lebenstraum in greifbare Nähe: der Nobelpreis. Noch nicht in diesem Jahr, vielleicht auch noch nicht im nächsten. Aber möglicherweise schon im Jahr darauf.

Kapitel 4

Finsternis. Orientierungslosigkeit. Leere.

Das absolute Nichts.

Der Zustand war nicht unangenehm. Wie ein träges Dahingleiten im schwerelosen Raum. Es gab keine Geräusche, kein störendes Licht, kein Gefühl von Hunger oder Durst. Nur vollkommene Stille und Schwärze, eingebettet in die Ewigkeit.

Dann schälten sich allmählich Bilder aus der Finsternis. Kahle Berge, hinter denen die glühende Abendsonne versank. Vorn ein heruntergekommenes Wohnviertel am Stadtrand von Kabul. Weiß getünchte Lehmhäuser, die Straße nur festgestampfte Erde, gesprenkelt mit achtlos weggeworfenem Müll. Ein magerer Hund beschnüffelte den Boden und scharrte im Dreck. Es roch nach Ziegenfleisch und nach Urin.

Aurelia stand in der Küche ihres Unterschlupfs und beobachtete durch den Vorhang das Gebäude auf der anderen Straßenseite, in dessen Erdgeschoss sich die Überreste einer ehemaligen Autowerkstatt befanden. Ihr Kollege Carl Heytman lag im Nebenzimmer auf der Couch und döste vor sich hin. Er war ein zuverlässiger CIA-Agent mit mehr Afghanistan-Erfahrung als jeder andere in Aurelias Team. Vielleicht konnte er sich deshalb so gut entspannen.

Vor zwei Wochen hatten sie den Tipp bekommen, dass Talibanführer Mur-al-Hadi, von seinen Anhängern ehrfürchtig der *Löwe von Pandschir* genannt, nach Kabul zurückkehren wolle, um Anschläge gegen die hier stationierten UN-Truppen vorzubereiten. Eines seiner Verstecke sollte diese verlassene Autowerkstatt sein, das hatte zumindest Aurelias Quelle behauptet. »Al-Hadi soll spätestens am 24. Januar dort auftauchen«, hatte Kemal Naftar, ihr Informant, behauptet. Inzwischen war schon der 26. Januar, aber von al-Hadi fehlte jede Spur.

Aurelia versuchte, ihre Nervosität zu verdrängen, doch es gelang ihr nicht. Auf Kemal Naftars Informationen war in der Vergangenheit immer Verlass gewesen. Warum hatte er sich diesmal geirrt? Irgendetwas lief schief, das spürte Aurelia, doch sie konnte nicht genau sagen, was das war. Al-Hadi war seit zwei Tagen überfällig, und Naftar hatte sich seit vergangenem Mittwoch nicht mehr gemeldet.

Weshalb?

Die Sonne war inzwischen hinter den Bergen verschwunden und färbte den Himmel am Horizont blutrot. Unter anderen Umständen hätte Aurelia diesen Anblick als idyllisch empfunden. Heute kam ihr der Himmel eher vor wie ein Omen. Wie eine Warnung.

Sie schüttelte den Gedanken ab. Lass dich nicht irremachen. Geduld ist die erste Tugend jedes Agenten. Also nimm dir ein Beispiel an Heytman, und entspann dich.

Sie setzte sich auf einen Küchenstuhl und starrte weiter aus dem Fenster, eins geworden mit dem schummrigen Raum. Von draußen würde niemandem auffallen, was sie hier tat.

Sie hörte, wie Carl Heytman sich von der Couch im Wohnzimmer erhob. Dann ein paar Schritte, kurz darauf die Toilettenspülung.

»Wir brauchen bald neues Klopapier«, sagte er, als er wieder zurückkam.

»Danke für den Hinweis, aber ich bin hier nicht die Putzfrau.« Genau genommen war sie sogar Heytmans Vorgesetzte. Insgesamt befehligte sie ein zwölfköpfiges Antiterror-Team – nicht schlecht für ein einfaches Mädchen aus der mexikanischen Provinz.

Heytman murmelte etwas Unverständliches und legte sich wieder aufs Ohr. Gleich darauf begann er zu schnarchen.

Eine halbe Stunde später war es vollkommen dunkel. Straßenlaternen gab es hier nicht. Nur die Sterne und der sichelförmige Mond sandten ihren fahlen Schein zur Erde.

Dann plötzlich eine weitere Lichtquelle, kaum wahrnehmbar, irgendwo im Innern des gegenüberliegenden Gebäudes. Es sah aus wie eine Kerze oder eine Taschenlampe. Das erste Lebenszeichen, seit Aurelias Team hier Stellung bezogen hatte.

»Carl! Wachen Sie auf!«, raunte sie über die Schulter. »Hier tut sich was!«

Heytman gab ein grunzendes Schnarchen von sich. Aurelia schüttelte beinahe belustigt den Kopf. Sie sah auf die Uhr, griff nach ihrem MP3-Diktaphon und formulierte hastig eine kurze Meldung, die sie später in der Zentrale zu Protokoll geben würde.

Ein scharrendes Geräusch, nicht weit entfernt, ließ sie zusammenzucken. Sie zog ihre Dienstwaffe aus dem Schulterholster, griff zu ihrer Taschenlampe, die auf der Spüle lag, und stand vorsichtig auf. Lautlos schlich sie in den Flur.

Mit der Pistole im Anschlag leuchtete sie den Gang entlang. Nichts. Die Wohnungstür war geschlossen, und alles schien noch an seinem Platz zu sein.

Ich werde allmählich paranoid, dachte sie. Vielleicht war es doch keine so gute Idee gewesen, sich zu diesem Auslandseinsatz überreden zu lassen. Mit jedem Tag wurde sie nervöser – keine gute Eigenschaft für einen CIA-Agenten, noch dazu einen in verantwortlicher Position.

»Heytman, wachen Sie auf!«, raunte sie. »Wir müssen uns drüben umsehen.«

Aber Heytman regte sich nicht, und sie hörte ihn auch nicht mehr schnarchen.

Aurelia ging ins Wohnzimmer, um ihren Kollegen zu wecken. Als sie ihn an der Schulter schüttelte, fiel sein Kopf schlaff zur Seite und entblößte eine klaffende Halswunde, aus der das Blut ins Couchpolster sickerte.

Der grausame Anblick ließ Aurelia zusammenfahren und versetzte sie in höchste Alarmbereitschaft. Ein einziger glatter Schnitt hatte Heytman in eine andere Welt befördert – erst vor wenigen Sekunden. Wer immer das getan hatte, war vermutlich noch in der Wohnung.

Sie riss ihre Pistole hoch, leuchtete mit der Taschenlampe um sich, beinahe panisch vor Angst. Der Lichtkegel tanzte wie losgelöst um sie und versetzte das Wohnzimmer in ein groteskes Bildergewirr aus Licht und Schatten. Ihr Pulsschlag dröhnte in ihren Ohren.

Ich muss die Zentrale benachrichtigen und Verstärkung anfordern, dachte sie.

Dazu musste sie jedoch erst einmal an ihr Funkgerät gelangen, das in der Küche neben dem Laptop lag.

Sie schlich zurück in den Flur. Ihr Herz schlug so heftig in ihrer Brust, dass sie befürchtete, man könne es überall hören. Noch nie hatte sie solche Angst verspürt.

Lautlos gelangte sie in die Küche, wo es durch den einfallenden Mondschein etwas heller war als in der übrigen Wohnung. Das Funkgerät lag noch genauso da, wie sie es zurückgelassen hatte. Hoffnung keimte in ihr auf. Doch gerade, als sie danach greifen wollte, wurde sie von hinten gepackt und von kräftigen Männerarmen umklammert. Gleichzeitig stülpte man ihr irgendetwas über den Kopf, einen Sack oder ein Stück Stoff. Panik stieg in ihr auf. Sie hatte noch immer ihre Pistole in der Hand und drückte ab. Die schallgedämpfte Waffe gab ein dumpfes Ploppen von sich, der Angriff ihres Gegners erlahmte jedoch nicht. Ein brutaler Schlag auf die Hand mit irgendetwas Hartem – einem Holzschläger oder einem Brecheisen – betäubte ihren Arm, sodass sie die Waffe fallen ließ. Brennender Schmerz explodierte in ihrem Körper, als ein gezielter Fausthieb sie in die Nieren traf. Sie schrie auf, ihre Gegenwehr erstarb. Durch den Schleier ihres Schmerzes spürte sie, wie ihr Bezwinger ihr eine Schlinge um den Hals legte. Dann drückte er zu, bis Aurelia nur noch röcheln konnte und bunte Lichtreflexe vor ihren Augen einen Reigen vollführten wie lockende Boten aus einem anderen Universum.

Die Lichtreflexe wurden schwächer, verloren sich in der Dunkelheit, und irgendein verborgener Winkel ihres Bewusstseins meldete Aurelia, dass sie jetzt nicht mehr in Afghanistan war, sondern dass sie nur geträumt hatte. Wieder trieb sie durch das nachtschwarze Nichts, schwerelos, ohne eigenen Willen, getragen von dem wohligen Gefühl des Beschütztseins. Hier gab es niemanden, der ihr etwas antun konnte, niemanden, der ihr Schmerzen oder irgendein Leid zufügen konnte.

Dann, irgendwann, ein dumpfes Grollen von weit, weit her, wie aus den Tiefen des Nichts. Das Grollen kam näher, veränderte seinen Charakter, nahm allmählich vertraute Züge an. Es klang jetzt wie eine verzerrte Tonaufzeichnung. »Können Sie mich hören?« Die Stimme eines Dämons, aber dennoch verlockend.

Eine Berührung am Arm, die es auf wundersame Weise schaffte, Geist und Körper wieder zusammenzuführen.

»Können Sie mich hören?«

Der Griff am Arm wurde fester, rüttelte sie sanft, zog sie aus dem nachtschwarzen Nichts zurück in die Realität. Aurelia Fernandéz zwang sich, die Lider zu öffnen. Gleißende Helligkeit stach ihr in die Augen, glühender Schmerz bohrte sich in ihren Kopf.

Schmerz – das löste eine Erinnerung aus, noch vernebelt und vage, aber doch bedrängend. Auf einmal war Aurelia sich nicht mehr sicher, ob sie in die reale Welt zurückkehren wollte.

»Sie kommt zu sich«, sagte die Stimme, die jetzt nicht mehr dämonenhaft klang, sondern klar und sonor.

»Noch mehr Adrenalin, Doktor?«, fragte eine zweite Stimme.

»Nein. Ich denke, das wird nicht nötig sein.«

Aurelia blinzelte erneut. Diesmal schaffte sie es, die Augen einen Spaltbreit offen zu halten, ohne dass sie das Gefühl hatte, ihr Kopf würde explodieren. Schemenhafte Umrisse nahmen zusehends Gestalt an. Sie lag in einem Bett, den Oberkörper leicht erhöht. Von ihrem Arm führte ein Schlauch zu einem Infusionsbeutel an einer Stange. Ein Kabel verband sie mit einem Gerät, das alle lebenswichtigen Körperfunktionen überwachte. An so einen Apparat war sie auch auf der Intensivstation in Kabul angeschlossen gewesen, drei Wochen lang, bis die Ärzte es für vertretbar gehalten hatten, sie zu verlegen.

Was ist passiert, fragte sie sich? Warum liege ich hier? Warum spüre ich meine Beine nicht mehr?

»Können Sie mich hören, Miss?«

Aurelia brachte ein Nicken zustande. Die beiden Männer, die an ihrem Bett standen, trugen weiße Kittel, einer hatte ein Stethoskop um den Hals.

»Sehr gut. Ich bin Dr. Franklin. Das ist Dr. Hollis. Können Sie sprechen?«

Aurelia öffnete die Lippen, aber ihr Hals fühlte sich rau und trocken an. »Wasser«, krächzte sie. »Bitte.«

Dr. Franklin half ihr, sich aufzurichten, und gab ihr einen Schluck zu trinken. Die kühle Flüssigkeit erfrischte sie, sofort fühlte sie sich etwas besser.

»Wir haben Ihre Papiere in Ihrem Geldbeutel gefunden«, sagte der Arzt. Er stützte sie, während sie sich wieder ins Kissen zurücklehnte. »Ihr Name ist Aurelia Fernandéz?«

»Ja. Warum bin ich hier? Was ist passiert?« Ihr Hals kratzte noch immer beim Sprechen.

»Können Sie sich nicht erinnern?«

Aurelia schüttelte den Kopf. Erst jetzt bemerkte sie, dass sie einen Verband um die Stirn trug. Und ihre Beine waren taub. »Wie schlimm ist es, Doktor? Was ist los mit mir?«

»Machen Sie sich keine Sorgen. Sie hatten riesiges Glück. Sie haben nur ein paar Schürfwunden und Blutergüsse. Außerdem eine leichte Verbrennung am rechten Oberarm. Nichts Ernstes.«

»Und das da?« Sie deutete auf den Apparat neben sich. Auf einem der Bildschirme hüpfte ein grüner Lichtpunkt von links nach rechts. Andere Anzeigen informierten über die Körpertemperatur und eine Reihe von Blutwerten.

»Eine reine Vorsichtsmaßnahme«, sagte der Arzt. »Wir wollten kein Risiko eingehen.«

Aurelia atmete tief durch. Der Vorfall in Afghanistan hatte sie monatelang außer Gefecht gesetzt. Nach ihrer Operation war sie zehn Wochen lang ans Bett gefesselt gewesen, danach hatte sie erst wieder lernen müssen, zu gehen. Sie dankte Gott dafür, dass es ihr erspart blieb, noch einmal eine solche Tortur mitmachen zu müssen – die täglichen Übungen, die Schmerzen, die nagende Ungewissheit, ob sie den Rollstuhl jemals wieder verlassen und sich als gesunder Mensch auf den eigenen zwei Beinen fortbewegen könnte.

Aus den Augenwinkeln nahm sie eine Bewegung wahr und drehte sich zur Tür. Ein hagerer Mann mit eingefallenen Wangen und ernsten Augen kam herein. Er trug einen beigen Blazer über einem Hemd mit offenem Kragen, dazu eine anthrazitfarbene Stoffhose.

»Das ist Dr. Berger, unser Psychologe«, stellte Dr. Franklin den Neuankömmling vor. »Dr. Berger, das ist Miss Fernandéz.«

Die beiden Ärzte traten einen Schritt zurück und ließen Dr. Berger zu Aurelia vor. Er legte seine Hand auf ihren Unterarm, gefühlvoll, beinahe zärtlich. Dabei sah er sie aus seinen großen, traurigen Augen an, die die Qual der Welt in sich aufgesogen zu haben schienen.

»Sie haben ein schweres Unglück überstanden«, sagte er. Seine Stimme klang wie die eines Priesters. »Einen Flugzeugabsturz. Ich bin hier, um Ihnen Beistand zu leisten, wenn Sie ihn brauchen.«

In diesem Augenblick brach die Erinnerung über Aurelia herein wie eine dunkle Woge des Entsetzens. Sie starrte Dr. Berger an, doch vor ihrem geisten Auge flackerten die Bilder aus dem Airbus an ihr vorbei – Szenen wie aus einem Albtraum. Ein Flugzeug in Schieflage, kurz vor der Landung. Kreischendes Metall. Ein brennender Flügel. Schreie, Angst und Panik.

Evas blutendes Gesicht mit offenen, starren Augen …

»Was ist mit meiner Tochter?«, fragte sie mit zitternden Lippen. »Was ist mit Eva? Ist sie auch hier? Ich meine, geht es ihr gut?«

Dr. Bergers Blick – ohnehin schon der Inbegriff von Trostlosigkeit – verdüsterte sich.

»Es tut mir leid, Miss Fernandéz, aber ich fürchte, ich habe schlechte Nachrichten für Sie. Ihre Tochter ist tot. Die Ärzte konnten nichts mehr für sie tun.«

Kapitel 5

Carmington
Louisiana, USA

Die letzten Strahlen der untergehenden Sonne fielen in dünnen Streifen durch die Lamellenjalousie und tauchten das Schlafzimmer in ein Muster aus gedämpften Orangetönen. Das Fenster stand offen, aber der Abend hatte keine Abkühlung gebracht. Es war drückend heiß und stickig wie in einem Treibhaus.

Drückend und stickig war auch die Stimmung seit den schweren Flugzeugabstürzen.

Collin Guerney lag auf dem Bett, nur mit Boxershorts bekleidet, die Arme hinter dem Kopf verschränkt. Er war wach, starrte schon seit einer halben Stunde an die Zimmerdecke und zermarterte sich das Gehirn. Er hatte Durst, blieb aber erschöpft liegen. Wie sollte es nun weitergehen? Er hatte keine Ahnung.

Im Grunde war sein Leben ziemlich perfekt. Mit 42 Jahren war er im besten Alter. Er besaß diesen wundervollen Bungalow auf einem hübschen, weitläufigen Grundstück mit eigenem Bootsanleger unmittelbar am Fluss, vor dem Haus parkte ein nagelneuer Ford Explorer, und sein Bankkonto konnte sich ebenfalls sehen lassen. Vermutlich hätten ihn neunzig Prozent aller Menschen um seine finanzielle Situation beneidet. Auch hinsichtlich seines Jobs hatte er keinen Grund zur Klage. Als Co-Geschäftsführer und wissenschaftlicher Leiter von AIBEX, der *Organisation for Artificial Intelligence and Brain Exploration* – der Organisation für künstliche Intelligenz und Hirnforschung –, besaß er nahezu alle Freiheiten, die er sich wünschte. Er war für das gesamte Forschungsprogramm des Instituts verantwortlich und konnte schalten und walten, wie er wollte, solange er ein paar staatliche Auflagen erfüllte und die Kosten im Rahmen blieben. Ihm unterstanden über achtzig hochqualifizierte Personen – Neurobiologen, Chemiker, Physiker, Mathematiker. Und natürlich IT-Spezialisten – ohne die ging im Labor überhaupt nichts mehr. Sein Job umfasste die unterschiedlichsten Facetten der Wissenschaft und war dadurch gleichermaßen abwechslungsreich wie anspruchsvoll. Wie viele Menschen konnten das schon von ihrer Arbeit behaupten?

Doch jetzt hatte Collin Guerney das Gefühl, als würde er sein Leben in eine Sackgasse manövrieren. Der Grund dafür war Amanda Nash. Sie lag neben ihm, nackt, nur mit einem dünnen Laken über den Hüften. Vorsichtig, um sie nicht zu wecken, drehte Guerney sich zu ihr. Ihre Brüste bewegten sich sanft und regelmäßig im Takt ihres Atems. Ein dünner Schweißfilm überzog ihre Haut. Das einfallende Abendrot verlieh ihr einen geradezu magischen Glanz. Sie hatte ihr hübsches Gesicht im Kopfkissen vergraben, ihr kurzes, schwarzes Wuschelhaar stand in alle Richtungen ab. Normalerweise mochte Guerney bei Frauen keine kurzen Haare, aber zu Amanda passte die Frisur ausgezeichnet. Außerdem passte sie zu ihrem lebendigen Wesen.

Er spürte, dass ihn das Verlangen nach ihr wieder überkam, doch er hielt sich zurück. Auch wenn er in den letzten vier Monaten keine sich bietende Gelegenheit ausgelassen hatte, mit ihr zu schlafen, erschien es ihm heute Abend irgendwie unpassend.

»Was ist? Warum schaust du mich so an?«, murmelte sie, ohne die Augen zu öffnen.

Guerney musste unwillkürlich lächeln. »Woher weißt du, dass ich dich anschaue?«

»Instinkt. Eine Frau spürt so etwas.«

»Ach ja? Spürst du dann auch, *wohin* ich schaue?«

Jetzt breitete sich auch auf ihrem Gesicht ein Lächeln aus. »Ich habe so eine Ahnung.« Sie drehte sich auf den Rücken und räkelte sich träge, eine Mischung aus Schlaftrunkenheit und Laszivität. Er rollte sich auf sie und passte sich den langsam kreisenden Bewegungen ihres Beckens an.

Eine halbe Stunde später lagen sie beide erschöpft nebeneinander. Amanda hatte sich trotz der schwülen Hitze an ihn geschmiegt und spielte mit den Härchen auf seiner Brust. »Hast du schon mal darüber nachgedacht, wie es mit uns weitergehen soll?«, fragte Guerney.

»Mhm«, machte sie.

»Und?«

»Keine Ahnung.«

Guerney nickte. Amanda war eine tolle Frau, mit der er wahnsinnig gern mehr Zeit verbringen wollte. Aber die Tatsache, dass sie verheiratet war, bereitete ihm ernsthaft Kopfzerbrechen.

»Du könntest Roger umbringen und es aussehen lassen wie einen Unfall«, sagte Amanda schläfrig.

»Das ist nicht lustig«, sagte Guerney. »Ich meine es ernst.«

Sie seufzte. »Hast du Angst, dass er uns auf die Schliche kommt?«

»Das ist es nicht.«

»Was dann?«

»Ich finde die Vorstellung schrecklich, dass du morgen wieder in seinen Armen liegst.«

»Zwischen Roger und mir läuft seit Monaten nichts mehr, das habe ich dir doch gesagt. Ein Gutenachtkuss auf die Wange, das war's dann. Also kein Grund zur Eifersucht, Romeo.«

Jedes Mal, wenn Roger von einer seiner zahlreichen Dienstreisen zurückkehrte, überkamen Guerney derartige Sinnesanwandlungen. Manchmal war es das schlechte Gewissen, manchmal die Eifersucht, so wie heute, manchmal die nagende Frage, ob er es jemals schaffen würde, die Frau fürs Leben zu finden, nicht nur für ein paar schöne Wochen oder Monate.

»Du solltest dir weniger Gedanken um Roger machen als vielmehr um die Auswertungen, die ich dir gegeben habe«, sagte Amanda. »Hast du sie dir schon angesehen?«

Guerney erinnerte sich dumpf, dass Amanda ihm am Vormittag etwas auf den Schreibtisch gelegt hatte, aber andere Dinge waren dringender gewesen. »Ich habe sie überflogen«, log er.

»Hast du nicht.« Sie seufzte theatralisch. »Du solltest wirklich mal einen Blick draufwerfen. Ich bin mir noch nicht sicher, ob die Auswertungen wirklich stimmen können oder ob die Versuchsreihen fehlerhaft waren. Vielleicht hat auch das Analyseprogramm einen Bug. Oder ich mache einen Denkfehler. Jedenfalls wäre es gut, wenn du dir die Unterlagen mal durchlesen würdest, damit wir darüber reden können ...«

Guerney verspürte nicht die geringste Lust auf eine fachliche Diskussion. Er legte seine Hand auf ihr nacktes Bein und begann, es sanft zu streicheln.

»Schon wieder?«, fragte sie, ganz und gar nicht abgeneigt.

»Schon wieder«, murmelte er und küsste sie.

Kapitel 6

Amanda Nash lag wach im Bett und betrachtete Collin Guerney, der tief und fest neben ihr schlief wie ein Baby. Er hatte sich auf den Bauch gedreht, das Gesicht auf der Matratze zerknautscht wie das eines Pekinesen.

Amanda lächelte wehmütig.

Wie es mit ihnen weitergehen sollte, wusste sie auch nicht. Collin war ein netter Kerl und sah gut aus. Er brachte sie zum Lachen, und im Bett war es für ihn keine lästige Pflicht, sondern eine Selbstverständlichkeit, auf ihre Wünsche und Bedürfnisse einzugehen. Dennoch kam eine Trennung oder eine Scheidung von Roger für sie nicht in Frage, wenigstens nicht im Moment. Sie waren immerhin zehn Jahre verheiratet, das konnte sie nicht einfach so über Bord werfen. Irgendwie würde sich die Sache mit Roger wieder einrenken, davon war sie überzeugt.

Doch welche Zukunft hatte dann ihre Beziehung mit Collin? Im Grunde war es wohl eine Dummheit gewesen, sich mit ihm einzulassen. Er war ihr Chef, das konnte auf Dauer nur zu Komplikationen führen. Spätestens, wenn man in der Firma verdacht schöpfte, dass sie etwas miteinander hatten, wäre das Chaos perfekt. Andererseits wollte sie die Affäre auch nicht beenden. Collin gab ihr genau das, was sie in ihrer eingefahrenen Ehe vermisste.

Ihr wurde bewusst, dass ihre Grübeleien zu nichts führen würden. Sie hatte sich mit der Situation arrangiert und war damit zufrieden. Von ihr aus konnte es noch eine Zeit lang so weitergehen. Irgendwann musste sie eine Entscheidung treffen – aber nicht heute.

Ihre Gedanken wanderten zu den Laborauswertungen, die sie Collin heute gegeben hatte. Sie war ein wenig enttäuscht, dass er sie noch nicht angesehen hatte, gleichzeitig aber auch erleichtert, weil sie nicht wusste, wie er reagieren würde, falls er – was wahrscheinlich war – zu dem Schluss kam, dass das von ihr entwickelte Auswertungsprogramm tatsächlich Fehler enthielt. Fehler, die die monatelange Arbeit eines ganzen Teams zunichtemachten. Amanda schloss nicht aus, dass ihre Beziehung dadurch auf eine erste ernsthafte Probe gestellt würde. Wie es danach beruflich und privat mit ihnen weitergehen sollte, wusste sie nicht.

Aber vielleicht machte sie sich auch völlig unnötige Gedanken. Vielleicht fand Collin in der Auswertung das, was ihr selbst verborgen geblieben war: den entscheidenden Hinweis darauf, dass ihr Auswertungsprogramm und damit alle Analysen korrekt waren. Dass sie weit vor dem Zeitplan lagen und dass sie schon jetzt den Durchbruch geschafft hatten, der ihnen in frühestens zehn Jahren möglich erschienen war. Aber das war natürlich reine Spekulation.

Die Ungewissheit ließ sie nicht mehr los. Sie lag noch eine Weile neben Collin, schaute ihm zu, wie er friedlich schlief, dann schlüpfte sie aus dem Bett, zog sich an und fuhr noch einmal ins Labor.

Die Stimmung draußen war beklemmend. Zumindest kam es ihr so vor. Seit den Flugzeugunglücken, deren Ursache immer noch nicht geklärt war, lag etwas finster Bedrohliches in der Luft, das sie nur abschütteln konnte, wenn sie in Collins Nähe war oder wenn sie sich in ihre Arbeit vertiefte. Trotz drückender Hitze begann sie zu frösteln.

Im Labor dauerten die Datenauswertungen der letzten zehn Stunden fast bis elf Uhr nachts. Das Ergebnis wich sogar noch extremer von den definierten Toleranzwerten ab als am Vormittag.

Sie ließ sich in ihren Stuhl zurücksinken. War das ein gutes Zeichen? Oder hieß das, dass ihr Programm nicht nur einen, sondern womöglich sogar mehrere Fehler aufwies? Amandas Magen begann nervös zu kribbeln.

Vielleicht brachte eine Programmanalyse sie weiter. Irgendwann *musste* sie schließlich auf etwas Greifbares stoßen. Sie startete die entsprechenden Tools und wartete auf die Ergebnisrückmeldungen, die sich wie üblich Zeile für Zeile in einem Bildschirmfenster aufbauten. Amanda überflog die kryptischen Kürzel, die nur einem Experten Aufschluss gaben, konnte aber wieder nichts Außergewöhnliches feststellen. So blieb es die ersten drei Bildschirmseiten lang.

Dann die Meldung: *WRNG – CPUSRV0006–00012 RAM 97,76277 %.* Ein Warnhinweis: Der Arbeitsspeicher der für Labor 11 zuständigen Server wurde beinahe vollständig ausgelastet. Sie startete ein weiteres Analyseprogramm, um herauszufinden, woran die extrem hohe Auslastung lag. Was sie im Auswertungsfenster sah, versetzte ihr einen regelrechten Schock: Die Versuchsanordnung in Labor 11 produzierte Daten ohne jeglichen Sinn und Zusammenhang, und das in riesigen Mengen. Datenmüll ohne Ende. In Amanda Nash keimte ein furchtbarer Verdacht auf: Trotz Firewalls und Schutzprogrammen, die dem Sicherheitsstandard des US-Pentagon entsprachen, hatten die AIBEX-Server sich mit einem Computervirus infiziert.

Ihr wurde heiß, und sie fuhr sich nervös über die Stirn. Was für ein Virus war das? Warum hatten die Antivirenprogramme nicht angeschlagen? Die wichtigste Frage aber war:

Wie wirkte sich dieses Ding aus? Verursachte es nur die Fließbandproduktion von Datenabfall, oder griff es auch die Systemprogramme an?

Hat es womöglich *mein* Programm befallen?

Sie griff zum Telefon und wählte die Nummer der IT-Hotline, die rund um die Uhr besetzt war. Zumindest theoretisch. Natürlich ging ausgerechnet heute Nacht niemand an den Apparat. Murphys Gesetz. Nach dem sechsten Klingelton sprang der Anrufbeantworter an. Amanda Nash bat dringend um Rückruf und legte wieder auf.

Was jetzt? Sie stand auf, spielte nervös mit ihren Fingern und ging rastlos im Raum auf und ab. Sie brauchte Gewissheit, was die Wirkungsweise dieses verdammten Virus betraf. Irgendwie musste sie die Zeit ja überbrücken, bis die Jungs von der IT endlich ihren Job erledigen würden.

Sie zwang sich zur Ruhe. Sie durfte jetzt nicht die Nerven verlieren. Rasch startete sie einen Vergleichslauf, bei dem sie das von ihr geschriebene aktuelle Programm mit einer Programmversion von letzter Woche verglich. Seitdem hatte sie das Programm nur unwesentlich verändert, nur ein paar Zeilen modifiziert, mehr nicht. Bezogen auf die Größe der Datei durfte der Programmvergleich daher nur eine verschwindend geringe Abweichung zutage bringen, vermutlich erst an der vierten oder fünften Nachkommastelle.

Erleichtert stellte sie fest, dass dem tatsächlich so war. Ihr Programm war also nicht unmittelbar gefährdet. Aber hatte das Virus sonst noch etwas im AIBEX-System angerichtet?

Sie startete einen weiten Suchlauf – und hatte schon nach wenigen Sekunden einen Treffer: die Quellcode-Datei für Tony, gewissermaßen der Mitschrieb der Forschungsergebnisse aus Labor 11. Der Abgleich des Quellcodes von heute mit dem von letzter Woche ergab eine Abweichung von

0,023381 % – viel zu viel, um eine natürliche Ursache zu haben.

Amanda spürte, wie sich ihr Magen zusammenzog. Die Tony-Quelldatei war das Herzstück von AIBEX, gewissermaßen seine Seele. Dass diese Datei von einem Virus befallen war, der sie mutwillig zerstörte, war der absolute Super-GAU. Zwar wurden sämtliche AIBEX-Daten täglich gesichert, aber da Amanda die ersten Unstimmigkeiten schon vor Wochen aufgefallen waren, stand zu befürchten, dass auch die Datensicherungen virenverseucht waren.

Ein Anflug von Panik stieg in Amanda auf. Vor ihren Augen zerrann die Arbeit der letzten Jahre. Warum zum Teufel meldeten sich die Jungs von der IT nicht? Seit ihrem Anruf waren bereits fünf Minuten vergangen – eine halbe Ewigkeit, wie es ihr schien.

Sie nahm das Telefon ab und versuchte es erneut. Wieder nur die Mailbox. »Verdammt, kann endlich mal jemand den Server runterfahren?«, schrie sie in den Hörer. »Fuller? Gerritt? Hört ihr mich? Wenn ja, dann geht bitte ran!«

Sie wartete ein paar Sekunden. Nichts.

»Herrgott noch mal, dann schalt ich den verfluchten Server eben selber ab!« Mit diesen Worten knallte sie den Hörer auf die Gabel und verließ das Auswertungslabor.

Der Serverraum befand sich im dritten Untergeschoss des AIBEX-Gebäudekomplexes. Amanda Nash nahm die Treppe, immer zwei Stufen auf einmal.

Unten angelangt, rannte sie beinahe einen Mann um, den sie noch nie hier gesehen hatte – Mitte fünfzig, dunkle Haut, scharfe, arabisch anmutende Gesichtszüge, eine Kerbe im Kinn, dunkle Augen hinter einer randlosen Brille. Er trug die Uniform des Sicherheitsdienstes, der bei AIBEX die Kontrollgänge durchführte.

»Tut mir leid!«, rief sie über die Schulter und rannte weiter.

Der Puls schlug ihr bis zum Hals, als sie die Tür zum Serverraum erreichte. *Achtung! Betreten auf eigene Gefahr!* stand darauf. Obwohl sie schon hundertmal hier unten gewesen war, hatte sie noch nie darauf geachtet. Guerney hatte ihr einmal den Grund für die Warnung genannt, aber sie hatte ihn vergessen. Egal!

Sie drückte eine Sensortaste auf der interaktiven Schaltfläche neben der Tür. Im Display erschien die Meldung: *Sicherheitszone. Zutritt nur für Personen der Sicherheitsstufe 3.* Amanda Nash legte die flache Hand auf den biometrischen Scanner und wartete, bis ein Lasertaster ihre Identität festgestellt hatte. Die Display-Anzeige änderte sich: *Identifikation erfolgreich. Zutritt gewährt.* Zischend glitt die Tür zum Serverraum auf.

Drinnen war es deutlich kühler als im Gang. Hier, in diesem hermetisch abgeschotteten Raum drei Stockwerke unter der Erdoberfläche, herrschte 365 Tage im Jahr und 24 Stunden am Tag dasselbe Klima: 19 Grad Celsius bei 30 Prozent Luftfeuchtigkeit – optimale Betriebsbedingungen für diese hochmoderne Computeranlage.

Amanda sah sich um. Sie wusste nicht, auf welchem Server ihr Analyseprogramm lief, und musste erst auf einem Schaltplan nachsehen, der ausgedruckt an der Wand hing. Es dauerte einen Moment, bis sie sich zurechtfand, dann erkannte sie, dass der gesuchte Server in einem Nebengang stand, nur zehn Meter weiter.

Sie eilte dorthin, öffnete eine Plexiglastür mit der Aufschrift *Labor 11 – Auswertung Biologie/Neurologie* und schaltete, ohne weiter darüber nachzudenken, das Gerät aus.

Nichts geschah. Der Server lief weiter.

Sie probierte es noch einmal – mit demselben Ergebnis. Das Gerät ließ sich nicht mehr abstellen. Sie presste die Lippen aufeinander und überlegte, was sie noch tun konnte. Den Stecker ziehen? Aber wo war das verdammte Gerät eingesteckt? Der Serverraum war so perfekt eingerichtet worden, dass sämtliche Kabel zu dicken Strängen zusammengebunden waren, die sich wie Schlangen in den hinteren Bereich des Raums wanden und in der Wand verschwanden. Für Amanda war es unmöglich nachzuvollziehen, welches Kabel zu welchem Gerät gehörte.

Ihre einzige Chance war der Server selbst. Vielleicht konnte sie etwas ausrichten, wenn Sie die Blechverkleidung abnahm. Doch die war festgeschraubt und ließ sich nicht lockern. Sie erinnerte sich, dass in einem Wandregal im hinteren Teil des Raums ein Werkzeugkasten stand, und holte ihn rasch. Aber darin befand sich kein passender Schraubenzieher. Es war wie verhext.

Das leise Surren der Computer wurde von ihrem keuchenden Atem übertönt, als sie versuchte, das Verkleidungsblech gewaltsam mit einer Zange zu entfernen. Doch das Blech verbog sich nur, das war alles. Erschöpft ließ sie die Zange sinken.

Verflucht, mir läuft die Zeit davon!

Während sie überlegte, welche Möglichkeiten noch blieben, stieg ihr plötzlich der beißende Geruch von verschmortem Kunststoff in die Nase. Erschrocken fuhr sie herum. Aus dem Gerät hinter ihr drang dichter grauer Rauch. Grundgütiger! Also waren noch weitere Server von Fehlfunktionen betroffen, vielleicht sogar die ganze Anlage. Eine absolute Katastrophe!

Ihr Blick fiel auf das Wandtelefon. Vielleicht waren Fuller und Gerritt inzwischen wieder an ihrem Platz. Sie nahm ab, um die IT-Hotline anzuwählen, aber die Leitung war tot.

Grundgütiger, heute hatte sich aber auch wirklich alles gegen sie verschworen!

Dann schrillte plötzlich eine Alarmglocke los, und eine Computerstimme ertönte: *Feueralarm. Bitte verlassen Sie umgehend den Raum. Lebensgefahr.*

Wenigstens das Sicherheitssystem funktioniert noch, dachte Amanda. Doch im selben Moment gefror ihr Blut zu Eis, denn aus irgendeinem Grund fiel ihr jetzt wieder ein, was das Warnschild an der Eingangstür zu bedeuten hatte: Im Serverraum gab es im Gegensatz zum ganzen übrigen Gebäude keine Sprinkleranlage zur Brandbekämpfung, sondern eine Vakuumpumpe – ein durchaus gängiges Verfahren, das verhinderte, dass durch Wasser mehr Schaden angerichtet wurde als durch den Brand selbst. Nur schien niemand dabei bedacht zu haben, dass sich beim Ausbruch eines Brands jemand hier aufhalten könnte. Sie musste hier raus, sofort! Sonst würde sie jämmerlich ersticken.

Die Vakuumpumpen begannen zu zischen, schon wurde die Luft spürbar dünner. Amanda rannte zum Ausgang. Sie war schweißgebadet, und wegen des Sauerstoffmangels begannen ihre Lungen zu brennen. Der nächste Atemzug schien überhaupt keinen Sauerstoff mehr zu enthalten. Aber schon war sie an der Tür. Eine Sicherheitskontrolle gab es nur beim Einlass. Hinaus konnte man durch einfaches Drücken eines Entriegelungsknopfs. Panisch hämmerte Aurelia auf den Knopf ein, doch entweder funktionierte er nicht, oder es gehörte zum Brandbekämpfungsprogramm, den Raum so lange hermetisch verschlossen zu halten, bis die Gefahr gebannt war. Ein erstickter Aufschrei entfuhr ihr. Dann wurde ihr schwarz vor Augen. Das Blut rauschte in ihren Ohren wie ein Wasserfall und übertönte sogar den Alarm, der sich in gebetsmühlenartigem Rhythmus wiederholte. Er klang bereits unendlich weit weg. In ihrer Panik griff sie nach einem Drucker, der auf dem Tisch an der Wand stand, und schleuderte ihn gegen das kleine Fenster in der Tür. Der Drucker zerschellte, das Fenster bekam nicht einmal einen Kratzer ab. Amanda wollte schreien, doch sie brachte nur mehr ein armseliges Krächzen zustande. Tränen stiegen ihr in die Augen. Sie wollte nicht sterben, noch nicht. Schon gar nicht auf diese Weise. Sie sank in die Knie, fiel zu Boden, krampfartig zusammengekrümmt.

Dann wich plötzlich aller Schmerz von ihr, und sie wurde umfangen von kalter, grausamer Schwärze.

Kapitel 7

Der Wecker klingelte Collin Guerney unsanft aus einem Traum, in dem er und Amanda auf einer einsamen tropischen Insel gestrandet waren. Mit einem Handgriff zum Nachttisch beendete er das penetrante Piepsen.

Guerney drehte sich auf den Rücken und strich sich mit beiden Händen übers Gesicht, um die Müdigkeit zu vertreiben. Über ihm drehte der Deckenventilator seine trägen Runden, das Fenster war gekippt. Dennoch war er völlig verschwitzt. Die Nacht hatte keine Abkühlung gebracht.

Er bemerkte, dass die andere Bettseite leer war. Erinnerungen an den gestrigen Abend kehrten wieder – Amanda und er, Körper an Körper. Es war alles wie in seinem Traum gewesen, abgesehen vom Strand und den Wellen. Ihr Geruch lag noch immer in der Luft, eine Mischung aus Rosenduft und Lavendel, verfeinert mit einem Hauch von Zimt. Guerney hatte vergessen, wie das Parfum hieß, das sie benutzte, aber es gab ihm das Gefühl von Wärme, und es erregte ihn.

»Amanda?«

Keine Antwort. Vielleicht war sie im Badezimmer. Er stand auf und ging in die Küche, um Kaffee zu kochen. Auf der Anrichte fand er einen Zettel:

Konnte nicht einschlafen. Bin nochmal ins Labor.

Kuss. A.

Er lächelte und schüttelte den Kopf. Amanda war ein Workaholic. Wer von ihnen würde sich später wohl um die Kinder kümmern, wenn sie erst welche hätten?

Nachdenklich legte er den Zettel wieder weg. Ein gemeinsames Leben mit Amanda? Eine Familie, Kinder, einen Labrador und alles, was sonst noch dazugehörte? Die Vorstellung war schön und beängstigend zugleich. Aber Amanda war schon mit Roger verheiratet, und sie wollte sich nicht von ihm trennen. Guerneys Anspielungen auf eine gemeinsame Zukunft hatte sie bislang zumindest nicht erwidert. Sie mochte ihn, da war er sich ziemlich sicher, aber er wusste nicht, ob sie sich mehr vorstellen konnte als das, was bislang zwischen ihnen lief.

Er ging ins Bad, um zu duschen und sich zu rasieren. Anschließend trug er das Frühstück auf die Terrasse, um dort zu essen und den Kaffee zu genießen.

Von hier aus hatte er einen wundervollen Blick über seinen gepflegten Garten. Am Steg war sein Boot vertäut, eine fünfzehn Jahre alte Stingray mit Fiberglasrumpf und einem 250-PS-Motor. Nahezu jeder Einwohner von Carmington besaß neben seinem Auto ein mehr oder weniger großes Boot und eine eigene Anlegestelle – die teils natürlich entstandenen, teils künstlich angelegten Wasserkanäle durchzogen die Stadt wie ein Straßennetz. Mit dem Boot war man oft viel schneller als mit dem Wagen. Und wenn man Lust dazu verspürte, konnte man in wenigen Minuten hinaus in die Sümpfe tuckern.

Schade, dass Amanda nicht bei ihm war. Er hätte es genossen, gemeinsam mit ihr hier draußen zu sitzen und zu frühstücken, in ihrer eigenen kleinen Welt. Er seufzte, stand auf und schaltete das Radio ein, das auf einem Beistelltisch neben der Terrassentür stand. Es war kurz nach sieben, die Nachrichten hatten gerade begonnen: Das erste Thema war auch heute wieder die mysteriöse Flugzeugkatastrophe. Inzwischen stand fest, dass in einem Zeitfenster von nur fünfzehn Minuten weltweit insgesamt dreizehn Passagiermaschinen abgestürzt waren. Experten der Luftsicherheitsbehörde stellten Gemeinsamkeiten und Unterschiede der einzelnen Abstürze heraus und schilderten mögliche Maßnahmen zur Verbesserung der Sicherheit im Luftverkehr. Außerdem berichtete eine Augenzeugin von dem Unglück am Dulles International Airport, wobei sie mehrmals in Tränen ausbrach.

Nach einem kurzen Werbeeinspieler kündigte der Radiosprecher die weiteren Meldungen des Tages im Überblick an. Guerney nippte an seinem Kaffee. Während er den Blick über den Garten zum Fluss gleiten ließ, schweiften seine Gedanken zu Amanda. Erst ein Bericht über aktuell aufgetretene massive Computerstörungen erregte wieder seine Aufmerksamkeit.

Im Rechenzentrum der spanischen Santander-Bank, sagte der Radiosprecher, *können derzeit keine Überweisungen durchgeführt werden. Hunderttausende Kunden sind betroffen. Der Betreiber des Londoner U-Bahn-Netzes berichtet von Unstimmigkeiten im Leitsystem, woraufhin der gesamte Schienenverkehr der Stadt zum Erliegen kam. Inzwischen wird gemeldet, dass es in einigen europäischen Ländern zu weitläufigen PC-Abstürzen kam, insbesondere im Privatbereich sowie in kleinen und mittelständischen Unternehmen. Von den Ausfällen scheinen alle gängigen Betriebssysteme betroffen zu sein. Seit Dienstag ist mit der Ford Motor Company auch die erste US-amerikanische Firma von den Vorfällen betroffen. Die Automobilproduktion an den Standorten Detroit und Chicago wurde bis zur Behebung des Problems stillgelegt. Wodurch die Störungen verursacht wurden, ist zur Stunde noch ungeklärt. Experten gehen von einem bislang unbekannten Computervirus oder von einem Computerwurm aus. Es wird geschätzt, dass aktuell weltweit etwa zwanzig Millionen PC betroffen sind.*

Guerney nahm einen weiteren Schluck aus seiner Tasse. Zwanzig Millionen PC, das war enorm. Seines Wissens hatte nur der *Conficker*-Wurm eine noch größere Verbreitung gefunden – mit rund fünfzig Millionen infizierten Rechnern Anfang des Jahres 2009.

Noch ist völlig unklar, wie die neue Malware aufgebaut ist und was dagegen unternommen werden kann. Fest steht nur, dass sie offenbar von keinem bekannten Virenscanner erkannt wird und sich rasend schnell verbreitet. Das Virus greift nicht nur Software an, sondern ist auch in der Lage, Hardwarekomponenten zu schädigen, indem es durch Modifikationen der Standardkonfigurierungen bei Druckern, CD-ROM-Laufwerken und anderen PC-Schnittstellen eine Überhitzung verursacht. Ob dabei auch Brände ausgelöst werden können, ist bislang unklar. Auch die Frage, ob die Malware bei den jüngsten Flugzeugabstürzen eine Rolle spielte, muss erst noch geklärt werden.

Guerney schüttelte stumm den Kopf. Anscheinend war es irgendeinem verrückten Computercracker wieder einmal gelungen, die halbe Welt in Atem zu halten. Guerney hoffte, dass er sich um AIBEX keine Sorgen zu machen brauchte. Das Sicherheitssystem der Firma war eines der besten der Welt. Nicht einmal das US-Pentagon verfügte über modernere Firewalls und Antivirenprogramme.

Das Telefon klingelte. Guerney ging ins Haus und nahm ab. Es war Ben Harper, einer der Sicherheitsleute bei AIBEX.

»Schlimme Nachrichten, Dr. Guerney«, sagte er.

»Was ist passiert?«

»Es hat einen ... wie soll ich sagen ... einen Unfall gegeben. Dr. Nash ...« Er stockte. »Dr. Nash, sie ... ist dabei ums Leben gekommen.«

Guerney spürte, wie ihm plötzlich die Knie weich wurden.

Er musste sich setzen. Amanda? Tot? Etwas in ihm weigerte sich, das zu glauben. »Wie ... ist das passiert?«, stammelte er, bemüht, seine Gedanken und seine Gefühle zu ordnen, die über ihn hereinbrachen wie tosende Gewässer.

»Ein Brand im Serverraum, Sir. Das Sicherheitssystem hat die Vakuumpumpe aktiviert. Dr. Nash ist offenbar erstickt.«

Guerney schluckte trocken. Er sah Amanda vor sich und den schrecklichen Todeskampf, den sie durchgemacht haben musste. Ihm wurde übel.

»Die Polizei ist hier, Sir«, sagte Harper. »Sie haben ein paar Fragen wegen Dr. Nash. Der Sheriff bittet darum, dass Sie herkommen, damit alles geklärt werden kann.«

»Ich komme«, sagte Guerney, bemüht, das Zittern in seiner Stimme zu unterdrücken. »Richten Sie dem Sheriff aus, dass ich in zwanzig Minuten da bin.«

Die Befragung durch die Polizei dauerte zwei Stunden. Guerney gab sich Mühe, alles, was der Sheriff und seine Helfer wissen wollten, wahrheitsgemäß zu beantworten. Nur auf die Frage, wie er und Amanda zueinander gestanden hatten, log er. Sie war im Betrieb seine rechte Hand, sagte er. Sie entlastete ihn in allen wissenschaftlichen Belangen. Von seiner Affaire mit ihr erwähnte er nichts.

Nachdem der Sheriff wieder gegangen war, verbrachte Guerney den Rest des Tages als Gefangener seiner Gefühle. Erst jetzt, wo er Zeit zum Nachdenken hatte, begann er wirklich zu begreifen, was Amandas Tod für ihn bedeutete. Er würde nie wieder mit ihr sprechen, sie nie wieder berühren und küssen können. Sein Brustkorb schnürte sich zusammen, sein Herz fühlte sich an wie ein kalter, schwerer Stein. Amanda würde ihm fehlen, das spürte er jetzt mit einer Intensität, die er nicht für möglich gehalten hatte. Seine Augen füllten sich mit Tränen.

Um sich abzulenken, vergrub er sich in seine Arbeit – es gab mehr als genug für ihn zu tun. Dennoch wurde er immer wieder von Trauer übermannt.

Am Mittag lud ein Kollege ihn zum Essen ein, aber er brachte keinen Bissen herunter. Das Gespräch drehte sich zwangsläufig um Amandas tragischen Tod, und Guerney, dessen Verhältnis mit Amanda bei AIBEX nicht bekannt war, musste sich sehr zusammenreißen, um das wahre Ausmaß seiner Betroffenheit nicht offen zu zeigen. Als er es nicht mehr aushielt, schützte er eine Magenverstimmung vor und verließ den Tisch.

Am Nachmittag blieb er im Büro. Mit der Begründung, eine Präsentationsunterlage fertigstellen zu müssen, stellte er sein Telefon auf seine Sekretärin um. In Wahrheit wollte er nur allein sein, ungestört vom Rest der Welt.

Er sehnte den Feierabend herbei. Die Aussicht, sich in die eigenen vier Wände zurückziehen und seinen Gefühlen freien Lauf lassen zu können, war wie ein Lichtblick in nachtschwarzer Dunkelheit. Er würde die Tür verriegeln, das Telefon abstellen und vielleicht im Keller ein bisschen gegen den Sandsack boxen, um die Trauer des Tages zu verarbeiten.

Aber als er endlich zu Hause war, kam er sich vor wie in einem Gefängnis. Das beengende Gefühl wich auch nicht, als er sich auf die Terrasse setzte. Der Bungalow war voller Erinnerungen an Amanda. Auf dem Sofa hatten sie Schwarz-Weiß-Filme angesehen, in der Küche gemeinsam gekocht, auf der Terrasse gegessen. Nahezu überall hatten sie sich geküsst, gestreichelt und geliebt. Wohin er auch blickte, flackerten Bilder von Amanda vor ihm auf. Er kam dagegen einfach nicht an.

Kapitel 8

Drei Tage später
Washington, D. C.

Die Kapelle auf dem Oak-Hill-Friedhof in Georgetown war bis auf den letzten Platz gefüllt. Nicht nur die Angehörigen derer, die bei dem Flugzeugabsturz auf dem Dulles International Airport ums Leben gekommen waren und hier beerdigt werden sollten, hatten sich mit ihren Freunden und Verwandten in dem Gotteshaus versammelt, auch bekannte Gesichter aus der Politik waren vertreten, darunter der Washingtoner Bürgermeister und Innenministerin Harriett Nunn, die beide eine Rede vor der Trauergemeinde gehalten hatten. Ein paar Kamerateams hatten im Hintergrund Stellung bezogen, um dem Land und der ganzen Welt den Schlussakt einer Tragödie zu präsentieren, die seit Tagen die Schlagzeilen beherrschte. Die Messe in Washington wurde stellvertretend für nahezu zweitausend Opfer gehalten, die beim Absturz der insgesamt dreizehn Maschinen gestorben waren.

Nach ein paar Liedern und einer Lesung aus einem Psalm hielt Bischof Dimoretto seine Gedenkansprache. Aurelia Fernandéz, die mit ihren Eltern in der zweiten Reihe der Kapelle saß, bekam kaum etwas davon mit. Seit sie Eva im Leichenschauhaus identifiziert hatte, fühlte sie sich wie betäubt. Tränen rollten ihr über die Wangen, tropften auf ihre schwarze Stoffhose. Sie hatte nur ein paar Blutergüsse und

Schrammen davongetragen. Eva, auf dem Sitz neben ihr, hatte das Unglück mit dem Leben bezahlt. Wo blieb da die Gerechtigkeit?

Gottes Wege sind unergründlich – mit diesen beinahe klischeehaften Worten hatte der Bischof seine Ansprache eingeleitet. Aurelia bezweifelte, dass die Flugzeugabstürze etwas mit dem Willen Gottes zu tun hatten. Seit dem Unglück haderte sie mit ihrem Glauben. Sie war streng katholisch erzogen worden, der Glaube an Gott und die Kirche war von frühester Kindheit an tief in ihr verankert worden. Nicht einmal Afghanistan hatte sie in ihrem Glauben erschüttern können, obwohl sie wahrhaft Grund dazu gehabt hatte. Erst Evas plötzlicher Tod hatte das bewirkt.

Aurelia wischte sich mit einem Taschentuch die Tränen weg. Warum hatte Eva sterben müssen, gerade jetzt, wo sie sich wieder angenähert hatten? Der Gedanke, dass es nun zu spät war, und daran, was sie alles versäumt hatte, quälte sie. Jahrelang war Eva für Aurelia eher ein Hindernis für ihre Karriere gewesen, insbesondere, nachdem sich Evas Vater schon im ersten Jahr nach der Geburt von Aurelia getrennt hatte. Für Aurelia war es oft nicht leicht gewesen. Später, als Eva ins Schulalter kam, war das Internat die einzige Möglichkeit gewesen, Kind und Beruf zu vereinbaren. Ein echtes Verhältnis zwischen Mutter und Tochter hatte sich dadurch nicht entwickeln können. Erst der letzte Urlaub hatte sie zusammengebracht, als habe Gott Aurelia ein Zeichen geben wollen, eine zweite Chance.

Und dann hatte er ihr Eva wieder genommen, einfach so. Für immer.

Ihre Mutter unter dem breitkrempigen schwarzen Hut schluchzte leise. Ihr Vater saß regungslos auf der Kirchbank. Er sang die Lieder nicht mit, er sprach keine Gebete, er wirkte völlig teilnahmslos. Aber Aurelia wusste, dass er genauso litt wie sie.

Der Bischof forderte die Trauergemeinde zu einem gemeinsamen *Vaterunser* auf. Aurelia erhob sich mit allen anderen, faltete die Hände und sprach im Chor mit.

»Vater unser im Himmel, geheiligt werde Dein Name ...«

Normalerweise empfand sie das sakrale Gemurmel in einer Kirche als beruhigend und tröstend. Doch heute löste es nur ein kaltes Gefühl der Beklemmung aus in ihr.

»... Dein Wille geschehe ...«

Falls Evas Tod tatsächlich Gottes Wille gewesen war, dann war er ihr dadurch fremd und unheimlich geworden. Falls nicht – wofür gab es dann einen Gott? Zu wem hatte sie all die Jahre gebetet, wenn nicht zu dem, der die Geschicke der Welt bestimmte und der ihr Kind beschützte?

Die Glocken begannen zu läuten, Orgelmusik setzte ein – der Gedenkgottesdienst war zu Ende. Angeführt von Bischof Dimoretto zogen die Messdiener durch den Mittelgang, gefolgt von der Trauergemeinde und den Pressevertretern. Draußen umfing sie strahlender Sonnenschein, als wolle er den Schmerz der Anwesenden verhöhnen.

Der Menschenzug schlängelte sich langsam und würdevoll durch den hügeligen Friedhof bis zu der Stelle, wo die Gräber für die Opfer des Flugzeugunglücks ausgehoben worden waren. Der Bischof sprach die letzten Worte, sang ein letztes Lied. Dann wurden die Särge zu Grabe gelassen, und die Angehörigen konnten sich in stiller Einkehr von ihren Lieben verabschieden.

Aurelia trat mit ihren Eltern an das von Kränzen und Blumengestecken gesäumte und doch so abstoßend hässliche dunkle Loch, in dem der polierte Buchenholzsarg – Evas letzte Ruhestätte – lag. Sie griff in das Weidenkörbchen, das ein Messdiener ihr hinhielt, nahm eine Rose und warf sie in das Grab. Sie hörte, wie ihre Mutter neben ihr ein Gebet sprach, doch sie schaffte es nicht, ebenfalls zu beten. Gott hatte sich von ihr abgewandt – und sie sich von ihm.

Kapitel 9

Der nächste Morgen war für Aurelia der traurigste in ihrem Leben. Die Beerdigung, der Sarg, das Grab, die vielen weinenden Menschen – das alles hatte Evas Tod etwas Endgültiges verliehen

Aurelia saß in ihrem kleinen Wohnzimmer in Georgetown und starrte an die Wand. Sie hatte jegliches Zeitgefühl verloren.

Ihre Eltern hatten bei ihr übernachtet und waren jetzt schon auf der Heimreise, weil ihr Vater nicht länger Urlaub bekommen hatte. Doch Aurelia war fast dankbar dafür, dass sie wieder weg waren, damit sie mit niemandem reden musste. Sie bewältigte ihre Probleme am liebsten allein.

Dennoch kam ihr die Wohnung jetzt leer und verwaist vor. Natürlich war Eva früher auch nur in den Schulferien hier gewesen. Den Rest der Zeit hatte Aurelia allein in ihrer Wohnung verbracht, nur war sie ihr damals nicht so dunkel und trist erschienen wie heute. Sie kam sich vor wie eingemauert.

Es war schon Nachmittag, als sie den Entschluss fasste, nach über fünf Monaten endlich wieder ins Büro zu fahren. In Langley rechnete man erst in den nächsten Tagen mit ihr, aber vielleicht war es besser, den ersten Arbeitstag vorzuziehen. Sie brauchte Ablenkung.

Gegen fünf Uhr stellte sie ihren Wagen auf dem Parkplatz vor dem CIA-Hauptquartier ab. Stella Warden, die Dame am Empfang, blickte überrascht auf und begrüßte sie dann mit einem ernsten Nicken, sprach sie aber nicht an.

Während Aurelia durch die Lobby ging und mit dem Aufzug in den dritten Stock fuhr, spürte sie, wie die vertraute Umgebung ihr Halt zu geben begann. Ja, sie empfand fast einen Anflug von Vorfreude.

Zuerst wollte sie John Mulligan einen Besuch abstatten. Er war ihr Chef, aber in den sieben Jahren ihrer Zusammenarbeit war er auch zu einem Freund und Mentor geworden. Er hatte Aurelias Ehrgeiz und ihre Fähigkeiten sofort erkannt, sie gefördert und ihr nach und nach immer anspruchsvollere Aufgaben übertragen. Mulligan war es auch gewesen, der sie gefragt hatte, ob sie den Afghanistaneinsatz übernehmen wolle, obwohl für den Posten ein Dutzend hochqualifizierte Agenten auf der Warteliste standen. Aurelia hatte ohne zu zögern zugesagt.

Und dann war sie in Kabul kläglich gescheitert.

Sie straffte sich und betrat das Vorzimmer. Mulligans Sekretärin, Edna Fitzpatrick, lächelte warm, als sie Aurelia erkannte, dann wurde sie wieder ernst. Sie stand auf und ging etwas verlegen auf sie zu. Offenbar wusste sie nicht so recht, wie sie mit der Situation umgehen sollte. »John hat mir erzählt, was mit Ihrer Tochter passiert ist. Es tut mir so leid«, sagte sie. »Es ist schrecklich, überhaupt diese ganzen Flugzeugabstürze …« Sie legte Aurelia eine Hand an den Arm, streichelte sie zögernd, doch dann drückte sie sie an sich. Diese spontane Anteilnahme hatte etwas Tröstendes. »Ich wünschte, dass die Umstände anders wären – aber es ist schön, dass Sie wieder da sind.«

»Das finde ich auch«, sagte Aurelia. »Ist John im Büro?«

Edna nickte. »Ich bin sicher, er wird sich auch freuen. Kommen Sie.« Sie ging voraus, klopfte an die Bürotür und öffnete sie. »Besuch für Sie, Sir«, sagte sie, trat zur Seite und ließ Aurelia vorbei.

John Mulligan war ein großer, stattlicher Mann in den Fünfzigern, mit silbergrauem Bürstenhaarschnitt und einem Gesicht wie aus Stein gemeißelt. Jetzt verzog sich diese kantige Fassade zu einem sanften, beinahe melancholischen Lächeln. Er stand von seinem schwarzen ledernen Bürosessel auf, ging um seinen Mahagonischreibtisch herum und trat auf Aurelia zu.

»Willkommen zurück«, sagte er. Es klang freundlich, aber auch irgendwie kraftlos. Aurelia bemerkte seine rot geränderten Augen und seine hängenden Schultern. Er sah aus wie jemand, der schon tagelang kaum geschlafen hatte.

Sie schüttelten sich die Hand. »Wie geht es Ihnen?«, fragte er.

»Danke. Den Umständen entsprechend«, sagte Aurelia. »So nennt man das doch, nicht wahr?«

Seine müden Augen verengten sich, wie immer, wenn er jemanden zu durchschauen versuchte. »Sie haben es zu Hause nicht mehr ausgehalten, hab ich recht?«

Aurelia spürte, wie ihr die Tränen in die Augen stiegen. »Ja, mir ist die Decke auf den Kopf gefallen. Daheim denke ich die ganze Zeit nur an …« Sie stockte, weil sie spürte, dass sie den Namen ihrer Tochter nicht über die Lippen bringen würde, ohne dass sie weinen musste.

»Möchten Sie etwas trinken?«

»Nein, danke. Ich wollte mich nur kurz zum Dienst zurückmelden.«

Mulligan führte Aurelia zur Sitzecke, wo sie beide Platz nahmen. »Zigarette?«

Aurelia schüttelte den Kopf. »Ich habe aufgehört.«

»Seit wann das denn?«

»Seit der Arzt mir gesagt hat, dass mein rechter Lungenflügel nur noch auf halber Kraft arbeitet.« Erklärend fügte sie hinzu: »Zwei von den drei Kugeln in Kabul haben nur hässliche Wunden hinterlassen. Aber die letzte hat wirklichen Schaden angerichtet.« Sie presste die Lippen aufeinander und schwieg.

»Jedenfalls freue ich mich, dass Sie wieder gesund sind«, sagte Mulligan. »Wenn man dem medizinischen Gutachten glauben darf, sind Sie wieder voll einsatzfähig.«

Ja, dachte Aurelia. In dieser Hinsicht hatte sich die Quälerei im Kennedy-Sanatorium wirklich gelohnt. Nur die hässlichen Narben würden sie für immer entstellen.

»Sie sehen erschöpft aus, John«, sagte sie. »Was ist los?«

Mulligan sah sie an, nickte und rieb sich die Augen. »Seit diesen Flugzeugabstürzen geht's bei uns drunter und drüber, das können Sie sich ja denken. Niemand zweifelt mehr daran, dass es sich dabei um einen Terrorakt handelt – und was für einen. Wir arbeiten hier unter wahnsinnigem Druck. Der Präsident will täglich über die Fortschritte der Ermittlungen informiert werden. Normalerweise wäre das Bloombergs Aufgabe, aber der hatte letzte Woche einen schweren Infarkt. Bis er wieder fit ist, muss ich dem Präsidenten Bericht erstatten. Außerdem sitzt uns die Presse im Nacken. Und dazu noch der übliche Personalmangel. Im Moment kommt einiges zusammen.« Er atmete durch, lehnte sich in die Couch zurück und schüttelte langsam den Kopf.

Aurelia setzte sich auf die Kante ihres Sessels. »Jetzt, wo ich da bin, könnte ich vielleicht …«

»Vergessen Sie 's, Aurelia.«

»Ich dachte nur, …«

»Ich sage *Nein*.«

Aurelia seufzte auf. »Ich bin eine gute Agentin, John«, sagte sie entschieden.

»Eine sehr gute sogar.«

»Und Sie können Unterstützung brauchen. Das haben Sie selbst gesagt.«

»Sie wissen genauso gut wie ich, dass das nicht geht. Ich kann Sie nicht ins Ermittlungsteam aufnehmen.«

»Weil ich befangen bin?«

»Sie sind nicht *befangen*. Sie sind *unmittelbar betroffen!* Das funktioniert nicht. Es wäre nicht gut fürs Team. Und für Sie auch nicht.« Er machte eine Pause, setzte sich auf und sagte etwas versöhnlicher: »Ich kann gut verstehen, dass Sie sich in den Fall einbringen wollen. Wenn meine Tochter ums Leben gekommen wäre, würde ich das auch wollen. Aber ich kann bei den Ermittlungen niemanden gebrauchen, der aus der Sache seinen persönlichen Rachefeldzug machen will.«

»John, Sie kennen mich gut genug, um zu wissen, dass ich das nicht tun würde.«

Er seufzte. »Ja – ja, ich weiß. Aber Fakt ist, dass wir in diesem Fall nur mit klarem Kopf vorankommen werden. Sachlich, nüchtern und professionell, wie wir das immer tun. Solange Evas Tod noch so frisch ist, sind Sie außerstande, diesen Job so zu erledigen, wie ich es erwarte. Tut mir leid, aber es bleibt bei Nein. Bis auf Weiteres habe ich Sie dem *Crime and Narcotics Center* zugeteilt.«

»Sie ziehen mich von der Terrorismusbekämpfung ab?«

»Nun tun Sie nicht so, als würde ich Sie degradieren. Sie behalten Ihren Dienstgrad, Ihre Vergütungsgruppe, Ihre Vergünstigungen. Sogar Personalverantwortung werden Sie wieder haben.« Mulligan machte eine Pause, als erwarte er zumindest ein kleines Dankeschön. Doch Aurelia schwieg. »Es gibt da einen Mordfall in Louisiana, den ich Ihnen übertragen werde«, fuhr Mulligan fort. »Eine Wissenschaftlerin ist in einem Labor ums Leben gekommen. Niemand weiß so recht, was genau passiert ist. Ich will, dass Sie sich der Sache annehmen. Ich habe schon ein Team auf den Fall angesetzt. Die Ermittlungen laufen. Parker hat das vorübergehende Kommando, aber er weiß, dass Sie es übernehmen, sobald Sie sich eingearbeitet haben.«

Aurelia zeigte keine Regung, war aber froh darüber, dass Parker wieder an ihrer Seite sein würde. Das erleichterte ihr den Wechsel zum *Crime and Narcotics Center* erheblich. »Wer ist noch in meinem Team?«

»Cliff Edkins und Madelaine Shriker. Kennen Sie die beiden?«

»Nein.«

»Erfahrene Leute, insbesondere auf dem Gebiet der Hintergrundrecherche und der zentralen Koordination. Ich bin sicher, Sie werden gut miteinander klarkommen.«

Aurelia nickte langsam. »Eins verstehe ich noch nicht«, sagte sie. »Seit wann mischt sich die CIA in die lokale Polizeiarbeit ein? Wäre das nicht eher eine Sache fürs FBI?«

»Im Grunde schon. Aber der Fall hat angeblich etwas mit Industriespionage zu tun, und auch das Ausland könnte darin verwickelt sein. China oder Russland.« Mulligan zog die Augenbrauen nach oben. »Deshalb soll die CIA sich darum kümmern. Anweisung von höchster Stelle. Mehr kann ich dazu im Moment leider nicht sagen.«

Kapitel 10

Als Mitglied des *Crime and Narcotics Center* hatte Aurelia ein anderes Büro als früher. Es war kleiner als das alte, bot aber einen hübschen Blick auf den angrenzenden Wald. Abgesehen davon war es wie nahezu alle Büros in Langley in einem Stil eingerichtet, bei dem Zweckmäßigkeit oberstes Gebot war. Aurelia störte es nicht, nein, sie hatte noch nie viel für Dekoration übriggehabt. Bilder an der Wand und Nippes auf dem Tisch lenkten sie nur von ihrer Arbeit ab.

Sie schaltete den Computer ein und tippte die Passwörter, die Edna Fitzpatrick ihr nach dem Besuch bei Mulligan gegeben hatte, in die Eingabemasken, bis sie schließlich Zugriff aufs System hatte. Als die vertraute Benutzeroberfläche mit dem CIA-Emblem – dem Adlerkopf über dem weißen Schild mit der roten Kompassrose – auf dem Monitor erschien, überkam sie ein Anflug von freudiger Erregung. Endlich wieder hier!

Sie durchforstete die Programme, um sich einen Überblick zu verschaffen, was sich während ihrer Abwesenheit alles verändert hatte, und stellte zu ihrer Erleichterung fest, dass nahezu alles beim Alten geblieben war. In ihrem neuen E-Mail-Account befand sich nur eine Nachricht. Sie stammte von John Mulligan, der ihr das Aktenzeichen ihres neuen Falls durchgab, damit sie sich einlesen konnte. Sie war gerade dabei, den Bericht des Sheriffs von Houma zu studieren, als sie jemanden an der Tür hörte. »Darf ich stören?«

Sie sah auf. Vor ihr stand ein athletischer Schwarzafrikaner mit Anzug, Seidenkrawatte, Weste und eleganten Schuhen. »Parker! Schön, dich zu sehen!«

James Ulysses Parker kam breit lächelnd auf sie zu. In seinem fast schwarzen Gesicht leuchteten seine strahlend weißen Zähne besonders intensiv.

Sie umarmten sich, dann lösten sie sich voneinander und sahen sich an wie alte Freunde, die sich aus den Augen verloren und durch eine glückliche Schicksalsfügung endlich wiedergefunden hatten. In der Tat verband sie viel mehr als bloße Kollegialität. Sie arbeiteten seit Jahren eng zusammen, und Parker war der beste Partner, den Aurelia sich vorstellen konnte. Er war stets zur Stelle, wenn sie ihn brauchte. Das galt ganz besonders für Afghanistan, wo er ihr Retter in der Not gewesen war.

»Mulligan hat mich gerade angerufen und mir Bescheid gegeben, dass du schon da bist«, sagte Parker. »Mein Büro ist übrigens gleich nebenan.« Er sah sie forschend an. »Wie geht es dir?«

Aurelia stockte, verspürte einen Stich im Herzen und presste die Lippen aufeinander. Aber wenn es in Langley jemanden gab, mit dem sie über ihre Verwundung und über Evas Tod sprechen konnte, dann war es Parker.

»Ich kann es immer noch nicht glauben, dass Eva tot ist«, sagte sie leise. »Aber zu Hause halte ich es nicht mehr aus. Deshalb bin ich schon heute gekommen – um mich abzulenken. Es ist seltsam: Früher war unser Verhältnis oft angespannt. Ich glaube, Eva hat es mir übel genommen, dass ich nie Zeit hatte. Aber im letzten Urlaub haben wir einen neuen Zugang zueinander gefunden. Ich schätze, das lag daran, dass ich zum ersten Mal nicht nur meinen Job im Kopf hatte, sondern mich wirklich auf sie eingelassen habe.« Aurelia seufzte und spürte, wie ihr die Augen feucht wurden. »Wie auch immer – ich freue mich jedenfalls, dich zu sehen.«

»Ich mich auch. Fünf Monate – das ist eine lange Zeit.«

Aurelia nickte. Parker hatte sie mehrmals im Sanatorium angerufen, weil er sie besuchen wollte, aber sie hatte stets abgelehnt. Sie war sich so hilflos vorgekommen, vor allem am Anfang, als sie ans Bett gefesselt und kaum in der Lage gewesen war, sich zu rühren.

»Es tut mir leid, dass ich nicht zu Evas Beerdigung kommen konnte«, sagte Parker unvermittelt. »Ich *wollte* kommen. Aber dann musste ich kurzfristig nach Louisiana. Wegen unseres neuen Falls, das ließ sich leider nicht verschieben.«

Sie umarmte ihn noch einmal und gab ihm einen Kuss auf die Wange. »Danke«, sagte sie. »Danke, dass du so ein guter Freund bist.«

Parker strich ihr eine Haarsträhne aus dem Gesicht. »Wie sieht's aus? Wollen wir auf einen Cappuccino in die Cafeteria gehen?«

Doch Aurelia winkte ab. »Ich bin gerade dabei, mir einen Überblick über diese Geschichte in Carmington zu verschaffen.«

»Wie weit bist du?«

»Noch ganz am Anfang. Ich bin gerade dabei, den Bericht des dortigen Sheriffs durchzulesen. Du siehst, ich habe noch eine Menge Hausaufgaben vor mir.«

»Soll ich dir dabei helfen?«

Aurelia warf einen Blick auf die Uhr. Es war schon nach sechs. »Musst du nicht nach Hause?«

»Sally ist heute beim Frauen-Bowling. Die Kinder übernachten bei meinen Eltern. Und die Baseball-Übertragung fängt erst um acht an. Etwas Zeit habe ich also noch, wenn du willst.«

»Gern. Trockenes Aktenstudium war noch nie meine Stärke. Worum geht's?«

Sie setzten sich an den kleinen Besprechungstisch in der Ecke, und Parker gab ihr eine Zusammenfassung. Das Opfer war eine Wissenschaftlerin namens Amanda Nash, erzählte er. Sie hatte bei AIBEX gearbeitet, einem Forschungsinstitut etwa neunzig Kilometer westlich von New Orleans, ziemlich weit abgelegen am Rand der Sümpfe. Nash hatte vor fünf Tagen abends länger gearbeitet und sei aus bislang unbekannten Gründen in den Serverraum gegangen. Dort war sie ums Leben gekommen, anscheinend, weil ein Feuer ausgebrochen war.

»Sie ist verbrannt?«

»Nein, erstickt, weil das Sicherheitssystem im Serverraum eine Vakuumpumpe aktiviert hat, um den Brand zu löschen. Ich habe mich erkundigt. Solche Pumpen sind in modernen Serverräumen nicht unüblich, weil eine Sprinkleranlage im Zweifelsfall größeren Schaden anrichten würde als der Brand selbst. Der Bewegungsmelder, der für einen solchen Fall installiert wurde, hat scheinbar versagt.«

»Gibt es schon irgendwelche brauchbaren Spuren?«

Parker beugte sich vor und stützte die Ellbogen auf den Tisch. »Wir haben den Fall vorgestern übertragen bekommen und arbeiten seitdem eng mit den örtlichen Behörden zusammen. Der Sheriff von Houma und seine Leute haben schon die komplette Belegschaft befragt, allerdings ohne handfestes Ergebnis. Niemandem ist etwas Verdächtiges aufgefallen. Allerdings waren die meisten AIBEX-Mitarbeiter zu der Zeit, als Nash gestorben ist, schon zu Hause.«

»Wann genau *ist* die Frau gestorben?«

»Laut Obduktionsbericht ziemlich genau um 23.00 Uhr. Plus/minus eine halbe Stunde.«

»Standen sonst noch irgendwelche Besonderheiten im Obduktionsbericht?«

»Nein. Sie ist einfach nur erstickt. Keine Spuren von Gewaltanwendung. Die Polizei von Carmington hält es für eine Verkettung unglücklicher Umstände.«

»Aber du nicht.« Es war keine Frage, sondern eine Feststellung. Aurelia blickte Parker erwartungsvoll an.

Er lehnte sich auf seinem Stuhl zurück und zog die Brauen hoch. »Sagen wir mal so: Ich halte es für ziemlich unwahrscheinlich, *zufällig* so zu sterben.«

»Du denkst also, es war Mord.«

»Ich finde, das Ganze sieht verdammt nach einer Falle aus. Jemand, der sich mit der Sicherheitstechnik bei AIBEX auskennt, lockt Nash in den Serverraum, löst einen Brand aus und ...« Statt den Satz zu vollenden, schnippte er mit den Fingern.

Aurelia nickte nachdenklich. »Hatte Nash irgendwelche Feinde?«

»Nicht dass wir wüssten. Im Gegenteil, sie schien bei ihren Kollegen ziemlich beliebt zu sein.«

»Und im Verwandten- und Freundeskreis? Könnte dort jemand ein Motiv haben?«

»Wir sind gerade dabei, das zu prüfen, bislang aber ohne Erfolg. Sie scheint in jeder Beziehung eine geradezu mustergültige Frau gewesen zu sein – so mustergültig, dass es schon wieder verdächtig wirkt.«

»Das heißt, wir tappen bisher noch völlig im Dunkeln?«

»So könnte man es ausdrücken. Eine Sache bereitet mir allerdings Kopfzerbrechen. AIBEX ist auf dem Gebiet der künstlichen Intelligenz eine der führenden Forschungseinrichtungen weltweit. Die Regierung investiert jedes Jahr Beträge in zweistelliger Millionenhöhe in diese Firma. Dabei geht es auch um Forschung für militärische Zwecke. Ein solches Unternehmen könnte für Konkurrenten oder für andere Regierungen ziemlich interessant sein.«

»Mulligan hat schon erwähnt, dass Industriespionage dahinterstecken könnte.«

»Der Verdacht liegt nahe. Und irgendwie ist Nash dabei unter die Räder gekommen. Vielleicht wollte jemand heimlich Informationen von ihr, aber sie hat sich geweigert. Also wurde sie eliminiert. Oder es geht eigentlich gar nicht um sie, sondern um jemand ganz anderen, der durch den Mord eingeschüchtert und dadurch zum Reden gebracht werden soll. Im Moment ist das natürlich alles noch Spekulation.« Er sah auf die Uhr. »Himmel! Jetzt muss ich aber los, sonst verpasse ich noch den Anpfiff.« Er stand auf, beugte sich zu Aurelia hinunter und gab ihr einen Kuss auf die Wange, bevor er sich auf den Weg machte. An der Tür hielt er noch einmal inne.

»Ich muss morgen früh nach Carmington, um die Ermittlungen fortzuführen«, sagte er. »Mein Flug geht um sieben. Willst du mit? Ich meine ... traust du dich denn schon wieder in ein Flugzeug?«

»Klar komme ich mit.« Aurelia bemühte sich, entspannt zu klingen, wusste aber nicht, ob ihr das gelang. »Denkst du denn, dass ich so kurzfristig noch einen Platz kriege?« Wie sie mitbekommen hatte, war der Flugverkehr in den letzten Tagen aus Sicherheitsgründen drastisch reduziert worden.

»Wenn du mitkommen willst, dann *kriegen* wir für dich ein Ticket, verlass dich drauf. Ich sage Edna, dass sie dir eins reservieren soll. Wir treffen uns um fünf am Flughafen, in Ordnung?« Mit diesen Worten eilte er davon.

Aurelia schrieb Mulligan eine kurze E-Mail, damit er wusste, dass sie am kommenden Tag ihre Recherchen in Louisiana aufnehmen würde. Anschließend studierte sie noch ein wenig die elektronische Akte zum Fall *Amanda Nash*. Gegen neun Uhr fuhr sie ihren Computer herunter und verließ das Büro.

Im Aufzug begann ihr Magen plötzlich zu knurren, und ihr fiel ein, dass sie heute noch gar nichts gegessen hatte. Seit Evas Tod verspürte sie kaum noch Appetit. Dennoch war es wohl ratsam, einen Happen zu sich zu nehmen – in den nächsten Tagen brauchte sie Kraft, um sich in ihren Fall einzuarbeiten. Kurz entschlossen machte sie einen Abstecher in die Cafeteria.

Um diese Zeit war es dort ziemlich menschenleer, nur wenige Tische waren belegt. Aurelia nahm aus der Frischebox ein Käsesandwich, bezahlte es an der Kasse und war schon wieder auf dem Weg zur Tür, als sie Andrew Dobinsky begegnete, einem drahtigen Typen, der sich vor allem durch sein nahezu unerschöpfliches Repertoire an obszönen Witzen und anzüglichen Bemerkungen hervortat.

»Hallo, Schätzchen.«

Aurelia verdrehte die Augen. »Hallo, Andy.«

»Wie sieht's aus, kann ich dir was zu trinken spendieren?«, fragte er. »Dann könnten wir uns ein bisschen unterhalten.«

»Ein andermal vielleicht, in Ordnung?«, sagte sie matt. Nach einem Gespräch mit Andy war ihr überhaupt nicht zumute. Da wollte sie lieber allein sein.

»Ich könnte offen gestanden eine Pause vertragen«, fuhr Dobinsky unbeirrt fort. »Seit diesen Flugzeugabstürzen bin ich fast rund um die Uhr im Einsatz.«

Aurelia horchte auf. »Du arbeitest an diesen Fällen mit?«

»Leider. Ist momentan kein Zuckerschlecken. Druck von allen Seiten, wenn du verstehst, was ich meine.«

»Kann ich mir vorstellen. Klingt nach Stress.« Sie hielt inne, dann sagte sie: »Also gut, trinken wir was.«

Dobinsky erwies sich als ergiebige Informationsquelle. Er erzählte Aurelia alles, was sie wissen wollte, und das, obwohl sie nur gelegentlich eine Zwischenfrage stellte. Es sprudelte regelrecht aus ihm heraus. Aurelias Interesse veranlasste ihn sogar dazu, sie mit in sein Büro zu nehmen, wo er sich in die elektronischen Akten des Falls *Fallen Eagles* einloggte. »Wir arbeiten eng mit den ausländischen Geheimdiensten zusammen«, sagte er. »Aber bis jetzt sind die Spuren ziemlich vage.«

»Irgendwelche Bekennerschreiben?«

»Dutzende.« Er klickte ein Dokument an, und auf dem Bildschirm öffnete sich eine Liste mit mehr oder minder bekannten radikalen Vereinigungen und fanatischen religiösen Splittergruppen. »Jeder von denen behauptet, Drahtzieher der Anschläge zu sein. Die meisten von ihnen haben sich dazu auf ihren einschlägigen Internetseiten bekannt. Leider ist niemand dabei, dem man eine Tat dieser Dimension zutrauen könnte. Aber natürlich überprüfen wir das genau.«

»Weiß man schon, wie die Flugzeuge zum Abstürzen gebracht wurden?«

Dobinsky schüttelte den Kopf. »Keinem der Abstürze ging ein Feuer oder eine Explosion an Bord voraus«, sagte er. »Das hat die erste Sichtung der Wracks ergeben. Aber in jeder der dreizehn Maschinen ist unmittelbar vor dem Absturz der Funk ausgefallen; die Ursache dafür kennen wir noch nicht. Der Copilot des Flugzeugs, das hier in Washington notlanden musste, hat ausgesagt, dass kurz vor dem Unglück die Instrumente versagt haben und dass die Steuerung ausgefallen ist. Ob das in den anderen Maschinen auch so war, werden hoffentlich die Blackbox-Auswertungen zeigen. Aber das kann noch ein paar Wochen dauern.«

»Könnte es sein, dass dieses Virus, von dem man in den letzten Tagen so viel hört, an den Abstürzen schuld ist?«

»Wir wissen es nicht.« Dobinsky schloss die Liste der Bekennergruppen und öffnete ein anderes Dokument. Es sah aus wie eine schlecht gemachte Werbeanzeige, schwarz-weiß, unauffällig, in kleiner Schrift gedruckt. Es stand nur ein Satz darauf: *Die 13 wird die Welt verändern.* Das war alles.

»Eine solche Annonce erschien einen Tag vor der Katastrophe in allen großen Zeitungen der Welt«, sagte Dobinsky. »Unsere Experten sind sicher, dass das kein Zufall sein kann. Es muss eine Anspielung auf die Abstürze sein. Wir haben es also mit einem exakt geplanten terroristischen Anschlag zu tun. Daher kann ich mir nicht vorstellen, dass dieses Computervirus etwas damit zu tun hat.«

Aurelia überlegte. Wahrscheinlich hatte Dobinsky recht. »Aber wer steckt dahinter? Wer hätte die Macht, ein solches Desaster zu planen und in die Tat umzusetzen?«, fragte sie.

Dobinsky lachte freudlos auf. »Wenn ich das wüsste ... Wie gesagt – bis jetzt gibt es kaum brauchbare Hinweise. Unsere heißeste Spur ist ein Topterrorist namens Hassan Gamoudi. Schon mal gehört?«

Aurelia legte nachdenklich die Stirn in Falten. »Gehört schon, aber ich weiß nichts Genaues über ihn.«

Dobinsky klickte eine neue Datei an, und auf dem Monitor erschien ein Polizeifoto. Es zeigte einen etwa vierzigjährigen Mann mit Halbglatze, einem Kranz aus kurzem schwarzen Stoppelhaar und scharf geschnittenen arabischen Gesichtszügen. Seine dunkelbraunen Augen blickten furchtlos in die Kamera, seine leicht nach oben gezogenen Mundwinkel schienen die Polizei und die ganze Welt zu verhöhnen.

»Ein Mann vom Wartungspersonal in London-Heathrow hat ausgesagt, dass zwei Tage vor den Abstürzen ein neuer Kollege auf dem Flughafengelände aufgetaucht sei. Der Unbekannte hat offenbar an einer der Unglücksmaschinen gearbeitet. Der britische MI6 hat dem Wartungsmitarbeiter Fahndungsfotos vorgelegt. Herausgekommen ist dabei das. Leider ist das Bild schon über zehn Jahre alt, Gamoudi ist inzwischen dreiundfünfzig. Aber laut Aussage des Flughafenarbeiters sieht er noch fast genauso aus. Er ist unser Mann. Wenn wir ihn kriegen, kriegen wir auch die Hintermänner.«

Kapitel 11

Saint-Jean-Brévelay
Bretagne

Ein Blitz zuckte vom wolkenverhangenen Nachthimmel nieder, gefolgt von einem Donnerschlag, der die Fensterscheiben erzittern ließ. Lars Hendriksson zuckte zusammen. Er saß vor seinem Computer und war mitten in der finalen Schlacht der Elfen gegen die Trolle, aber er unterbrach seine World-of-Warcraft-Sitzung, um die Rollläden im Haus zu schließen. Er wollte nicht, dass irgendein Ast ihm ein Fenster einschlug.

Als er ins Wohnzimmer zurückkehrte, standen im Dialogfeld auf dem Computerbildschirm eine ganze Reihe von Nachrichten: Hilferufe seiner Troll-Mitspieler, die sich im Kampf auf ihn verlassen hatten, aber bitter enttäuscht worden waren.

Was ist los, Glingor? Pennst du?

Greif endlich an, Feigling, sonst bin ich geliefert!

Was bist du? Ein Überläufer?

Auf welcher Seite stehst du, Arschloch? Wir hätten die Schlacht gewinnen können!

Hendriksson zuckte mit den Schultern. Was die anderen über ihn dachten, war ihm ziemlich gleichgültig, er kannte keinen von ihnen persönlich. Für ihn war das Spiel ein netter Zeitvertreib, mehr aber auch nicht.

Wesentlich ehrgeiziger war er in seiner Eigenschaft als

Hacker. Auf diesem Gebiet war er ein absolutes Ass. Die für seine Zwecke benötigte PC-Ausstattung hatte ihn mehr gekostet als sein Haus. Noch vor einem Jahr war er richtig dick im Geschäft gewesen, es hatte kaum eine Firewall gegeben, die er nicht zu knacken imstande gewesen war. Doch dann hatte er es übertrieben und, wie die meisten Hacker, die etwas auf sich hielten, versucht, sich in Militär-Server einzuschleusen. Irgendwann aber hatte er das Gefühl gehabt, beobachtet zu werden. Auf der Straße vor dem Haus war eine Zeitlang ein dunkelblauer Geländewagen gestanden – mit einem auffällig unauffälligen Kerl hinter dem Steuer. Und sobald Hendriksson sich ins Internet einloggte, kam es zu außergewöhnlich vielen Angriffen auf seine Sicherheitssysteme, so als würde jemand gezielt versuchen, auf seinen Rechner zuzugreifen. Da war ihm bewusst geworden, dass er eine Grenze überschritten hatte. Seitdem mied er im Internet alles, was auch nur entfernt etwas mit dem Militär zu tun hatte.

Hendriksson wollte nicht ins Gefängnis. Deshalb hatte er schon lange vor diesem Zwischenfall Vorkehrungen getroffen. Ein kompletter Satz falscher Papiere lagerte in einem Schließfach bei der Crédit Lyonnais in Dijon. Nur für den Notfall. Aber er hatte nicht wirklich damit gerechnet, dass dieser Notfall einmal eintreten würde.

Glücklicherweise war der Geländewagen vor vier Wochen wieder verschwunden, und Hendrikssons Firewalls meldeten seitdem einen deutlichen Rückgang der Zugriffsattacken auf seinen Rechner. Offenbar hatte der militärische Abschirmdienst das Interesse an ihm verloren. Zumindest hoffte er das. Dennoch erschien es ihm ratsam, auch weiterhin auf der Hut zu sein.

Hendriksson beendete sein Spiel und surfte eine Weile ziellos durchs Internet. Er ersteigerte in eBay eine neue Vierkern-Festplatte, chattete im Netcrawler-Forum ein wenig mit anderen Hackern und verschaffte sich anschließend wieder einen Überblick über die internationalen Finanzmärkte und Börsen, wie er es täglich tat. Nach den Flugzeugabstürzen waren die Kurse ins Bodenlose gefallen – eine gute Gelegenheit, einzusteigen. Das dafür notwendige Kapital beschaffte er sich diesmal von einer Bank in Französisch Guyana. Seine Firewalls und seine Schutzsysteme meldeten keine Auffälligkeiten. Niemand war ihm auf den Fersen.

Nachdem er die finanziellen Transaktionen durchgeführt und alle verräterischen Spuren im Internet beseitigt hatte, besuchte er eine seiner erotischen Favoriten-Seiten. Er hatte eine Vorliebe für schwarzhaarige Frauen mit kleinen Brüsten und klickte das Foto einer bildhübschen Frau namens Wendy an. Die nackte bronzefarbene Haut, die er zu sehen bekam, erregte ihn.

Wendy war genau sein Typ. Glattes schwarzes Haar, ein herzförmiges Gesicht mit leicht asiatischem Einschlag, kleine, feste Titten und eine durchtrainierte Figur. Dabei wirkte sie gleichzeitig ein wenig schüchtern, was ihm sehr zusagte. Er verfolgte ihre Striptease-Nummern vor der Livewebcam schon seit Monaten. Wendy schien genau zu wissen, was ihm gefiel.

Ein Donnerschlag ließ das Haus vibrieren. In der Küche klirrte Glas. Widerstrebend verließ Hendriksson den Computer, um nachzusehen. Ein Bild war von der Wand gefallen, das Glas beim Aufprall zerbrochen. Hendriksson kehrte die Scherben auf und ging zurück ins Wohnzimmer. Wendy war mittlerweile von einer üppig geformten Blondine namens Cora abgelöst worden, der Hendriksson jedoch nichts abgewinnen konnte.

Er klickte sich durch ein paar weitere Erotik-Seiten, fand aber nichts mehr, was seinem Geschmack entsprach, und wandte sich wieder anderen Dingen zu.

Seit einiger Zeit loggte er sich immer wieder ins Rechennetzwerk einer Firma namens AIBEX mit Sitz in Louisiana in den USA ein. Im Rahmen seiner Recherchen über künstliche Intelligenz – ein Thema, das ihn als Computerfreak ungeheuer faszinierte und wofür es auf dem Schwarzmarkt unzählige zahlungswillige Abnehmer gab – war er auf die Site gestoßen. Das Knacken der Zugriffscodes war eine echte Herausforderung gewesen, aber selbst nachdem er es geschafft hatte, ins AIBEX-System einzudringen, war das Datenwerk für ihn in großen Teilen ein Rätsel geblieben. Bis zum heutigen Tag war es ihm nicht gelungen, herauszufinden, woran genau AIBEX überhaupt arbeitete. Fest stand, dass die dortigen Daten größtenteils als Quellcodes abgespeichert wurden, aber die verwendeten Rechenalgorithmen unterschieden sich deutlich von allen anderen, die Hendriksson bislang gesehen hatte. Sie waren viel weniger strukturiert als üblich, sie schienen beinahe zufällig entstanden zu sein. Kein auch nur halbwegs vernünftiger Softwareentwickler der Welt hätte sein Programm auf diese Weise aufgebaut. AIBEX musste einen ganz neuen Weg bei der Entwicklung von künstlicher Intelligenz beschritten haben. Genau deshalb waren die Quellcodes für Hendriksson so interessant. Wenn er hinter die Geheimnisse dieser Art von Programmierung kam, würde ihm das auf dem Schwarzmarkt so viel Geld einbringen, dass er für den Rest seines Lebens keine Bank mehr betrügen müsste.

Eine Stunde lang studierte er die kryptischen, in C++ geschriebenen Programmzeilen, ohne der dahintersteckenden Systematik auch nur einen Schritt näherzukommen. Auch seine sonst sehr zuverlässigen Analyseprogramme halfen ihm

nicht weiter. Was hatten die unbekannten Kürzel zu bedeuten – HanPol, BorGazz, TAMcomp, Enelaica ...?

Er wollte gerade in die Küche gehen, um sich eine frische Diät-Cola aus dem Kühlschrank zu holen, als sich vor seinen Augen etwas tat: Eine der Quellcode-Zeilen änderte sich plötzlich. Kurz darauf fügte sich eine andere Zeile ein, während in einer dritten Zeile Buchstaben und Zahlen vertauscht wurden. Das Ganze geschah in blitzartiger Geschwindigkeit, sodass die Änderungen unmöglich in Echtzeit von einem Programmierer vorgenommen worden sein konnten. Hendriksson blinzelte, dann starrte er wieder auf den Bildschirm.

Was ging hier vor? Ihm fiel nur eine logische Erklärung ein: Er hatte soeben miterlebt, wie jemand ein Update eingespielt hatte.

Doch dann änderten sich dieselben Zeilen erneut, wieder und wieder, mindestens drei oder vier Minuten lang, mal schneller, mal langsamer, aber kontinuierlich. Ratlos fuhr Hendriksson sich über sein stoppeliges Kinn. Bei einem Update machte es keinen Sinn, ein und dieselbe Programmstelle dutzendfach mit neuen Varianten zu überschreiben. Was zum Teufel war da los?

Plötzlich war er sich sicher, dass es sich um ein Computervirus handeln musste. Irgendetwas Zerstörerisches schien dort am Werk zu sein, etwas, das mühevoll erstellte Programmzeilen binnen kürzester Zeit in wertlosen Datenmüll verwandelte – vielleicht dieses Ding, von dem zurzeit überall in den Nachrichten berichtet wurde.

Jedenfalls war der Datenschrott für seine Recherchen unbrauchbar. Hendriksson schloss das Programm und klickte sich durch die nächsten Dateien, als der Bildschirm sich abermals veränderte. Dateinamen, Programmzeilen, Zahlen- und

Buchstabenkolonnen wurden von dem Foto eines toten Mannes überlagert: ein Priester im Ornat, auf dem Boden liegend wie ein achtlos weggeworfener Sack, blutüberströmt – und enthauptet. Das Bild war nur für den Bruchteil einer Sekunde zu sehen, dann verschwand es wieder.

Hendrikssons Nackenhärchen richteten sich auf. Was hatte das zu bedeuten? Aber noch bevor er eine Erklärung fand, erschien schon das nächste Foto: eine saftig grüne Wiese, scheinbar irgendwo in den schottischen Highlands.

Sonderbar.

Und dann begann ein regelrechtes Bildergewitter – Fotos, Filmsequenzen, Gemälde, Grafiken, Farbspiele, und das alles in so rascher Abfolge, dass das menschliche Auge kaum mithalten konnte. Hendriksson sah Menschen, Häuser, prächtige Landschaften, das Meer – und immer wieder Bilder von Tod, Gewalt und Zerstörung.

Nach einer Minute hörte das Bilderstakkato unvermittelt auf. Der Monitor wurde schwarz.

Hendriksson stupste die Maus an, aber der Bildschirm blieb dunkel. Eine böse Vorahnung beschlich ihn. Hatte das AIBEX-Virus sich womöglich auf sein System kopiert? Aber warum hatten seine Schutzprogramme – die besten, die es für Geld zu kaufen gab – dann nicht Alarm geschlagen? In den Nachrichten hatten sie zwar gesagt, dass diese neue Malware von gängigen Antivirenscannern nicht erkannt werden konnte. Aber durch seine Mitgliedschaft bei der eingeschworenen Gemeinschaft der Netcrawler verfügte Hendriksson über Schutzprogramme, die auf dem freien Markt gar nicht erhältlich waren. Konnten selbst diese von hochkarätigen Hackern entwickelten Tools versagt haben?

Noch während er überlegte, ob er seine Computer ausschalten und das ganze System neu starten solle, verflog die

Schwärze auf dem Monitor wie eine Wolke im Wind und gab das ursprüngliche Bild wieder frei: die vertrauten Codes und Programmzeilen, denen er sich zuvor gewidmet hatte. Er schloss die Anwendung und klickte sich noch eine Weile durch seine Tools und Dateien, um sie zu überprüfen. Alles schien wieder reibungslos zu funktionieren.

Dennoch blieb ein sonderbares Gefühl zurück. Irgendwie war ihm die Sache unheimlich.

Kapitel 12

Aurelia traf sich mit Parker um fünf Uhr vor dem Haupteingang des Dulles International Airport in Washington. Parker hatte wie üblich seinen rostbraunen Aktenkoffer dabei, Aurelia trug ihren kleinen Lederrucksack über der linken Schulter.

Sie gingen durchs Flughafengebäude, das seit den Anschlägen ziemlich verlassen war, vorbei an unzähligen verwaisten Shops und an leeren Informationstafeln. Allmählich beschlich Aurelia ein ungutes Gefühl. Noch heute Morgen beim Aufstehen war sie davon überzeugt gewesen, ihre Angst vor dem bevorstehenden Flug gut im Griff zu haben. Jetzt kamen ihr Zweifel. Insbesondere während sie und Parker im Wartebereich saßen und auf ihren Flug warteten, kroch die Furcht wie lähmendes Gift durch ihre Adern, denn von hier aus hatte man freie Sicht auf die Landebahn, auf der es passiert war – die Notlandung und Evas Tod.

»Alles okay mit dir?«, erkundigte sich Parker und nahm ihre Hand.

Aurelia nickte. »Es ist nur ... bei diesem Anblick kommen unweigerlich Erinnerungen hoch.«

»Wäre es dir lieber, wenn du nicht mitfliegen müsstest? Ich bin sicher, im Büro gibt es noch jede Menge Arbeit für dich.«

Sie zögerte. Sie hatte ebenfalls schon mit dem Gedanken gespielt, aber letztlich wäre es doch nur ein Aufschub gewesen. Wenn sie ihren Job ausüben wollte, *musste* sie irgendwann wieder fliegen. Je schneller sie damit anfing, desto schneller würden sich auch ihre Ängste wieder legen. Sie atmete tief durch und straffte sich.

Doch als sie eine halbe Stunde später im Flugzeug saß, brach ihr der kalte Schweiß aus, und ihr war, als würde eine unsichtbare Hand ihren Brustkorb zusammenquetschen. Sie sah Eva vor sich, wie sie leblos in ihrem Sitz hing, sie sah das Blut in ihrem Gesicht und die klaffende Wunde auf der Stirn. Ihr wurde speiübel.

Sie wandte den Blick zum Fenster und sah hinaus auf die dicken watteweißen Wolken unter sich. Atmen, sagte sie sich. Tief einatmen, ausatmen, einatmen, ausatmen ... Tatsächlich gelang es ihr, sich etwas zu entspannen. Dennoch war sie unendlich froh, als die Maschine endlich in New Orleans landete.

Nach einem Kaffee bei Starbucks nahmen sie sich einen Mietwagen, mit dem sie ins rund fünfundsiebzig Kilometer entfernte Houma fuhren, die letzte große Stadt vor den Sümpfen. Parker stellte Aurelia Sheriff McCormick vor. Er war Anfang sechzig, sonnengebräunt und nicht viel größer als Aurelia selbst. Sein grauweißes, von Pomade glänzendes Haar lag eng am Kopf an, sein feister Körper steckte in einer viel zu engen Uniform. Aus einem Gesicht, das Aurelia unweigerlich an einen Bullterrier erinnerte, funkelten sie zwei kleine durchdringende Augen an.

»Willkommen in Houma, Ma'am«, sagte McCormick und reichte ihr seine fleischige Hand. Dabei machte er ein Gesicht, als könne er es kaum erwarten, bis Parker und sie endlich wieder von hier verschwanden.

Nach einem kurzen Gespräch mit dem Sheriff fuhr Aurelia nach Carmington weiter – Parker blieb in Houma, um sich auf den neusten Stand der Ermittlungen zu bringen.

Der Weg führte Aurelia durch sumpfige Wälder, die gleichermaßen märchenhaft wie unheimlich wirkten. Am Straßenrand drängten sich Bäume und Sträucher mit Ästen wie Skelettfinger, durchsetzt mit hängenden Moosen, rau und urtümlich. Dichte Moskitoschwärme schwebten in der schweren feuchten Luft.

Carmington war ein kleines Städtchen am Rand des Sumpfs, eingebettet in ein Netz aus Wasserkanälen. AIBEX lag etwas außerhalb mitten im Wald, war mit Hilfe des Navigationssystems aber gut zu finden.

Aurelia passierte ein offenes Gattertor und stellte den Wagen auf einem freien Parkplatz im weitläufigen Innenhof ab. Das Firmengelände bestand aus einem modernen Hauptgebäude – einem vier Stockwerke hoch aufragenden Bau aus Glas und Beton – sowie zwei Nebengebäuden. Außerdem gab es noch ein paar Wellblechbaracken. Obwohl das Gelände von dschungelähnlich wucherndem Wald umgeben war, wirkte es sauber und gepflegt. Hier wuchs kein Pflänzchen, wo es nicht erwünscht war.

Der Eindruck von Sauberkeit und Präzision setzte sich im Inneren des Hauptgebäudes fort. An der Rezeption bat Aurelia um ein Gespräch mit dem Geschäftsführer. Nachdem sie sich ausgewiesen hatte, führte die Dame hinter dem Tresen ein kurzes Telefonat, wenig später trat ein etwa vierzigjähriger Mann in Jeans und Polohemd aus dem Aufzug, um sie zu begrüßen – etwa eins achtzig groß, schlank, mit dichtem braunen Haar. »Ich bin Collin Guerney«, sagte er ernst. »Sie wollen mich sprechen? Vermutlich wegen des Todes von Dr. Nash?«

Aurelia nickte. Sie stellte sich vor und bestätigte den Grund ihres Besuchs. »Können wir irgendwo ungestört reden?«

»Natürlich, kommen Sie mit.«

Er führte sie in einen großen Raum in der ersten Etage, in dem ein langer ovaler Tisch und Stühle aus Chrom mit schwarzem Lederbezug standen. An der Decke hing eine ausfahrbare Leinwand, in einer Ecke befanden sich ein Flipchart und ein Rollboy mit Videobeamer und Moderatorenkoffer. Auf einem Schreibtisch an der Wand standen ein Computer und ein Drucker.

»Unser Präsentationsraum«, sagte Guerney. »Hier stört uns niemand. Bitte, nehmen Sie Platz.«

Sie setzten sich an den Besprechungstisch, und Aurelia erläuterte ausführlich, was sie hergeführt hatte. »Ich weiß, dass die örtliche Polizei Ihnen und Ihren Mitarbeitern bereits viele Fragen gestellt hat, und wir von der CIA arbeiten eng mit den örtlichen Behörden zusammen. Aber seit gestern bin ich mit diesem Fall betraut und muss mir selbst ein Bild machen.«

Guerney nickte. »Natürlich. Obwohl ich offen gestanden nicht verstehe, weshalb die CIA überhaupt in dem Fall mitmischt.«

Aurelia ging nicht darauf ein. »Haben Sie etwas dagegen, wenn ich mir ein paar Notizen mache?«, fragte sie.

»Nein. Tun Sie, was immer Sie für richtig halten.«

Aurelia zog aus ihrem Rucksack einen Kugelschreiber und einen kleinen Block. Ein eigenartig vertrautes Gefühl ergriff von ihr Besitz, als sie beides zur Hand nahm und begann, ihre Fragen zu stellen.

»Wissen Sie, was Dr. Nash so spät am Abend im Serverraum gemacht hat? Dem Gerichtsmediziner zufolge trat ihr Tod etwa um dreiundzwanzig Uhr nachts ein. Soweit ich weiß, war sonst kaum jemand mehr hier.«

»Es kommt öfter vor, dass jemand bis in die Nacht hinein arbeitet, wenn er sich an einer Sache festgebissen hat oder wenn es ein Problem gibt.«

Aurelia nickte und tippte mit ihrem Stift auf den Block. »Woran arbeiten Sie in Ihrem Institut überhaupt? Ich habe den Berichten natürlich entnommen, dass es um künstliche Intelligenz geht. Aber was bedeutet das genau?«

Guerney legte die Ellbogen auf den Tisch und faltete die Hände. »Im Grunde geht es darum, Robotern, aber auch ganz alltäglichen technischen Geräten wie Autos oder Handys die Fähigkeit zu verleihen, selbständig sinnvolle Entscheidungen zu treffen und danach zu handeln.«

Aurelia machte sich eine Notiz und hob dann wieder den Blick. »Hört sich kompliziert an.«

»Ist es auch. Aber wir glauben, dass sich der Aufwand lohnt, denn hinter unseren Forschungen steckt ein konkreter praktischer Nutzen. Traditionell erfolgt die Programmierung von Computerchips, indem Menschen sich den Kopf darüber zerbrechen, welche Situationen beim Einsatz eines Geräts eintreten können, welche Grenzwerte dabei erreicht werden dürfen und wie beim Erreichen dieser Grenzwerte reagiert werden soll. Der Mensch definiert Parameter und Grenzwerte, der Computer folgt diesen Regeln.«

»Was für mich durchaus sinnvoll klingt.«

Guerney nickte. »Das Problem ist: Ein Computerchip kann nur so gut sein wie die Menschen, die ihn programmiert haben. Aber Menschen sind nicht perfekt. Erstens ist ihre eigene Intelligenz begrenzt, zweitens begehen Menschen Fehler, selbst wenn sie noch so gewissenhaft vorgehen.«

»Und Sie bei AIBEX wollen das ändern?« Aurelia hatte ihren Stift weggelegt und hörte interessiert zu.

»Ja. Wir untersuchen das menschliche Gehirn, seinen Aufbau, seine Entwicklung im Lebenszyklus, die biochemischen Prozesse, die sich beim Denkvorgang abspielen. Unser Ziel ist es, herauszufinden, wie das menschliche Gehirn Informationen verarbeitet. Wie es lernt. Wie es in der Lage ist, Entscheidungen zu treffen. Die Erkenntnisse dieser Untersuchungen setzen wir dann in Computerprogramm-Routinen um.«

»Geht es dabei auch um militärische Maschinen?«

Guerney zögerte und rückte sich auf seinem Stuhl zurecht. »Sie werden verstehen, dass ich Ihnen keine Details verraten kann, solange das Pentagon mich nicht dazu autorisiert. Aber ja – wir arbeiten auch an einigen Forschungsaufträgen für die Army.«

»Künstliche Intelligenz – lässt sich damit wirklich Geld machen?«

»Wer in der Branche die Nase vorn hat, kann Milliarden verdienen.«

Aurelia hob die Augenbrauen. Milliarden? Das klang schon verdächtig nach organisierter Kriminalität, und es war ein starkes Motiv, falls Amanda Nash tatsächlich umgebracht worden war. »Wer sind Ihre größten Konkurrenten, Dr. Guerney? Wer könnte ein Interesse daran haben, AIBEX zu schaden oder Geschäftsgeheimnisse Ihres Betriebs in Erfahrung zu bringen?«

Guerney nannte ihr einige Firmen, von denen sie noch nie zuvor gehört hatte, darunter auch zwei japanische, eine russische, eine chinesische und eine deutsche Firma. Sie notierte die Namen auf ihrem Notizblock.

»Haben Sie auch Kontakt zu ausländischen Regierungen oder zu ausländischem Militär?«

»Nein. Wir kooperieren ausschließlich mit dem Pentagon.«

»Aber ausländische Regierungen oder ausländische militärische Einrichtungen könnten durchaus Interesse an Ihren Forschungen haben?«

»Selbstverständlich.«

»Gibt es Länder, deren Interesse besonders ist?«

»Alles, was ich auf diese Frage antworten könnte, wäre reine Spekulation.«

Aurelia seufzte. So kam sie nicht weiter. »Was genau waren Dr. Nashs Aufgaben bei AIBEX?«, fragte sie.

»In letzter Zeit war sie hauptsächlich damit beschäftigt, eine Software zu entwickeln, die die biochemischen Prozesse beim Denken automatisch in Computeralgorithmen umwandelt.«

»Ich fürchte, das müssen Sie mir genauer erklären.«

»Das Gehirn des Menschen besteht aus hundert Milliarden Nervenzellen, die durch Synapsen miteinander verbunden sind und die durch elektrische Impulse und biochemische Prozesse miteinander kommunizieren. Diese Vorgänge können als Computerprogramme dargestellt werden, aber aufgrund der Vielzahl dieser Impulse ist es nahezu unmöglich, die Programme händisch zu schreiben. Dr. Nash hat daran gearbeitet, eine Art Simultanübersetzungsprogramm zu entwickeln.«

»Das aber noch nicht wirklich funktioniert hat, wenn ich Sie recht verstehe?«

»Es gab da ein paar Probleme«, sagte Guerney und lehnte sich auf seinem Stuhl zurück. »Selbst mit modernsten Computern ist es äußerst schwierig, die Komplexität des menschlichen Gehirns nachzuvollziehen. Es wäre einfach, wenn ein einzelner Denkprozess durch exakt vordefinierte Impulse im Gehirn stattfinden würde. Das ist aber nicht der Fall. Wenn Sie einer Testperson tausendmal einen blauen Kreis zeigen, werden die Impulse zwar sehr ähnlich sein, aber niemals genau gleich. Erschwerend kommt hinzu, dass Denkprozesse nicht linear ablaufen, sondern an vielen Stellen im Gehirn gleichzeitig. Außerdem verändert jeder Denkprozess das Gehirn. Wiederkehrende Denkprozesse stärken die dafür nötigen Nervenverbindungen, wenig benutzte Nervenbahnen verkümmern mit der Zeit. Eiweißablagerungen sorgen für dauerhafte Erinnerungen – sie sind die Basis für das Langzeitgedächtnis. Das Gehirn ist ein sich ständig veränderndes Organ. Das macht seine wissenschaftliche Untersuchung sehr schwierig.«

Aurelia nickte. »Dr. Nash hat also an diesem Übersetzungsprogramm gearbeitet. Hat sie das am Abend ihres Todes auch getan?«

Guerney zögerte kurz und senkte den Blick. »Ich war an dem Abend zu Hause, deshalb kann ich es nicht mit Bestimmtheit sagen. Aber ich kann ein User-Protokoll erstellen, wenn Sie wollen. Dann wissen wir mit Sicherheit, woran sie gearbeitet hat.«

»Bitte tun Sie das.«

Guerney ging zu dem Schreibtisch an der Wand und gab etwas in den Computer ein. Kurz darauf begann der Drucker zu surren, und er gab Aurelia den Ausdruck.

»Was bedeutet das?«, fragte sie, nachdem sie das Protokoll überflogen hatte.

»Das bedeutet, dass Dr. Nash in jener Nacht nicht in ihrem Büro, sondern im Labor gearbeitet hat«, erläuterte Guerney. »Dort hat sie sich mit ihrem User um 21.46 Uhr eingeloggt. Die letzte Eingabe erfolgte um 23.03 Uhr, danach wurde die Computertastatur nicht mehr benutzt.«

»Weil sie in den Serverraum ging und von dort nicht mehr zurückkehrte«, sagte Aurelia. »Können Sie mir auch zeigen, woran sie zuletzt gearbeitet hat?«

»Selbstverständlich. Anhand des ausgedruckten Protokolls kann ich nachvollziehen, welche Programme sie geöffnet und welche Auswertungen sie an dem Abend durchgeführt hat.« Er machte sich an die Arbeit, druckte einige Seiten aus und ging sie eingehend durch. »Offenbar hat Dr. Nash an diesem Abend nicht an ihrem Übersetzungsprogramm gearbeitet, sondern Labordaten abgeglichen.« Ohne den Blick von dem Blatt zu heben, ging er wieder zu seinem Stuhl zurück und setzte sich hin.

»Können Sie sich vorstellen, warum Dr. Nash dann so spät abends in den Serverraum gegangen ist?«

Guerney zuckte mit den Schultern. »Vielleicht hat sie mitbekommen, dass es dort unten brannte.«

»Nein. Im Bericht des Sheriffs steht, dass nur im Serverraum selbst Feueralarm ausgelöst wurde, im restlichen Gebäude nicht. Weder der Wachmann noch der Hausmeister haben etwas gehört. In der IT ging nicht mal eine Warnmeldung ein. Deshalb wurde die Leiche erst am nächsten Morgen entdeckt.«

Guerney seufzte verbittert. »Kein Alarm im Gebäude, keine Warnmeldung. Das komplette Brand-Sicherheitssystem scheint ausgefallen zu sein. Nur ausgerechnet die Vakuumpumpe im Serverraum hat funktioniert.«

»Hat es im Serverraum schon einmal gebrannt, Dr. Guerney?«, fragte Aurelia.

»Noch nie. Im ganzen Gebäude nicht.«

Aurelia machte sich wieder eine Notiz und überlegte. »Welchen Eindruck hatten Sie von Dr. Nash?«

»In welcher Hinsicht?«

»Was ihre Qualifikation betraf, ihre Arbeitseinstellung, ihr Verhalten gegenüber Vorgesetzten und Kollegen – solche Dinge.«

»Sie war in jeder Beziehung ein Vorbild. In wissenschaftlichen Belangen war sie in den letzten beiden Jahren meine rechte Hand. Sie hat mit Mitte zwanzig in Neurobiologie promoviert, bevor sie zu uns kam. Außerdem hat sie ein paar Semester Computerwissenschaften am MIT studiert – die ideale Kombination für uns. Es wird schwer werden, die Lücke zu schließen, die sie hinterlässt. Auch menschlich war sie eine Bereicherung. Ich denke, niemand bei AIBEX wird das bestreiten.«

»Wie würden Sie Dr. Nashs Arbeitsmoral beschreiben?«

»Als einwandfrei. Amanda war die Zuverlässigkeit in Person. Warum interessiert Sie das?«

»Einer der Server weist Spuren von Gewaltanwendung auf. Dr. Nash hat offenbar versucht, die Verkleidung des Servers gewaltsam zu entfernen. Das Verkleidungsblech wurde mit einer Zange verbogen, die auf dem Boden lag – mit den Fingerabdrücken der Toten darauf.«

Etwas in Guerneys Miene veränderte sich. »Sie denken, Amanda wollte den Server *sabotieren?*«

»Die Umstände, unter denen sie starb, deuten zumindest darauf hin.«

»Und nachdem sie das Servergehäuse nicht mit der Zange entfernen konnte, hat sie den Brand gelegt?«

»Möglicherweise.«

Guerney schüttelte entschieden den Kopf. »Das ist ja absurd. Hätte Amanda den Server lahmlegen wollen, hätte sie ganz andere Möglichkeiten dazu gehabt.«

Aurelia nickte nachdenklich. »Ist Ihnen an Dr. Nash in letzter Zeit irgendetwas aufgefallen?«, fragte sie. »War sie anders als sonst? Wirkte sie verängstigt oder ungewöhnlich gereizt? Hat sie sich Ihnen oder ihren Kollegen gegenüber kritisch über ihre Arbeit geäußert? Gab es irgendetwas, das darauf schließen lassen könnte, dass sie AIBEX gegenüber nicht mehr hundertprozentig loyal war?«

»Nein, absolut gar nichts.«

»Halten Sie es für möglich, dass Dr. Nash bestochen wurde?«

»Worauf wollen Sie hinaus? Dass sie Geld bekommen hat, um im Serverraum einen Sabotageakt durchzuführen?«

»Immerhin wäre das denkbar. Vielleicht hat sie auch nur einem Unbefugten Zutritt zu Ihrer Firma verschafft. Und dieser Jemand hat Dr. Nash dann in den Serverraum gelockt, um sie dort loszuwerden; zum Beispiel, weil sie zu viel wusste und ihm hätte gefährlich werden können.«

Guerney verschränkte die Arme vor der Brust. Ihm war anzusehen, dass es hinter seiner Stirn heftig arbeitete.

»Sie hatten also nicht den Eindruck«, fuhr Aurelia fort, »dass Dr. Nash in letzter Zeit über außergewöhnlich viel Geld verfügt hat?«

»Sie war von Haus aus nicht gerade arm, wenn Sie verstehen, was ich meine. Sie hätte es gar nicht nötig gehabt, sich bestechen zu lassen.«

Aurelia notierte sich wieder etwas auf ihrem Block. Sie wollte in den Berichten noch einmal im Detail nachlesen, was Polizei und CIA über Dr. Nashs finanzielle Situation und die Kontenbewegungen in den letzten Monaten herausgefunden hatten. Im Moment konnte sie sich an keine Auffälligkeiten erinnern.

Sie sah auf und bemerkte, dass es in Dr. Guerney noch immer arbeitete – dass er darüber nachdachte, was wirklich vorgefallen war und welche Rolle seine tote Kollegin dabei gespielt hatte. Er atmete tief ein, schüttelte den Kopf. »Sabotage? Vielleicht. Industriespionage? Denkbar. Aber Mord?« Noch einmal ein skeptisches Kopfschütteln. »Jeder in der

Branche kämpft mit harten Bandagen, wir auch. Aber wer würde deswegen einen Mord begehen?« Offenbar hatte er diese Möglichkeit noch gar nicht in Betracht gezogen.

»Immerhin geht es um viel Geld, das haben Sie selbst gesagt. Aber momentan haben wir nur jede Menge Theorien, wie Sie sehen – noch keine konkreten Anhaltspunkte. Wir werden also weitere Nachforschungen anstellen müssen. Dazu benötige ich Ihre Hife.«

Guerney nickte müde. »Verstehe. Was kann ich für Sie tun?«

Aurelia nannte ihm eine Reihe von Dingen, die sie überprüfen wollte, und bat ihn, ihr die dazu nötigen Unterlagen zu besorgen, sofern der Sheriff das nicht schon angefordert hatte: Listen der Telefonate, die von Dr. Nashs Apparat aus geführt worden waren, eine Übersicht über ihren E-Mail-Verkehr, die Auswertung ihres PC-Protokolls, um ihre Dateizugriffe nachvollziehen zu können, und so weiter.

»Außerdem möchte ich mir heute gerne einen Eindruck vom Tatort verschaffen«, sagte sie. »Können Sie mir den Serverraum zeigen?«

»Ja«, sagte Guerney gedrückt. »Ja, natürlich. Kommen Sie mit.«

Er führte Aurelia zum Aufzug. Auf dem Weg dorthin fielen ihr mehrere Überwachungskameras auf, die an der Decke in den Gängen angebracht waren. »Wie viele Kameras sind im Gebäude installiert?«, fragte sie.

»Etwa zwanzig. Zehn, um die Gänge im Auge zu behalten, dann noch ein paar in den Labors und zwei im Außenbereich. Im Serverraum ist leider keine installiert.«

Aurelia schrieb sich das Stichwort *Kamera* auf, um Sheriff McCormick später danach zu fragen. In seinem Bericht hatte sie nur gelesen, dass die Auswertung des optischen Überwachungssystems keine sachdienlichen Erkenntnisse gebracht habe. Aber Aurelia konnte kaum glauben, dass zwanzig Kameras keinen einzigen Hinweis darauf enthielten, was in der Nacht von Amanda Nashs Tod geschehen war.

Sie fuhren ins dritte Untergeschoss. Guerney führte Aurelia durch ein paar von kaltem Neonlicht beschienene Gänge zu einer Tür mit biometrischem Scanner. Er legte die Hand auf die Glasscheibe und ließ sich vom Laser-Abtaster identifizieren. Die Tür glitt mit einem Zischen auf, und sie betraten den Serverraum.

Am späten Nachmittag kehrte Aurelia nach Houma zurück, wo sie Parker im Büro von Sheriff McCormick vorfand. Die beiden gaben ihr einen kurzen Bericht über den aktuellen Stand der Ermittlungen, aber obwohl ein achtköpfiges Team sich um den Fall kümmerte, hatten die letzten vierundzwanzig Stunden keine nennenswerten Fortschritte gebracht.

Auch Aurelia gab einen kurzen Sachstandsbericht, wobei sie sich vorwiegend auf das Gespräch mit Dr. Guerney konzentrierte. Die Besichtigung des Serverraums erwähnte sie nur kurz, da dabei nichts herausgekommen war, was nicht schon in den Akten stand.

Als sie eröffnete, dass sie vorhatte, sämtliche Videoaufzeichnungen der AIBEX-Überwachungskameras zu durchforsten, reagierte McCormick entrüstet: »Special Agent Fernandéz – mein Team hat bereits alle Aufnahmen überprüft. Die Zeit können Sie sich sparen.«

Aber Aurelia bestand darauf. Sie war nach Louisiana gekommen, um sich ein detailliertes Bild über die Situation zu machen, und genau das würde sie auch tun.

Mürrisch gab Sheriff McCormick nach. Er griff zum Telefon und wies seinen Deputy an, alles vorzubereiten. Ein paar Minuten später saßen sie zu dritt in einem kargen kleinen Nebenzimmer vor einem urzeitlich wirkenden Computermonitor, und McCormick bediente die Tastatur. Der PC unter dem Tisch hatte seine beste Zeit längst hinter sich.

»Tut mir leid, aber das ist der einzige Rechner, auf dem die Aufzeichnungen einwandfrei laufen«, sagte McCormick und blickte von Parker zu Aurelia, die links und rechts neben ihm saßen. »Ein uralter 486er, der schon seit Jahren nicht mehr in Betrieb war. Aus einem Grund, den niemand kennt – nicht mal die Experten in New Orleans –, können wir die Filme auf den Netzwerk-PCs nicht abspielen. Wenn Sie mich fragen – ich glaube, dass auch das Polizeinetz durch dieses verdammte Computervirus etwas abbekommen hat, das momentan durch die Medien geistert. Aber in der Zentrale will man davon natürlich nichts wissen.« Er schnaubte verächtlich und wandte sich wieder dem Bildschirm zu. »Was soll's, machen wir uns an die Arbeit.«

Mit einem Mausklick startete er das Abspielprogramm. »AIBEX verfügt über genau einundzwanzig Überwachungskameras – neunzehn innen und zwei auf dem Parkplatz. Die Innenkameras sind miteinander vernetzt. Die Aufnahmen werden laufend auf einen der Server übertragen und dort gespeichert. Was ich hier habe, ist eine Datei mit den Aufzeichnungen sämtlicher Innenkameras. Sie beginnen etwa drei Stunden vor dem Tod von Dr. Nash, also gegen 20.00 Uhr, und enden um 01.00 Uhr in jener Nacht.« Er zog den Mauszeiger auf die oberste von drei Dateien einer Auswahlliste. »Die beiden anderen Dateien sind viel kleiner, wie Sie sehen. Das sind die Aufnahmen der beiden Außenkameras. Die laufen nicht übers Netz, sondern brennen ihre Aufnahmen auf DVD. Der Sicherheitsbeauftragte von AIBEX muss die DVD jeden Morgen gegen eine neue austauschen. Wir haben die beiden DVDs aus jener Nacht der Einfachheit halber auch auf diesen PC hier aufgespielt, damit wir alles beisammenhaben. Ich schlage vor, wir fangen mit den Innenaufnahmen an.«

McCormick startete die Datei, und kurz darauf erschien auf dem Monitor ein Überwachungsbild. Links unten waren Datum und Uhrzeit eingeblendet, daneben das Kürzel UG3-Cam4. »Das ist die Kamera vier im dritten Untergeschoss«, erklärte der Sheriff. »Da, wo's zum Serverraum geht.«

In der Tat kam Aurelia das Bild des schmalen, schachtähnlichen Flurs vertraut vor. Vor wenigen Stunden war sie ebenfalls dort entlanggegangen. Momentan waren auf dem Bild allerdings keine Personen zu sehen.

»Ich gehe jetzt auf Schnellvorlauf«, sagte Sheriff McCormick. »Nur so lange, bis auf dem Bildschirm etwas geschieht.«

Er klickte auf einen Button im Navigationsfeld, woraufhin die Zeitanzeige links unten zu rasen begann. Dennoch blieb das Bild eine ganze Weile starr. Dann tauchte endlich eine Gestalt auf, und McCormick ließ die Aufnahme in normalem Tempo laufen. Eine Frau bog am Ende des Gangs um die Ecke und kam eilig auf die Kamera zu.

»Das ist Dr. Nash«, sagte McCormick.

Die Frau kam an der Tür des Serverraums an. Sie legte ihre Hand auf den Scanner und verschwand durch eine sich öffnende Tür aus dem Sichtfeld.

»Im Serverraum selbst gibt es keine optische Überwachung«, sagte McCormick und fror das Bild ein. »Daher wissen wir nicht genau, was zur Tatzeit vorgefallen ist. Fest steht, dass Dr. Nash diesen Raum nicht mehr lebend verlassen hat.«

»Könnte jemand sich dort versteckt und ihr aufgelauert haben?«, fragte Parker.

Der Sheriff schüttelte seinen bulligen Kopf mit den vor Pomade glänzenden Haaren. »Von dieser Kameraeinstellung habe ich mir eine erweiterte Datei erstellen lassen: ab dem Vortag des Todes von Dr. Nash bis zum Eintreffen der Polizei. Meine Leute haben sich den Film angesehen, von vorne bis hinten. Jeder, der reingegangen ist, kam auch wieder raus. Und einen anderen Zugang zum Serverraum gibt es nicht.«

»Aber es wäre doch möglich, dass jemand Dr. Nash eine Falle gestellt hat«, sagte Aurelia. »Dass jemand sie in den Serverraum gelockt und dort vorher einen Brandsatz deponiert hat.«

»Unsere Experten haben keinen Brandsatz gefunden.«

»Dennoch sollten wir alle Personen genau überprüfen, die vor Dr. Nashs Tod dort drinnen waren. Nicht nur in den vierundzwanzig Stunden davor, sondern – sagen wir – zweiundsiebzig Stunden. Das sollte genügen. Sheriff, kann einer ihrer Leute die Aufnahmen bis morgen beschaffen?«

»Natürlich«, sagte McCormick zögernd, als koste es ihn große Überwindung. Aber wenigstens blieb er kooperativ.

Sie fuhren mit der Sichtung der vorhandenen Aufnahmen fort. Nach den Kameras im dritten Untergeschoss arbeiteten sie sich von unten nach oben durch das gesamte AIBEX-Gebäude, insgesamt drei Stunden lang. Anhand einer Fotodatei aller Firmenmitarbeiter, die das Personalbüro von AIBEX zur Verfügung gestellt hatte, gelang ihnen die Identifikation aller Personen auf den Überwachungsvideos mühelos.

Aurelia kaute enttäuscht auf ihrer Unterlippe. Die Aufnahmen zeigten ausschließlich AIBEX-Mitarbeiter, niemanden von außerhalb. Vielleicht hatte McCormick recht, und sie verschwendeten hier nur ihre Zeit.

Ein Stechen in der Magengegend holte sie aus ihren Gedanken. Sie zuckte zusammen, stöhnte auf.

»Alles klar mit dir?«, erkundigte sich Parker.

Sie nickte. »Phantomschmerzen«, presste sie zwischen den Zähnen hervor. »Seit Kabul werde ich ab und zu davon heimgesucht. Angeblich nichts besorgniserregendes. Aber es fühlt sich an, als würde man ohne Narkose operiert.« Wieder eine Attacke, noch heftiger als zuvor. Sie presste die Arme auf den Bauch und hielt die Luft an.

»Soll ich Ihnen etwas zu trinken bringen?«, fragte Sheriff McCormick.

»Nein, das geht gleich wieder vorbei«, japste sie. »Am besten, Sie machen kurz ohne mich weiter.« Mit auf den Bauch gepressten Armen stand sie auf, um vor dem Sheriffsgebäude ein wenig frische Luft zu schnappen. Tatsächlich flaute der Schmerz nach einigen Minuten wieder ab und kehrte auch nicht wieder – es war nur ein kurzer Anfall gewesen.

Kalter Schweiß stand ihr auf der Stirn, als sie in den Vorführraum zurückkehrte. Auf dem Monitor lief gerade die Aufnahme einer der beiden Außenkameras auf dem AIBEX-Parkplatz. Aurelia setzte sich auf den leeren Platz neben McCormick und konzentrierte sich wieder auf das Überwachungsvideo: Um kurz nach halb elf Uhr fuhr ein dunkler Audi Q7 auf das Firmengelände. Im Schein der Laterne an der Einfahrt konnten sie erkennen, dass er dunkelblau war. Der Wagen rollte langsam über den Parkplatz und hielt etwas abseits. Ein Mann stieg aus und ging zum Haupteingang, bewegte sich aber so, dass er nie von vorn oder wenigstens von der Seite zu sehen war. Das konnte kein Zufall sein. Der Kerl schien ganz genau zu wissen, wo die Überwachungskameras angebracht waren, und er wollte offenbar nicht erkannt werden. Daran bestand für Aurelia kein Zweifel.

»Halten Sie die Aufnahme an«, sagte sie, als der Unbekannte durch die Tür geschlüpft war.

McCormick tat es.

»22.34 Uhr«, sagte Aurelia mit Blick auf die Zeitanzeige. »Der Kerl müsste jetzt doch von der Innenkamera in der Lobby erfasst worden sein. Warum ist er uns vorhin nicht aufgefallen? Sheriff, können Sie bitte noch mal die andere Datei mit den Innenaufnahmen starten?«

»Natürlich.«

»Klicken Sie auf die Kamera im Erdgeschoss – die über den Aufzügen. Und spulen Sie bis 22.34 Uhr vor.«

Wenige Augenblicke später war McCormick so weit. Doch der Eingangsbereich des AIBEX-Gebäudes blieb leer.

»Da hol mich der Teufel«, murmelte McCormick mit tonloser Stimme. »Das ist uns bei der ersten Sichtung tatsächlich entgangen.«

»Unser großer Unbekannter hat es irgendwie geschafft, das Überwachungssystem zu überlisten«, sagte Aurelia. »Ich wette, dass er etwas mit dem Tod von Dr. Nash zu tun hat.«

»Was uns allerdings nicht viel weiterbringt«, bemerkte McCormick. »Wir sehen ihn nur von hinten.«

»Vielleicht kommen wir über das Auto weiter«, schlug Parker vor.

»Wir haben das Kennzeichen schon überprüft«, sagte McCormick und drehte sich zu Parker. »Der Wagen wurde in jener Nacht gestohlen, zwischen acht und neun Uhr in Baton Rouge. Das liegt etwa neunzig Kilometer nördlich von Carmington.«

»Dass der Wagen gestohlen ist, hatte ich angenommen«, sagte Parker. Er beugte sich näher zu dem klobigen Bildschirm hin. »Worauf ich hinauswollte, ist etwas anderes. Können Sie noch mal die Aufnahme der Außenkamera starten?«

McCormick klickte die Datei an. Zu dritt sahen sie noch einmal zu, wie der dunkelblaue Q7, eine elegante Mischung aus Limousine und Geländewagen, auf das Firmengelände fuhr und parkte. Die Tür öffnete sich, der Fahrer stieg aus, das Gesicht von der Kamera abgewandt. Er schlug die Tür zu, schloss den Wagen mit der Fernbedienung ab und ging zum AIBEX-Hauptgebäude, ohne auch nur ein einziges Mal in Richtung der Kameras zu schauen.

»Das ist pure Zeitverschwendung«, murrte McCormick und schob das Kinn vor. »Wir können die Aufnahme noch hundertmal anschauen. Dieser Mistkerl wird sich für uns nicht plötzlich umdrehen.«

Doch Aurelia hatte begriffen, worauf ihr Partner hinauswollte. »Parker, du bist ein Genie!«, rief sie aus.

McCormick räusperte sich. »Würden Sie mir wohl freundlicherweise erklären, warum Sie plötzlich so aufgeregt sind?«

»Spulen Sie noch einmal zurück, Sheriff«, sagte Aurelia. »Bis zu der Stelle, wo er die Tür zuschlägt.«

McCormick kam ihrer Bitte nach.

»Und jetzt ganz langsam vorwärts, Bild für Bild.«

Der Computermonitor verwandelte sich in eine Art Daumenkino. Jeder Mausklick verursachte nur eine winzige Bewegung. Als die Videosequenz dort angelangte, wo die Autotür ins Schloss gefallen war und der Unbekannte sich gerade auf den Weg zum Firmengebäude machen wollte, sah es auch der Sheriff.

»Unglaublich!«, murmelte er. »Special Agent Parker, ich ziehe den Hut vor Ihnen!«

In der Scheibe der Fahrertür spiegelte sich das Gesicht des Unbekannten wider, winzig klein, weil die Distanz zwischen Kamera und Auto so groß war. Dennoch war es eine erste konkrete Spur.

»Ich versuche, das zu vergrößern«, sagte McCormick voller Eifer. Wenige Sekunden später füllte der Ausschnitt, der zuvor nur so groß gewesen war wie eine Centmünze, den ganzen Monitor aus. McCormick gab mehr Helligkeit hinzu und korrigierte den Kontrast. Aber noch während er seinem Werk den letzten Feinschliff gab, wusste Aurelia, dass sie dieses Gesicht schon einmal gesehen hatte – im Büro ihres Kollegen Andrew Dobinsky in Langley. Es war das Gesicht von Hassan Gamoudi – des Topterroristen, der ein paar Tage vor den Flugzeugabstürzen auf dem Flughafen in London Heathrow gesehen worden war. Und der vielleicht sogar Evas Tod zu verantworten hatte.

Kapitel 13

Als Aurelia und Parker an ihrem Hotel ankamen, war es bereits nach halb elf.

Aurelia ging auf ihr Zimmer und duschte. Als sie sich abtrocknete, stachen ihr im Spiegel wieder einmal die drei Narben ins Auge. Eine am Oberschenkel, eine am Bauch und eine knapp unterhalb der rechten Brust – hässliche bleiche Hautveränderungen, die ihr ein Leben lang als Andenken aus Afghanistan bleiben würden. Immer wenn sie sich so sah – nackt, mit diesen scheußlichen Entstellungen –, schämte sie sich. Früher hatte sie sich hübsch und sexy gefühlt. Seit Kabul war sie dazu nicht mehr in der Lage.

Sie zog ihren Pyjama an und bestellte beim Zimmerservice ein paar belegte Sandwiches und einen Salat. Wieder einmal hatte sie den ganzen Tag über kaum etwas gegessen.

Während sie auf ihre Bestellung wartete, öffnete sie eine Flasche Perrier aus der Minibar und schaltete ihren Laptop ein. Die Vermutung, dass der Hauptverdächtige in ihrem Fall ein Terrorist war, der vielleicht auch an den Flugzeugabstürzen vor einer Woche beteiligt gewesen war, ließ ihr keine Ruhe. Noch gestern hatte sie den Fall Nash nur übernommen, weil Mulligan ihr keine andere Wahl gelassen hatte. Jetzt konnte sie es plötzlich kaum noch erwarten, die Ermittlungen voranzutreiben.

Der Zimmerservice brachte das Essen. Sie aß ein paar Bissen, verspürte aber plötzlich keinen rechten Appetit mehr.

Das Bild von Hassan Gamoudi ging ihr nicht mehr aus

dem Kopf. Grobkörnig, nahezu in Schwarz-Weiß, weil es nachts aufgenommen worden war, düster. Die Spiegelung im Autofenster zeigte nur einen Teil seines Gesichts, den Rest hatte die Dunkelheit verschluckt. Es war das Antlitz eines Dämons, der gekommen war, um den Tod über die Welt zu bringen. So kam es Aurelia jedenfalls vor. Dr. Nash, Eva, unzählige Menschen, die bei den Flugzeugabstürzen gestorben waren – wie viele von ihnen gingen auf das Konto dieses Verbrechers?

Aurelia spürte, wie ihre Augen zu brennen begannen und eine Träne an ihrer Wange hinabrann. Den ganzen Tag über hatte sie sich nichts anmerken lassen. Sie hatte sich auf ihren Fall konzentriert, hatte versucht, ihre persönliche Situation, die Depression und die Trauer, auszublenden, und irgendwie war ihr das sogar gelungen. Doch jetzt übermannten sie ihre Gefühle, und sie wurde von einem regelrechten Weinkrampf geschüttelt.

Sie legte sich ins Bett, kroch unter die Decke und schluchzte in ihr Kopfkissen. Danach war es besser. Sie fühlte sich zwar dumpf und leer, beinahe wie seelenlos, aber wenigstens hatte der Trauerschmerz etwas nachgelassen, so als hätte sie ihn aus sich herausgeweint.

Sie putzte sich die Nase und setzte sich wieder vor den Laptop, um ihren ersten Bericht zu verfassen. Am Anfang ging es ziemlich schleppend, nicht nur, weil sie durch ihre lange Verletzungspause aus der Übung war, sondern weil Schreiben nicht gerade zu ihren Stärken gehörte. Bis sie die ersten Sätze formuliert hatte, war schon eine halbe Stunde vergangen, aber dann fand sie ihren Rhythmus. Sie schrieb nieder, was sie von Dr. Guerney über AIBEX erfahren hatte, auch wenn diese Dinge in anderer Form schon in den Akten standen. Den Kern ihres Berichts bildete natürlich die Auswertung der Überwachungsvideos mit der Identifikation von Hassan Gamoudi.

Als sie damit fertig war, mailte sie die Datei über eine sichere Satellitenverbindung zu Mulligan nach Langley. Auch wenn er sicher ungehalten sein würde, dass sie sich mit den Flugzeugabstürzen beschäftigte – die Sache war zu wichtig.

Um halb fünf Uhr erwachte sie aus einem Traum, der schöner nicht hätte sein können. Eva und sie waren am Strand von Acapulco spazieren gegangen und hatten sich unterhalten, beinahe wie gute Freundinnen, die sich seit Jahren nicht gesehen hatten – ein Gespräch zwischen Mutter und Tochter, offen, ehrlich und einfühlsam. Es war ein warmer Abend mit einem perfekten Sonnenuntergang gewesen, und das Rauschen der sich am Ufer brechenden Wellen hatte etwas Beruhigendes gehabt.

Nachdem sie aufgewacht war, konnte sie nicht mehr einschlafen. Sie versuchte, den Traum zu vergessen und nicht mehr an Eva zu denken, aber es gelang ihr nicht. Ihre Tochter fehlte ihr. Wieder begann sie zu weinen.

Um sieben Uhr klopfte es an ihrer Tür. Es war Parker, der sie zum Frühstücken abholen wollte.

Er setzte eine ernste Miene auf, als er sie musterte. »Keine gute Nacht gehabt, was?«

»Ich habe schon besser geschlafen.«

Parker versuchte erst gar nicht, sie aufzuheitern, wohl weil er ahnte, dass sie sich nicht in der Stimmung dazu befand. Aber er begann ein Gespräch über den Fall, was Aurelia ablenkte und wieder auf andere Gedanken brachte.

Während sie frühstückten und den Tag planten, kam eine

Hotelangestellte zu ihnen an den Tisch, die Aurelia eine Nachricht überbrachte.

»Was ist los?«, fragte Parker mit einem Blick auf den Zettel in Aurelias Hand.

»Ich soll Mulligan zurückrufen. Dringend. Ich schätze, er hat gerade meinen Bericht gelesen.«

Sie stand auf und ging auf ihr Zimmer. Während sie Mulligans Nummer wählte, musste sie sich eingestehen, dass ihr ein wenig mulmig zumute war. In welcher Laune würde er sich befinden?

Mulligan nahm selbst ab.

»Sie wollten mich sprechen, John?«, fragte Aurelia verhalten.

»Wo zum Teufel ist Ihr Handy?«, kam es durch die Leitung. »Ich habe schon ein halbes Dutzend Mal versucht, Sie zu erreichen.«

Mist!, schoss es Aurelia durch den Kopf. Das Handy lag noch auf ihrem Nachttisch. »Das muss eine Fehlfunktion sein«, sagte sie hastig. »Vielleicht der Akku. Ich werde mich darum kümmern.«

»Ja, aber das ist jetzt nicht so wichtig«, sagte Mulligan. »Weshalb ich anrufe: Ich habe Ihren Bericht gelesen.«

Aurelia schwieg und trat von einem Fuß auf den anderen.

»Hatte ich nicht gesagt, dass Sie Ihre Finger vom *Fallen-Eagles*-Fall lassen sollen?«

»Sie haben mir nicht verboten, mich ein bisschen umzuhören.«

»Weil ich dachte, dass wir uns verstanden hätten.«

Aurelia schluckte, sagte aber nichts.

»Sie sind eigensinnig, stur und haben ein Problem mit Autoritäten.« Am anderen Ende der Leitung hörte sie ein Seufzen. »Und ich bin froh, dass das so ist, denn Sie sind da offenbar auf cin ganz großes Ding gestoßen. Unsere Experten haben die Identität von Gamoudi schon bestätigt.«

Aurelia presste den Hörer fester an ihr Ohr.

»Ich hatte gerade mein Telefonat mit dem Präsidenten«, fuhr Mulligan fort. »Wie Sie wissen, muss ich ihm täglich Bericht über die Fortschritte bei den *Fallen-Eagles*-Ermittlungen erstatten. Er hat mich auch nach dem Fall Nash befragt, und ich habe ihm gesagt, was Sie dazu herausgefunden haben. Kurzum: Er will Sie sprechen.«

Aurelia zögerte und hob die Brauen. »John, ich ...«

»Keine Widerrede«, fiel Mulligan ihr ins Wort. »Er will, dass Sie ins Weiße Haus kommen. Und zwar noch heute Abend. Gratuliere.«

Kapitel 14

Washington, D. C.

Es regnete in Strömen, die Scheibenwischer konnten die vom Himmel niedergehenden Wassermassen kaum bewältigen, und der Wagen kam nur langsam voran.

John Mulligan, der hinter dem Steuer saß, schaute auf seine Armbanduhr. Er war sichtlich ungeduldig. Als er seinen Chrysler endlich vor dem Presseeingang des Weißen Hauses abstellte, war es genau halb acht. »Bleiben Sie sitzen«, sagte er zu Aurelia, »ich komme mit dem Schirm auf die andere Seite.«

Zusammen gingen sie hinein. Drinnen kam eine Frau in weißer Bluse und schwarzem Kostüm auf sie zu. Sie hatte ihr kastanienbraunes Haar hochgesteckt, was sie seriös, aber auch ein wenig streng und unnahbar aussehen ließ. Aurelia schätzte sie auf Mitte vierzig.

»Direktor Mulligan«, sagte sie und schüttelte ihm die Hand. »Sie werden bereits erwartet.« Dann wandte sie sich Aurelia zu. »Special Agent Fernandéz, nehme ich an?«

»Das bin ich, ja.«

»Linda Archer. Ich bin die Stabschefin des Weißen Hauses. Bitte folgen Sie mir.«

Linda Archer führte sie zum Aufzug, vor dem zwei Beamte des Secret Service postiert waren, und fuhr mit ihnen in den zweiten Stock. »Hier entlang, bitte.«

Sie ging den Gang entlang, öffnete eine Tür und führte

Aurelia und Mulligan in eine Art Salon. »Das ist das Lincoln-Zimmer. Präsident Shephard wird gleich bei Ihnen sein.« Dann verließ sie das Zimmer und zog die Tür hinter sich zu.

Aurelia ließ ihren Blick durch den Raum schweifen. Es sah beinahe aus wie in einem Schloss: alte, mit Leder bezogene Stühle, ein polierter Holztisch, ein mit weißem Marmor eingefasster Kamin, Ölgemälde an den Wänden. An den Fenstern hingen schwere Satinvorhänge mit dicken, geflochtenen Kordeln. Aurelia kam sich ziemlich fremd vor. Verloren. Wie jemand, der an einem Ort ist, an den er gar nicht hingehört. Sie war froh, dass Mulligan sie zu diesem Termin begleitete.

Aber noch bevor ihre Angst sich weiter ausbreiten konnte, öffnete sich eine zweite Tür, und Präsident William Shephard betrat den Salon, Seite an Seite mit der First Lady. Beide machten sehr ernste Gesichter.

Shephard kam auf Aurelia zu und gab ihr die Hand. »Special Agent Fernandéz, ich freue mich, Sie kennenzulernen.«

»Ich freue mich auch, Mr President.«

»Das ist meine Frau Glenda«, fuhr er fort. »Glenda, darf ich dir Miss Fernandéz vorstellen. Sie hat in Kabul die Operation *Lionhunter* durchgeführt und wurde dabei schwer verletzt.«

Glenda Shephard nickte und begrüßte Aurelia ebenfalls.

Der Präsident wandte sich Mulligan zu, wechselte ein paar Worte mit ihm und klopfte ihm beinahe freundschaftlich auf die Schulter. Die First Lady reichte ihm die Hand. »John, schön, Sie zu sehen, auch wenn ich wünschte, dass die Umstände erfreulicher wären. Wollen wir uns nicht setzen?«

Sie nahmen an einem mit Intarsien verzierten, polierten Mahagonitisch Platz, auf Stühlen, deren Bezüge genau auf den Vorhangstoff abgestimmt waren.

»Sie fragen sich bestimmt, warum ich Sie hergebeten habe,

Miss Fernandéz«, sagte der Präsident. »Bitte entschuldigen Sie, dass Sie extra von Louisiana herfliegen mussten – zumal mir bekannt ist, was Ihnen bei Ihrem letzten Flug nach Washington zugestoßen ist. Dass Ihre Tochter bei dem Absturz ums Leben kam, tut mir sehr, sehr leid.« Er sprach leise und einfühlsam, und irgendwie klang es ehrlich – so, als könne er ihren Schmerz tatsächlich nachvollziehen. Aurelia spürte, wie ihr die Tränen in die Augen stiegen, und blinzelte, um sie zu unterdrücken.

»Meine Frau und ich teilen Ihre Trauer, Miss Fernandéz. Auch wir haben vor kurzem einen schmerzlichen Verlust hinnehmen müssen.«

Das überraschte Aurelia. Sie hatte davon nichts in den Medien mitbekommen.

»Sie fragen sich, weshalb das noch nicht im Fernsehen zu sehen war?« Es schien, als hätte Shephard ihre Gedanken erraten. »Das liegt vermutlich daran, dass die Presse noch keinen Wind davon bekommen hat. Ich spreche von Amanda Nash.«

Aurelia runzelte die Stirn. »Ich fürchte, ich verstehe nicht, Mr President.« Was hatte die tote AIBEX-Wissenschaftlerin mit dem Präsidentenehepaar zu tun?

»Amanda war unsere Nichte.« Dabei nahm Shephard die Hand seiner Frau und drückte sie. »Die Nachricht von ihrem Tod hat Glenda und mich zutiefst getroffen. Noch dazu die sonderbaren Umstände ihres Todes ... erstickt in einem Serverraum ...« Er hielt inne, schluckte. »Ich kann Ihnen nicht sagen, mit welcher Genugtuung ich gehört habe, als John mir heute Morgen sagte, dass es bereits eine heiße Spur in Carmington gibt, zumal eine, die den Mörder meiner Nichte mit den Flugzeugattentaten in Verbindung bringt. Sie haben in Louisiana hervorragende Arbeit geleistet. Deshalb habe ich

Sie hergebeten. Ich möchte, dass Sie die Verfolgung von Hassan Gamoudi aufnehmen. Sie sollen herausfinden, ob die beiden Fälle etwas miteinander zu tun haben und ob Gamoudi in eigenem Interesse gehandelt hat oder im Auftrag eines anderen. Im letzteren Fall will ich wissen, wer dieser Auftraggeber ist.« Er klang hart und entschlossen.

»Mr President, ich weiß Ihr Vertrauen zu schätzen«, sagte Aurelia, »aber offen gestanden bin ich mir nicht sicher, ob ich die richtige Wahl für diesen Job bin. Wie Sie vorhin selbst erwähnt haben, wurde ich in Afghanistan schwer verletzt. Die letzten fünf Monate habe ich fast ausschließlich im Sanatorium verbracht. Vielleicht sollte jemand den Fall übernehmen, der keine Auszeit hinter sich hat.«

Shephard lächelte knapp. »Ihre Bescheidenheit ehrt Sie, Miss Fernandéz. Aber ich würde Sie nicht darum bitten, wenn ich Zweifel an Ihren Fähigkeiten hätte. Ich habe John gefragt, wer seiner Meinung nach der geeigneteste Agent für diesen Fall ist, und er hat ohne zu zögern Ihren Namen genannt. Ihre persönliche Befangenheit spielt für mich dabei keine Rolle – vorausgesetzt natürlich, dass Sie sich zutrauen, damit umzugehen. Für mich zählen nur Ihre Einsatzbereitschaft, Ihr Gespür für Zusammenhänge und Ihre Loyalität. Ich kenne nicht viele Leute, die ein Geheimnis für sich behalten würden, wenn man ihnen drei Kugeln in den Leib jagt.« Er machte eine Pause und sah sie auffordernd an.

Aurelia zögerte noch immer. Sie spürte die enorme Verantwortung schon jetzt wie eine Zentnerlast auf ihren Schultern, und irgendwie machte ihr das Angst. Aber im Grunde wusste sie, dass sie sich längst entschieden hatte.

Sie straffte sich und sagte mit fester Stimme: »Ich danke Ihnen für Ihr Vertrauen, Mr President. Ich will an dem Fall dranbleiben.«

Shephard stand auf und hielt Aurelia die Hand hin. »Dann sind wir uns also einig.«

Sie erhob sich ebenfalls und erwiderte die Geste.

»Linda wird Ihnen einen Umschlag geben«, sagte Shephard. »Die NSA hat bezüglich des Aufenthaltsorts von Hassan Gamoudi einen Tipp aus Südamerika bekommen. Ich habe das selbst erst vor einer Stunde erfahren.« Shephard nickte Aurelia und Mulligan zu und verließ mit seiner Frau den Raum.

In der Tür erschien ein Beamter des Secret Service. »Ich soll Sie zu Mrs Archer bringen«, sagte er. »Bitte folgen Sie mir.«

Er führte sie ein Stockwerk tiefer, wo die Stabschefin in ihrem Büro im Westflügel saß und telefonierte. Als sie Mulligan sah, winkte sie ihn zu sich und reichte ihm, ohne ihr Gespräch zu unterbrechen, einen braunen Umschlag, der auf ihrem Tisch lag. Mulligan bedankte sich bei ihr mit einer stummen Geste und kam zurück in den Flur. Er entnahm dem Umschlag einen etwa fingerdicken Klarsichtordner und blätterte ihn durch. Neben einigen Berichten enthielt er vor allem Fotos von Hassan Gamoudi, aufgenommen am gestrigen Mittwoch in Tunja, Kolumbien.

»Ich fürchte, Sie werden nicht allzu lange in Washington bleiben können«, sagte Mulligan.

Aurelia nickte. »Das hatte ich auch nicht erwartet, John.«

Kapitel 15

Saint-Jean-Brévelay
Bretagne

Lars Hendriksson zuckte zusammen, als es an der Haustür klingelte. Seit er sich ins Rechennetzwerk von AIBEX eingeloggt hatte und Zeuge dieses sonderbaren Bilderstakkatos von Tod und Zerstörung geworden war, geschahen merkwürdige Dinge. Dinge, die ihm Angst einjagten. Zwar glaubte er inzwischen nicht mehr, dass er sich durch seinen Log-in einen Virus eingefangen hatte, schon gar nicht den, der zurzeit für Schlagzeilen sorgte. Seine Computer liefen stabil, es hatte keine Ausfälle gegeben. Aber die Zahl der versuchten Zugriffe auf sein System hatte seitdem drastisch zugenommen – um mehr als das Zwanzigfache. Jemand, der seinen Log-in bei AIBEX bemerkt hatte, wollte ihn ausspionieren, das stand für ihn fest.

Das allein hätte Hendriksson nicht weiter problematisch gefunden. Wirklich beunruhigend fand er aber zweierlei: Erstens hatte er trotz aller Bemühungen nicht herausgefunden, wer dahintersteckte, und zweitens waren die virtuellen Attacken auf seinen PC bereits mehrmals geglückt. Sein komplettes Sicherheitssystem hatte versagt – Firewalls, Passwortverschlüsselungen und Virenschutz-Programme, die sich allesamt auf dem neuesten Stand befanden.

Wieder klingelte es an der Haustür. Hendriksson klickte auf dem Monitor das Icon des optischen Überwachungssystems an. Auf dem Computerbildschirm öffnete sich ein Fenster, in dem die Aufnahme der Kamera über der Eingangstür übertragen wurde. Vor seinem Haus stand eine junge Frau, die er noch nie gesehen hatte.

Ein drittes Klingeln. Hendriksson klickte noch kurz die anderen Außenkameras an – zwei befanden sich links und rechts vom Haus, eine weitere an der Rückseite –, aber dort konnte er niemanden entdecken. Die Frau war allein.

Hendriksson ging zur Haustür und öffnete. Vor ihm stand eine wunderschöne Asiatin. Sie hatte glattes, schwarzes Haar, das ihr bis zu den Schultern reichte, ein herzförmiges Gesicht mit hohen Wangenknochen, braune mandelförmige Augen, eine kleine gerade Nase und einen Mund mit vollen roten Lippen. Sie sah fast aus wie Wendy, sein Lieblings-Erotik-Model im Internet.

»Sind Sie Lars Hendriksson?«

»Der bin ich.« Er versuchte, seiner Stimme einen festen Klang zu geben.

»Darf ich reinkommen? Wir müssen reden.«

Hendriksson blieb in der Tür stehen. »Wer sind Sie?«

»Mein Name ist Jessica Watanabe.

»Und was führt Sie zu mir?«

»Ich bin im Auftrag von Caligula hier.«

Hendriksson erinnerte sich dumpf an seinen Lateinunterricht in der Schule. Irgendein verrückter römischer Kaiser hatte sich so genannt – nach seinen Schuhen. Wenn Hendriksson sich recht entsann, hatte dieser Typ sich später zum Gott und sein Lieblingspferd zum Senator ernannt. »Caligula?«, wiederholte Hendriksson. »Ist der nicht schon seit zweitausend Jahren tot?«

Auf Jessica Watanabes hübsche Lippen legte sich ein bezauberndes Lächeln. »Wenn Sie mich hereinlassen, werde ich Ihnen alles erklären.«

Hendriksson ließ seinen Blick über die dampfende Wiese bis hinüber zum Wald gleiten, dann weiter über die angrenzenden Felder. Es war kühl an diesem Morgen, und das Unwetter der vergangenen Tage hatte dem Land seine Spuren aufgedrückt – es wirkte roher als sonst, verwilderter. Irgendwie fremd. Aber Hendriksson konnte nichts entdecken, was ihm verdächtig vorgekommen wäre.

Er führte Jessica Watanabe ins Esszimmer – den einzigen Raum, der einigermaßen sauber und ordentlich war, weil er ihn so gut wie nie benutzte. »Wollen Sie etwas trinken?«, fragte er und bot ihr mit einer Geste einen Stuhl am Esstisch an.

»Gern. Einen Tee, wenn Sie welchen dahaben.«

Hendriksson brühte für die Frau einen Earl Grey auf. Er selbst ließ sich einen Kaffee durch. Mit den Tassen in der Hand setzte er sich zu ihr.

»Bitte«, sagte er und schob ihr den Tee hin. »Aber vorsichtig. Der ist heiß.«

Sie blies den Dampf von der Tasse, wagte aber noch nicht, daran zu nippen.

»Also … noch mal von vorn«, sagte Hendriksson, während er seinen Kaffee umrührte. »Wenn ich Sie richtig verstanden habe, sind Sie von einem Typen hergeschickt worden, der sich mit dem Namen eines altrömischen, etwas absonderlichen Kaisers schmückt«, sagte er. »Was will dieser Caligula von mir?«

»Er glaubt, Sie sind würdig, ihm vorgestellt zu werden.«

Hendriksson sah sie mit hochgezogenen Brauen an. »*Würdig? Ihm vorgestellt werden?* Was soll das heißen?«

»Er will Sie testen. Wenn Sie den Test bestehen, werden Sie zu einem seiner Jünger ernannt.«

Hendriksson wich in seinem Stuhl zurück. »Von was für einem Test sprechen Sie? Und wie kommt er darauf, dass ich sein Jünger werden will?« *Die Jünger Caligulas.* Das klang irgendwie nach Teufelsanbetung. Er hatte keine Lust, in etwas hineinzurutschen, woraus er sich hinterher womöglich nicht mehr befreien konnte.

Jessica Watanabe lächelte ihn an und nippte an ihrem Tee. Dabei sah sie so bezaubernd aus, dass ihm ein wohliger Schauder über den Rücken lief. Sie sah nicht aus wie eine Teufelsanbeterin. Oder war das alles nur perfekte Fassade? Irgendetwas in Lars Hendriksson weigerte sich, das zu glauben.

»Caligula schätzt Menschen mit außergewöhnlichen Begabungen«, sagte sie und setzte ihre Tasse wieder ab. »Er schart sie um sich, damit sie voneinander lernen und sich gegenseitig ergänzen können. Caligula kennt Ihre Fähigkeiten als Computerhacker, Monsieur Hendriksson. Er ist davon tief beeindruckt und möchte Sie gerne für sich gewinnen. Er sieht in Ihnen gewissermaßen einen Seelenverwandten.«

»Er ist auch ein Hacker?«

»Der beste der Welt.«

Hendrikssons Interesse war geweckt. »Ist es Caligula, der dauernd versucht, in meine Systeme einzudringen?«

»Das weiß ich nicht.«

An Jessica Watanabes Blick konnte er nicht erkennen, ob sie die Wahrheit sagte oder ob sie log. Ihre dunklen, mandelförmigen Augen wirkten undurchdringlich. Er nahm einen Schluck Kaffee. »Woher weiß ich, dass Sie die Wahrheit sagen?«

Mit unbewegter Miene holte Jessica Watanabe aus Ihrer Handtasche einen Briefumschlag und gab ihn Hendriksson. »Werfen Sie einen Blick hinein«, sagte sie. »Das wird Sie überzeugen.«

Er öffnete das Kuvert, zog ein paar zusammengeklammerte DIN-A4-Blätter heraus und überflog die erste Seite – den Ausdruck einer Tabelle mit scheinbar wahllosen Buchstaben- und Zahlenfolgen. Doch er kannte diese Kombinationen ganz genau. »Das sind die Passworte für meine Dateien«, sagte er.

»Ich weiß es nicht. Caligula hat mir nur das Kuvert gegeben und mich gebeten, es Ihnen zu überreichen.«

»Wie konnte er die Verschlüsselungen knacken? Das ist absolut unmöglich!« Hendriksson gab sich die Antwort gleich selbst: Wenn überhaupt jemand dazu in der Lage war, dann wohl eine Vereinigung der besten Hacker dieses Planeten. Die Jünger Caligulas. »Gesetzt den Fall, ich würde mich bereit erklären, Caligula kennenzulernen. Was müsste ich dafür tun?«, fragte Lars Hendriksson.

»Kommen Sie mit mir nach Paris«, antwortete Jessica Watanabe. »Ich bin sicher, Sie werden es nicht bereuen.«

Kapitel 16

Östliche Kordillerenkette, Kolumbien
120 Kilometer nördlich von Bogotá

Der silbermetallicfarbene Daimler zog auf dem schmalen Zubringer eine dünne Staubfahne hinter sich her, die sich langsam in der sanften Brise verflüchtigte. Der Wagen hielt an einem bemannten Wachhaus, der einzigen Zufahrt zu einem mit Stacheldrahtzaun umgebenen Gelände, das ungefähr so groß war wie zehn Fußballfelder. Obwohl der Zaun, die uniformierten Wachen und die anderen Sicherheitsanlagen – Außenkameras, Bewegungsmelder, Wärmesensoren – an eine Militärbasis erinnerten, war das Grundstück Privatbesitz. Es gehörte Umberto Cali, dem sogenannten *kolumbianischen Paten*, dem mächtigsten Mann in der südamerikanischen Drogenszene.

Im grellen Licht der Sonne glänzte der Daimler wie ein Edelstein, sodass Aurelia die Augen zusammenkneifen musste. Sie beobachtete die Szene durch ein Fernglas, gut geschützt hinter dichtem Buschwerk am Rand des Hochregenwaldes, aus einer Entfernung von etwa achthundert Metern.

»Kannst du ihn erkennen?«, fragte sie Parker, der neben ihr auf der Erde lag und ebenfalls durch ein Fernglas schaute.

»Nein, noch nicht.« Er war von New Orleans aus nach Bogotá geflogen, wo er sich mit Aurelia getroffen und mit ihr für diesen Einsatz vorbereitet hatte.

»Vertrauen Sie mir«, sagte Jorge Vargas, ihr hiesiger Verbindungsmann, mit leichtem Akzent. Auch er blickte durch ein Fernglas auf den fahrenden Wagen. »Mein Informant ist absolut zuverlässig. Gamoudi ist da drin.«

Der Wagen fuhr weiter, durchquerte die parkähnliche Anlage und hielt vor Calis beeindruckender Hazienda, einem eleganten, ockerfarbenen Bau im Kolonialstil, auf deren Rückseite eine weitläufige Terrasse mit Pool und Jacuzzi zu erkennen war. Inmitten der Abgeschiedenheit des kolumbianischen Bergwalds musste Cali offenbar keinen Luxus entbehren.

»Das Anwesen ist Calis Rückzugspunkt. Hier leben auch seine Frau und seine beiden Söhne«, erklärte Vargas. »Er liebt es aufwändig, wie Sie sehen, gleichzeitig will er hier natürlich keine Schaulustigen haben. Deshalb hat er das Domizil im Wald angelegt, weit abseits von Bogotá. Von der Straße aus ist es nicht zu sehen.«

»Da ist Gamoudi!«, stieß Aurelia hervor. Sie beobachtete, wie der Mann aus dem Daimler stieg, von einem bewaffneten Uniformierten abgetastet und dann von ihm zum Eingang begleitet wurde. Kurz darauf öffnete sich die Tür, und Gamoudi trat ins Haus.

Aurelia nahm ihr Funkgerät zur Hand und informierte die vier anderen Teams, die zur Festsetzung von Hassan Gamoudi abkommandiert worden waren – je drei Agenten, die in Kolumbien für die CIA arbeiteten. »Das Ziel ist identifiziert. Haltet euch bereit und wartet auf weitere Anweisungen. Ich melde mich, wenn er wieder rauskommt. Team 1 Ende.«

Team 2 hatte an einer anderen Stelle im Wald Position bezogen und beobachtete – genau wie Aurelia, Parker und Vargas – das Anwesen. Die Teams 3, 4 und 5 warteten in Zivilfahrzeugen auf der Straße, um unauffällig die Verfolgung aufzunehmen, wenn Gamoudi sich auf den Rückweg machte.

Aurelia fragte sich, was Gamoudi mit Cali zu besprechen hatte. Handelten sie nur irgendwelche Drogengeschäfte aus, oder war Cali Gamoudis Auftraggeber? Steckte Cali hinter den Flugzeuganschlägen oder hinter dem Tod von Amanda Nash, vielleicht sogar hinter beidem? Das Geld dafür hatte er zweifellos, die Macht ebenfalls. Aber bis sie Genaueres wussten, wollte Aurelia Hassan Gamoudi nur unauffällig beschatten, um alle Verantwortlichen dann möglichst auf einen Schlag festnehmen zu können.

Mit dem Fernglas suchte sie die Fenster der Hazienda ab. Von ihrem Standort aus konnte sie im Inneren des Gebäudes nur kleine Ausschnitte erblicken. »Ich sehe Gamoudi nicht mehr«, sagte sie ins Funkgerät. »Weiß jemand, wo er ist?«

»Im Wohnzimmer«, kam die blecherne Antwort. »Sitzt mit Cali und zweien seiner Leibwächter auf der Couch und genehmigt sich einen Drink.«

»Alles klar. Gib uns Bescheid, wenn sich etwas tut, was wir wissen sollten.«

Eine Zeit lang geschah nichts. Die vier Männer unterhielten sich und nippten gelegentlich an ihren Getränken. Ihre Laune schien ziemlich ausgelassen.

Nach fünfzehn Minuten bemerkte Aurelia ein weiteres Auto, das sich der Hazienda näherte. Ein schwarzer Cadillac, ziemlich neu. Der Wagen parkte unter einem Carport neben dem Haus, und eine elegante Kolumbianerin stieg aus – Calis Ehefrau, wie Aurelia aus der CIA-Akte wusste. Sie holte aus dem Kofferraum ein paar Einkaufstaschen. In der Zwischenzeit waren auch zwei Jungs im Alter von etwa sechs und zehn Jahren aus dem Wagen gestiegen – die beiden Söhne des Drogenbarons. Sie halfen ihrer Mutter, die Tüten ins Haus zu tragen. Zu dritt gingen sie hinein und verschwanden aus Aurelias Sichtfeld.

»Sie gehen in die Küche«, meldete sich der Kollege von Team 2 über Funk zu Wort. »Die Frau packt die Lebensmittel in den Kühlschrank, die Kinder gehen nach oben.« Wenig später: »Ah, die Jungs tauchen wieder auf. Haben Badehosen angezogen und ihre Taucherbrillen dabei.«

Gleich darauf erschienen die beiden Kinder auf der Terrasse, um sich im Pool zu vergnügen.

»Was macht Cali?«, fragte Aurelia.

»Sitzt noch immer im Wohnzimmer. Jetzt kommt seine Frau herein. Cali steht auf, geht auf sie zu, gibt ihr einen Kuss. Jetzt stellt er sie Gamoudi vor. Gamoudi steht auf und gibt ihr die Hand. Sie unterhalten sich. Cali gibt seinen zwei Gorillas ein Zeichen. Sie stehen auf. Alle vier Männer verlassen das Wohnzimmer.«

»Wohin gehen sie?«

»Sie sind jetzt im Flur ... gehen die Treppen hinauf ... jetzt kann ich sie nicht mehr sehen.«

»Ich dafür«, sagte Aurelia. »Sie sind in Calis Arbeitszimmer gegangen.« Von ihrem Versteck aus hatte sie gute Sicht in den Raum. Cali, seine beiden Leibwächter und Gamoudi hatten es sich auf einer Sitzgruppe bequem gemacht. Die Stimmung war nach wie vor ausgelassen.

Plötzlich wurde Cali jedoch ernst und begann, auf Gamoudi einzureden. Gamoudi schien ruhig zu bleiben, doch er warf immer wieder einen Blick auf die beiden Leibwächter. Dann beugte er sich vor, ganz beiläufig, als wolle er sich die Schnürsenkel binden. In Wahrheit zog er etwas aus dem Schuh. Von da an ging alles ganz schnell. Cali bellte seine Leibwächter an. Einer von ihnen versuchte, sich auf Gamoudi zu stürzen, doch sein Kollege stieß ihm ein Messer in den Hals. Blut spritzte auf sein Hemd und auf die Sitze, offenbar hatte die Klinge die Schlagader durchtrennt. Der Verwundete griff sich mit beiden Händen an die Wunde. Fassungslosigkeit stand ihm ins Gesicht geschrieben. Er versuchte, sich aufzurichten, taumelte jedoch und fiel hin. Zuckend blieb er am Boden liegen.

Zeitgleich war Hassan Gamoudi auf Umberto Cali zugesprungen und hatte ihm eine Drahtschlinge um den Hals geworfen. Jetzt stand er hinter ihm und zog sie mit brutaler Gewalt zusammen. Cali versuchte, die Schlinge mit den Händen zu lockern, doch der dünne Draht hatte sich bereits in die Haut eingeschnitten. Sein Gesicht war schmerzverzerrt und lief bereits dunkelrot an. Seine weit aufgerissenen Augen schienen aus den Höhlen zu quellen. Dann erschlaffte sein feister Körper mit einem Mal und sackte zusammen.

Aurelia ließ das Fernglas sinken und drückte die Sprechtaste ihres Funkgeräts. »Er hat gerade Cali umgebracht. Einer der beiden Leibwächter steckt mit Gamoudi unter einer Decke.«

»Was ist mit dem zweiten Leibwächter?«

»Ebenfalls tot.« Sie atmete tief durch. »An alle Einheiten: höchste Alarmbereitschaft. Gamoudi wird fliehen. Wir dürfen ihn nicht verlieren.«

Sie nahm wieder ihr Fernglas hoch. Gamoudi und sein Komplize waren inzwischen im Erdgeschoss angekommen, wo sie auf Calis Frau trafen. Sie wechselten ein paar Worte, die Frau lachte. Sie hatte offenbar keine Ahnung, was gerade in ihrem Haus geschehen war. Gamoudi verabschiedete sich mit einem angedeuteten Handkuss von ihr. Dann verließen er und sein Helfer die Hazienda.

Auf dem Weg zum Wachhaus am Zaun fuhr der Daimler nicht schneller als auf der Herfahrt.

»Er ist unterwegs«, sagte Aurelia ins Funkgerät. Team 3

und 4 signalisierten, dass sie verstanden hatten und in Bereitschaft waren.

Ein Schrei gellte zu ihnen herüber. Aurelia riss ihr Fernglas herum und sah, dass Calis Frau die Leiche ihres Mannes entdeckt hatte. Sofort stürzten von unten ein paar Bewaffnete die Treppen hinauf.

Aurelia richtete den Blick wieder auf den Daimler, der noch immer in gemessenem Tempo die Auffahrt hinunterfuhr. Bevor der Wagen jedoch am Zaun ankam, trat ein Uniformierter mit angelegtem Automatikgewehr aus dem Wachhaus und eröffnete das Feuer. Die Frontscheibe des Daimlers zerbarst, weitere Schüsse schlugen in die Motorhaube ein.

Das Auto machte einen Satz nach vorn, schoss wie ein Pfeil auf den schießenden Wachposten zu und überfuhr ihn mit voller Wucht. Der Mann wurde noch ein paar Sekunden lang unter dem Fahrwerk mitgeschleift, bevor er fünfzig Meter weiter reglos am Rand der festgefahrenen Lehmpiste liegen blieb. Er war nur noch ein blutiges Knäuel.

»Jetzt wird's ernst!« Aurelia musste sich beherrschen, um nicht ins Funkgerät zu schreien. »Gamoudi flieht. Haltet euch ran!«

Dann verlor sie den Wagen aus dem Blick, als er ins Blättermeer des Waldes eintauchte.

Sekunden verstrichen.

»Wir sehen ihn.« Es war der Funker von Team 3. »Hat die Straße in Richtung Tunja genommen und fährt wie Senna zu seinen besten Zeiten. Wir versuchen dranzubleiben. Aber unauffällig wird das kaum zu machen sein.«

»Hauptsache, ihr verliert ihn nicht aus den Augen. Es wäre mir zwar lieber, wenn er uns zu seinen Auftraggebern führt, aber bevor er uns entwischt, nehmen wir ihn lieber fest, um ihn zu verhören.«

Die Verfolgungsjagd dauerte an. Die Teams 3 und 4 jagten Gamoudi auf der serpentinenartigen Bergstraße hinterher, die von Villapinzon nach Tunja führte. Die Funker der beiden Teams erstatteten dabei immer wieder Bericht. Besondere Brisanz erhielt die Situation dadurch, dass Calis Frau dem flüchtigen Gamoudi ein Motorradgeschwader hinterhergeschickt hatte. Im Falle einer Schießerei würden die beiden CIA-Teams zwischen den Fronten stecken.

Aurelia seufzte. Der Plan war gewesen, Gamoudi unauffällig zu beschatten, aber jetzt war alles aus dem Ruder gelaufen. Sie nahm Kontakt zur Zentrale auf, schilderte die Situation und bat darum, die örtliche Polizeibehörde einzuschalten. Wenig später kam die Meldung, dass die Polizei von Tunja sämtliche verfügbaren Streifen zur Unterstützung der CIA abkommandiert hatte.

»Wir werden beschossen!«, gellte es plötzlich aus dem Funkgerät. »Calis Leute haben das Feuer eröffnet und ...« Ein lauter Knall übertönte alles andere, gefolgt von einem markerschütternden Schrei. Dann war die Leitung tot.

»Was ist los?«, rief Aurelia in das Funkgerät. »Meldet euch!«

Sekunden verstrichen. Dann die Meldung: »Team 4 hat's erwischt. Und wir ...«

Wieder riss der Funkverkehr ab. Trotz tropischer Hitze wurde Aurelia eiskalt. »Team 3, bitte melden!«

Nichts.

»Team 3, hört ihr mich?« Aurelia warf einen Blick zu Parker, der finster dreinschaute.

Endlich knackte es in der Leitung. »Team 1, hier Team 3. Bitte kommen.«

Aurelia wagte noch nicht aufzuatmen. »Hier Team 1. Seid ihr wohlauf?«

»Ortega hat einen Streifschuss abbekommen, und unser Wagen ist Schrott. Abgesehen davon sind wir mit dem Schrecken davongekommen.«

»Was ist mit Team 4?«

»Die sind über die Böschung gerast, etwa fünf Kilometer vor Tunja.«

»Wir rufen Hilfe«, sagte Aurelia und gab Parker ein Zeichen, dass er das Rote Kreuz verständigen solle. »Was ist mit Gamoudi?«

»Der ist entkommen.«

Aurelia schluckte trocken. »Verstanden. Over und vorläufiges Ende.« Sie ließ sich von der CIA-Zentrale mit der Einsatzleitung der Polizei verbinden und schilderte dem leitenden Beamten, was vorgefallen war. Nach dem Gespräch fühlte sie sich lausig. Unter ihrem Kommando waren CIA-Agenten verletzt worden, vielleicht sogar gestorben, und Hassan Gamoudi war entwischt.

Sie hatte diesen Einsatz gründlich vermasselt. Jetzt kam es allein auf die kolumbianische Polizei an, um zu retten, was zu retten war.

Kapitel 17

Der Polizei von Tunja gelang es tatsächlich, Hassan Gamoudi zu fassen. Nach einer Verfolgungsjagd quer durch die Stadt konnten die Streifenbeamten ihn am Güterbahnhof auf einem Verladegelände so einkeilen, dass er keine Fluchtmöglichkeit mehr hatte. Sein Helfer war zum Zeitpunkt der Verhaftung bereits tot. Genickbruch. Aurelia war davon überzeugt, dass Gamoudi ihn selbst liquidiert hatte, um zu vermeiden, dass er beim Verhör redete.

Der erfolgreichen Festnahme stand ein Wermutstropfen gegenüber: Die örtlichen Behörden bestanden darauf, dass Gamoudi in Tunja blieb, bis der Fall Cali abgeschlossen war. Somit konnte es Wochen oder Monate dauern, bis Gamoudi ausgeliefert und von der CIA mit modernsten psychologischen Verhörmethoden befragt werden konnte.

Wenigstens gestattete Comisario Rodrigo Torquemada Aurelia freien Zugang zu den Ermittlungen. Sie durfte auch an der Vernehmung von Hassan Gamoudi teilnehmen. Parker widmete sich derweil der undankbaren Aufgabe, den Bericht für die CIA-Akten zu schreiben.

Comisario Torquemada führte das Verhör gemeinsam mit seinem Kollegen José Gonzales durch, einem pockennarbigen Kerl mit flackerndem Blick. Torquemada gab sich freundlich und zivilisiert, während Gonzales den *bad guy* mimte. Die beiden Ermittler waren ein eingespieltes Team und versuchten routiniert, Gamoudi ein paar Antworten zu entlocken. Sie bombardierten ihn mit Fragen, versuchten ihn in Widersprüche zu verstricken, stellten ihm Strafmilderung in Aussicht. Als das nichts half, drohten sie ihm. Doch Gamoudi verweigerte jegliche Aussage. Das Einzige, was er gebetsmühlenartig wiederholte, war, dass er mit einem Anwalt sprechen wolle.

Nach drei Stunden brach Torquemada das Verhör ab, um es am nächsten Tag weiterzuführen. »Wenn Sie wollen, sind Sie jetzt dran«, sagte er zu Aurelia, als sie draußen auf dem Flur standen. »Vielleicht haben Sie mehr Glück. Von mir aus können Sie ihn sich die ganze Nacht vornehmen. Falls er etwas ausplaudert, lassen Sie es mich wissen, damit wir es auf Band aufnehmen können.« Er schrieb etwas auf einen Notizzettel, riss ihn ab und reichte ihn Aurelia. »Das ist meine Privatnummer. Wenn es eilt, kann ich in fünfzehn Minuten auf dem Revier sein.«

Aurelia kehrte in den Vernehmungsraum zurück. Gamoudi saß mit unbewegter Miene am Tisch, Hand- und Fußgelenke an seinen Stuhl gefesselt. Aurelia überlegte, ob sie einen der Polizisten vor der Tür bitten sollte, Gamoudi die Fesseln abzunehmen, um eine Vertrauensbasis zu ihm aufzubauen, entschied sich dann aber dagegen. Gamoudi war skrupellos und gefährlich. Er würde die kleinste Chance nutzen, um sie zu überwältigen und zu fliehen.

Sie setzte sich ihm gegenüber und faltete die Hände auf dem Tisch. »Was ist in Calis Haus passiert?«, fragte sie. »Es sah so aus, als würde das Gespräch gut verlaufen. Sie und Cali schienen sich ziemlich einig zu sein. Und dann ziehen Sie plötzlich diesen Draht aus dem Schuh.«

Zum ersten Mal, seit er in diesem Raum saß, zeigte Hassan Gamoudi eine Regung. Er lächelte, auch wenn dieses Lächeln vor Sarkasmus strotzte. »Sie haben alles beobachtet? Haben die beiden anderen Idioten das nicht gewusst?«

»Die Observierung war eine Angelegenheit der CIA. Die Polizei von Tunja haben wir erst eingeschaltet, als Sie sich auf der Flucht befanden.«

Gamoudis Lächeln wurde noch breiter und verächtlicher. »Die CIA muss die kolumbianische Polizei einschalten, um mich zu fassen?«

»Ich hatte nicht damit gerechnet, dass Sie Cali umbringen würden.«

»Er hat es nicht anders verdient.«

»Warum?«

Gamoudi schwieg.

»Hat sich der Mord aus der Situation heraus ergeben, oder war er von vornherein geplant?«, bohrte Aurelia weiter. Für Letzteres sprach vor allem, dass Gamoudis Komplize einer von Calis engsten Vertrauten gewesen war.

Wieder hüllte Hassan Gamoudi sich in Schweigen.

»Ich kann Ihnen helfen«, sagte Aurelia. »Ich kann dafür sorgen, dass Sie in wenigen Wochen in die USA ausgeliefert werden. Natürlich werden Sie sich auch dort für Ihre Taten verantworten müssen. Aber ich verspreche Ihnen einen fairen Prozess.«

Gamoudi sah sie gelangweilt an.

»Bevor Sie nach Kolumbien flogen, wurden Sie in den Vereinigten Staaten gesehen. In Louisiana«, fuhr sie unbeirrt fort. »Wir wissen, dass Sie sich Zugang zum AIBEX-Institut verschafft haben. Was wollten Sie dort?«

Keine Antwort, aber etwas in seiner Miene verriet Aurelia, dass er nicht damit gerechnet hatte, in Carmington erkannt worden zu sein. »Bei Ihrem Einbruch kam es zu einem Brand im Serverraum«, sagte sie. »Dabei starb eine Wissenschaftlerin, Dr. Amanda Nash. Haben Sie mit ihr zusammengearbeitet?«

Wieder keine Reaktion. Ebenso gut hätte sie mit einer Wand sprechen können.

»Sie müssen sich entscheiden«, sagte sie. »Entweder Sie kooperieren mit mir, oder Sie bleiben hier und werden zu zwanzig Jahren in einem kolumbianischen Knast verdonnert. Und ich werde persönlich dafür sorgen, dass Calis Gefolgsleute erfahren, wo Sie eingelocht werden. Wissen Sie, was kolumbianisches Black Jack ist? Sie werden auf einem Stuhl festgebunden, und jemand schneidet ihnen mit einer Rohrzange die Zehen ab. Dann kommen die Finger dran, einer nach dem anderen. Und am Ende die Zunge. Macht genau einundzwanzig Punkte. Ich bin sicher, Calis Männer brennen darauf, ihre Black-Jack-Variante mit Ihnen zu spielen.« Sie machte eine Pause, um die Worte nachwirken zu lassen. »*Warum* hat Cali es verdient, ermordet zu werden?«, fragte sie noch einmal.

Gamoudi saß reglos da und starrte sie mit bohrendem Blick an. »Weil er sich für Gott hielt«, sagte er schließlich.

»Wie meinen Sie das?«

»Er hielt sich für allmächtig. Deshalb habe ich ihn erledigt.«

Aurelia verschränkte die Arme vor der Brust. »Das kaufe ich Ihnen nicht ab.«

»Glauben Sie, was Sie wollen.«

Aus irgendeinem Grund fühlte sie sich plötzlich provoziert. »Cali ist mir im Grunde völlig gleichgültig«, fuhr sie ihn an. »Was mich aber brennend interessiert, ist, wer für die Flugzeugkatastrophe vor anderthalb Wochen verantwortlich ist. Sie wurden zwei Tage vorher auf dem Flughafen London Heathrow gesehen. Für mich besteht kein Zweifel daran, dass Sie etwas mit der Geschichte zu tun haben. Die Frage ist nur, für wen Sie gearbeitet haben. Ich kann Ihnen vielleicht helfen – vorausgesetzt, Sie kooperieren mit mir. Wenn nicht, garantiere ich Ihnen, dass Sie nie wieder als freier Mann herumlaufen werden. In keinem Land der Welt.«

Noch einmal zeigte Gamoudi eine Regung – nur ein winziges Zucken am Augenwinkel. Ganz so gelassen, wie er sich gab, war er offenbar nicht.

»Sie waren unvorsichtig, gleich mehrmals«, fuhr Aurelia fort. »Heathrow. Carmington. Tunja. Da kommt vor Gericht einiges gegen Sie zusammen. Sie stecken bis über beide Ohren im Dreck, und ich bin die Einzige, die etwas für Sie tun kann. Reden Sie mit mir! Was haben Sie zu verlieren? Es läuft kein Tonband mit. Die Sicherheitsbeamten sind vor der Tür. Was Sie mir erzählen, bleibt unter uns. Alles, was ich wissen will, ist: Für wen arbeiten Sie?«

Er sah sie mit seinen durchdringenden dunklen Augen an, lange und eingehend. Dann sagte er: »Ich arbeite für Gott.«

Kapitel 18

Um zehn Uhr abends brach Aurelia ihr erfolgloses Verhör ab. Es sah nicht so aus, als würde sie von Gamoudi noch irgendwelche vernünftigen Antworten bekommen. *Ich arbeite für Gott!* Der Kerl wollte sie nur provozieren.

Sie hinterließ Comisario Torquemada eine Nachricht auf Band, um ihn zu informieren. Anschließend ging sie in einem netten kleinen Bistro gegenüber dem Polizeirevier essen.

Am nächsten Morgen traf sie Parker beim Frühstück im Hotelrestaurant.

»Hast du gestern die Berichte fertiggeschrieben?«, fragte sie, während sie an ihrem Kaffee nippte.

»Sind alle fertig. Ich habe sie gleich nach Langley gemailt. Willst du sie sehen?«

»Nein, nicht nötig.«

Sie beobachtete, wie ihr Kollege sich eine Scheibe Toast mit Marmelade bestrich. Er war ein wirklich gut aussehender Mann, groß, muskulös. Das Weiße in seinen Augen stellte einen markanten Kontrast zu seiner tiefschwarzen Haut dar. Er hatte Charisma. Und er hatte ihr in Afghanistan das Leben gerettet.

»Was ist?«, fragte er unvermittelt.

»Hm?«

»Warum siehst du mich so an?«

»Ich musste gerade an deine Familie denken.«

»Du hast mich angeschmachtet.« Er grinste breit und sah dabei unverschämt gut aus.

»Hättest du wohl gerne. Du bist ein verheirateter alter Mann mit zwei Kindern. Nein danke.« Sie goss sich Milch in ihre Müslischale und hielt den Blick gesenkt.

»Mulligan hat mich gestern übrigens abberufen«, sagte Parker. »Irgendwas Wichtiges im Büro. Mein Flug geht um eins.«

»Dann lässt du mich hier einfach im Stich?«

Er zuckte mit den Schultern. »Ich hab's mir nicht ausgesucht. Aber ich bin sicher, dass wir uns in ein paar Tagen wiedersehen. Dann kannst du weiterschmachten.«

Für neun Uhr hatte Parker einen Termin mit Edmondo Guzman ausgemacht, dem Computerspezialisten der Polizei von Tunja, dem die Untersuchung des Laptops aus Hassan Gamoudis Kofferraum anvertraut worden war. Aurelia begleitete Parker dorthin, doch auch hier steckten die Ermittlungen fest. Guzman hatte die ganze Nacht versucht, die Passwort-Codes zu knacken, um an die interessanten Dateien zu gelangen – vergebens. Da es nichts mehr gab, was er tun konnte, waren er und Comisario Torquemada damit einverstanden, den Laptop der CIA zu überlassen, damit er in Langley einer weiteren Untersuchung unterzogen werden konnte.

Als Parker sich verabschiedete, versprach er, sich zu melden, sobald die ersten Ergebnisse vorlagen.

»Ich bin so bald wie möglich wieder zurück«, sagte er zu Aurelia und gab ihr einen Kuss auf die Wange.

Parker nahm auf dem Beifahrersitz eines Streifenwagens Platz, ein junger Polizist saß als Fahrer hinter dem Steuer. Comisario Torquemada hatte zwei weitere Wagen als Eskorte abgestellt. Einer fuhr vor ihnen, der andere hinter ihnen. Gamoudis Laptop sollte sicher außer Landes gebracht werden.

Kapitel 19

Paris, Frankreich

Seit Jessica Watanabe vor zwei Tagen an seiner Haustür in der tiefsten Provinz geklingelt hatte, war Lars Hendrikssons Leben anders geworden. Sie verströmte eine Mischung aus Laszivität und Scheu, aus Selbstbewusstsein und Schüchternheit, aus Weichheit und Distanziertheit, die ihm sehr gefiel. Er fragte sich, ob sie ihn ebenfalls anziehend fand. Manchmal hatte er das Gefühl, dass sie ihn ansah, wenn sie glaubte, er würde es nicht merken. Aber im Grunde konnte er sich das nicht vorstellen. Was Frauen betraf, war er ziemlich unbeholfen – er verbrachte fast seine ganze Zeit vor dem Computer. Außerdem sah er nicht mal besonders gut aus. Er war ein leicht verwahrloster Computerfreak mit etwas zu viel Speck auf den Hüften. Und sie kannten sich ja erst seit vorgestern. Dennoch verstieg er sich in die Vorstellung, dass er ihr gefallen könnte.

Sie fuhren auf dem Quai de Montebello am Seine-Ufer entlang, und Hendriksson ließ seinen Blick über den Fluss schweifen, hinüber zur Kathedrale Notre Dame. Paris war beeindruckend. Bisher kannte er die Stadt nur aus dem Internet, wo er schon viel darüber gelesen und unzählige Bilder gesehen hatte. Aber Paris hautnah zu erleben, es zu spüren, seine Luft zu atmen – das war etwas vollkommen anderes. Jessica hatte ihn aus seinem Elfenbeinturm in der Bretagne geholt und ihm gezeigt, was es hieß, zu leben.

»Wo fahren wir hin?«, fragte er und warf ihr vom Beifahrersitz einen Blick zu. Ihr glattes schwarzes Haar wehte im offenen Cabrio hinter ihr her wie ein seidenes Tuch. Das orangefarbene Licht der tief stehenden Abendsonne verlieh ihrem Gesicht ein geheimnisvolles Leuchten.

»Es ist so weit«, sagte sie. »Der große Tag ist gekommen. Heute werde ich dich zu Caligula bringen.«

Hendriksson richtete sich in seinem Sitz auf. Caligula – den hatte er durch das ständige Beisammensein mit Jessica schon beinahe wieder vergessen, dabei war er der eigentliche Grund für die Reise nach Paris. Caligula wollte ihn kennenlernen, das hatte Jessica bei ihrem ersten Gespräch in Saint-Jean-Brévelay gesagt. Caligula, der es fertiggebracht hatte, sich in Hendrikssons Computersystem einzuloggen, obwohl es mit den modernsten Firewalls ausgestattet war.

»Woher kennst du ihn eigentlich?«, wollte Hendriksson wissen.

»Ein Freund von mir arbeitet für Caligula«, sagte Jessica. »Er hat mich in die Organisation geholt.«

»Und wie lange bist du schon dabei?«

Jessica zuckte nachdenklich mit den Schultern. »Noch nicht sehr lange. Ein paar Monate.«

Das fand Hendriksson sonderbar. »Wenn Caligula so viel Wert darauf legt, mich kennenzulernen – warum schickt er dann jemanden zu mir, der selbst erst seit kurzem für ihn arbeitet?«

Jessica bedachte ihn wieder mit ihrem unglaublich zauberhaften Lächeln. »Ich habe keine Ahnung«, sagte sie. »Das musst du ihn schon selber fragen.«

Sie parkte den Wagen in einer Querstraße, dann führte Jessica Hendriksson über den Pont du Carrousel hinüber zum

Louvre. An der Glaspyramide stand ein Mann, der sie offenbar erwartete. Jessica ging direkt auf ihn zu.

»Das ist René«, sagte sie zu Hendriksson. »Er wird uns von hier aus weiterführen.«

René war jünger als Hendriksson, Anfang zwanzig, einen Meter neunzig groß und geradezu dürr. Mit seinen wirren Haaren, der ärmellosen Jacke, den zerrissenen Jeans und den ausgetretenen Turnschuhen sah er ziemlich verwahrlost aus.

»Mitkommen«, sagte er knapp.

Er führte ihn und Jessica zwei Querstraßen weiter zu einer Tiefgarage.

»Umdrehen«, sagte René. »Alle beide!« Dabei wies er mit dem Kinn auf Hendriksson und auf Jessica. Beide gehorchten.

»Jetzt die Hände auf den Rücken.«

Hendriksson schluckte beunruhigt, befolgte jedoch Renés Anweisung. Hinter ihm klirrte etwas, dann spürte er, wie sich das kalte Metall von Handschellen um seine Gelenke schloss.

Er kann jetzt mit uns machen, was er will, dachte Hendriksson, während er einen Anflug von Panik niederkämpfte. Vielleicht war René ein Psychopath mit perversen kriminellen Fantasien. Jemand, der seine Opfer zerstückelte wie im Horrorfilm. Hendriksson schloss einen Moment lang die Augen und versuchte, ruhig zu atmen.

»Achtung!«, sagte René, nachdem er Jessica ebenfalls die Hände auf dem Rücken gefesselt hatte. »Jetzt wird's dunkel.«

Von hinten wurde Hendriksson ein derber Leinensack über den Kopf gezogen, und der Geruch von fauligen Kartoffeln stieg ihm in die Nase. Dann spürte er, wie ihm eine Schlinge um den Hals gelegt und der Sack zugezogen wurde.

Er bringt uns um, dachte Hendriksson entsetzt. Er bekam nur noch schwer Luft und fing an zu keuchen, aber er war nicht in der Lage, Widerstand zu leisten. Dieser Kerl wird uns erdrosseln, und niemand wird es mitbekommen. Seine Knie zitterten.

Hendriksson hörte, wie Jessica ebenfalls ein Sack über den Kopf gestülpt wurde, zumindest klang es für ihn so.

»Los!«

Er spürte einen Stoß im Rücken und taumelte vorwärts. Schon nach wenigen Schritten verlor er die Orientierung. Er befürchtete, jeden Moment gegen ein Auto oder gegen einen Betonpfeiler zu laufen, und musste sich zwingen, sich von René dirigieren zu lassen. Zaghaft setzte er Fuß vor Fuß.

»Stop!«

Hendriksson hielt inne. Dann hörte er Schritte, die sich ein Stück entfernten, und eine Autotür wurde geöffnet.

»Rein da!«

Wieder spürte er eine Hand im Rücken, gleichzeitig wurde sein Kopf nach unten gedrückt. Hendriksson bückte sich, machte einen Schritt nach vorn und ertastete mit dem rechten Bein den Innenraum des Wagens. Es war kein normaler Pkw. Eher ein Van oder ein Lieferwagen. Aber noch bevor sich vor seinem geistigen Auge eine konkrete Form abzeichnete, versetzte René ihm einen Stoß, sodass er auf einen schlecht gepolsterten Sitz fiel und sich die Stirn an irgendetwas Hartem stieß. Mühsam setzte er sich auf.

Dann wurde auch Jessica ins Auto gestoßen, und ihre Köpfe prallten ungebremst gegeneinander. Einen Moment lang sah Hendriksson nur noch Sterne vor sich flimmern.

»Mit dir alles in Ordnung?«, raunte er schließlich, bemüht, den Schmerz zu ignorieren.

»Es geht schon.«

»Klappe!«, bellte René ins Auto. »Bleibt sitzen, und verhaltet euch ruhig. Und versucht nicht, euch die Säcke von den Köpfen abzustreifen.« Mit diesen Worten schlug er die Tür zu.

Die Fahrt dauerte nach seinem Zeitempfinden etwa zwanzig Minuten. Durch den Sack über seinem Kopf konnte er nichts erkennen. Vermutlich waren er und Jessica in einem geschlossenen Van oder in einem Transporter, was auch erklärte, weshalb sie mit dem Sack über dem Kopf aufrecht sitzen durften. Hätte es Fenster gegeben, wäre möglicherweise jemandem aufgefallen, dass hier etwas nicht stimmte.

Der Wagen hielt, Jessica und Hendriksson mussten aussteigen. René führte sie in ein Gebäude und dann in einen Aufzug – Hendriksson konnte hören, wie sich die Türen auf und zu schoben. Danach ging es vielleicht acht oder zehn Etagen nach oben.

»Hier entlang!«, befahl René und zerrte Hendriksson weiter. Dann mussten sie unvermittelt stehen bleiben.

Hendriksson hörte, wie René ein Klopfzeichen gab, woraufhin eine Tür entriegelt und geöffnet wurde. Wieder ein Stoß in den Rücken. Sie stolperten ein paar Schritte vorwärts, bogen um eine Ecke, blieben erneut stehen. Dann wurde Hendriksson auf einen Stuhl gedrückt. Als ihm der Strick um den Hals abgenommen und der Sack vom Kopf gezogen wurde, war es wie eine Erlösung. Einen Moment lang musste er die Augen zusammenkneifen, dann hatte er sich wieder an die Helligkeit gewöhnt. Er befand sich in einem fensterlosen, kahlen Raum eines Rohbaus. Weiße Wände, nackter grauer Betonboden, keine Möbel, abgesehen von den beiden Stühlen, auf denen er und Jessica saßen. Das Licht kam von einer

Glühbirne, die an einem von der Decke hängenden Kabel angebracht war.

Vor ihnen stand ein etwa dreißigjähriger Mann. Er war ungefähr einen Meter achtzig groß, schlank und hatte sein schulterlanges braunes Haar nach hinten gekämmt. Er trug einen Dreitagebart und hatte dunkle, durchdringende Augen, die Hendriksson fixierten, als könnten sie ihn allein Kraft ihres Willens auf dem Stuhl festhalten. In seinem schwarzen Anzug, dem locker aus dem Hosenbund hängenden Designerhemd und den teuer aussehenden Lackschuhen sah er aus wie ein Model. Seine Erscheinung hatte etwas Zwingendes – die Präsenz und Ausstrahlung einer geborenen Führungspersönlichkeit.

Die vier Männer, die ihn flankierten – zwei an jeder Seite –, waren ebenfalls auffallend elegant gekleidet, aber sie hatten eher die Statur von Türstehern, und bei einem von ihnen schaute unter dem Sakko ein Schulterholster hervor.

»Mein Name ist Caligula«, sagte der Mann in der Mitte. »Ich freue mich, Ihre Bekanntschaft zu machen, Monsieur Hendriksson. Bitte entschuldigen Sie die Unannehmlichkeiten bei der Herfahrt – ich meine, dass ich Ihnen die Augen verbinden lassen musste. Nur eine Vorsichtsmaßnahme.« Seine Stimme war sanft und doch fest und entschlossen.

Hendriksson nickte mechanisch.

»Sie haben etwas getan, das mich auf Sie aufmerksam gemacht hat. Deshalb habe ich Sie hergebeten.«

Hendriksson fühlte, wie ihm der Schweiß auf die Stirn trat. Er saß hier, gefesselt, in einem fensterlosen Raum irgendwo in Paris. Was würde mit ihm geschehen?

»Ich bin im Moment leider sehr beschäftigt«, sagte Caligula und trat einen Schritt auf ihn zu. »Deshalb wird es noch einen oder zwei Tage dauern, bis ich mich eingehend mit

Ihnen befassen kann. Ich bitte Sie, mir in der Zwischenzeit einen kleinen Dienst zu erweisen, sozusagen als Zeichen Ihrer Loyalität. Dann werde ich Sie in den Kreis meiner Jünger aufnehmen. Sie werden zu uns gehören, und Sie werden dabei sein, wenn die Zeit gekommen ist, da ich das Zepter der Welt übernehme. Sie sind auserwählt, an dieser Macht teilzuhaben. Schon bald ist es so weit, sehr bald sogar. Sind Sie bereit, Ihre Aufgabe zu erfüllen?«

Hendriksson nickte, vielleicht aus Neugier, vielleicht auch nur aus Angst. Jedenfalls war jetzt nicht der Zeitpunkt zu widersprechen.

Kapitel 20

Tunja, Kolumbien

Aurelia Fernandéz rannte die Treppen des Polizeihauptquartiers von Tunja hinauf, getrieben von einer dunklen Vorahnung. Sie hatte das Gefühl, dass etwas nicht stimmte. Dass etwas Schlimmes passiert war. Als Comisario Torquemada sie auf dem Handy angerufen und sie zu sich gebeten hatte, hatte sie ihn nach dem Grund gefragt. Doch er hatte nur erwidert, dass er das nicht am Telefon, sondern unter vier Augen mit ihr besprechen wolle. Dabei hatte er sehr ernst geklungen.

Als sie sein Büro betrat, verstärkte sich ihr Unbehagen noch. Torquemadas Gesicht war aschfahl und eingefallen. Seine ganze Erscheinung wirkte wie um Jahre gealtert.

»Bitte setzen Sie sich«, sagte er und deutete mit einer kraftlosen Bewegung auf den Stuhl vor seinem Schreibtisch.

Sie nahm Platz. Ihr Magen fühlte sich an, als habe sie einen Backstein verschluckt.

»Es tut mir leid, aber ich habe schlechte Nachrichten«, sagte Torquemada. »Ihr Kollege, Special Agent Parker … er ist tot.«

Aurelia zuckte zusammen. Erst vor einer Stunde hatte sie sich von Parker verabschiedet, als er mit der Polizeieskorte zum Flughafen nach Bogotá aufgebrochen war. »Wie … ist das passiert?«, fragte sie. Ihr Mund fühlte sich plötzlich staubtrocken an.

»Die Polizeiwagen wurden auf der Bergstraße nach Bogotá

angegriffen«, sagte Torquemada. »Wir wissen noch nicht, von wem. Der Wagen, in dem Ihr Kollege saß, wurde in die Luft gesprengt. Die Streifenbeamten, die ich als Eskorte abgestellt hatte, wurden erschossen. Es gibt keine Überlebenden.«

Der Schock saß so tief, dass die Worte nur langsam in Aurelias Bewusstsein durchsickerten. Ausgerechnet James! Wie seine letzten Sekunden wohl ausgesehen hatten? Hatte er etwas gespürt, oder war er sofort tot gewesen?

Aurelia sank in sich zusammen, Tränen stiegen ihr in die Augen. Warum hatte James sterben müssen? War es nur ein grausamer Zufall gewesen? Ein Anschlag, der eigentlich der kolumbianischen Polizei gegolten hatte? Doch Aurelia glaubte nicht an so einen Zufall. Ihre innere Stimme sagte ihr, dass es allein um Hassan Gamoudis Laptop ging, den Parker in die CIA-Zentrale nach Langley bringen wollte. Der Laptop hatte vernichtet werden sollen.

Sie fragte Torquemada nach dem Gerät, und er bestätigte ihren Verdacht. »Die Explosion hat den Laptop komplett zerstört.«

Und damit auch die Daten, die uns vielleicht zu Gamoudis Auftraggeber geführt hätten, fügte Aurelia in Gedanken hinzu. Aber wer hatte davon gewusst? Höchstens eine Hand voll Menschen, allesamt Polizisten. War einer von ihnen ein Verräter? Wenn ja, wer?

Fragen und Mutmaßungen stürzten auf sie ein, ungeordnet und verwirrend. Hinzu kam das Gefühl von Schmerz und Verlust. Sie knetete geistesabwesend ihre Finger, unfähig, einen klaren Gedanken zu fassen.

»Leider gibt es noch eine weitere schlechte Nachricht«, sagte Torquemada. Er beugte sich nach vorne und faltete die Hände auf dem Schreibtisch. »Hassan Gamoudi. Er ist ebenfalls tot. Hat sich offenbar das Leben genommen, mit irgendeiner Pille. Das hat sein Anwalt jedenfalls gesagt, der zu diesem Zeitpunkt bei ihm war. Er sagt, er konnte es nicht verhindern. Man hat Gamoudi zwar noch in die Krankenstation gebracht, aber da ist er kurz darauf gestorben. Die Ärzte konnten ihm nicht mehr helfen. Im Lauf des Tages bekomme ich den pathologischen Befund, dann wissen wir mehr.«

Aurelia starrte vor sich hin. Ohne Hassan Gamoudi und dessen Laptop war sie wieder ganz am Anfang. Sie fühlte sich wie gelähmt.

»Standen Sie und Special Agent Parker sich nah?«, fragte Torquemada.

»Wir waren Freunde. Vielleicht war er der beste Freund, den ich je hatte.« Wieder musste sie mit den Tränen kämpfen. »Mein Gott. Vor einer Stunde habe ich noch mit ihm geredet.« Sie schüttelte ungläubig den Kopf.

»Ich weiß, wie Sie sich fühlen. Hector Calderon, der Fahrer, der Parker nach Bogotá bringen sollte, war mein Neffe.«

Aurelia sah ihn mitfühlend an. Torquemada biss die Zähne aufeinander, sodass man die Kieferknochen hervortreten sah, aber auch er hatte Tränen in den Augen. »Hector kannte das Risiko«, sagte er verbittert. »In Kolumbien werden jeden Tag Polizisten auf der Straße erschossen. Dennoch werde ich es mir nie verzeihen können, dass ich ihn für diesen Einsatz eingeteilt habe.«

Aurelia wollte etwas erwidern, sie wollte ihm sagen, dass er keine Schuld am Tod seines Neffen hatte. Aber sie wusste, wie phrasenhaft das klingen würde. Was immer sie sagte, es würde Torquemada nicht helfen. Also schwieg sie.

»Hassan Gamoudi hat eine Nachricht für Sie hinterlassen«, nahm Torquemada nach einer Weile den Faden wieder auf. Er griff nach einem Blatt Papier und schob es Aurelia über den Tisch. »Er hat es nur wenige Minuten vor seinem

Tod geschrieben. Laut Bericht des diensthabenden Arztes hatte er dabei qualvolle Schmerzen.«

Aurelia nahm das Blatt und betrachtete es. Die Schrift war krakelig und sah aus wie der Schreibversuch eines Erstklässlers. Aber man konnte einen Teil davon entziffern:

An Fernandéz/CIA. Caligula ist der Teufel ... der Herrscher der Welt ... muss ... AIBEX: Ursuppe.

Aurelia ließ das Blatt sinken und blickte Torquemada verständnislos an. »Was meint er damit?«

»Ich hatte gehofft, dass Sie mir das sagen können.«

Sie schüttelte den Kopf. »Caligula? Der römische Kaiser?«

»Ich habe schon einen meiner Leute darauf angesetzt, aber der Polizeicomputer hat nichts gefunden außer den Einträgen über die historische Figur. Bei Interpol haben wir auch schon nachgefragt, ohne Ergebnis.«

»Ich würde die Nachricht gern scannen und nach Langley faxen. Vielleicht finden meine Kollegen etwas heraus.«

Torquemada nickte. »Bitte.«

Noch einmal las Aurelia die bruchstückhaften letzten Worte von Hassan Gamoudi. »Irgendwie ergibt das keinen Sinn«, murmelte sie.

»Da gebe ich Ihnen vollkommen recht.«

»Nicht nur die Nachricht an sich. Warum hat er mir überhaupt eine Mitteilung hinterlassen? Ausgerechnet mir? Außerdem: Wenn er mir schon etwas hinterlassen will – warum nimmt er seine Selbstmordpille dann nicht, *nachdem* er seine Notiz verfasst hat?«

Torquemada lehnte sich in seinen Stuhl zurück und überlegte. »Vielleicht dachte Gamoudi, dass ihm noch genug Zeit bleiben würde. Das Gift, das er geschluckt hat, hat ja vergleichsweise langsam gewirkt, sonst hätte er die Krankenstation gar nicht mehr lebend erreicht.«

»Möglich«, gab Aurelia zu. »Oder er hat gar nicht Selbstmord begangen.«

»Sie meinen, er wurde vergiftet?«

»Vielleicht wollte sein Auftraggeber sicherstellen, dass er nicht doch noch redet.«

Torquemada ließ sich den Gedanken durch den Kopf gehen. »Sie haben recht«, pflichtete er Aurelia schließlich bei. »Zumindest müssen wir die Möglichkeit in Betracht ziehen, dass er umgebracht oder zum Selbstmord gezwungen wurde. Bleibt nur noch die Frage offen, was Hassan Gamoudi Ihnen mit seiner Botschaft sagen wollte.«

Kapitel 21

Paris

Lars Hendriksson fühlte sich noch immer ziemlich verwirrt und verängstigt, dabei befanden er und Jessica sich längst wieder auf freiem Fuß. Sie fuhren im Bus in den Pariser Stadtteil Vitry-sur-Seine, aber die erste Begegnung mit Caligula ging ihm nicht mehr aus dem Kopf. Er kam sich vor wie in einem Albtraum.

Hendriksson hatte einen Aktenkoffer erhalten, den er im Kofferraum eines bestimmten Wagens ablegen sollte. Die Autoschlüssel hatte er ebenfalls bekommen. Den Wagen sollte Hendriksson anschließend auf dem Parkplatz vor dem Gare de l'Est abstellen und die Schlüssel in einen bestimmten Briefkasten in der Rue Martel werfen. Das alles hörte sich ziemlich einfach an, und bislang war auch alles glatt verlaufen.

Aber aus irgendeinem Grund fühlte Hendriksson sich verfolgt.

Er saß neben Jessica, den Aktenkoffer auf den Knien. Sie hatten ganz hinten im Bus Platz genommen, um alle Fahrgäste im Auge behalten zu können. Falls ein Verfolger mit ihnen eingestiegen war, verhielt er sich jedenfalls so geschickt, dass er Hendriksson bislang nicht aufgefallen war. Hendriksson schaute auch immer wieder durch das Heckfenster, aber niemand schien sich ihnen an die Fersen geheftet zu haben. Dennoch fühlte er sich unruhig. Er saß steif auf der Kante seines Sitzes und tippte unablässig mit dem Fuß auf den Boden.

Der Bus hielt an der Avenue Youri Gagarine, und sie stiegen aus.

»Hier muss er irgendwo stehen«, sagte Hendriksson zu Jessica. »Ein weißer Peugeot 406 mit dem Kennzeichen 432-PDM-75.«

Nach kurzer Suche fanden sie das Fahrzeug ein Stück weiter auf der anderen Straßenseite, nicht mehr neu, aber noch ganz gut in Schuss, mit einer kleinen Beule im rechten Kotflügel – ein unauffälliges Auto, das sich nahtlos ins Pariser Verkehrsbild einfügte. Hendriksson öffnete den Kofferraum und legte den Aktenkoffer hinein. Dann schlug er die Heckklappe zu, und sie setzten sich in den Wagen. Diesmal überließ Jessica ihm das Steuer.

Die Fahrt durch Paris war nervenaufreibend. Der dichte Verkehr war ungewohnt für ihn. Hinzu kam die unübersichtliche Beschilderung. Er hatte das Gefühl, seine Aufmerksamkeit auf hundert Dinge gleichzeitig richten zu müssen, um sich nicht zu verfahren oder gar einen Unfall zu verursachen.

Zusätzlich erschwert wurde die Situation für ihn dadurch, dass auffallend viele Streifenwagen unterwegs waren. Nach den Flugzeugabstürzen war die Angst vor weiteren terroristischen Aktivitäten groß, daher hatte man in Paris – wie vielerorts – die Sicherheitsvorkehrungen verschärft. Als Jessica gefahren war, hatte ihn das erhöhte Polizeiaufgebot nicht gestört. Jetzt kam es ihm so vor, als würden die Streifen ausschließlich ihn verfolgen, um den kleinsten Fahrfehler sofort zu ahnden.

Glücklicherweise schien Jessica nichts von seiner Nervosität mitzubekommen. Sie zeigte ihm gelegentlich die Richtung an, abgesehen davon redeten sie kaum miteinander.

Gegen 20.00 Uhr erreichten sie den Gare de l'Est. Die

Sonne brannte noch immer heiß vom Himmel herab. Wie von Caligula gefordert, stellten sie den Wagen auf einem der Langzeitparkplätze neben dem Bahnhofsgebäude ab. Anschließend machten sie sich zu Fuß auf den Weg zu der Adresse, wo sie den Autoschlüssel in den Briefkasten werfen sollten.

All das verlief ohne Zwischenfälle, es war weder spektakulär noch gefährlich. Dennoch hatte Lars Hendriksson das Gefühl, etwas Außergewöhnliches getan zu haben – nicht im virtuellen Raum, sondern im richtigen Leben. Dadurch hatte er auch bei Jessica gepunktet – und darauf war er ziemlich stolz.

Kapitel 22

Tunja, Kolumbien

Aurelia Fernandéz stand im dritten Stock an einem Fenster des Polizeihauptquartiers und starrte hinaus auf die Avenida Calle. Sie wusste nicht, wie lange sie schon hier stand, vielleicht erst ein paar Minuten, vielleicht aber auch schon eine halbe Stunde.

Nach dem Gespräch mit Torquemada, in dem er ihr mitgeteilt hatte, dass Parker und Gamoudi tot waren, hatte sie ihn um eine Rückzugsmöglichkeit gebeten, weil sie allein sein wollte. Er hatte ihr dieses Büro angeboten – bis heute Morgen der Arbeitsplatz von Hector Calderon, Torquemadas Neffen, der bei dem Angriff auf Parkers Eskorte ebenfalls gestorben war.

Aurelias Herz fühlte sich an, als wäre es aus Stein. Sie starrte hinunter auf die Straße, ohne irgendetwas wahrzunehmen. Immer wieder ging ihr durch den Kopf, was Torquemada ihr erzählt hatte.

Parker würde ihr fehlen – seine ruhige, souveräne Art, seine Zuverlässigkeit, sein sympathisches Lächeln mit den strahlend weißen Zähnen. In den Jahren ihrer Zusammenarbeit hatten sie manchmal mehr Zeit miteinander verbracht als so manches Ehepaar. Sie waren ein gutes Team gewesen.

Erneut füllten ihre Augen sich mit Tränen, und sie wischte sie mit dem zerknüllten Taschentuch in ihrer Hand weg. Sie dachte an Parkers Frau Sally, die heute zur Witwe geworden war, und an seine beiden Kinder Nancy und Batsy, die jetzt keinen Vater mehr hatten.

Irgendwann wich der Schmerz einem Gefühl von Taubheit und innerer Leere. Aurelia wandte sich vom Fenster ab. Sie musste sich wieder ihrer Arbeit widmen.

Sie beschloss, Dr. Guerney anzurufen. Wenn es jemanden gab, der ihr sagen konnte, ob Hassan Gamoudis letzte Botschaft etwas zu bedeuten hatte oder ob es nur das unsinnige Gekritzel eines Sterbenden war, dann war er es.

Auf dem Schreibtisch von Hector Calderon stand neben einem Stapel Akten und einer Computerausstattung auch ein Telefon. Aurelia griff zum Hörer und wählte die Nummer von Guerney, die sie bei den Ermittlungen im AIBEX-Labor notiert hatte. Seine Sekretärin verband sie.

»Special Agent Fernandéz. Was kann ich für Sie tun?«, begann er sofort.

»Ich rufe an, weil ich eine Auskunft brauche.«

»Natürlich. Worum geht es?«

»Wir haben einen Mann identifiziert, der sehr wahrscheinlich in Zusammenhang mit dem Tod Ihrer Kollegin steht«, sagte sie. »Sein Name ist Hassan Gamoudi. Wir konnten ihn in Kolumbien aufspüren, aber jetzt ist er selbst tot. Kurz bevor er gestorben ist, hat er eine Nachricht hinterlassen. Ein Teil dieser Nachricht bezieht sich auf AIBEX. Deshalb rufe ich an.«

»Und was genau hat er geschrieben?«

»Leider ist nicht alles zu entziffern. Aber das, was wir lesen konnten, lautet: *An Fernandéz/CIA. Caligula ist der Teufel … der Herrscher der Welt … muss … AIBEX: Ursuppe.«* Sie zögerte. »Können Sie damit etwas anfangen?«

Guerney schwieg einen Moment. Dann meinte er: »Was den ersten Teil betrifft, nein. *Caligula ist der Teufel* – das sagt mir nichts. Aber offenbar kannte der Mann sich ziemlich gut mit unseren Interna aus. *Ursuppe* – den Begriff gibt es bei uns tatsächlich.«

Aurelia atmete auf. Gamoudis Botschaft ergab also vielleicht doch einen Sinn.

»Erklären Sie es mir, Dr. Guerney«, bat sie. »Was verstehen Sie bei AIBEX unter *Ursuppe?*«

Er schwieg, so als suche er nach den richtigen Worten. »Sie erinnern sich, woran wir in meinem Institut arbeiten?«

»Künstliche Intelligenz.«

»Genau. Das ist allerdings ein weites Feld. Es gibt verschiedene Arten, wie die Wissenschaft versucht, künstliche Intelligenz zu erzeugen. Die gängigste ist der Versuch, lernfähige Software zu schreiben, wodurch ein Computerprogramm mit jeder Erfahrung gewissermaßen schlauer wird. Das Problem dabei ist jedoch das Fehlen von Intuition. Das menschliche Gehirn stellt ein gewaltiges Netzwerk aus hundert Milliarden Nervenzellen dar. Bei jedem Denkvorgang sind die unterschiedlichsten Hirnregionen beansprucht. Diese Art des Denkens können Sie mit keinem Computerprogramm der Welt simulieren. Darum haben wir bei AIBEX einen anderen Weg beschritten. Biotechnologie – die Verknüpfung von Mikrochips mit Gehirn-Neuronen. Das alles steckt zwar noch in den Kinderschuhen, aber wir sind mittlerweile so weit, dass wir damit tatsächlich ein gewisses Maß an künstlicher Intelligenz erzeugen können. Das funktioniert aber nur unter ganz bestimmten Laborbedingungen. Damit die mit den Mikrochips verbundenen Nervenzellen nicht absterben, braucht man eine Nährflüssigkeit. Anders funktioniert die Methode nicht.«

»Und diese Nährflüssigkeit nennen Sie Ursuppe?«

»Ja. Allerdings nur intern. Es gibt keine zwanzig Menschen bei AIBEX, die den Begriff verwenden.«

Höchstens zwanzig Menschen – das schränkte den Kreis der Verdächtigen enorm ein. Denn für Aurelia stand außer Frage, dass einer von ihnen mit Hassan Gamoudi unter einer Decke gesteckt hatte – vielleicht Amanda Nash, die Nichte des Präsidenten, vielleicht aber auch ein anderer AIBEX-Mitarbeiter. War das die neue Spur, die sie zum Ziel führen würde?

»Ich möchte Sie gern noch einmal besuchen«, sagte Aurelia. »Um mir Ihr Labor genauer anzuschauen. Ich muss mir einen Eindruck verschaffen, wie bei AIBEX gearbeitet wird. Haben Sie etwas dagegen, wenn ich morgen bei Ihnen vorbeischaue?«

Kapitel 23

Einen Tag später
AIBEX-Institut, Carmington/Louisiana

Der Präsentationsraum im ersten Stockwerk des AIBEX-Verwaltungsgebäudes war abgedunkelt worden. Am Tisch saßen außer Collin Guerney noch Vince Brackner, der in der Geschäftsleitung zuständige Mann für Finanzen, außerdem drei leitende Angestellte aus dem Labor. Einer von ihnen, Theodore Meeker, der von allen nur *Teddy* genannt wurde, hatte einen aufgeklappten Laptop vor sich auf dem Konferenztisch stehen, von dem aus er wissenschaftliche Analysen, statistische Auswertungen und Erfolgsprognosen über den Videobeamer an die Leinwand warf.

Das Telefonat mit Special Agent Fernandéz hatte Guerney den tragischen Tod von Amanda wieder in aller Schärfe vor Augen geführt. Und die Erklärungen über die Ursuppe, die er der Agentin gegeben hatte, riefen ihm wieder einmal seinen verstorbenen Bruder Roy in Erinnerung, mit dem er die Firma gegründet hatte.

Guerneys rastlose Gedanken wanderten zu den Auswertungen, die Amanda ihm kurz vor ihrem Tod vorgelegt hatte. Er hatte sie mittlerweile durchgesehen, war daraus aber nicht so recht schlau geworden. Dasselbe galt für Teddy Meeker und zwei andere Experten, die Guerney um Rat gefragt hatte.

Guerney erinnerte sich an das Gespräch, das er mit Amanda am Abend ihres Todes geführt hatte, bei sich zu Hause im Bett.

Sie war sich selbst nicht sicher gewesen, ob ihre Auswertungen korrekt waren. Vielleicht war an der ganzen Sache also gar nichts dran, und er zerbrach sich jetzt völlig unnötig den Kopf. Ebenso gut konnte es aber sein, dass Amanda den richtigen Riecher gehabt hatte und es eine Ursache für die sonderbaren Auswertungsdaten gab – eine Ursache, auf die bislang weder er noch Meeker noch sonst jemand gekommen war. Guerney fühlte sich Amanda gegenüber verpflichtet, der Angelegenheit so lange nachzugehen, bis sie restlos aufgeklärt war.

Amanda fehlte ihm. Er vermisste ihr struwweliges, duftendes Haar, das Strahlen in ihren Augen und ihre unbändige Lebensfreude. Der Schmerz schnürte ihm beinahe die Kehle zu. Er hatte geglaubt, sich inzwischen einigermaßen im Griff zu haben, aber offenbar hatte er sich nur in einer Art Betäubungszustand befunden. Jetzt wurde ihm klar, dass er den Verlust noch längst nicht verdaut hatte.

Es kostete ihn viel Kraft, die aufsteigenden Tränen niederzukämpfen. Er überlegte, ob er hinausgehen solle, bis er sich wieder gefasst hatte – niemand bei AIBEX ahnte etwas von seiner Affäre, und das sollte auch so bleiben. Doch er blieb sitzen. Der Präsentationsraum war dunkel, alle Blicke richteten sich nach vorn auf die Leinwand. Niemand sah, wie er aus seinem Jackett ein Taschentuch zog und sich damit über die Augen wischte.

Teddy Meeker war gerade dabei, einige chemische Analysen zu den Versuchen in Labor 11 vorzutragen, als das Bild auf der Leinwand sich plötzlich veränderte. Meekers Grafik verschwand, alles wurde schwarz.

»Verdammt, was ist denn jetzt los?«, murrte der Wissenschaftler. Er versuchte, die Präsentation wieder aufzurufen, indem er verschiedene Tastenkombinationen auf dem Laptop ausprobierte, aber das Bild blieb schwarz. »Vielleicht ist der Beamer defekt.«

Kaum hatte er das gesagt, traten aus der Dunkelheit der Leinwand vage Schemen hervor, rotviolette Nebelgebilde, die sich mehr und mehr zu konkreten Formen zusammenfanden. Zu Buchstaben. Schließlich stand auf dem Präsentationsbildschirm:

Schwört ab eurer Religion. Vergesst euren bisherigen Glauben. Es gibt nur einen Gott. Und das bin ich!

»Teddy, was ist das?«, fragte Vince Brackner.

»Da muss sich jemand einen Scherz erlauben.« Meeker tippte auf der Tastatur herum, ohne etwas zu bewirken. Die Schrift blieb stehen.

»Schalten Sie den Laptop ab«, sagte Guerney. »Ich lasse uns einen anderen kommen, damit wir endlich weitermachen können.«

In diesem Moment klopfte es an der Tür, und Chris Ryan streckte den Kopf herein, der Assistent der Geschäftsleitung. »Bitte entschuldigen Sie, wenn ich einfach so hier reinplatze«, sagte er. »Aber auf einigen unserer Computerbildschirme ist gerade eine ziemlich sonderbare Botschaft erschienen …«

Kapitel 24

Air Force One
Auf dem Flug von London nach Washington, D. C.

US-Präsident William Shephard legte die Akte beiseite, die er gerade studierte, und betätigte einen neben seinem Sitz eingelassenen Knopf. Mit leisem Surren fuhr die Rückenlehne nach hinten.

Ihm gegenüber saß sein Sicherheitsberater, Frank Laroya, mit aufgeklapptem Laptop vor sich. Auf der anderen Seite des Gangs unterhielt sich Bob Kenlow, leitender Agent des Secret Service, mit dreien seiner Kollegen über die sicherheitstechnischen Aspekte der bevorstehenden Rede des Präsidenten in Baltimore und wie sie einen etwaigen Attentatversuch unterbinden konnten, umso mehr, als der Secret Service sich seit den Flugzeugabstürzen in höchster Alarmbereitschaft befand.

Shephard schloss die Augen und versuchte, sich zu entspannen. Aber seine Gedanken kreisten unaufhörlich um die internationale politische Situation, die sich in den letzten Wochen immer mehr zugespitzt hatte und die schon vor den Abstürzen heikel gewesen war, weil Shephard sich in mehreren Reden klar gegen die progressive chinesische Atomwaffenpolitik ausgesprochen hatte.

Seit den Anschlägen auf die dreizehn Passagiermaschinen war die Lage noch kritischer geworden. Der politische Druck, die Drahtzieher der Katastrophe zu finden und zur

Verantwortung zu ziehen, war enorm. Gleichzeitig hätten die Vorstellungen der einzelnen Länder von internationaler Terrorismusbekämpfung nicht unterschiedlicher sein können. Vor allem China lehnte die Offenlegung seiner Ermittlungsarbeiten strikt ab. In einem Fernsehinterview vor vier Tagen hatte Shephard diese Einstellung als *unverantwortlich* und *indiskutabel* bezeichnet. Peking hatte daraufhin einen außenpolitischen Konfrontationskurs eingeschlagen und drohte sogar mit dem Abbruch der diplomatischen Beziehungen. Die weltpolitische Lage war angeheizt wie lange nicht mehr.

Darum war Shephard nach Europa gereist. Er hatte die Unterstützung der englischen, französischen und deutschen Regierung einholen und die Eckpfeiler einer gemeinsamen Strategie gegen den Terrorismus festlegen wollen. Doch nur England hatte sich den amerikanischen Argumenten gegenüber aufgeschlossen gezeigt. Der französische Staatspräsident und die deutsche Bundeskanzlerin hatten zwar grundsätzliche Einigkeit signalisiert, waren bezüglich konkreter Maßnahmen jedoch unverbindlich geblieben. Unter dem Strich war die Europareise für Shephard kein allzu großer Erfolg gewesen.

Seine Gedanken wanderten zu seiner Nichte Amanda, und er fragte sich zum tausendsten Mal, weshalb sie so jung hatte sterben müssen. Zweiunddreißig Jahre. Shephard empfand ihren Tod als großen persönlichen Verlust, auch wenn er sie in den letzten fünfzehn Jahren nur noch selten zu Gesicht bekommen hatte. Aber früher, als sie noch in die Schule gegangen war, hatte sie mindestens zweimal im Jahr die Ferien auf der Shephard-Farm in Texas verbracht.

Ein unterdrückter Fluch holte ihn aus seinen Gedanken.

Er öffnete die Augen und sah Frank Laroya ziemlich hektisch auf seinem Laptop herumklopfen.

»Die Festplatte wird doch nicht schon wieder hinüber sein. Die habe ich erst seit zwei Monaten«, sagte er mehr zu sich selbst.

»Vielleicht hat sich nur eins Ihrer Programme aufgehängt«, warf Bob Kenlow ihm über den Gang hinweg zu. Er hielt plötzlich inne, den Blick auf seinen eigenen Laptop gerichtet, der auf einem Tisch zwischen ihm und seinem Kollegen Charles Harris stand und bis gerade eben eine Straßenkarte von Baltimore gezeigt hatte. »Das gibt's doch nicht. Meiner hat auch den Geist aufgegeben«, murmelte er.

Shephards Augenbrauen schoben sich zusammen. Zwei voneinander unabhängige Laptops, die nahezu gleichzeitig ausfielen – das konnte kein Zufall sein.

»Bei mir tut sich wieder etwas«, verkündete Laroya zögernd. »Bob, haben Sie das auch auf dem Bildschirm?«

Kenlow nickte, sichtlich verwirrt.

Laroya drehte sein Laptop so, dass Shephard es ebenfalls sehen konnte.

Schwört ab eurer Religion …

Weiter kam er nicht, denn in diesem Moment ging ein heftiger Ruck durch die Maschine. Shephard drückte den Knopf für die Gegensprechanlage. »Richard, was ist los bei Ihnen?«

»Mr President«, meldete sich der Pilot aus dem Cockpit. »Wir haben hier mehr oder weniger einen Totalausfall. Die Instrumente reagieren nicht, und das Backup-System ist ausgefallen.«

»Wie ernst ist es?«

»Die Steuerung scheint noch zu funktionieren. Wir können also zumindest auf Sicht fliegen. Die Techniker kümmern sich gleich um das Problem. Ich melde mich wieder, wenn wir Genaueres wissen.«

Shephard ertappte sich dabei, wie er nervös mit den Fingern spielte. Zwei Laptops und das komplette Instrumentarium der Air Force One – das war ein Anschlag, definitiv.

Laroyas Handy klingelte. Er stand auf und ging in den hinteren Bereich des Flugzeugs, um das Gespräch anzunehmen.

Special Agent Kenlow wies Harris und Foyler an, die Fallschirme für eine eventuelle Notevakuierung zu verteilen. Watts, den Elektronikexperten, kommandierte er zu den Technikern ab. Kenlow selbst zog sein Headset über den Kopf und nahm Kontakt mit der Secret-Service-Zentrale auf, um die Bodenunterstützung zu organisieren. Außerdem ließ er Vorbereitungen für eine eventuelle Notlandung in der Andrews Air Force Base treffen. »In drei Minuten werden zwei Abfangjäger der Luftwaffe auf dem Weg hierher sein, um uns zu leiten«, meldete er.

Frank Laroya kehrte zurück. Er setzte sich wieder zu Shephard und klappte sein Handy zu. »Unsere Probleme hier sind kein Einzelfall«, sagte er. »Aus Washington habe ich gerade erfahren, dass es in den letzten Minuten zu flächendeckenden Computerausfällen kam. Überall dieselbe Botschaft auf den Bildschirmen. Oft auch Totalausfälle, so wie in unserem Cockpit. Meine Leute gehen davon aus, dass es sich um ein Virus handelt.«

»Dasselbe, das dauernd in der Presse erwähnt wird?«

»Es ist noch zu früh, das zu sagen. Diese Botschaften sind heute zum ersten Mal aufgetaucht. Fest steht nur, dass dieses Virus von heute ebenfalls von keinem Scanner entdeckt wurde.«

Shephard nickte und versuchte, Ruhe zu bewahren, doch so ganz gelingen wollte ihm das nicht. Ganz automatisch stiegen Bilder der Flugzeugabstürze von vorletzter Woche in ihm auf, und er fragte sich, ob das damals erst der Anfang gewesen war.

Hatte sich gerade die zweite Welle der Katastrophe angekündigt?

Kapitel 25

Paris

Um 20.00 Uhr trafen Hendriksson und Jessica sich mit René am vereinbarten Ort, einem kleinen, ziemlich heruntergekommenen Straßencafé namens *Jardin marocain*, unweit der Uferpromenade an der Seine. Sie setzten sich zu ihm und bestellten etwas zu trinken. Der bilderbuchhafte Sonnenuntergang tauchte die Stadt in wundervolles Orange und Rot, Notre Dame schien von innen heraus zu leuchten.

»Steht das Auto am Gare de l'Est?«, fragte René.

Hendriksson nickte.

»Und der Schlüssel ist im Briefkasten?«

»Ja.«

»Das wird Caligula gefallen. Er will euch noch heute Abend sehen.« René warf einen Blick auf seine Armbanduhr. »In zwei Stunden bringe ich euch zu ihm.«

Um 22.00 Uhr verließen sie das *Jardin marocain,* und René führte sie ein paar Blocks weiter, wo sie ein altes Pariser Wohnhaus betraten. Im Flur kramte er wieder zwei Säcke aus seiner Tasche und hielt sie ihnen hin. »Darf ich bitten?«

Hendriksson und Jessica nahmen sie und stülpten sie sich über den Kopf. Dann verschnürte René die Säcke wieder am Hals, sodass sie nichts mehr sehen konnten. Auch diesmal raubte der beißende Geruch von fauligen Kartoffeln Hendriksson beinahe den Atem.

René fesselte ihnen auch wieder die Hände auf den Rücken.

Anschließend führte er sie durch den Flur zu einem anderen Ausgang und schob sie in einen Wagen – nach Hendrikssons Einschätzung derselbe Lieferwagen wie beim ersten Mal.

Die Fahrt dauerte nur etwa zehn Minuten, dann mussten sie wieder aussteigen. Hendriksson war sich nicht sicher, glaubte aber, dass sie sich in einer Art Hinterhof befanden. Von hier aus ging es einige Stufen abwärts, wohl in einen Keller. Als sie drin waren und René die Tür abgeschlossen hatte, nahm er ihnen die Säcke vom Kopf, aber als Hendriksson die Luft einsog, schlug ihm der dumpfe Geruch von Moder, Schimmel und Urin entgegen.

Sie befanden sich in einem langen Gang in einem baufälligen alten Gemäuer, das aussah wie ein Verlies. Es war dunkel, nur Renés Taschenlampe, die über den Boden und die Wände huschte, spendete ein wenig Licht. Von den Wänden bröckelte der Putz. Überall lag Unrat herum – alte Bretter, zerbrochene Fliesen, zerrissene Pappkartons, vom Rost zerfressene Blechstücke und Eisenteile. Es schien, als sei hier seit Jahren niemand mehr gewesen. Irgendetwas daran erinnerte Hendriksson an einen Horrorfilm. Ihn fröstelte.

»Was ist mit den Handschellen?«, fragte er.

Aber René machte keine Anstalten, sie zu lösen.

Sie stiegen über den Unrat hinweg, bis sie am Ende des Gangs eine grau gestrichene Stahltür mit Sicherheitsschloss erreichten, die, anders als das sonstige Umfeld, ziemlich neu aussah. René sperrte sie auf, schob Hendriksson und Jessica hindurch und schloss sie wieder ab. Erneut ging es einige Stufen hinab. Danach kamen sie durch ein Labyrinth an Fluren und Gängen, in dem Hendriksson rasch die Orientierung verlor.

Was, wenn René den Auftrag hat, Jessica und mich umzubringen?, fragte er sich. Hier unten würde uns niemand hören, niemand würde etwas bemerken. Er bräuchte uns nicht einmal zu erschießen oder zu erstechen – er könnte sich einfach aus dem Staub machen und uns hier unten zurücklassen. Wir wären verloren. Lebendig begraben in den Eingeweiden der Stadt …

Nein, das ergibt keinen Sinn, versuchte Hendriksson sich zu beruhigen. Caligula hätte mich nicht nach Paris geholt, nur um mich hier zu beseitigen. Hätte er mich töten wollen, hätte er schon mehr als eine Gelegenheit dazu gehabt.

Aber trotz aller Logik gelang es Hendriksson nicht, seine Ängste abzuschütteln.

Sie erreichten eine weitere Stahltür mit Sicherheitsschloss. René sperrte sie auf, und sie betraten eine völlig andere Welt – das Kanalisationssystem von Paris. Der Gestank, der ihnen entgegenschlug, war so durchdringend und scharf, dass Hendriksson würgen musste.

Sie befanden sich in einem schlauchförmigen Gewölbe, das mindestens drei Meter hoch war. Der Kanal selbst war etwa fünf Meter breit. Auf beiden Seiten verlief ein schmaler Gang an der Wand entlang, dazwischen floss das faulige Wasser träge dahin.

Durch einen Schacht oben in der Decke drang das Licht einer Straßenlaterne herein. Das gedämpfte Rauschen des Straßenverkehrs war hier unten nur wie aus weiter Ferne zu hören.

»Da entlang«, sagte René zu Hendriksson. »Nach rechts. Du gehst voraus. Dann du.« Der letzte Appell richtete sich offenbar an Jessica.

Sie gingen weiter, bis sie nach ein paar Hundert Metern abermals an eine Stahltür kamen.

»Halt!«, befahl René und klopfte. Über der Tür begann ein rotes Lämpchen an einer Mini-Kamera zu blinken. Kurz darauf entriegelte sich die Tür mit einem lauten Klicken, und sie betraten einen düsteren kleinen Raum, in dem ein Mann in weißer Kutte vor einem Überwachungsmonitor saß. Er schob seine Kapuze zurück, musterte Hendriksson und Jessica mit einem argwöhnischen Blick und stand auf, um sie abzutasten. Dann nickte er René wortlos zu.

»Weiter«, sagte René und deutete ans andere Ende des Raums. »Durch den Gang dort.«

Widerstrebend setzte Hendriksson sich in Bewegung. Der Gang war wie ein dunkler Stollen, etwa zwanzig Meter lang und gerade hoch genug, dass er aufrecht gehen konnte. Hendriksson hatte das Gefühl, als begäbe er sich immer tiefer in ein Verlies hinein, aus dem es keinen Ausweg mehr gab. Am Ende des Gangs konnte er einen flackernden orangefarbenen Schimmer ausmachen, wie von einem Feuer. Dumpfe, elegische Gesänge drangen jetzt an sein Ohr, sakrale Melodien aus der Unterwelt.

Er straffte sich und ging weiter. Hinter sich hörte er Jessicas Atem. Am liebsten hätte er sich umgedreht und sie in den Arm genommen.

Der flackernde Schein wurde heller, der Gesang schwoll an. Eine flatternde Unruhe stieg in Hendriksson auf. Als er am Ende des Stollens um die Ecke bog, fand er sich in einer Art Krypta wieder, einem niedrigen, aus massiven Steinquadern errichteten Raum weit unter der Erde. Das orangerote Licht kam von Fackeln, die in schmiedeeisernen Fassungen an den Wänden steckten und unruhige Schattenmuster an die Wände warfen. Der Gesang kam von den mindestens hundert Menschen, Männern und Frauen, die in dem Raum versammelt waren. Sie trugen dieselbe Art Kleidung wie der Mann an der Eingangstür – lange, weiße Umhänge mit Kapuzen, die aussahen wie Mönchskutten. Oder wie die Roben des Ku-

Klux-Klan. Hendrikssons Magen presste sich zusammen. Die Meute machte ihm Angst.

Inmitten der Menge erkannte er Caligula. Er stand weit hinten im Raum, reglos, den Blick starr auf ihn gerichtet. Aus seiner Miene konnte Hendriksson nichts herauslesen. Caligula stand einfach nur da und sah ihn an.

Noch bevor Hendriksson einen klaren Gedanken fassen konnte, wogte die Menge wie eine einzige homogene Masse auf ihn zu, umringte ihn, schloss ihn ein wie eine Amöbe ein Sandkorn – ein schrecklich klaustrophobisches Gefühl, das durch den sakralen Gesang noch verstärkt wurde. Er zerrte an seinen Fesseln, doch die Handschellen gaben nicht nach – sie schnitten ihm nur schmerzhaft in die Handgelenke. Hendriksson starrte in die unbewegten Gesichter der ihn umringenden Menschen. Was hatten sie mit ihm vor? Wo war er da nur hineingeraten?

Ein paar Kuttenträger streckten die Hand nach ihm aus, berührten seine Wangen, seine Schultern, seine Arme. Sie taten ihm nicht weh, nein, ihre Berührungen waren beinahe zärtlich. Dennoch wich Hendriksson unwillkürlich zurück. Aber die singenden Kuttenträger rückten nach, mit ausgestreckten Armen betasteten sie ihn, als wollten sie sich auf diese Weise seiner Existenz versichern.

Hendriksson wich weiter zurück, und die Menschen hinter ihm machten Platz. Dumpf war er sich darüber bewusst, dass er dadurch immer tiefer in die Menge hineingezogen wurde. Aber was sollte er tun?

Jessica kam ihm in den Sinn. Hastig sah er sich um, aber er konnte sie nirgends entdecken. Ob sie ihr etwas angetan hatten? Aber dann hätte sie doch bestimmt geschrien, oder?

Die Menge drängte ihn immer weiter in die düstere Krypta hinein. Hendriksson ließ es geschehen. Es war wie in einem surrealen Traum, aus dem es kein Entrinnen gab. Dann stand er plötzlich ganz allein da, als habe die Menge ihn ausgespuckt. Die Mönchsgestalten hatten sich zurückgezogen und bildeten jetzt einen Kreis um ihn. Niemand versuchte mehr, ihn anzufassen oder ihn in irgendeine Richtung zu drängen. Hendriksson fühlte sich dadurch noch unbehaglicher – so als hätte die Masse ihm Schutz gewährt. Jetzt war er vollkommen isoliert.

Eine Gestalt löste sich aus dem Kreis und kam auf ihn zu – Caligula. Wie alle anderen trug auch er eine weiße Kutte. Er zog sich die Kapuze über den Kopf, und alle folgten seinem Beispiel. Das Rascheln von Stoff erfüllte den Raum. Hendriksson spürte, dass dieses Ritual nun in eine neue, entscheidende Phase überging.

Caligula gab ein Handzeichen, woraufhin einige seiner Gefolgsleute ebenfalls in die Mitte des Kreises traten und sich vor Hendriksson niederknieten. Ihr Gebaren wirkte fast wie eine Huldigung. Doch dann machten sie sich auf einmal daran, eiserne Schellen um Hendrikssons Fußknöchel zu legen. Als Hendriksson versuchte auszuweichen, bemerkte er, dass die Fußfesseln durch eine Kette mit zwei in den Boden eingelassenen Ringen verbunden waren. Die Ketten spannten sich, er taumelte. Hätte Caligula ihn nicht festgehalten, wäre er rücklings auf den nackten Stein gestürzt.

»Hab keine Angst, mein Freund«, flüsterte Caligula ihm ins Ohr. »Sie verehren dich, wie sie mich verehren. In dieser Nacht wirst du einer von uns.«

Hendriksson zuckte zurück, geschüttelt von einem kalten Schauder. Seine Handschellen wurden geöffnet, doch noch bevor er Erleichterung darüber empfinden konnte, wurden seine Handgelenke in eiserne Manschetten gelegt, die jemand an einer Kette von der Decke herabgelassen hatte. Das Metall war kalt, rau und schwer. Hendriksson presste die Lippen aufeinander, um seine Angst nicht laut hinauszuschreien. Was hatten sie mit ihm vor?

Die Eisenkette klirrte, und seine Arme wurden abrupt nach oben gezogen, gerade so weit, dass er noch auf dem Boden stehen konnte. Noch ein bisschen weiter, und sie kugeln mir die Schultern aus, dachte er und spürte, wie ihm der kalte Schweiß ausbrach. Aber der erwartete Schmerz blieb aus.

»Wir brauchen Feuer für die Zeremonie!«, ertönte Caligulas Stimme, woraufhin ein paar Fackeln aus den Halterungen genommen und nach vorn gereicht wurden. Vier Mönche trugen die Fackeln in den Innenkreis. Hendriksson spürte die Hitze von allen Seiten, er roch das brennende Holz, hörte das Flackern, vermischt mit dem sakralen Gesang, der immer noch monoton den Raum erfüllte. Er kam sich vor wie ein Ketzer in den Fängen der Inquisition.

»Feuer ist Macht!«, rief Caligula. »Feuer ist das Symbol unseres Glaubens! Es steht für Schmerz, für Tod und für Vernichtung, aber auch für den Neuanfang.« Während er sprach, ließ er seine Augen langsam über die Menge gleiten, als wolle er jeden Einzelnen mit Blicken festhalten, um das unsichtbare Band zwischen ihnen zu erneuern. Seine Stimme klang klar und fest, so als habe er diese Zeremonie schon Hunderte von Malen durchgeführt. »Wir sind heute zusammengekommen, um ein neues Mitglied in unsere Gemeinschaft aufzunehmen. Lars Hendriksson. Er soll den Platz unseres Bruders Gaspare Brago einnehmen. Lars Hendriksson ist mir im Traum erschienen, deshalb habe ich ihn hierhergeholt. Ich habe mich seiner Fähigkeiten versichert und ihn überprüft. Er ist das fehlende Glied in unserer Kette, er ist der Engel, den wir brauchen, um unser Ziel zu erreichen – die Menschen der

Welt von unserem Glauben zu überzeugen. Brüder und Schwestern im Geiste, nehmt Lars Hendriksson in unseren Bund auf, heißt ihn willkommen, und seid ihm ebenso treu ergeben wie mir!«

Er wandte sich an einen seiner Gefolgsleute, der ihm einen Messingkelch reichte. Dann ging er wieder zu Hendriksson. »Trink das!«, sagte er. »Das wird dich reinigen.«

Hendriksson zögerte, doch Caligula hielt ihm den Kelch an die Lippen und goss ihm den Inhalt in den Mund. Die rote, süßlich riechende Flüssigkeit löste einen Würgereiz in ihm aus. War das Blut? Ekel schüttelte ihn, und sein ganzer Körper zog sich zusammen. Er presste die Zunge an den Gaumen, um nicht schlucken zu müssen. Die Flüssigkeit quoll ihm aus den Mundwinkeln und lief ihm am Hals hinab.

»Trink!«, beschwor Caligula ihn, begleitet vom leiernden Gesang der Menge. »Trink! Du wirst es nicht bereuen!«

Hendriksson versuchte, sich wegzudrehen, aber Caligula packte ihn bei den Haaren und riss seinen Kopf so unvermittelt nach hinten, dass er husten musste. Und er schluckte, wieder und wieder, schluckte die süße, klebrige Flüssigkeit, um nicht zu ersticken. Erst als der ganze Kelch leer war, ließ Caligula ihn los.

Hendriksson keuchte und schüttelte sich. Er war kurz davor, sich zu übergeben.

Caligula sprach wieder zu der Menge, eine Art Gebet, doch aus irgendeinem Grund hörte es sich jetzt verzerrt an, ebenso wie der nicht enden wollende Choral der Gemeinschaft. Parallel dazu veränderte sich die Optik im Raum. Die Gestalten in ihren Kutten schienen plötzlich vom Boden abzuheben und schwerelos in der Krypta zu schweben. Das Ganze geschah wie in Zeitlupe, und es war so unwirklich, dass Hendriksson an seinem Verstand zweifelte. Was war los mit ihm? Was hatte Caligula mit ihm gemacht?

Er wollte die Frage laut aussprechen, brachte jedoch keinen Ton heraus. Seine Zunge war mit einem Mal taub geworden und fühlte sich an, als sei sie so angeschwollen, dass sie die ganze Mundhöhle ausfüllte.

Endlich dämmerte es ihm: die rote Flüssigkeit. Es musste sich um eine Art Rauschmittel oder um ein Betäubungsmittel handeln, vielleicht war es auch Gift. Immer tiefer wurde er hineingesogen in einen albtraumhaften Strudel aus Sinneseindrücken, die sich jeglicher Logik widersetzten.

In seinem tranceähnlichen Zustand nahm er wahr, wie Caligula aus seiner Kutte ein Messer mit einer langen Klinge herauszog. Im Schein der Fackeln schien sie förmlich zu glühen. Wie auf ein geheimes Zeichen hin erstarb der Gesang, und es wurde vollkommen still.

»Sein Blut sei unser Blut!«, sagte Caligula. In Hendrikssons Ohren klang es dumpf und gefährlich.

»Sein Blut sei unser Blut!«, wiederholte die Menge wie ein Donnergrollen.

Caligula stellte sich eine Armeslänge vor Hendriksson hin und hielt ihm das Messer vors Gesicht. Langsam wanderte die Klinge tiefer, an seinem Hals entlang bis zum Hemdkragen, wo sie sich unter den obersten Knopf schob und ihn mit einem kurzen Ruck abschnitt. Dann ging es weiter, Knopf für Knopf, immer tiefer, bis zu Hendrikssons Bauch. Einen flüchtigen Augenblick kam Hendriksson in den Sinn, ob er wohl Opfer einer perversen Sekte geworden war. Was würde als Nächstes geschehen? Würden sie ihm den Hosengürtel aufschneiden und ihn kastrieren? Oder würden sie ihn töten?

Noch bevor sein umnebelter Verstand einen klaren Gedanken fassen konnte, packte Caligula mit der freien Hand Hendrikssons Unterhemd und zog so fest daran, dass dieser beinahe das Gleichgewicht verlor.

»Sein Blut sei unser Blut!«, rief er in die Menge – es klang wie ein Schlachtruf. »Er soll ein Teil von uns werden und wir ein Teil von ihm! Lasst uns mit der Zeremonie beginnen!«

Der Arm mit dem Messer zuckte nach vorne, und obwohl er kaum einen Schmerz verspürte, wusste Hendriksson, dass die Klinge sich in sein Fleisch gebohrt hatte.

Kapitel 26

Auf dem Linienflug von Kolumbien in die Vereinigten Staaten hatte Aurelia kein Auge zugetan, obwohl sie müde und erschöpft war. Parkers Tod war noch zu frisch, als dass sie ihn einfach hätte beiseiteschieben können. Bilder aus ihren vielen gemeinsamen Einsätzen waren vor ihrem geistigen Auge vorbeigezogen wie Zusammenschnitte aus einem Film. Mehr als einmal war sie in Tränen ausgebrochen.

Nachdem sie in New Orleans gelandet war, holte sie bei Hertz den Wagen ab, den sie von Bogotá aus gemietet hatte, und fuhr nach Carmington, wo sie um 17.00 Uhr mit Guerney verabredet war.

Bei ihrem ersten Besuch war es heiß und stickig gewesen. Heute hatten sich am Himmel graue Wolken zusammengezogen, und eine erfrischende Brise wehte über das Land. Aurelia ließ das Fenster herunter und genoss die angenehm kühle Luft auf der Haut und in ihrem Haar. Endlich gelang es ihr, sich ein wenig zu entspannen.

Sie kam pünktlich in Carmington an und parkte ihren Wagen auf dem Firmengelände von AIBEX. Das wenige Gepäck, das sie dabeihatte, ließ sie im Kofferraum. Die Dame an der Anmeldung bestätigte ihr, dass Doktor Guerney sie erwartete. Kurz darauf kam er die Treppe herunter.

»Darf ich Ihnen einen Kaffee in meinem Büro anbieten, oder wollen Sie lieber gleich das Labor besichtigen?«, fragte er, nachdem sie sich begrüßt hatten.

»Ehrlich gesagt wäre es mir am liebsten, wenn wir zuerst

den Laborbereich anschauen könnten«, sagte Aurelia. Beim letzten Mal hatte sie nur den Serverraum besichtigt, wo Amanda Nash ums Leben gekommen war. »Ich bin wirklich gespannt auf Ihre *Ursuppe*.«

»Wie Sie wollen.« Guerney wies mit der Hand zum Aufzug. »Hier entlang bitte.«

Sie fuhren in das zweite Untergeschoss, wo von einem langen Gang aus links und rechts Türen abgingen. Niemand war zu sehen, nichts war zu hören. In der Luft lag der stechende Geruch von Desinfektionsmitteln wie in einem Krankenhaus.

Guerney führte Aurelia den Gang entlang. Auf den Schildern an den Stahltüren standen Bezeichnungen wie »Biotechnologische Entwicklung«, »Radiologie« und »Robotronik«. Vor einer Tür mit dem Schild »Labor 11 – Zerebrale Neurologie« blieb Guerney stehen.

»Da wären wir«, sagte er und legte seine Hand auf den in die Wand eingelassenen biometrischen Scanner. »Das ist das Herzstück von AIBEX.«

Er öffnete die Tür und ließ Aurelia den Vortritt. Sie wurde umfangen von trübem Dämmerlicht, das so gar nicht zu dem Labor passen wollte, das sie sich vorgestellt hatte. Es dauerte einige Sekunden, bis ihre Augen sich an die Dunkelheit gewöhnt hatten, dann begannen sich allmählich Umrisse abzuzeichnen. Der Raum war riesig, etwa fünfzig Meter lang und acht Meter breit. An den Wänden reihten sich Chromschränke und Glasvitrinen, in denen Aurelia allerlei Chemikalienbehältnisse und Laborzubehör entdeckte, außerdem viele Gerätschaften, die sie nie zuvor gesehen hatte. Auf einem Tisch zu ihrer Linken stand ein großes Biokular-Mikroskop, daneben lehnten verkorkte Reagenzgläser mit milchigen Flüssigkeiten in einem Holzständer. Weiter hinten erkannte

Aurelia einen mit Sichtfenstern ausgestatteten Apparat von der Größe einer Spülmaschine, aus dessen Innerem ein orangeroter Schimmer drang. Er erinnerte Aurelia an einen Brutkasten.

»Folgen Sie mir«, sagte Guerney und führte sie durch den Raum. »Bitte seien Sie vorsichtig. Man kann sich hier schnell einen blauen Fleck zuziehen, wenn man nicht aufpasst, wo man hinläuft. Leider können wir kein Licht einschalten. Die Bioproben sind äußerst helligkeitsempfindlich.«

Sie kamen an Regalreihen vorbei, auf denen sich Glasbehälter mit in Formaldehyd eingelegten Gewebeproben reihten. In dem dämmrigen Halbdunkel konnte Aurelia kaum etwas erkennen, aber das Wenige reichte aus, um ihr einen kalten Schauder über den Rücken zu jagen. Sie kam sich vor wie im Experimentierraum eines geisteskranken Wissenschaftlers. Der Inhalt der Behälter schwebte wie schwerelos in der klaren Flüssigkeit, unheimliche, zerfetzte Schemen wie Dämonen der Nacht.

»Das ist unser Gruselkabinett«, sagte Guerney lapidar, als hätte er ihre Gedanken erraten.

»Was ist das?«

»Fehlgeschlagene Experimente. Ich habe Ihnen ja schon am Telefon erklärt, dass wir hier versuchen, organische Materie mit Computertechnologie zu kombinieren. Leider ist das äußerst kompliziert. Trotz intensiver Vorbereitungen werden die Ergebnisse unserer Testreihen meist vom Zufall bestimmt. Aber wir werden immer besser.«

»Warum machen Sie nicht einfach ein paar Fotos und heften sie in ein Album?«, fragte Aurelia, während sie an dieser makabren und abstoßenden Ausstellung entlangschritten.

»Wir brauchen die Originale, um sie genauer zu untersuchen«, erklärte Guerney. »Daraus gewinnen wir wichtige

Erkenntnisse für die weiteren Experimente. Es ist eine ständige Jagd nach neuen Informationen, damit wir letztlich ein perfektes Ergebnis erhalten.«

Aurelia riss sich von dem gruseligen Anblick los und folgte Guerney ans Ende des Raums, wo eine Sicherheitstür in einen angrenzenden Raum führte. Er war etwa halb so groß wie das Labor und wurde beherrscht von sieben Glaszylindern, die auf massiven, kreisförmig angeordneten Sockeln standen. Über jedem Zylinder verströmte eine von der Decke herabhängende Lampe dämmriges, bläulich schimmerndes Licht, das dem Inneren der Glasbehälter den Anschein von Fluoreszenz verlieh.

»Das hier sind die Weiterentwicklungen der Versuche, die Sie draußen gesehen haben«, sagte Guerney. »Ein bisschen schaurig, aber wir sind davon überzeugt, dass diese Forschungen die Welt eines Tages in ein neues Zeitalter führen werden.«

Aurelia zweifelte nicht daran, dass die in AIBEX durchgeführten Experimente eine wichtige Rolle bei der Erforschung von künstlicher Intelligenz spielten, und vielleicht legten diese Forschungen tatsächlich die Basis für zukünftige Entwicklungen in Industrie und Wirtschaft. Aber ein neues Zeitalter? Das klang doch ziemlich übertrieben und auch ein wenig anmaßend.

»Ich weiß, was Sie gerade denken«, sagte Guerney.

»So? Und das wäre?«

»Vorsichtig ausgedrückt, sind Sie skeptisch.« Guerney sah sie an und lächelte. »Sie halten mich für einen arroganten, selbstverliebten Wissenschaftler mit Hang zum Größenwahn, hab ich recht?«

Jetzt musste auch Aurelia lächeln. »Sieht man mir das so deutlich an?«

»Es gibt nicht viele Menschen, die diese Experimente hier kennen. Aber jeder von ihnen dachte am Anfang: Das klappt nie. Ich bin da keine Ausnahme. Mein Bruder hatte diese Idee vor zehn Jahren, und als er mir zum ersten Mal davon erzählt hat, dachte ich, er spinnt. Aber er hat dieses Labor erschaffen und AIBEX dadurch in eine neue, zukunftsweisende Richtung geführt.« Er stockte, wurde nachdenklich. »Schade nur, dass er nicht mehr mitbekommen hat, was aus seiner Idee geworden ist.«

»Ist er gestorben?«

Guerney nickte. »An Krebs. Vor sieben Jahren. Seitdem führe ich die Geschäfte allein weiter.«

Aurelia erkannte in Guerneys Gesichtszügen plötzlich eine Traurigkeit, die selbst nach so langer Zeit noch tief zu sitzen schien. Sein Blick berührte sie, und irgendwie erschien es ihr richtig, auch etwas von sich selbst preiszugeben. »Ich weiß, wie es ist, jemanden zu verlieren, der einem nahesteht«, sagte sie. »Meine Tochter ist vor zwei Wochen gestorben. Und mein Kollege, mit dem ich jahrelang zusammengearbeitet habe, wurde gestern ermordet.«

»Das tut mir leid«, sagte er ernst. »Solche Verluste hinterlassen tiefe Wunden.«

Sie spürte, wie ihr die Tränen kamen, und presste die Lippen aufeinander. Vielleicht war es doch keine gute Idee gewesen, einem Fremden gegenüber so offen zu sein. Schnell wechselte sie das Thema. »Ich verstehe immer noch nicht genau, was Sie in diesem Labor eigentlich machen«, sagte Aurelia. »Und was hat diese Ursuppe damit zu tun?«

Guerney legte ihr eine Hand auf den Rücken und schob sie sanft auf einen der Glasbehälter zu. »Keine Scheu. Schauen Sie es sich genau an.«

Je näher Aurelia dem Zylinder kam, desto mehr Details

erkannte sie. Was zunächst aussah wie Stofffetzen im schwerelosen Raum, erwies sich bei genauerer Betrachtung als filigranes dreidimensionales Geflecht, als fein gesponnenes Gewebe aus Hunderttausenden, Millionen oder gar Milliarden von haardünnen Verbindungen, die ohne erkennbares Muster, aber dennoch nicht willkürlich miteinander verwoben schienen. An unzähligen Stellen trafen sie zusammen und bildeten kleine unförmige Knäuel, von wo aus sie sich weiter und weiter verzweigten, irgendeiner höheren Struktur folgend, die dem Außenstehenden verborgen blieb.

»Was Sie hier sehen, sind Nervenbahnen«, erläuterte Guerney. »Ein unter Laborbedingungen entstandenes neuronales Netz mit zerebralen Nervenzellen, Axonen und Synapsen, die mit Hilfe von elektrischen Ladungen miteinander kommunizieren, wie in einem organischen Körper. Wir sind in der Lage, dieses Nervengewebe künstlich wachsen zu lassen. Alles, was wir dafür brauchen, ist eine Basis-Bioprobe, ein Teil eines menschlichen Gehirns, das wir mittels chemischer Zersetzungsprozesse in seine Bestandteile zerlegen, um es anschließend wieder – völlig neu – zusammenzusetzen. Für das, was Sie in den sieben Glastuben sehen, haben wir ursprünglich nur eine Hirnmasse von der Größe einer Walnuss gebraucht, die ein freiwilliger Spender uns vermacht hat. Die wurde dann zu einem Zellbrei verarbeitet und in eine Nährstofflösung gegeben. In der Nährstofflösung sind alle für das Hirnwachstum relevanten biochemischen Bausteine enthalten. Proteine, Nukleinsäuren, Vitamine, Hormone und hundert andere Substanzen. Diese Nährstofflösung nennen wir hier bei AIBEX *Ursuppe.*«

»Die klare Flüssigkeit in den Zylindern?«

»Anfangs ist sie keineswegs so klar. Sie sieht braun und trüb aus, daher hat einer unserer Wissenschaftler irgendwann einmal von der Ursuppe gesprochen. Alle anderen haben es dann übernommen, weil wir keinen treffenderen Ausdruck dafür gefunden haben. Wenn man so will, tun wir nichts anderes, als die einzelnen Grundsteine des menschlichen Lebens zusammenzufügen und zu warten, was daraus wächst. An dieser Stelle kommt die moderne Elektro- und Computertechnik ins Spiel. Im Innern der Zylinder sind Hunderttausende von Elektroden angebracht. Jede von ihnen hat etwa den Durchmesser eines Glühfadens. Mit Hilfe von elektrischer Spannung, die wir an den Elektroden anlegen, gelingt es uns, die in der Nährlösung befindlichen Nervenzellen zum Wachstum anzuregen. Sie lagern sich an den Elektroden ab, bilden haarfeine, wurzelartige Verbindungen und verwachsen immer mehr zu einer Art Netz. In diesem und in den anderen sechs Zylindern ist ein Großteil der Nährstoffe und des darin vermengten Zellbreis bereits verbraucht. Deshalb ist die Flüssigkeit so klar.« Er warf einen Blick auf ein Display, das sich auf einer Konsole in der Mitte des Raums befand. »Laut Computerhochrechnung müssen wir in 34 Stunden, 18 Minuten und 14 Sekunden die alte Ursuppe ablassen und wieder durch eine neue ersetzen, sonst kann das Nervengeflecht sich nicht weiterentwickeln. Diese Prozedur müssen wir etwa alle vier Wochen wiederholen.«

Aurelia sah Guerney an, der neben ihr stand und wie gebannt in den Zylinder schaute. »Sie arbeiten hier an der Entwicklung eines künstlichen *Gehirns?*«

»Genauso ist es.«

Es war so ungeheuerlich, dass Aurelia die Neuigkeit einen Moment lang sacken lassen musste. Sie begann zu erahnen, welche Möglichkeiten in der von Dr. Guerney dargestellten Technologie steckten, und sie konnte sich vorstellen, dass es eine Menge Leute gab, die sich diese Technologie mit allen

Mitteln zu eigen machen wollten. In wessen Auftrag hatte Hassan Gamoudi das AIBEX-Labor ausspioniert?

»Mit dieser Art von Forschung hoffen wir, künstliche Intelligenz zu entwickeln, die der des Menschen ähnelt oder ihr sogar überlegen ist – und zwar vor dem Eintritt der sogenannten *Singularität*. Haben Sie davon schon gehört?«

»Höchstens in irgendwelchen Science-Fiction-Geschichten oder in Zusammenhang mit dem Urknall.«

Guerney nickte. »Was ich meine, hat nichts mit Science-Fiction im Sinne von Fantasterei zu tun. Auch nichts mit der Entstehung des Universums. Es handelt sich vielmehr um eine wissenschaftliche Prognose. Im Grunde geht es dabei um das Zusammentreffen zweier Ereignisse. Das eine ist die vollständige Entschlüsselung des menschlichen Gehirns. Heutzutage geht man davon aus, dass das in ungefähr fünfundzwanzig Jahren der Fall sein wird. Etwa zeitgleich wird die Leistungsfähigkeit von Computern so weit fortgeschritten sein, dass sie in der Lage sind, die Rechenoperationen eines menschlichen Gehirns exakt nachzubilden, sowohl bezüglich der Komplexität als auch bezüglich der Geschwindigkeit. Momentan sind wir davon leider noch meilenweit entfernt. Das Zusammentreffen dieser beiden Ereignisse nennen KI-Forscher Singularität. Ab diesem Moment wird die Wissenschaft in der Lage sein, Roboter zu erschaffen, die über menschliche Lernfähigkeit verfügen, über menschliche Intuition – über menschlichen *Geist*, wenn Sie so wollen. Wir bei AIBEX verfolgen dasselbe Ziel, nur haben wir einen anderen Weg eingeschlagen. Einen Weg, von dem wir hoffen, dass er uns etwas schneller ans Ziel bringt. Außerdem entwickeln wir parallel zu diesen Versuchen Biochips – Gehirnimplantate, die die Leistungsfähigkeit der Roboterhirne weiter steigern sollen.«

»Klingt für mich ziemlich utopisch.«

»Hätten Sie vor zwanzig Jahren behauptet, dass es einmal eine weltweite Computervernetzung gibt, hätten ihnen die wenigsten geglaubt. Heute ist das Internet nicht mehr wegzudenken. Oder denken Sie an Handys. Vor fünfzehn Jahren gab es noch so gut wie keine Handys. Heute hat fast jeder eins – und längst nicht mehr nur, um damit zu telefonieren. Die Forschung macht in vielen Sparten unglaublich schnelle Fortschritte.«

Was Aurelia auf dem Gebiet der künstlichen Intelligenz für bedenklich, wenn nicht sogar für gefährlich hielt. Roboter, die schlauer waren als Menschen? Wo sollte das hinführen? Sie zog die Brauen zusammen.

»Ich kann mir vorstellen, was Sie gerade denken«, sagte Guerney. »Aber erstens wird es noch etliche Jahre dauern, bis unsere Biochips marktreif sind, und zweitens versichere ich Ihnen, dass wir bei der Entwicklung der Chips größten Wert auf Kontrollmechanismen legen. Es wird keine amoklaufenden Roboter geben, falls das Ihre Sorge ist.« Er machte eine Pause. »Sie schauen immer noch ziemlich skeptisch drein.«

»Was daran liegen könnte, dass ich immer noch ziemlich skeptisch *bin*.«

»Haben Sie schon mal von José Delgado gehört?«

Aurelia schüttelte den Kopf.

»Er war der Vorreiter der Neurowissenschaft, ein Spanier. Er hat Kampfstieren Elektroden ins Gehirn gepflanzt, bevor sie in die Arena gelassen wurden. Durch ferngesteuerte elektrische Stimulation bestimmter Hirnregionen ist es ihm gelungen, das Angriffsverhalten der Tiere auszuschalten, selbst wenn der Torero sein rotes Tuch geschwenkt hat. Erst wenn er den elektrischen Impuls unterbrochen hat, haben die Stiere wieder angegriffen. Es war eine bis dahin einzigartige

Demonstration der Macht der Wissenschaft über das Bewusstsein. Das war schon 1964. Wie Sie sich vorstellen können, sind die Methoden der Bewusstseinssteuerung seitdem grundlegend erforscht worden. Unsere Biochips werden daher verschiedene Sicherheitssysteme enthalten, die jegliches Aggressionsverhalten gegenüber Menschen zuverlässig unterbinden.«

Aurelia hatte noch nie etwas von José Delgado gehört, und sie war erstaunt, dass aggressionshemmende Experimente am lebenden Gehirn bereits vor so langer Zeit durchgeführt worden waren. Fast fünfzig Jahre.

»In welchem Stadium befinden sich die künstlichen Gehirne in den Zylindern hier?«, fragte sie, obwohl es ihr aus irgendeinem Grund widerstrebte, von *Gehirnen* zu sprechen. Die Objekte in den Glasröhren waren keine zu Halbkugeln gefalteten Nervenstränge, sondern vielmehr ein loser Gewebeverbund. »Ich meine, kann man diese Gebilde schon auf irgendeine Weise als intelligent bezeichnen?«

»Das sind sie auf jeden Fall«, sagte Guerney. »Allerdings ist es schwer, ihre Intelligenz mit herkömmlichen Mitteln zu messen. Sie haben keine Augen, keine Ohren, keine Hände – es gibt nur diese Zellverbände. Allerdings können wir über die in den Zylindern befindlichen Elektroden Informationen austauschen, sodass eine rudimente Art von Kommunikation über den Computer möglich ist. Wir können über jede einzelne Elektrode elektrische Impulse senden und empfangen. Das Ganze funktioniert ähnlich wie bei einem EEG. Wir können damit messen, welche Hirnareale von unseren Signalen angesprochen werden und in welcher Intensität das geschieht.«

Auf Aurelia wirkte das ziemlich theoretisch. »Können Sie mir das etwas genauer erklären?«

Guerney zögerte einen Moment, so als überlege er, wie er einem Laien die komplizierten Vorgänge dieses Experiments verständlich machen konnte. »Am besten, Sie kommen dazu mit in mein Büro«, sagte er. »Dort kann ich es Ihnen nicht nur erklären, sondern auch demonstrieren. Ich denke, das ist am anschaulichsten.«

Kapitel 27

Collin Guerney führte die Agentin in den ersten Stock, wo er in seinem Büro einen zweiten Stuhl hinter seinen Schreibtisch zog und am Computer das Programm zur Durchführung der Experimente in Labor 11 startete.

»Unseren Zellverbünden in den Glasröhren fehlen wie bereits erwähnt sämtliche Sinnesorgane«, sagte er. »Diese Funktion übernimmt der Computer. Er übersetzt meine Eingaben in Stromimpulse und sendet sie in die Zylinder. Anschließend misst er, wie die Nervenzellen die elektrischen Ladungen weiterleiten und wo sie letztlich ankommen. Am besten, ich zeige ihnen das an einem Beispiel.«

Seine Finger flogen über die Tastatur. Auf dem Monitor erschien ein Kommunikationsfenster. Guerney tippte eine Rechenoperation ein, 1 + 3 = y, und drückte *Enter.* Ein paar Sekunden später erschien in dem Fenster die Antwort: y = 4.

Die CIA-Agentin kaute auf ihrer Unterlippe. Dann sagte sie: »Nach Ihrem Vortrag im Labor – darüber, dass es ihr Ziel ist, in einigen Jahren menschliche Intelligenz zu simulieren oder sogar zu übertreffen – hatte ich offen gestanden mehr erwartet. Andererseits gebe ich zu: Ich bin froh zu sehen, dass diese Art von Forschung offenbar noch in den Kinderschuhen steckt. Ich glaube, ich bin schon zu alt dafür, mir vorzustellen, wie es ist, mit Robotern zu leben. Ich bin mir auch nicht sicher, ob ich das überhaupt will.«

Guerney lehnte sich in seinem Stuhl zurück. Die AIBEX-Forschungen, insbesondere die Experimente mit den künstlichen Gehirnen, richteten sich auf das, was den Menschen als solchen ausmachte. Im Gegensatz zur klassischen medizinischen Forschung ging es nicht mehr nur darum, Wege zur Bekämpfung von Krankheiten, körperlichen Gebrechen oder Behinderungen zu finden, also zur Erhaltung der menschlichen Spezies. Es ging um die Erschaffung einer alternativen Intelligenz, einer neuen, dem Menschen ebenbürtigen, vielleicht sogar überlegenen Lebensform, freilich ohne sich der Gefahr auszusetzen, eines Tages von ihr dominiert oder gar verdrängt zu werden. Diese Gefahr existierte aber, sie ließ sich nicht wegleugnen. Insofern konnte er die Zurückhaltung aller Skeptiker nachvollziehen. Dennoch war das Risiko angesichts des enormen Potenzials dieses Forschungszweigs vergleichsweise gering.

»Wenn wir unser Ziel eines Tages erreicht haben, wird die gesamte Menschheit davon profitieren«, sagte er entschlossen. »Stellen Sie sich vor, es gelänge uns, ein perfektes Gehirn zu entwickeln. Keines, das aus egoistischen Überlegungen heraus handelt oder dem es an Weitblick fehlt. Ein Gehirn, das dem unseren so ähnlich ist, dass es die Wünsche, Anschauungen und Anliegen der Menschen versteht und in der Lage ist, die Entscheidungen zu treffen, die für die Gesamtheit aller Menschen am besten ist. Zugegeben, das klingt ziemlich naiv und idealistisch. Aber durch unsere Forschungen könnte es eines Tages Wirklichkeit werden.«

Special Agent Fernandéz schob sich auf ihrem Stuhl ein Stück vom Schreibtisch weg und wandte sich Guerney zu. »Glauben Sie im Ernst, dass die Politiker dieser Welt freiwillig auf ihre Ämter verzichten würden, um ihre Macht einer höheren Intelligenz anzuvertrauen, die besser damit umgehen kann?«

»Sie müssen ihre Ämter ja nicht gleich niederlegen. Es wäre

schon ein Fortschritt, wenn sie sich bei ihren Entscheidungen auf die Einschätzung einer neutralen Instanz verlassen könnten, nicht mehr auf die Meinung Dritter, die nur auf ihren eigenen Vorteil bedacht sind.«

»Klingt verlockend«, gab Aurelia Fernandéz zu. »Dennoch glaube ich nicht, dass das in der Realität funktioniert. Jeder vernünftig denkende, politische Mensch weiß, wie wichtig zum Beispiel Klimaschutz ist, damit unsere Kinder und Kindeskinder in dreißig Jahren noch in dieser Welt leben können. Trotzdem wird dieses Problem nicht tatkräftig genug angegangen, weil das bedeuten würde, dass wir Strom sparen müssten oder dass das Benzin teurer wird oder dass eine Firma weniger Gewinn macht. Sobald es darangeht, Opfer zu bringen, ist die Vernunft des Menschen beim Teufel. Dafür gibt es unzählige Belege. Außerdem befürchte ich, dass Ihre Forschungen letztlich nur für militärische Zwecke missbraucht werden. Cyborg-Soldaten habe ich bislang nur als unterhaltsames Hirngespinst von Hollywood gesehen. Wenn Sie recht behalten, werden sie aber eines nicht allzu fernen Tages Realität sein. Diese Vorstellung macht mir Angst. Andererseits bekomme ich allmählich ein Bild davon, warum Terroristen ein Auge auf dieses Labor geworfen haben. Die Untersuchungen, die Sie hier anstellen, könnten wegweisend sein und die Welt verändern. Man muss kein Hellseher sein, um zu erahnen, welche Preise für Insiderinformationen auf dem internationalen Schwarzmarkt erzielt werden. Ich frage mich nur, warum diese Terroristen es schon zu einem so frühen Zeitpunkt auf AIBEX abgesehen haben.« Sie räusperte sich, wirkte ein wenig verlegen. »Bitte entschuldigen Sie, wenn ich es so offen ausspreche, aber Ihre Rechendemonstration war für mich ziemlich ernüchternd. 1 + 3 = 4. Jeder Zweitklässler hätte die Aufgabe schneller gelöst. Warum ist jemand an einer

Technologie interessiert, die offenbar noch in den Anfängen steckt?«

»Das verstehe ich allerdings auch nicht«, sagte Guerney nachdenklich. »Die Zellverbände in den Glaszylindern in Labor 11 erreichen einen IQ von rund 65 bis 70, was dem Stand eines Debilen entspricht. Aus wissenschaftlicher Sicht ist das eine Sensation. Aber in der Praxis kann zum jetzigen Zeitpunkt niemand wirklich etwas damit anfangen.«

»Wenn Sie optimistisch schätzen – wie lange wird es dann noch dauern, bis die künstlich gezüchteten AIBEX-Gehirne sich mit menschlicher Intelligenz messen können?«

»Optimistisch? Zehn Jahre. Realistisch eher fünfzehn. Diese Art von Forschung braucht Zeit. Aber Sie dürfen unsere Technologie nicht nur nach dem erzielten IQ oder nach der Geschwindigkeit beim Lösen einer Rechenaufgabe bewerten. In anderen Bereichen schneidet unser Experiment deutlich besser ab.«

Er beugte sich vor, öffnete ein Zeichenprogramm und schob der Agentin ein Touchpad und einen Plastikstift hin. »Malen Sie etwas«, sagte er. »Egal was. Am besten, nur mit wenigen Strichen.«

Sie nahm den Plastikstift in die Hand, überlegte kurz und zeichnete rasch die Figur einer Frau: Ein Kreis mit zwei Punkten symbolisierte ein Gesicht mit zwei Augen, ein nach oben hin spitz zulaufendes Dreieck bildete den Körper. Je ein Strich nach links und rechts deutete die Arme an, zwei lange Striche nach unten die Beine. »Ist das so in Ordnung?«, fragte sie.

»Absolut. Jetzt sehen Sie, was passiert, wenn ich die Skizze von unserem Laborgehirn interpretieren lasse.« Guerney gab etwas in eine Eingabemaske ein, drückte Enter – und ein paar Sekunden lang passierte gar nichts. Dann jedoch erschien auf dem Monitor eine wahre Bilderflut: Frauen aller Altersgruppen und jeglicher Hautfarbe, manche als Porträt, manche als Ganzkörperaufnahme, die meisten als Fotografie, andere aber auch als Skizze oder als Ölgemälde, manche am Arbeitsplatz, manche bei irgendwelchen Freizeitbeschäftigungen, manche in Winterkleidung, manche im Bikini am Strand. Das Ganze geschah in so rascher Abfolge, als würden Jahrzehnte auf die Spanne weniger Sekunden komprimiert.

Guerney beobachtete, wie Aurelia Fernandéz die Augen zusammenpresste, um die hektische Bilderflut zu verarbeiten. Er sagte: »Die Gewebe in den Zylindern sind, wie Sie wissen, mit Elektroden verbunden, um den Austausch von Informationen mit dem Computer zu ermöglichen. Wir speisen den Computer seit Monaten täglich mit Tausenden von Bildern aus dem Internet. Wenn man so will, sind diese Bilder für die Versuchsanordnung im Labor die Außenwelt, von der sie Sinneseindrücke erhält, von der sie lernt und an die sie sich – wie in diesem Beispiel – erinnert. Was Sie hier sehen, ist die Visualisierung der Assoziationen von Zylinder 4.«

»Ziemlich beeindruckend für jemanden, der für eine Eins-plus-drei-Addition länger braucht als ein Grundschüler«, sagte die CIA-Agentin trocken. »Ich kann mir aber immer noch nicht vorstellen, was Gamoudis Auftraggeber damit anfangen wollen.«

Guerney nickte. Ihm selbst war das ebenfalls noch ein Rätsel.

Kapitel 28

Paris

Lars Hendriksson schreckte aus dem Schlaf auf, als jemand ihn an der Schulter berührte. Im ersten Moment wusste er nicht, wo er war. Er befand sich in einem kleinen, fensterlosen Raum aus nacktem Stein. An den Wänden flackerten zwei Fackeln. Außer einem groben Holztisch, zwei Stühlen und dem aus Stroh und Decken notdürftig errichteten Nachtlager gab es hier nichts.

»Komm mit«, flüsterte die schemenhafte Gestalt, die ihn geweckt hatte. Sie trug eine weiße Kutte und hatte die Kapuze übergezogen, sodass Hendriksson das Gesicht nicht erkennen konnte.

Er setzte sich auf und wischte sich die Müdigkeit aus dem Gesicht. Die Bewegung ließ ihn zusammenzucken. Brennende Schmerzen am Bauch, an der Brust und an den Armen beschworen Bilder der sonderbaren Zeremonie in ihm herauf, an der er teilgenommen hatte. Das Aufnahmeritual der Jünger Caligulas. Er sah sich selbst, aufrecht stehend, an Händen und Füßen gefesselt, hilflos ausgeliefert wie ein Opferlamm. Caligula hatte ihm die rote Flüssigkeit – irgendeine Art von Droge – zu trinken gegeben. Was danach geschehen war, hallte in seiner Erinnerung nur noch nach wie ein verblassendes Echo. Ein ruckartiger Schnitt. Das Gefühl, lebensbedrohlich verletzt worden zu sein. Dann die Erleichterung darüber, dass Caligula ihm nur das Unterhemd aufgeschlitzt und ihm dabei ein wenig die Haut aufgeritzt hatte.

Doch die nächsten Schnitte, die Caligula ihm beigebracht hatte, je einen an jedem Arm sowie über beiden Brustmuskeln, gingen tiefer und trieben ihm das Blut aus dem Körper – Blut, das die der Zeremonie beiwohnenden Mönchsgestalten, Männer wie Frauen, ihm vom Körper tupften, um sich damit zu bekreuzigen. Manche von ihnen küssten oder leckten es ihm sogar von der Haut. Mit ihren blutbenetzten Lippen murmelten sie dabei unverständliche Gebete. Es war eine Nacht wie aus einem Zombiefilm gewesen. Als die Zeremonie beendet war, hatte man Hendriksson von seinen Fesseln befreit und ihn hierher in diese Zelle gebracht, wo jemand die Wunden desinfiziert und verbunden hatte.

Das war der unheimliche Teil der gestrigen Nacht gewesen. Darauf war allerdings eine der schönsten Erfahrungen seines Lebens gefolgt. Denn noch während er vergeblich versucht hatte, wieder zu klarem Verstand zu kommen, hatten zwei Mönchsgestalten Jessica zu ihm in die Kammer geführt. Sie war vollkommen nackt gewesen und hatte kein Wort gesprochen. Die Mönche hatten ihr befohlen, zu Hendriksson unter die Decke zu schlüpfen und ihm zu Willen zu sein. Hendriksson, der sich seit Jahren damit begnügt hatte, seine sexuellen Fantasien über das Internet auszuleben, war zurückgeschreckt vor dem nackten weiblichen Körper neben sich. Doch dann hatte Jessica angefangen, ihre Hände über seine Haut gleiten zu lassen, und sein Verlangen war so heftig geworden, dass er alle Befremdlichkeiten vergessen und sich nur noch auf dieses engelsgleiche Wesen neben sich konzentriert hatte.

Erst jetzt fiel ihm auf, dass Jessica immer noch neben ihm lag. Sie hatte sich in die Decke gewickelt und ihm den Rücken zugekehrt. Ihr glattes schwarzes Haar war zerwühlt und schien ihren Kopf wie Tinte zu umfließen. Ihr Atem ging ruhig und gleichmäßig. Hendriksson ertappte sich bei dem Gedanken, noch einmal unter die Decke zu kriechen und sich an Jessica zu schmiegen, doch dann kam ihm wieder in den Sinn, dass sie nicht allein waren. Der Mönch, der ihn geweckt hatte, stand immer noch neben ihm und wartete.

Hendriksson stand auf und suchte verlegen nach seiner Kleidung. »Wo sind meine Sachen?«, fragte er.

»Nimm das hier«, antwortete der Mönch und hielt ihm ein sauber zusammengefaltetes Bündel Kleidung hin, das Hendriksson zuvor nicht aufgefallen war.

Er zog die Sachen an. Die Wäsche duftete nach Rosen, fühlte sich weich und geschmeidig an und passte wie angegossen. Statt Hemd und Hose hatte ihm der Mönch eine Ordenskutte gegeben. Wortlos streifte Hendriksson sie sich über. Zuletzt schlüpfte er in seine Schuhe, die neben dem Bettlager standen.

Der Mönch nickte zufrieden. »Du bist jetzt einer von uns. Sei willkommen im Kreise der Jünger Caligulas. Du wirst deinen Entschluss nicht bereuen.«

Entschluss? Hendriksson wusste nicht, ob man das wirklich so nennen konnte. Allerdings bereute er die vergangene Nacht nicht, insbesondere den zweiten Teil.

»Du gehörst jetzt einer starken Glaubensgemeinschaft an«, fuhr der Mönch fort. »Stelle deine Fähigkeiten in den Dienst unseres Herrn, und du wirst sehen, dass es dir an nichts fehlen wird.« Dabei warf er einen raschen Blick auf Jessica, und auch Hendriksson schaute zu ihr hin. Tatsächlich musste er sich eingestehen, dass er in der letzten Nacht dem Sinn seines Lebens näher gewesen war als jemals zuvor. Er hatte die Erfüllung der körperlichen Liebe erfahren, noch dazu mit Jessica, einer Frau, die ihm gefiel – sehr sogar. Und vielleicht mochte sie ihn ja auch. Er fragte sich, was nach dieser Nacht aus ihnen beiden werden würde. Konnte sich aus diesem sonderbaren Anfang eine feste Bindung entwickeln? Er seufzte und wandte den Blick von Jessica ab.

Der Mönch verließ die Kammer, nahm eine Fackel aus einer Halterung an der Wand und durchquerte, gefolgt von Hendriksson, einen schlauchförmigen Gang, der in die Krypta mündete. Jetzt war der Raum leer, nur die in den Boden eingelassenen Eisenringe und die von der Decke baumelnden Handschellen erinnerten an die nächtliche Zeremonie. Hendriksson konnte auch einen großen dunklen Fleck auf dem Boden erkennen – eine getrocknete Mischung aus Blut und Drogensaft. Er fragte sich, ob alle, die bei der gestrigen Initiation dabei gewesen waren, denselben archaischen Ritus durchlaufen hatten, aber er wagte nicht zu fragen. Stattdessen folgte er dem Mönch schweigend durch einen weiteren Gang am Ende der Krypta bis zu einer grau gestrichenen Stahltür, ähnlich jener, die von der Kanalisation in dieses Schattenreich geführt hatte. Nachdem der Mönch an einem in die Wand eingelassenen Display einen Code eingetippt hatte, ertönte ein leises Summen, und die Tür öffnete sich. Dahinter lag eine völlig andere Welt. Die Bauweise war zwar gleich – er befand sich immer noch in einem langen, steinernen Gang –, doch was vorher wie ein Verlies gewirkt hatte, sah nun aus wie ein extravaganter Wohntrakt. Neonröhren an der Decke tauchten den Gang in helles Kunstlicht, an den Wänden reihte sich eine Galerie moderner Schwarz-Weiß-Fotografien, mannshohe Vasen und Karaffen standen in regelmäßigen Abständen auf dem Boden und verliehen dem Raum zusätzliche Tiefe.

Der Gang bog nach rechts ab und mündete in eine gewaltige Gewölbehalle, in der mindestens drei Dutzend Menschen versammelt waren – alle in weißen Kutten. Manche von ihnen standen in Grüppchen zusammen und unterhielten sich, die meisten saßen jedoch an hochmodern ausgestatteten Computerinseln. Das Ganze erinnerte Hendriksson an Bilder aus dem NASA Mission Control Center in Houston, die er aus dem Fernsehen kannte.

Vier Männer standen um einen großen runden Tisch in der Mitte der kuppelförmigen Halle herum, darunter auch Caligula. Als er Hendriksson sah, beendete er sein Gespräch und kam zu ihm herüber.

»Danke, Sol«, sagte er zu dem Mönch, der Hendriksson hergebracht hatte. »Ich kümmere mich um ihn. Du kannst jetzt gehen.«

Der Mönch verabschiedete sich mit einer knappen Verbeugung und verließ die Halle auf demselben Weg, den er und Hendriksson gekommen waren.

Caligula legte Hendriksson eine Hand auf die Schulter und drückte sie freundschaftlich. »Wie war deine Nacht, mein Freund? Ich hoffe, Jessica hat dich deine Wunden vergessen lassen.«

Hendriksson wusste nicht, was er darauf sagen sollte. Also senkte er den Kopf und schwieg.

»Ich hoffe, ich habe deinen Geschmack getroffen«, fuhr Caligula fort, »auch wenn sie statistisch gesehen nur 93,4 Prozent deiner Idealvorstellung abdeckt. Aber sie war unter all meinen weiblichen Jüngern diejenige, die am besten in dein Suchprofil gepasst hat.«

Hendriksson blickte fragend auf. »Was soll das heißen – *Suchprofil?*«

»Hast du etwa gedacht, es ist ein Zufall, dass eine Frau wie Jessica eines Tages vor deiner Tür steht und dich bittet, sie nach Paris zu begleiten?« Caligula bedachte Hendriksson mit einem schalkhaften Lächeln. »Vielleicht hast du es gehofft, aber gib es zu: Im Grunde hast du gewusst, dass es solche Zufälle nicht gibt. Ich wollte es jedenfalls nicht dem Zufall überlassen, ob du hierherkommst oder nicht. Deshalb habe ich deine Internetgewohnheiten überprüfen und aus den gesammelten Daten dein ideales Frauenbild zusammensetzen lassen. Wie gesagt – Jessica trifft es nicht ganz, aber sind es nicht gerade die kleinen Schönheitsfehler, die Frauen interessant machen?«

Hendriksson fehlten die Worte. Natürlich war es ihm von Anfang an sonderbar vorgekommen, dass ausgerechnet ein Wesen wie Jessica bei ihm zu Hause geklingelt hatte. Aber warum sollte ein Typ wie er nicht einfach auch einmal Glück im Leben haben? Nie wäre er darauf gekommen, dass Jessica das Ergebnis eines rein rationalen Entscheidungsprozesses war.

»Kopf hoch, *mon ami!*« Caligula klopfte ihm aufmunternd auf die Schulter. »Am wichtigsten ist doch, dass ihr euch mögt. Jetzt aber genug davon! Ich möchte dich ein bisschen in meinem Reich herumführen.« Er ging mit Hendriksson ein paar Schritte tiefer in die Gewölbehalle und blieb dann stehen. »Was du gestern erlebt hast, war eine Zeremonie nach den Grundsätzen meiner Religion – einer Religion der Blutsbrüderschaft, des Zusammenhalts, der Stärke. Unser Ziel ist es, den Menschen ein Leben in vollkommener Harmonie, in Glück und Zufriedenheit zu verschaffen.«

»Ist das nicht das Ziel der meisten Religionen?«

»Aber wir versprechen es nicht nur – wir können unser Versprechen tatsächlich einhalten. Genau das hebt uns von allen anderen Religionen ab. Wir verheißen das Paradies nicht nur, wir liefern es gleich mit, und zwar nicht erst nach dem Tod, sondern im Diesseits.« Seine Stimme hatte einen triumphierenden Ton.

»Klingt ziemlich vermessen. Niemand wird das glauben.«

Caligula lächelte noch immer, aber etwas in seinem Blick veränderte sich, wurde kälter. »Warte ein paar Tage ab, bis du und Jessica Gelegenheit hattet festzustellen, ob eure Zuneigung stark genug für eine dauerhafte Bindung ist. Urteile *dann*, ob ich dir das Paradies auf Erden geschenkt habe oder nicht.«

Hendriksson trat unruhig von einem Fuß auf den anderen.

»Wir bringen den Menschen Glückseligkeit«, fuhr Caligula fort. »Und weißt du, warum? Weil unsere Religion nicht nur auf Glauben beruht, sondern auf *Information*. Wir sammeln Daten über Menschen, studieren sie, analysieren sie. Wir erkennen in diesen Daten ihre Gewohnheiten, ihre Vorlieben, ihre Ängste und Befürchtungen. Deshalb – *nur* deshalb – kann ich ihnen geben, wonach sie sich sehnen. Ich *weiß* es. Das hier ist einer der Orte, wo all diese Informationen zusammenfließen.« Er machte eine ausladende Handbewegung, breitete den Raum vor Hendriksson aus, als sei er ein Geschenk. »Es gibt nichts, was ich nicht herausfinden kann. Darin liegt meine Macht.«

Caligula führte Hendriksson in die Mitte des Raums. »An diesem Ort laufen Daten aus ganz Westeuropa zusammen«, sagte er. »Geldflüsse von Banken und Investmentgesellschaften, Steuer-, Kranken- und Sozialversicherungsakten, Online-Analysen über das Surfverhalten von Internetnutzern, Daten aus Polizei- und Geheimdienstcomputern und so weiter. Wir spielen diese Informationen zusammen und ordnen sie einzelnen Personen zu. Auf diese Weise entsteht langsam ein konkretes Bild – von jedem Einzelnen der fünfhundert Millionen Einwohner der Europäischen Union.«

Hendriksson nickte. In der modernen Welt blühte bereits

ein reger Handel mit personenbezogenen Daten jeglicher Art, insbesondere, wenn man sie im Internet hinterlegte. Anbieter aller möglichen Waren und Dienstleistungen waren stets auf der Suche nach verlässlichen Informationen über potenzielle Kunden, um sie gezielt akquirieren zu können. Aus kommerzieller Sicht war der sogenannte gläserne Kunde eine Idealvorstellung, der man sich immer mehr näherte. Caligula verfolgte dasselbe Ziel. Der einzige Unterschied bestand darin, dass das »Produkt«, das er verkaufen wollte, kein Auto, keine Versicherungspolice und kein Haarwaschmittel war, sondern eine Religion.

»Warum erzählst du mir das alles?«, fragte Hendriksson.

»Weil ich möchte, dass du für mich arbeitest.«

Hendriksson zögerte. Es gab Hunderttausende von Fachleuten, die diesen Job erledigen konnten. »Warum ausgerechnet ich?«, wollte er wissen.

»Ich brauche dich für die Datengewinnung. Ein Hacker, der etwas von seiner Arbeit versteht – da ist der Markt ziemlich dünn.« Auf Caligulas Gesicht legte sich wieder ein sanftmütiges Lächeln. »In ganz Europa gibt es nur eine Hand voll Leute deines Schlags«, sagte er. »Ich brauche jemanden wie dich, der weiß, wie man sich in Computersysteme einloggt und Daten ausspioniert, ohne Spuren zu hinterlassen. Im Traum habe ich gesehen, wie du ein Forschungsnetzwerk ausspioniert hast. Eine beeindruckende Leistung. Als ich mich bei dir eingeloggt habe, um dich zu überprüfen, hat sich dieser Eindruck bestätigt. Für jemanden, der keiner professionellen Organisation angehört, bist du extrem gut mit Computern und mit Sicherheitstechnik ausgestattet.«

Hendriksson schob die Hände in die Hosentaschen. »Du sagst, ich soll für dich arbeiten. Was genau habe ich dabei zu tun?«

»Hast du schon von dem geplanten *Religionsgipfel* gehört?«

Hendriksson nickte. »Dieses Treffen in Singapur, das morgen stattfindet?« In den Nachrichten hörte man andauernd davon – über die Vorbereitungen und in den letzten Tagen auch zunehmend über die Sicherheitsvorkehrungen nach den Flugzeugunglücken.

»Es ist mehr als ein einfaches Treffen. Etwas Derartiges hat es in der Geschichte der Menschheit noch nicht gegeben: Die Führer nahezu aller Religionen treffen sich zu einem mehrtägigen Gedankenaustausch. Der Papst wird dabei sein, der Dalai Lama, die wichtigsten orthodoxen Patriarchen, die Wortführer des Islam, des Hinduismus, des Taoismus und so weiter. Oberhäupter von Religionen, deren Namen du noch nie gehört hast – Bön, Eckankar, Zoroastrismus und wie sie alle heißen.« Caligula hatte sich in Eifer geredet, in seinen Augen lag ein sonderbares Flackern. »Jeder, der meint, in religiösen Dingen etwas zu sagen zu haben, wird an dem Treffen teilnehmen, insgesamt tausendvierhundert Würdenträger. Aber *mich* haben sie nicht eingeladen.« Seine Miene wurde plötzlich so hart, dass Hendriksson schauderte. »Ich habe den Organisatoren mehrmals angeboten, mich für das Treffen zur Verfügung zu stellen«, fuhr Caligula fort. »Sie haben es nicht einmal für nötig befunden, mir abzusagen. Sie haben mich einfach ignoriert.« Er machte eine Pause, zog verächtlich die Mundwinkel nach unten und hob das Kinn. Er schien jetzt ganz weit weg zu sein, gefangen in einem Sog aus Enttäuschung und Wut. »Es spielt keine Rolle mehr, ob sie mich nach Singapur eingeladen haben oder nicht«, sagte er. »Schon bald werden sie merken, was für einen Fehler sie gemacht haben. Denn es wird nicht mehr lange dauern, bis das Christentum, der Islam, der Buddhismus und alle anderen traditionellen Religionen erkennen werden, dass sie dem Untergang geweiht sind. Schon in ein oder zwei Jahren wird die Schar meiner Gläubigen in die Milliarden gehen, und Caligula wird der einzige Gott sein, an den die Welt noch glaubt.« Die letzten Sätze hatte er gesprochen wie im Fieber.

Hendriksson war fassungslos. Wenn es Caligula mit Hilfe seines Datennetzwerks tatsächlich gelang, die individuellen Bedürfnisse der Menschen zu erkennen und zu stillen, würden ihm die Menschen in Scharen zulaufen. Was hatten die traditionellen Religionen dieser neuen Glaubensrichtung entgegenzusetzen? Wie attraktiv waren vage Versprechungen von einer besseren Welt nach dem Tod im Vergleich zur Aussicht auf vollkommenes irdisches Glück, hier und jetzt? Nur die überzeugtesten Traditionalisten würden sich den Verlockungen dieses neuen Glaubens auf Dauer entziehen können. Insofern mochte Caligulas Vision von einer neuen, führenden Weltreligion durchaus realistisch sein.

Lars Hendriksson ließ sich das alles noch einmal durch den Kopf gehen. Er überlegte, ob er sich Caligula tatsächlich anschließen wollte. Aber gab es überhaupt noch ein Zurück für ihn? Wusste er nicht schon viel zu viel, um Caligulas Vorschlag einfach abzulehnen?

»Was, wenn ich mich dazu entschließe, *nicht* für dich zu arbeiten?«, brachte er leise hervor. Was würde Caligula in diesem Fall tun? Ihn bedrohen? Oder ihn sogar töten?

»Du bist ein freier Mann«, sagte Caligula. »Ich werde dich nicht dazu zwingen, mit mir zusammenzuarbeiten. Allerdings muss ich dich warnen. Ich habe vorgesorgt, für den Fall, dass du in Erwägung ziehst, dich mit deinem Wissen an die Polizei zu wenden.« Er führte Hendriksson zu einem Computer, tippte ein paar Befehle ein, und auf dem Monitor erschien ein Foto, besser gesagt, eine Fotomontage, die

Hendriksson zusammen mit einer ihm völlig unbekannten Frau und einem ihm völlig unbekannten Mann zeigte. Zu dritt saßen sie in einem Straßencafé, das er noch nie gesehen hatte.

»Das ist Hassan Gamoudi. Er ist gestern gestorben, in einem Gefängnis in Südamerika.« Caligula deutete auf den Mann auf dem Foto, einen etwa fünfzigjährigen Kerl mit kantigen, arabisch anmutenden Zügen. »Er war ein international gesuchter Terrorist. Die Polizei hat ihn unter anderem in Verbindung mit den Flugzeugabstürzen vor zwei Wochen gebracht, und wie du dir vorstellen kannst, sucht sie jetzt nach jedem, mit dem Gamoudi in Kontakt stand. Solltest du dich wider Erwarten entschließen, die Fronten zu wechseln und zur Polizei zu gehen, würde dieses Foto zusammen mit ein paar anderen fingierten Indizien als anonymer Hinweis bei Interpol eingehen. Innerhalb einer Stunde wärst du überall auf der Welt auf der Fahndungsliste.« Caligula lächelte kalt. »Aber ich glaube nicht, dass es so weit kommt, oder?«

Kapitel 29

Weißes Haus
Washington, D. C.

William Shephard saß über eine Akte gebeugt an seinem großen polierten Mahagonischreibtisch im Oval Office, aber seine Gedanken schweiften immer wieder ab. Der gestrige Vorfall in der Air Force One beschäftigte ihn. Zwar war nicht viel passiert – fünf Minuten nachdem die ominöse Botschaft auf den Laptops erschienen war, war sie wieder verschwunden, so als hätte es sie nie gegeben. Auch die Instrumente im Cockpit hatten anschließend wieder reibungslos funktioniert. Dennoch blieb ein bitterer Nachgeschmack, zumal nicht nur die Systeme der Air Force One von der Störung betroffen gewesen waren, sondern viele Rechner im ganzen Land. Wo Bildschirme oder Displays angeschlossen gewesen waren, war diese merkwürdige Botschaft erschienen: *Schwört ab eurer Religion. Vergesst euren bisherigen Glauben. Es gibt nur einen Gott. Und das bin ich!* Shephard fragte sich, ob das nur das Werk eines genialen, aber harmlosen Computerhackers war, der sich auf diese Weise ein Denkmal setzen wollte, oder ob dahinter womöglich ein religiöser Fanatiker steckte, der sich tatsächlich für Gott hielt und der auf diese Weise sein Credo in die Welt hinausrief. Wenn ja – was würde dann noch folgen?

Nach der Landung in der Andrews Air Force Base hatte Shephard seine heutige Rede in Baltimore abgesagt. Es gab im

Moment dringendere Probleme, um die er sich kümmern musste. China. Russland. Und jetzt auch noch diese Computerkrise.

Er seufzte in sich hinein. Wenigstens war gestern nicht viel passiert. Ein paar Banken und Versicherungsgesellschaften klagten darüber, dass Transaktionsdaten verloren gegangen waren. Bei einigen Computern hatte das Erscheinen der Botschaft zu Festplattenschäden geführt. Und in der einen oder anderen Kleinstadt waren die Ampeln vorübergehend ausgefallen. Nach Shephards Kenntnisstand hatte der gestrige Zwischenfall kein einziges Todesopfer gefordert.

»Mr President. Mr Laroya ist hier«, kam die Stimme seiner Sekretärin aus der Gegensprechanlage.

»Er soll reinkommen«, sagte Shephard.

Gleich darauf öffnete sich die Tür, und der Sicherheitsberater des Präsidenten betrat den Raum.

»Hallo, Frank.«

»Mr President.«

Sie gaben sich die Hand. Laroya zog sich einen Stuhl an den Schreibtisch heran und setzte sich dem Präsidenten gegenüber.

»Irgendwelche Neuigkeiten in Bezug auf die Computerausfälle?«

Laroya holte aus seinem Aktenkoffer eine dünne rote Mappe und blätterte darin. »Allzu viel ist es nicht, fürchte ich«, sagte er. »Wie es dazu kommen konnte, wissen bislang nicht einmal die Experten. Ich habe mit führenden Computerfachleuten aus der freien Wirtschaft gesprochen, außerdem mit General Jenkins vom Pentagon. Niemand konnte mir eine plausible Erklärung liefern. Zur Stunde steht noch nicht einmal fest, welche Art von Malware für die Verbreitung der Botschaft verantwortlich ist. Es könnte ein Virus sein, ebenso gut aber auch ein Wurm oder eine Zwischenform. Eine Art Mutation, wenn man so will. Fest steht, dass landesweit etwa fünf Prozent aller Computer davon betroffen waren. In Kanada und in den meisten europäischen Ländern kam es zu ähnlichen Ausfällen.«

Shephard nickte und verschränkte die Hände auf dem Schreibtisch. »Das deckt sich in etwa mit meinem Kenntnisstand«, sagte er. »Ich habe heute Morgen mit John Mulligan und Jasper Hennessey gesprochen. CIA und FBI fahnden fieberhaft nach dem Verantwortlichen, aber es gibt noch keine greifbaren Spuren, geschweige denn einen Verdächtigen. Wer immer das getan hat, hat es verdammt clever angestellt.«

»Im Internet gab es bereits Tausende von Bekennerschreiben«, sagte Laroya. »Es scheint, als ob jeder auch nur halbwegs begabte Hacker auf diesem Planeten sich damit brüsten will. Das macht die Fahndung nicht gerade leichter.«

»Gibt es schon Aussagen dazu, ob die Sache von gestern etwas mit den Flugzeugabstürzen vor zwei Wochen zu tun hat? Oder mit diesem Virus, das angeblich schon zwanzig Millionen PCs befallen hat? Da muss es doch einen Zusammenhang geben.«

Laroya schüttelte den Kopf und schlug die Beine übereinander. »Der Verdacht liegt nahe. Aber wie gesagt: Die Experten sind ziemlich ratlos. Auf einigen Rechnern konnte wohl eine Art metamorpher Wurm identifiziert werden, ein Schadprogramm mit der Fähigkeit, seine Gestalt zu verändern – seine Verschlüsselung, seinen Aufbau, seine Grammatik. Von Virenscannern und Firewalls ist so etwas nur schwer zu erkennen, vor allem, wenn das Schadprogramm in Assembler geschrieben ist, weil es in dieser Programmiersprache mehrere Möglichkeiten gibt, Befehle zusammenzusetzen.«

Shephard nickte gedankenversunken. »Was wurde gegen diesen *metamorphen Wurm* gemacht?«, fragte er.

»Am MIT hat eine Studentengruppe versucht, ein Scanprogramm zu schreiben, um den Wurm zu neutralisieren, bislang aber ohne Erfolg. Im Gegenteil: Alle Testrechner haben sich bei dem Versuch, den Wurm zu eliminieren, neu formatiert. Das heißt, alle Daten und so weiter gingen verloren. Um die Wahrheit zu sagen: Ich schätze, es wird noch eine ganze Weile dauern, bis eine wirksame Software gegen den Wurm entwickelt ist. So ein raffiniertes Programm wie dieses taucht nicht alle Tage auf.« Laroya klappte die rote Mappe zu und brachte damit zum Ausdruck, dass das im Moment alle Informationen zum Thema Computerkrise waren. »Wollen wir jetzt das weitere Vorgehen in Bezug auf China und Russland besprechen, Sir?«

Shephard nickte. »Aber halten Sie mich über diesen Wurm weiterhin auf dem Laufenden«, sagte er.

Kapitel 30

Sie befand sich in einem Keller, ihre Hände waren gefesselt, und sie hing an einem Seil wie ein Stück Schlachtvieh. Mit den Zehenspitzen konnte sie gerade noch den Boden berühren. Ein greller Strahler war auf sie gerichtet, und sie musste die Augen zusammenkneifen, um das blendende Licht zu ertragen. Sie wusste nicht, wie lange sie schon hier hing – sie war eine Zeit lang bewusstlos gewesen. Ihre Arme fühlten sich taub an, sie konnte ihre Finger nicht mehr spüren.

Aurelia hörte ein Geräusch hinter sich, schaffte es aber nicht, sich zu drehen. Obwohl sie in zahlreichen Schulungen auf eine solche Situation vorbereitet worden war, spürte sie die nackte Panik in sich aufsteigen. Dunkel kehrten die Erinnerungen an die kleine, schäbige Wohnung in Kabul zurück, von wo aus sie und ihr Kollege Carl Heytman das Gebäude auf der gegenüberliegenden Straßenseite observiert hatten. Sie hatten auf die Ankunft von Mur-al-Hadi, dem Löwen von Pandschir, *gewartet. Und dann war plötzlich alles aus dem Ruder gelaufen. Irgendjemand war in die Wohnung eingedrungen, hatte Heytman, der auf der Couch eingenickt war, die Kehle durchgeschnitten und Aurelia verschleppt – hierher, in dieses dreckige, düstere Verlies. Die fensterlosen Wände bestanden aus grauem Beton, der Boden aus festgestampfter Erde. Der Strahler vor Aurelia war das einzige Licht in dem Raum. Sie konnte die Wärme der Lampe auf der Haut spüren.*

Wieder ein Geräusch. Ein Riegel an der Tür wurde aufgeschoben. Dann Schritte, die sich von hinten näherten.

Ein Mann trat vor sie – dunkle Augen, feiste Wangen mit einem lockigen, schwarzen Vollbart, ein Muttermal auf dem linken Nasenflügel. Aurelia erkannte ihn sofort, auch wenn er seit dem letzten Fahndungsfoto deutlich zugenommen hatte: Mur-al-Hadi, einer der meistgesuchten Terroristen der Welt. Er hatte irgendein großes längliches Gerät dabei, das er auf den Boden legte. Im grellen Gegenlicht konnte Aurelia es jedoch nicht genau erkennen.

»Wir haben keine Papiere bei Ihnen gefunden«, sagte al-Hadi in passablem Englisch. »Wie heißen Sie?«

Aurelia schwieg.

Mur-al-Hadi setzte ein sanftmütiges und dadurch umso bedrohlicheres Lächeln auf. »Ich weiß, dass Sie bei der CIA arbeiten. Deswegen sind Sie hier – weil ich gern einiges von Ihnen erfahren möchte. Ihr Name spielt dabei im Grunde keine Rolle. Es wäre nur angenehmer für unser Gespräch, wenn wir uns gegenseitig vorstellen würden. Mein Name ist Ahmad Suleiman Mur-al-Hadi, und ich leite die … wie heißt es in Ihrer Sprache? Die Heiligen Krieger des Propheten. *Noch einmal: Wie ist Ihr Name? Und welche Funktion üben Sie bei der CIA aus?«*

Aurelia atmete heftig, in ihrem Kopf arbeitete es fieberhaft. Mur-al-Hadi würde sie so lange am Leben lassen, bis er seine Antworten hatte. Aurelia blinzelte gegen das gleißende Scheinwerferlicht an und schwieg.

Al-Hadi trug noch immer sein sanftkaltes Lächeln im Gesicht, doch sein Blick war bohrend. »In Ihrer Situation sollten Sie kooperativ sein«, sagte er. »Glauben Sie mir: Ich kenne alle Wege, Gefangene zum Reden zu bringen. Sie haben die Wahl: Tun Sie es freiwillig, oder muss ich Ihnen erst wehtun?«

Aurelia schluckte. Ihr Hals fühlte sich sandig und rau an.

Das Lächeln verschwand aus al-Hadis Gesicht. Zurück blieb eine eisige, bedrohliche Kälte, die Aurelia einen Schauder über den Rücken jagte.

»Ich will Ihnen etwas zeigen«, sagte al-Hadi. Er drehte den Scheinwerfer zur Seite, sodass Aurelia nicht mehr geblendet wurde und besser sehen konnte. Dann hob er das Gerät vom Boden auf, das er mitgebracht hatte. Aurelia zuckte zusammen.

»Das haben meine Männer einem US-Soldaten in den Bergen von Koh-i Baba abgenommen, bevor sie ihm die Augen ausgestochen und die Zunge herausgeschnitten haben. Ein hübsches Spielzeug, finden Sie nicht?« Er hielt ihr das Gerät hin. Es sah aus wie ein großes klobiges Gewehr. »Die Special Forces verwenden diese Waffen bei ihren Einsätzen, wenn auch Zivilpersonen betroffen sein könnten, weil sie nicht töten, sondern den Gegner nur außer Gefecht setzen.«

Ja, Aurelia kannte diese Waffe. Sie hatte den Einsatz solcher Taser-Gewehre schon selbst angeordnet. Neben ADS-Mikrowellenkanonen, Schallgewehren und Lasergewehren sowie allen Spielarten von Schaum-, Netz- und Klebebomben gehörten Taser zu den sogenannten NLWs, den Non Lethal Weapons, die seit einiger Zeit von den US-Streitkräften in Krisengebieten benutzt wurden.

»Wissen Sie auch, wie schmerzhaft diese Waffe sein kann?«, fragte al-Hadi. »Es ist ungefähr so, als würde man bei lebendigem Leib verbrennen – nur dass keine Narben zurückbleiben. Vielleicht entschließen Sie sich ja doch noch, mit mir zu sprechen. Welche Einsatzbefehle hat die CIA in den nächsten Wochen für Kabul?«

Aurelia schwieg noch immer, nicht aus Tapferkeit, sondern weil sie wusste, dass al-Hadi keine Verwendung mehr für sie haben würde, wenn sie ihm erst erzählt hatte, was er wissen wollte. Sie presste die Zähne aufeinander, spürte, wie sie am ganzen Leib zu zittern begann. Sie war diesem Terroristen auf Gedeih und Verderb ausgeliefert.

Al-Hadi entsicherte die Waffe und brachte sie in Anschlag, nur zwei Meter von Aurelia entfernt. Sie versuchte, sich innerlich zu wappnen, spannte jeden Muskel, jede Sehne, jede Faser ihres Körpers an. Ihr Atem ging nur noch stoßweise. Dann gab es ein dumpfes Ploppen, und die beiden im Waffenlauf versenkten Elektrodenharpunen schossen auf sie zu, haardünne Leitdrähte hinter sich herziehend. Die dreizehn Millimeter langen, mit Widerhaken versehenen Metallspitzen bohrten sich in ihren Bauch, gleichzeitig entlud sich eine fünfzigtausend Volt starke elektrische Ladung in sie, und Aurelia hatte das Gefühl, als würde sie plötzlich in Flammen stehen. Sie wollte schreien, brachte jedoch keinen Ton heraus. Ihre Muskeln krampften und zuckten unkontrolliert, und sie bekam keine Luft mehr.

»Mrs Fernandéz?«

Aurelia fuhr zusammen, sie wusste nicht, wo sie war. Dann erkannte sie Sheriff McCormick vor sich, der sie mit hochgezogenen Brauen ansah.

»Ist alles in Ordnung mit Ihnen?«, fragte er.

Aurelia nickte. »Bitte entschuldigen Sie, Sheriff. Ich war nur in Gedanken. Wo waren wir gerade?«

McCormick lehnte sich zurück und verschränkte die Arme vor seinem massigen Körper. »Sie haben mich nach den Fortschritten im Fall Nash gefragt. Und ich habe gesagt, dass es nicht viel Neues zu berichten gibt. Die Ermittlungen stecken in einer Sackgasse.«

»Ja, richtig. Gibt es Hinweise aus der Bevölkerung?«

»Wir haben ein paar Tipps bekommen, aber die sind alle im Sande verlaufen.«

»Wie sieht's mit Fingerabdrücken im Serverraum aus? Gibt's dazu irgendetwas Neues?«

McCormick blickte sie mit steinerner Miene an. »Nach Dr. Nashs Tod haben wir alle Fingerabdrücke im Serverraum abgenommen und durch den Computer laufen lassen. Sie stammen samt und sonders von AIBEX-Mitarbeitern, und alle diese Mitarbeiter haben eine gültige Zugangsberechtigung für den Serverraum. Den Server, der Feuer gefangen hat, haben wir von zwei unabhängigen Expertenteams untersuchen lassen. Beide kommen zu dem Schluss, dass der Brand durch einen Kurzschluss verursacht wurde, so wie es in meinem Bericht steht.« Er hielt inne und atmete schwer. Er kam Aurelia vor wie ein Büffel, der, einmal in Wut gebracht, kaum noch aufzuhalten war. »Hören Sie, Ma'am, ich kann mir gut vorstellen, dass Sie mich und meine Mannschaft für Hinterwäldler halten, die von moderner Polizeiarbeit keine Ahnung haben. Aber auch wenn wir hier nicht so viel Erfahrung mit Todesfällen haben wie Langley, kann ich Ihnen versichern, dass wir unsere Hausaufgaben gewissenhaft erledigt haben. Das habe ich auch schon Ihrem Chef gesagt, als er hier angerufen hat.«

»Mulligan hat sich bei Ihnen gemeldet? Was wollte er?«

McCormick machte eine wegwerfende Handbewegung. »Das sollten Sie doch wohl am besten wissen. Er sagte, Sie hätten ihm die Nachricht hinterlassen, dass er Sie um neun Uhr über meine Leitung anrufen soll.«

Aurelia versuchte, sich nichts anmerken zu lassen, aber hinter ihrer Stirn arbeitete es. Sie hatte Mulligan keine derartige Nachricht zukommen lassen. »Hat er sonst noch etwas gesagt?«

»Nein.«

Aurelia nickte und verabschiedete sich – von Sheriff

McCormick würde sie heute ohnehin nichts Neues mehr erfahren. Sie ging zu ihrem Wagen, von wo aus sie mit ihrem abhörsicheren Handy in Langley anrief.

Mulligan hob bereits nach dem ersten Klingeln ab. »Aurelia! Gut, dass Sie sich melden. Ich habe das mit Parker gehört. Das ist furchtbar.« Er klang ziemlich erschüttert.

»Ja, das ist es. Ich kann es immer noch nicht glauben.« Sie seufzte und spürte, wie ihr schon wieder Tränen in die Augen stiegen. »Ich habe gerade mit Sheriff McCormick gesprochen«, fuhr sie fort. »Er sagte, dass Sie ihn angerufen haben.«

»Ja, wegen Ihrer E-Mail. Dass ich Sie um neun Uhr im Sheriffbüro in Houma anrufen soll. *Dringend.*«

»Das war ich nicht!«

»Wie bitte?«

»Hören Sie, John, ich weiß nicht, von wem diese Nachricht stammt. Von mir jedenfalls nicht.«

Mulligan machte eine Pause und holte hörbar Luft. »Wir werden noch herausfinden, von wem die Mail ist. Jedenfalls habe ich das mit Parker gestern vom Polizeichef von Tunja erfahren. Ich kann mir vorstellen, wie Sie sich fühlen, aber warum haben Sie mich nicht darüber informiert? Und warum erreicht man Sie nie übers Handy? Aurelia, ich *muss* solche Dinge wissen. Und ich muss wissen, welche Fortschritte Ihr Fall macht. Ich brauche Ihren Bericht. Der Präsident will wissen, was los ist!«

Aurelia war verwirrt. »Ich habe Ihnen meinen Bericht von Kolumbien aus zugemailt!«, sagte sie. »Nur ein paar Stunden vor meinem Abflug.«

»Bei mir ist er nicht angekommen. Schicken Sie ihn mir doch bitte gleich noch mal rüber.«

»Mein Laptop ist in einem Schließfach im Hotel«, sagte Aurelia. »Ich fahre gleich hin. In einer halben Stunde haben

Sie ihn. Viel ist es aber nicht.« Sie schilderte Mulligan in knappen Worten, was sie in Kolumbien und bei AIBEX herausgefunden hatte, räumte aber ein, dass es bis jetzt nur einzelne Stücke eines Puzzles waren, die noch kein klares Bild ergaben.

»Warum hat Gamoudi Ihnen diese ominöse Nachricht zukommen lassen?«, fragte Mulligan. »Warum hat er sich ausgerechnet an Sie gewandt?«

»In Kolumbien war ich bei seiner Vernehmung mit dabei. Ich habe sogar eine Zeit lang unter vier Augen mit ihm sprechen können, inoffiziell sozusagen.« Aurelia zögerte. »Ich glaube nicht, dass Gamoudi Selbstmord begangen hat. Er wurde vergiftet. Ich habe heute Morgen mit Comisario Torquemada von der Polizei in Tunja gesprochen. Inzwischen steht fest, dass Gamoudi an einer Überdosis Rattengift gestorben ist, besser gesagt an einer Mischung von verschiedenen Rattengiften, darunter Racumin, Brodifacoum und Dushuqiang. Das Zeug löst massive innere Blutungen aus und verursacht dadurch extreme Schmerzen. Warum sollte jemand auf diese Weise Selbstmord begehen?«

Mulligan schwieg am anderen Ende der Leitung.

»Ich bin davon überzeugt, dass Gamoudi vergiftet wurde«, sagte Aurelia. »Ich könnte mir auch vorstellen, warum. Weil er sich in letzter Zeit einige Fehler erlaubt hat. Er wurde in Heathrow gesehen, kurz bevor die Flugzeuge abgestürzt sind. Wir wissen, dass er in der Nacht, in der Amanda Nash starb, im AIBEX-Gebäude war. Und wir haben ihn in Kolumbien auf frischer Tat ertappt, als er Umberto Cali umgebracht hat. Ich schätze, das hat seinen Auftraggebern nicht gefallen. Deshalb haben sie ihn beseitigen lassen. Als Gamoudi erkannte, dass er vergiftet wurde, beschloss er, seine letzten Minuten dazu zu nutzen, mir eine Botschaft zu hinterlassen. Ich vermute, dass sie mich zu seinem Mörder führen sollte. Das ist natürlich nur eine Theorie. Aber mein Bauch sagt mir, dass es so gewesen sein muss.«

»Warum hat Gamoudi seine Botschaft nicht der Polizei von Tunja hinterlassen?«

»Vielleicht wollte er, dass die CIA sich darum kümmert, weil er wusste, dass wir über bessere Mittel und Wege verfügen als die Polizei von Tunja.«

»Könnte sein«, gab Mulligan zu. »Andererseits klingt das für mich auch ziemlich konstruiert.«

»Es ist die einzige Erklärung, die mir plausibel erscheint.«

Mulligan seufzte hörbar. »Sehe ich das richtig: Alles, was wir haben, ist ein toter Terrorist, ein wissenschaftliches Labor, in dem künstliche Gehirne gezüchtet werden, und die Nichte des Präsidenten, die dort im Serverraum erstickt ist. Außerdem haben wir keine Ahnung, ob – und wenn ja, was – das Ganze mit den Flugzeugabstürzen vor zwei Wochen zu tun hat, abgesehen davon, dass Hassan Gamoudi offenbar bei beiden Fällen mitgewirkt hat. Ist das ungefähr der aktuelle Stand der Dinge?«

»Ja, leider«, gab Aurelia zu.

Wieder hörte sie Mulligan seufzen. »Na schön. Ich werde versuchen, den Präsidenten noch ein bisschen hinzuhalten«, sagte er. »Aber bleiben Sie dran. Ich zähle auf Sie. Und halten Sie mich ab sofort regelmäßig auf dem Laufenden, in Ordnung?«

Es klickte, und das Gespräch war beendet.

Aurelia blieb noch ein paar Minuten im Wagen sitzen, bis das nagende Gefühl des Versagens etwas erträglicher wurde. Dann fuhr sie ins Hotel, wo sie ihren Laptop aus dem Schließfach holte und sich in ihrem Zimmer über eine sichere Satellitenverbindung ins Internet einloggte.

Als Erstes überprüfte sie ihre Mail-Ausgänge. Tatsächlich befand sich darunter in den letzten Tagen keine ausgehende Nachricht an Mulligan. Sie hatte ihren Bericht auch nicht versehentlich an jemand anderen geschickt. Offenbar war ihr beim Versenden irgendein dummer Fehler unterlaufen. Ärgerlich.

Sie gab Mulligans E-Mail-Adresse ein und durchsuchte ihre Dateien nach dem Bericht aus Kolumbien, um ihn als Anhang beizufügen.

Er war nicht mehr da.

Unangenehme Hitze stieg in ihr auf und breitete sich in ihrem ganzen Körper aus. Wie konnte das sein? Sie musste sich täuschen! Noch einmal durchsuchte sie die abgespeicherten Dokumente – vergeblich. Der Bericht, den sie im Polizeipräsidium von Tunja verfasst hatte, war spurlos verschwunden.

Kapitel 31

Paris

Lars Hendriksson erhob sich aus dem weichen Ledersessel, schüttelte seine steifen Beine aus und machte ein paar Dehnübungen. Dann krempelte er die Ärmel seiner Kutte hoch, bevor er sich vom Sideboard eine Flasche Cola und ein frisches Glas holte. Seit neun Stunden arbeitete er mit höchster Konzentration daran, herauszufinden, welche Sicherheitsmaßnahmen für den bevorstehenden Religionsgipfel in Singapur geplant waren – neun Stunden, in denen er nichts gegessen und nur Kaffee getrunken hatte.

Von einem silbernen Tablett nahm er sich ein paar mit Gänseleberpastete bestrichene Kanapees und etwas Beluga-Kaviar. Caligula wusste wirklich, was gut war. In einem Eiskübel auf dem Sideboard stand eine Flasche Dom Perignon, aber die rührte Hendriksson nicht an. Bei der Arbeit trank er nie Alkohol, das machte ihn nur müde.

Caligula hatte ihm dieses zwar fensterlose, aber geräumige Zimmer als eine Art Luxusbüro zur Verfügung gestellt. Als Sitzgelegenheit diente ihm ein mit schwarzem Nappaleder überzogener Sessel, der nach hinten gekippt werden konnte und an eine Wellnessliege erinnerte. Beim Arbeiten ruhten seine Unterarme auf weich gepolsterten Schienen, die zu einer Edelstahlplatte führten, auf der eine ergonomisch geformte Computertastatur angebracht war. Ein 22-Zoll-Monitor mit glasklarer Bildqualität hing an einem frei beweglichen, ferngesteuerten Schwenkarm von der Decke. Sein Arbeitsplatz ließ wirklich keinen Wunsch offen.

Er hatte sich durch die Systeme diverser Sicherheitsorganisationen gehackt, um herauszufinden, welche Maßnahmen zum Schutz der zum bevorstehenden Religionsgipfel geladenen Religionsoberhäupter und ihrer Mitarbeiterstäbe geplant waren. Die Hauptverantwortung und Koordination oblag der Polizei von Singapur. Da es sich jedoch um eine internationale Veranstaltung handelte, wirkten Dutzende von weiteren Organisationen mit, Geheimdienste ebenso wie private Security-Firmen. Mit Hilfe der von Caligula zur Verfügung gestellten Hackertools war es Hendriksson ohne viel Mühe möglich gewesen, sich in die Netzwerke dieser Organisationen einzuloggen.

Anschließend hatte er eine Spionagesoftware in die geknackten Systeme eingeschleust, die die auf den Netzwerkservern gespeicherten Dateien nach vordefinierten Begriffen durchsuchte, zum Beispiel nach »Religionsgipfel«, »Singapur« oder nach dem Datum des geplanten Kongresses. Die Spyware war eine Eigenentwicklung Caligulas und so programmiert, dass keine Firewall der Welt sie erkennen konnte. Auf diese Weise war Hendriksson an alle nötigen Daten gelangt. Der zeitaufwändigste und schwierigste Teil hatte darin bestanden, sämtliche Informationen miteinander zu verknüpfen und zu einem Gesamtbild zusammenzufügen. Darüber brütete Hendriksson nun schon seit Stunden.

Er sah auf die Uhr. Kurz vor sieben Uhr abends. Spätestens um Mitternacht wollte Caligula den vollständigen Plan vorgelegt bekommen. Hoffentlich schaffe ich das, dachte Hendriksson.

»Wenn man mich nicht zu diesem Symposium einlädt, dann muss ich mir eben auf andere Weise Gehör verschaffen«, hatte Caligula gesagt. »Gib mir einen Überblick über die Sicherheitsvorkehrungen, damit ich sie umgehen und mich der Welt in gebührender Form präsentieren kann.«

Hendriksson ging wieder an seine Arbeit und hackte sich in das System des Vatikans ein, um zu überprüfen, ob der Heilige Stuhl die Schweizer Garde oder irgendeine andere Organisation mit zusätzlichen Sicherheitsvorkehrungen für den Papst betraut hatte, die in den Dateien der Polizei von Singapur nicht hinterlegt waren. Aber das war nicht der Fall. Dasselbe galt für den Dalai Lama sowie für Ajatollah al-Sharafi und Murad IV., die derzeitigen Oberhäupter des Islam.

Als Hendriksson seine Daten endlich aufbereitet hatte, zeigte seine Armbanduhr kurz nach elf. Er griff zu dem Telefon auf dem Sideboard und wählte die Nummer, die auf der namenlosen Visitenkarte neben dem Hörer lag. Nach dem dritten Klingelzeichen hob Caligula am anderen Ende der Leitung ab. Er sagte Hendriksson, dass er ihn abholen lassen werde, und wenige Augenblicke später trat ein beleibter Mann in Mönchskutte ein. Der Mönch bat Hendriksson, ihm zu folgen, und führte ihn durch das Gängelabyrinth bis zu einem Aufzug, der sie zwanzig Stockwerke nach oben brachte. Als Hendriksson ausstieg, fand er sich in einem weitläufigen, luxuriösen Loft wieder, das in einem faszinierenden Spiel aus Licht und Schatten vor ihm lag. Die Deckenlampen waren ausgeschaltet, nur das riesige Aquarium, das als Raumteiler zwischen dem edel eingerichteten Wohnbereich und der offenen Küche diente, warf wellenförmige Lichtspiele auf den polierten Parkettboden und an die Wände.

Während Hendriksson dem Mönch durch das geräumige, geschmackvoll gestaltete Zimmer folgte, fiel sein Blick durch die riesigen Panoramafenster, die das Loft von drei Seiten umschlossen. Ein klarer Sternenhimmel wölbte sich über der Stadt, darunter breitete sich ein funkelndes Meer aus beleuchteten Bürofenstern, blinkenden Reklameschildern und Autoscheinwerfern aus – das Antlitz einer pulsierenden Metropole, die selbst in der Nacht nie zur Ruhe kam.

Der Mönch schob die gläserne Schiebetür zur Seite und führte Hendriksson hinaus auf die Dachterrasse, von wo aus der Blick über das nächtliche Paris noch atemberaubender wirkte. Die Luft war mild und klar, und die Geräusche der Stadt drangen nur gedämpft herauf.

Am Ende der Terrasse befand sich ein Whirlpool, der von innen beleuchtet war, sodass der daraus emporsteigende Wasserdampf aussah wie blauer Nebel. Im Becken saß Caligula zwischen zwei hübschen jungen Frauen. Auf der Ablage standen drei Sektkelche und zwei leere Flaschen Champagner.

Caligula gab den beiden Frauen ein Zeichen, und sie verließen wortlos den Pool. Der Mönch folgte ihnen ins Haus.

Caligula griff nach seinem Champagnerglas, nippte daran und setzte es wieder ab. »Hast du alle Sicherheitsvorkehrungen in Singapur ausspionieren können?«, fragte er.

»Ja.«

»Dann erzähle mir, was du herausgefunden hast.«

Hendriksson hatte einen Ausdruck seiner Analyse dabei – über zweihundert Seiten mit allen Details: den Einsatzplan der Sicherheitskräfte, ihre Ausrüstung und Bewaffnung, einen Schaltplan der Alarmsysteme der Kongresshalle und einiges mehr.

Caligula lehnte sich mit geschlossenen Augen in seinem blubbernden Pool zurück. »Ich höre«, sagte er.

Als Hendriksson seine Berichterstattung beendet hatte, war es bereits nach Mitternacht.

»Du hast mein Vertrauen nicht enttäuscht«, sagte Caligula. »In der Kürze der Zeit hast du beinahe alle Sicherheitsmaßnahmen in Singapur identifiziert. Zwei davon waren mir bislang sogar unbekannt. Mein Kompliment.«

Hendriksson sah ihn verwirrt an. »Du kennst die Sicherheitssysteme?«

»Ich beschäftige mich schon eine ganze Weile damit.«

Hendriksson schluckte. Wofür habe ich mir dann die letzten vierzehn Stunden um die Ohren geschlagen, fragte er sich. Er war stolz auf seine Leistung gewesen, hatte geglaubt, Caligula einen wichtigen Dienst zu erweisen. Jetzt fühlte er sich irgendwie betrogen.

»Sei nicht enttäuscht, mein Freund«, sagte Caligula mit einem besänftigenden Lächeln. »Ich wollte nur prüfen, ob du wirklich so gut bist, wie ich gehofft hatte. Betrachte es als einen letzten Test. Und du hast diesen Test mit Bravur bestanden.«

So ehrlich das Lob auch gemeint sein mochte, es hinterließ bei Hendriksson einen schalen Nachgeschmack. Was, wenn er diesen Test nicht bestanden hätte? Aber es war müßig, jetzt darüber zu spekulieren.

Caligula erhob sich aus dem Wasser und stieg aus dem Whirlpool. Er trug eine schwarze Badehose und war gut durchtrainiert, wenngleich auch ein wenig hager und sehnig. Sein Haar hing in glatten, nassen Strähnen bis zu den Schultern herab. Auf seiner linken Brust war ein faustgroßer Stierkopf eintätowiert.

Hendriksson senkte beschämt den Blick. Ihn so zu sehen – den Mann, der der Welt ein neuer Messias sein wollte – war ihm unangenehm und erschien ihm irgendwie unpassend. In der Badehose verlor er viel von seiner Aura der Macht.

»Jessica ist in einer Bar namens *L'Octave* in der Avenue Montaigne«, sagte Caligula. »Hier hast du etwas Geld.« Aus seinem Jackett, das über einer Stuhllehne lag, holte er ein paar Scheine und hielt sie Hendriksson hin. »Nimm es. Du hast es dir verdient. Mach dir mit Jessica ein paar schöne Stunden, und entspann dich ein bisschen.« Er wartete, bis Hendriksson die Scheine an sich genommen hatte. Dann sagte er: »Du kannst jetzt gehen.«

Kapitel 32

Carmington, Louisiana

Elijah Hackford betrat Guerneys Büro, einen dicken Stapel Papier unter den Arm geklemmt. Er war Ende Zwanzig, hatte ein T-Shirt, eine schwarze Jeans und Badeschlappen an, und seine Haare waren wie immer völlig zerzaust. Er nannte das den *Einstein-Look*.

Guerney stand auf, ging um seinen Schreibtisch herum und gab ihm die Hand. »Tag, Elijah. Was gibt's?«

Hackford machte ein ernstes Gesicht. »Können wir uns einen Moment setzen?«

»Sicher. Bitte.« Guerney wies auf das Ledersofa in der Besprechungsecke, und sie nahmen Platz.

Hackford legte den Papierstoß auf den Tisch und teilte ihn in drei Stapel. »Dr. Ryker hat mich gebeten, diese Unterlagen durchzusehen«, sagte er und deutete auf den ersten Stapel.

Guerney warf einen Blick auf das Deckblatt. Es waren die Auswertungen, die Amanda ihm kurz vor ihrem Tod gegeben hatte – mit der Bitte, die Unterlagen zu studieren. Da er nicht so recht schlau daraus geworden war, hatte er sie in der Firma weitergegeben, in der Hoffnung, dass jemand eine plausible Erklärung für das sonderbare Zahlenwerk fand. Auf diese Weise waren die Unterlagen wohl letztlich bei Hackford gelandet.

»Und? Haben Sie etwas damit anfangen können?«, fragte

Guerney. »Die Jungs in der IT waren der Meinung, dass die Auswertungen unmöglich stimmen können. Das würde allerdings bedeuten, dass Dr. Nashs Analyseprogramm Fehler enthält. Und das hieße wiederum, dass wir die Aufzeichnungen der letzten Monate in den Papierkorb werfen können.« Im Grunde hatte Guerney sich schon mit dem Gedanken abgefunden. Die Frage war nur noch, wo der Fehler im Programm lag.

»Ich habe den ganzen Tag damit zugebracht, das Programm zu checken, aber mehr als zwei, drei unbedeutende Fehler konnte ich nicht finden«, sagte Hackford. »Ich habe die Fehler behoben und eine aktuelle Vergleichsauswertung laufen lassen. Das hier ist das Ergebnis.« Er legte seine Hand auf den Papierstapel in der Mitte. »Wenn Sie die Auswertungen studieren, werden Sie feststellen, dass sie absolut einwandfrei sind. Es gibt keinen einzigen Wert, der über der Toleranzgrenze liegt.«

»Aha. Sehr gut.«

»Aber ich habe keine Erklärung für *das hier.*« Hackford klopfte auf den dritten Stapel.

»Was ist das?«

»Es ist die gleiche Auswertung, nur für den darauf folgenden Datenzyklus. Die Unstimmigkeiten sind sogar noch größer als vorletzte Woche. *Obwohl* das Auswertungsprogramm einwandfrei läuft. Ehrlich gesagt – ich denke, dass die Daten manipuliert wurden.«

Guerney schüttelte den Kopf. »In der Firma gibt es nur eine Hand voll Mitarbeiter mit Zugriffsberechtigungen für diese Dateien.«

»Ja, das habe ich schon überprüft. Eine hatte Dr. Nash – die wurde schon gesperrt. Verbleiben noch drei: eine für Sie, eine für Dr. Meeker und eine für die Administration. Keiner von

Ihnen hat in den letzten vierundzwanzig Stunden auf die Daten zugegriffen.«

»Kann dieser Computerwurm für die Datenmanipulation verantwortlich sein? Der, der auch diese sonderbare Botschaft auf unseren Bildschirmen ausgelöst hat – *schwört ab eurer Religion* und so weiter?«

Hackford zog abwägend die Mundwinkel nach unten. »Das glaube ich nicht. Nach dem, was man in den Medien hört, hat dieser Wurm weltweit zur selben Zeit zugeschlagen und die betroffenen Systeme für ziemlich genau fünf Minuten ausgeschaltet. Bei AIBEX waren davon lediglich die PCs betroffen, die an Server 17 hingen. Alle anderen Server – auch die für die Labors – haben einwandfrei gearbeitet.«

»Aber die Daten können sich schließlich nicht von allein verändert haben. Irgendeinen Grund muss es dafür geben.«

»Zweifellos. Nur weiß ich beim besten Willen nicht, woran es liegen könnte.«

Kapitel 33

Paris

»Da vorne ist es«, sagte der Taxifahrer, ein hagerer Algerier mit Spitzbart und einer bestickten Kappe auf dem Kopf. Er deutete mit der Hand geradeaus durch die Windschutzscheibe.

»Halten Sie hier, den Rest gehe ich zu Fuß«, sagte Hendriksson und bezahlte mit einem der Geldscheine, die Caligula ihm gegeben hatte.

Er stieg aus, ging ein paar Schritte, blieb dann aber wieder stehen. Vielleicht war es besser, einen Umweg einzuschlagen, um einen klaren Kopf zu bekommen. Er fürchtete sich vor der Begegnung mit Jessica und davor, dass sie es jetzt vielleicht bereuen könnte, mit ihm geschlafen zu haben. Oder dass sie sich schämte, weil sie unter Drogen gestanden hatte und es sonst nie so weit gekommen wäre.

Aber je länger er zögerte, desto unruhiger wurde er. Also gab er sich einen Ruck und ging weiter auf die im Stil eines ägyptischen Tempels gehaltene Fassade des *Octave* zu.

Auch innen war das *Octave* ausgesprochen pompös und edel eingerichtet. Im Zentrum der mit massiven Marmorsäulen ausgestatteten Diskothek befand sich die Tanzfläche. Eingehüllt in Wolkenschlieren aus Trockeneis und Stroboskoplicht tanzte die Menge dicht gedrängt zu einer Musik, die nur aus ohrenbetäubenden dumpfen Bässen zu bestehen schien. In der Mitte des Raums stand auf einem glänzenden Sockel ein Stahlkäfig, in dem sich drei Go-go-Girls im Bikini rekelten. Über der Tanzfläche flackerte eine 3D-animierte Lasershow in grellem Rot und Grün. Um die Tanzfläche herum verliefen mehrere versetzte Ebenen, auf denen sich Bars und Sitzgelegenheiten befanden, außerdem Billardtische, Flipper-Geräte und moderne Computerspielkonsolen.

Hendriksson blickte sich staunend um – eine vergleichbare Diskothek hatte er noch nie von innen gesehen. Gleichzeitig hielt er Ausschau nach Jessica. Doch in dem heillosen Gedränge erwies sich das als schwierig.

Schließlich fand er sie auf einer Ebene, die sich einige Meter über der Tanzfläche befand. Jessica saß auf einer beigefarbenen Ledercouch, neben sich zwei Kerle, die aussahen wie Gangsta-Rapper aus einem MTV-Videoclip. Einer der beiden hatte lässig einen Arm um sie gelegt, der andere war dicht an sie herangerückt und schaute sie unverwandt an, bevorzugt auf ihr Dekolletee. Jessica lachte und kicherte bei allem, was die beiden von sich gaben.

Der Anblick war so demütigend, dass Hendriksson ihn kaum ertragen konnte. Nur vierundzwanzig Stunden nachdem sie mit ihm die Nacht verbracht hatte, saß Jessica hier und amüsierte sich mit anderen Männern.

Er wollte auf dem Absatz kehrtmachen, sich in irgendeiner Kneipe verkriechen, um den Schmerz mit Alkohol zu lindern, doch in diesem Moment trafen sich ihre Blicke. Jessica, eben noch in ihre lustige Unterhaltung vertieft, wurde sofort ernst, als fühlte sie sich ertappt. In ihren Augen lag gleichzeitig etwas Flehendes. *Bitte lauf jetzt nicht weg*, schienen diese Augen zu sagen. *Gib mir eine Chance!* Oder war das nur seine Wunschvorstellung?

Jessica wechselte ein paar Worte mit ihren beiden Begleitern, die sie überrascht ansahen. Dann erhob sie sich von ihrer Couch und kam zu Hendriksson.

»Danke, dass du gewartet hast«, sagte sie, wobei sie schreien musste, um die stampfende Musik zu übertönen. »Wollen wir woanders hingehen, wo wir uns besser unterhalten können? Ich möchte mit dir reden.«

Zwanzig Minuten später schlenderten sie nebeneinander durch die nächtlichen Straßen von Paris. Jessica hatte ihn darum gebeten, ein paar Schritte an der frischen Luft zu gehen, was ihm nur recht gewesen war. Das stundenlange Arbeiten am PC steckte ihm noch in den Knochen, außerdem war er viel zu nervös, um ruhig sitzen zu können.

Sie spazierten auf dem Champs-Élysées durch die milde Nacht in Richtung des Jardin des Tuileries und bogen dann zum Port de la Concorde ab. In der Ferne, auf dem gegenüberliegenden Seine-Ufer, ragte der beleuchtete Eiffelturm in die Höhe.

Eine Polizeistreife passierte ihren Weg – schon die dritte, seit sie das *Octave* verlassen hatten. Auch in der Nacht hatte man in Paris die Sicherheitsvorkehrungen verschärft, um weitere terroristische Akte zu unterbinden.

Außerdem war die Stadt auffallend ruhig – viel ruhiger, als sie von Caligulas Dachterrasse aus gewirkt hatte. Als Hendriksson von Saint-Jean-Brévelay in der Bretagne hierher gefahren war, hatte Jessica ihm vom überschwänglichen Pariser Nachtleben vorgeschwärmt, aber davon war im Moment nichts zu spüren. Die Menschen schienen offene Plätze und Straßen zumindest in der Nacht zu meiden, als könnten sie dadurch weiteres Unheil von sich abwenden.

Hendriksson verspürte das Bedürfnis, Jessicas Hand zu

nehmen, wagte es aber nicht. »Wie war dein Tag?«, fragte er, nur um etwas zu sagen. Er merkte, dass seine Stimme brüchig klang.

»Ganz okay.« Sie warf ihm einen schnellen Seitenblick zu. »Und deiner?«

»Ich habe von früh bis spät für Caligula im Internet recherchiert und war erst gegen Mitternacht damit fertig.« Er überlegte fieberhaft, wie er das Gespräch in die gewünschte Richtung lenken konnte, und entschied sich dann für den direkten Weg. »Die beiden Typen im *Octave* – kennst du die?«

»Ich hab sie heute zum ersten Mal gesehen. Sie haben mir etwas zu trinken spendiert, dann haben wir uns ein bisschen unterhalten. Das war alles.«

Sie gingen weiter über die Pont de la Concorde. Hendriksson ließ seinen Blick über den Fluss gleiten. In dem träge fließenden Wasser spiegelten sich der Mond, die Sterne und die Lichter der nächtlichen Stadt wider. Aus irgendeinem Grund vermied er es, Jessica anzuschauen, so als würde er dadurch Gefahr laufen, etwas kaputt zu machen, das nicht mehr repariert werden konnte.

»Eine seltsame Nacht gestern«, meinte Jessica leise.

»Seltsam?« Das klang nicht gerade vielversprechend. Aber er brauchte Gewissheit und fasste sich ein Herz. »Ich fand sie wunderschön«, sagte er. »Nicht nur wegen … du weißt schon.«

Sie entgegnete nichts, sie schwieg einfach. Als er seinen Blick vom nächtlichen Wasser losriss und sie ansah, bemerkte er den feuchten Glanz in ihren Augen. »Ja«, sagte sie endlich. »Mir geht es genauso.«

Sie legte ihre Hand an seine Wange – eine zärtliche, warme Geste ehrlicher Zuneigung. »Du solltest dir nicht so viele

Gedanken machen«, flüsterte sie. »Ich bin sehr gern mit dir zusammen.«

Dann sah sie Hendriksson mit ihren großen braunen Augen an, beugte sich zu ihm und küsste ihn so sanft und innig, dass er ein paar Sekunden lang alles um sich herum vergaß.

Kapitel 34

Carmington, Louisiana

Collin Guerney verspürte keine große Lust auf ein Sandwich, aber er hatte sonst nichts mehr im Haus. Seit Amandas Tod hatte er bei AIBEX Teile ihrer Aufgaben übernehmen müssen und noch mehr Zeit im Büro und im Labor verbracht als sonst. In der letzten Woche war er nicht mehr zum Einkaufen gekommen.

Mit dem Teller und einem Glas Rotwein ging er ins Wohnzimmer, wo er den Flachbildfernseher einschaltete und sich von einer alten Detektiv-Rockford-Folge berieseln ließ, nur um das Gefühl der Einsamkeit zu vertreiben. Amanda fehlte ihm. Früher hatte er sie zwar auch nur alle paar Tage gesehen – immerhin war sie eine verheiratete Frau gewesen –, doch da waren ihm die Abende, die er allein verbracht hatte, nicht so trist vorgekommen.

Er aß sein Sandwich, trank einen Schluck Wein und sah sich zwei der Auswertungen an, die Elijah Hackford ihm heute gegeben hatte. Im Grunde ging es um Folgendes: Das in den Glaszylindern befindliche Gehirngewebe in Labor 11 wurde einem künstlichen Aktiv-Passiv-Rhythmus unterworfen. Jede Aktiv-Phase dauerte vier Stunden, in denen alle möglichen Tests und Versuche durchgeführt wurden. Meistens speisten die Wissenschaftler über die zweihundertfünfzigtausend Elektroden in den Glasröhren Computerdaten in das künstliche Hirngewebe ein, um es zu stimulieren, sprich, um es zu

Denkprozessen anzuregen und diese anhand von EEG-Aufzeichnungen zu messen. Jeder Aktiv-Phase folgte eine einstündige Passiv-Phase, in der keine Hirnreizungen vorgenommen wurden und die aus wissenschaftlicher Sicht ziemlich uninteressant war. Dennoch hatten sich diese Erholungsphasen als wichtig erwiesen. Damit entwickelten sich die zerebralen Verknüpfungen während der Aktiv-Phasen deutlich schneller.

Ein Aktiv-Passiv-Zyklus dauerte also insgesamt fünf Stunden. Innerhalb eines solchen Zyklus fanden verschiedene Routinemessungen statt, unter anderem zu Beginn und am Ende jeder Ruhephase. Da die Hirnaktivitäten sich in dieser Zeit auf ein Minimum reduzierten und daher fast keine neuen Nervenverbindungen geknüpft wurden, lag es in der Natur der Sache, dass beide Auswertungen nahezu identisch waren.

Bis vor etwa acht Wochen war das auch der Fall gewesen. Dann waren jedoch Abweichungen aufgetreten, zunächst nur geringfügige, später auch deutlichere – noch im Rahmen des Toleranzbereichs, aber dennoch auffällig. Mit diesen Abweichungen hatte Amanda sich kurz vor ihrem Tod beschäftigt. Vielleicht hatte sie geahnt, dass dieses Problem sich verschlimmern würde, denn genau das war jetzt der Fall: Eine der beiden Auswertungen von Elijah Hackford lag weit jenseits des Toleranzbereichs.

Wie hatte es dazu kommen können? Und weshalb hatte die andere Auswertung von Hackford einwandfreie Daten ohne die geringsten Auffälligkeiten geliefert?

Laut Hackford lag es nicht an einem Fehler im Auswertungsprogramm, sondern daran, dass die Daten sich verändert hatten. Aber es gab nur vier User bei AIBEX, die Zugang zu diesen Daten hatten, und diese hatten im fraglichen Zeitraum nicht auf die Daten zugegriffen.

Aber irgendwie *mussten* die Daten sich verändert haben.

Im Lauf der nächsten zwei Stunden blätterte Guerney beide Auswertungen parallel zueinander durch. Seite für Seite studierte er die Gemeinsamkeiten und die Unterschiede. Um den Überblick nicht zu verlieren, markierte er auffällige Passagen mit Kugelschreiber, gelegentlich machte er sich Notizen. Dazwischen trank er immer wieder mechanisch von seinem Wein. Aber sosehr er sich auch bemühte, er konnte nicht herausfinden, weshalb die zweite Auswertung so stark von der ersten abwich.

Müde fuhr er sich mit den Händen übers Gesicht. Er drehte sich im Kreis, kam einfach nicht weiter. Konnten die Daten über einen anderen Weg als über die Zugangsberechtigungen manipuliert worden sein? Vielleicht gab es eine Lücke im System, die den Datenzugriff auch ohne offizielle Berechtigung erlaubte oder die nicht alle erfolgten Zugriffe protokollierte, sodass sich jemand unbemerkt auf die Datenbank schalten konnte. Die Vorstellung jagte Guerney einen kalten Schauder über den Rücken. Zwar hielt er jeden Einzelnen seiner Mitarbeiter für absolut loyal, aber in Zeiten, in denen der Konkurrenz nahezu jedes Mittel recht war, um an die geheimen Forschungsergebnisse des Labors heranzukommen, konnte man nie hundertprozentig sicher sein, ob es nicht ein schwarzes Schaf in den eigenen Reihen gab. Wenn der Preis hoch genug war oder wenn Familienmitglieder bedroht wurden, konnte selbst der ehrlichste Mitarbeiter Dinge tun, die man ihm unter normalen Umständen nicht zutrauen würde.

Oder war womöglich doch irgendeine Art von Malware im Spiel? Nicht unbedingt der Wurm, der gestern mit seiner *Schwört-ab-eurer-Religion*-Botschaft für Furore gesorgt hatte, aber vielleicht dieses Virus, von dem seit zwei Wochen in den Medien berichtet wurde. Oder irgendein anderes Schadprogramm, das unbemerkt durch die Virenscanner und Firewalls von AIBEX geschlüpft war und den für Labor 11 zuständigen Server infiziert hatte. Trotz modernster Sicherheitsmaßnahmen in der Firma konnte Guerney diese Möglichkeit nicht gänzlich ausschließen.

Aber er wollte keine voreiligen Schlüsse ziehen. Er nahm sich vor, den Datenbestand einer genaueren Untersuchung zu unterziehen, und loggte sich mit seinem Laptop ins Internet ein, um Hackford eine E-Mail zu schreiben, in der er ihm die Ergebnisse seiner Prüfung und ein paar Anweisungen für den kommenden Tag mitteilte.

Erst als er den Laptop wieder ausschaltete, bemerkte er, dass sein Krimi längst beendet war. Im Fernsehen lief jetzt eine Liveübertragung aus Singapur, wo der sogenannte Religionsgipfel gerade begann. Guerney war nicht besonders gläubig oder religiös. Er hatte die aufwändigen Vorbereitungen für den Religionsgipfel nur deshalb mitverfolgt, weil die Medien in den letzten Monaten ein regelrechtes Spektakel daraus gemacht hatten. Immerhin fand in Singapur die größte religiöse Zusammenkunft der Weltgeschichte statt.

Das Fernsehbild zeigte einen riesigen Raum, eine Art Kongresshalle, mit halbkreisförmig aufgestellten Stuhl- und Tischreihen.

»Es ist neun Uhr Ortszeit. Die Halle ist bis auf den letzten Platz von Vertretern aller bekannten – und auch weniger bekannten – Religionen besetzt«, sagte die Sprecherin von CNN gerade. Am unteren Bildschirmrand war ihr Name eingeblendet: Cathy Barber. Sie hatte ihr schulterlanges Haar auf einer Seite hinter das Ohr gestrichen und trug einen Knopf im Ohr, um die Regieanweisungen hören zu können. In ihrem dunkelblauen Kostüm wirkte sie elegant, aber dennoch nicht übertrieben modisch – dem Anlass genau angemessen. »Die vor uns liegende dreitägige Veranstaltung geht auf eine Initiative von Papst Paul VII. zurück, der gemeinsam mit dem Dalai Lama, Ajatollah al-Sharafi, Basilios IV. und Ravi Singh zu diesem Treffen aufgerufen hatte. Ajatollah al-Sharafi ist der religiöse Führer des schiitischen Islam, Basilios IV. ist als Patriarch von Konstantinopel Oberhaupt der griechisch-orthodoxen Kirche. Ravi Singh gilt als hinduistischer Führer des Shivaismus. Nach Singapur eingeladen sind aber auch Vertreter aller anderen Religionen – und sie sind diesem Ruf bereitwillig gefolgt, um der Welt das Signal zu einem friedlichen Miteinander zu geben, insbesondere vor dem Hintergrund der vergangenen Flugzeugabstürze. Insgesamt sind über 1400 Religionsoberhäupter nach Singapur gereist. Neben den fünf Initiatoren des Treffens befinden sich darunter auch Nikodemus II., Patriarch der orthodoxen Kirche von Jerusalem, Makarius IV., Oberhaupt der koptisch-orthodoxen Kirche, Murad VI., religiöser Führer der Sunniten, Bal Gandahar, hinduistischer Führer des Vishnuismus, Zangh Hong als Repräsentant für den Taoismus, Xun Xi für den Konfuzianismus. Als Oberhaupt des Shinto ist heute der japanische Tenno angereist. Aber – Sie sehen es hinter mir« – Cathy Barber trat einen Schritt beiseite, um das Bild für die Kamera freizumachen – »auch Vertreter weniger bekannter Religionen haben den Weg hierher gefunden – Macumba, Hoodoo, Santo Daime, um nur einige zu nennen.«

Viele der Anwesenden trugen bunte Umhänge und kunstvolle Kopfbedeckungen, teils mit ausladendem Federschmuck. Inmitten der schlicht gekleideten christlichen Würdenträger wirkten sie wie schillernde Paradiesvögel.

»In wenigen Minuten soll die Auftaktrede von Papst Paul VII. beginnen, gefolgt von einem Beitrag Ajatollah al-Sharafis. Anschließend wird Dalai Lama Sonam Gyatso das Wort an die Versammlung und an die religiös Interessierten in aller Welt richten. Bis es so weit ist, geben wir Ihnen eine kurze Zusammenfassung über die Vorbereitungen zum sogenannten Religionsgipfel, mit denen schon vor über einem Jahr begonnen wurde. Mein Kollege Brad Harding hat das Wichtigste für Sie zusammengefasst.«

Es folgte ein redaktioneller Beitrag über die monatelange Planung der Veranstaltung, beginnend mit der Auswahl eines geeigneten Ortes bis hin zu den getroffenen Sicherheitsvorkehrungen. Livebilder, aufgenommen im Foyer der Kongresshalle und auf dem Parkplatz vor dem Gebäude, vermittelten einen Eindruck davon, welcher Aufwand betrieben wurde, um dieses Treffen, das allein schon wegen der interreligiösen Spannungen im Vorfeld für reichlich Zündstoff gesorgt hatte, sicher zu gestalten. Bislang war es zwar zu keinen ernsthaften Konflikten gekommen, aber einige fanatisch-religiöse Splittergruppen hatten in den vergangenen Wochen mehr oder weniger offen ihre Ablehnung gegen dieses Symposium zum Ausdruck gebracht und ihren Boykott, teils sogar Sabotage angekündigt.

Der Beitrag ging nun dazu über, Meinungen zum Religionsgipfel aus der Bevölkerung zu vermitteln. Dazu waren Interviews mit Menschen aus aller Welt zu einem bunten Stimmungsbild zusammengeschnitten worden. Die Meinungen reichten von uneingeschränkter Befürwortung bis zu unverhohlener Skepsis. Anschließend wurde ein Werbeblock eingespielt. Guerney nutzte die Zeit für ein Telefonat mit seiner Mutter, die schon seit Tagen um einen Rückruf gebeten hatte. Es sei zwar nichts vorgefallen, sagte sie, aber sie wollte einmal wieder die Stimme ihres Sohnes hören, wenn er schon nie zu Besuch komme. Er erzählte ihr, dass er im Büro gerade viel Arbeit hatte, weil eine Kollegin gestorben war, und versprach ihr, sie künftig wieder öfter anzurufen und an Weihnachten nach Idaho zu kommen. Dann legte er seufzend auf.

Er ging ins Bad, duschte und rasierte sich, danach schenkte er sich in der Küche noch ein Glas Wein nach. Als er ins Wohnzimmer zurückkehrte, hielt der Papst gerade seine Eröffnungsrede. Ein Simultandolmetscher übersetzte seine Worte ins Englische. Für Hörgeschädigte wurde der Text auch am unteren Bildschirmrand eingespielt.

Papst Paul VII. gab einen kurzen historischen Rückblick über die Entstehung des christlichen Glaubens und würdigte anschließend alle anderen vertretenen Weltreligionen. Er hob die Gemeinsamkeiten der verschiedenen religiösen Strömungen hervor, was, wie er betonte, für ihn die Basis für ein enges, friedliches Miteinander sei.

Plötzlich verstummte der Papst mitten im Satz. Er sah von seinem Rednerpult auf, wirkte verwirrt. Einen Moment lang blieb die Kamera auf ihn gerichtet, dann wechselte das Bild zu einigen vermummten, ganz in Schwarz gekleideten Gestalten, die aus einem Seiteneingang in den Saal strömten. Guerney stockte der Atem: Die Gestalten waren mit Schnellfeuerwaffen ausgerüstet, einige von ihnen trugen Panzerfäuste über der Schulter. Sofort machte sich im Konferenzsaal Unruhe breit. Noch ehe Guerney begriff, was vor sich ging, wechselte das Bild zu Cathy Barber, offenbar in heller Aufregung.

»Es ist unfassbar!«, stieß sie hervor. »Von allen Seiten dringen bewaffnete Menschen in den Saal. Noch ist völlig unklar, was sie wollen, ob sie das Symposium nur stören wollen oder ob sie Schlimmeres vorhaben.« Sie zuckte zusammen und ging instinktiv in die Hocke, als hinter ihr Schüsse fielen. Das Fernsehbild wackelte und sackte ebenfalls nach unten – scheinbar versuchte auch der Kameramann, auf dem Boden Deckung zu finden.

Die meisten Tagungsteilnehmer waren inzwischen von ihren Sitzen aufgesprungen. Binnen Sekunden herrschte das vollkommene Chaos. Angehörige aller Glaubensrichtungen rannten durcheinander, kletterten fluchtartig über Stuhl- und Tischreihen, stießen sich gegenseitig zur Seite, schrien, beteten oder jammerten in allen möglichen Sprachen. Es waren Sekunden, die unter die Haut gingen, apokalyptische Bilder, untermalt von babylonischem Stimmengewirr.

Wieder ratterten Schüsse durch die Halle, gefolgt von einem ohrenbetäubenden Knall. Dicke Betonbrocken krachten in einer Wolke aus Putz und Staub von der Decke herunter. Im Hintergrund brach Papst Paul VII. in einem Kugelhagel zusammen. Blutüberströmt sackte er neben dem Rednerpult zu Boden, noch bevor die Sicherheitskräfte bei ihm waren und etwas für ihn tun konnten.

Was Guerney instinktiv längst verstanden hatte, drang erst jetzt voll in sein Bewusstsein: Zusammen mit einer geschätzten Milliarde Zuschauer wurde er Zeuge eines grausamen Live-Attentats. Es war kein Spielfilm, den er hier sah. Jetzt, in diesem Augenblick, starben die bedeutendsten Religionsführer der Gegenwart in einem Kongresssaal in Singapur. Die Grausamkeit der Tat schockierte ihn bis ins Mark.

Cathy Barber hielt sich mit einem Finger den Knopf im Ohr. »Graham? Graham, kannst du mich hören?«, schrie sie. »Was ist hier los? … Was? … Ich kann dich nicht verstehen!«

Wieder ertönte Maschinengewehrhagel. Überall im Saal wurden Menschen von den Salven getroffen und von den Füßen gerissen. Manche hielten sich verletzte Körperteile und schrien vor Schmerz. Andere blieben reglos liegen – auf dem Boden, über Stühlen und Tischen, wie Puppen, die achtlos weggeworfen worden waren. Es war ein Blutbad, ein

Massaker, eine Massenhinrichtung, grausam und erschütternd, und dennoch gelang es Guerney nicht, den Blick vom Bildschirm abzuwenden. Es war wie damals, beim Anschlag auf die Twin Towers in New York. Man *musste* einfach hinsehen. Es war unmöglich, sich der Faszination des Grauens zu entziehen.

Wieder wackelte das Fernsehbild wie bei einem Erdbeben. Wieder prasselten Betonbrocken von der Decke herab. Wieder schrien Menschen vor Angst, Schmerz und Verzweiflung. Dann gab es einen infernalischen Knall, und ein orangegelber Feuerball raste auf die Kamera zu.

Danach war der Bildschirm nur noch schwarz.

Kapitel 35

Weißes Haus
Washington, D. C.

Präsident Shephard saß in einem bequemen Sessel im Wohnzimmer neben dem Truman Balkon und studierte ein Dossier, das das FBI heute von Interpol erhalten hatte. Darin ging es um den Fall *Fallen Eagles* – die Flugzeugabstürze vor zwei Wochen. Shephard hatte das Dossier bereits am frühen Abend erhalten und schon quergelesen, in der Hoffnung, endlich ein paar brauchbare Informationen über die Hintermänner der Anschläge zu erhalten. Und tatsächlich hatten die Interpol-Unterlagen, insbesondere das Fotomaterial, neues Licht in die Angelegenheit gebracht, allerdings auf eine Weise, die Shephard nicht für möglich gehalten hätte.

Von Jasper Hennessey, dem Chef des FBI, wusste er, dass die Unterlagen tatsächlich echt waren. Hennessey hatte ihm am Telefon versichert, dass es keinerlei Zweifel an der Authentizität des Dossiers gab. Es war über eine sichere Leitung gemailt und korrekt verschlüsselt worden, außerdem hatten die Experten von Interpol und FBI die Unterlagen, insbesondere die Fotos, für echt befunden.

Shephard las das Dossier noch einmal sorgfältig durch, legte es beiseite und warf einen Blick auf die Uhr. John Mulligan musste jeden Augenblick hier sein. Mulligan war heute auf einem Kongress in Denver gewesen, bis Shephard zum ersten Mal das Dossier überflogen und ihn nach Washington zurückbeordert hatte. Am Telefon hatte er den Inhalt der Interpol-Unterlagen nicht mit ihm besprechen wollen.

Shephard hörte Schritte im Gang, die eilig näher kamen. Dann wurde die Tür aufgestoßen, und Linda Archer, seine Stabschefin, platzte herein. »Mr President«, rief sie atemlos. »Es gab einen Anschlag auf den Religionsgipfel!«

Shephard fuhr von seinem Sessel hoch.

»Vermutlich über tausend Tote«, fuhr Linda Archer hastig fort. »Wenn meine Informationen stimmen, sind der Papst und der Dalai Lama auch unter den Opfern.«

Shephard stand da wie erstarrt. »Was wissen Sie noch darüber?«

»Nur das, was man im Fernsehen berichtet. Alle Nachrichtensender haben ihr laufendes Programm unterbrochen.«

Shephard nickte und ging hinüber zum Sideboard, um den Fernseher anzuschalten. Auf ABC, NBC, Newsworld International und einer Reihe weiterer Nachrichtensender liefen Sonderberichte zu den aktuellen Geschehnissen in Singapur: Nachrichtensprecher fassten das, was bislang über den Verlauf des Anschlags bekannt war, immer wieder zusammen, leiteten zu Liveschaltungen über oder zu Interviews mit Religions- und Sicherheitsexperten, die das Attentat aus unterschiedlichem Blickwinkel beleuchteten und Mutmaßungen über die Hintergründe der Tat aufstellten.

Shephard schaltete auf den nächsten Kanal. »... jetzt Bilder, die unmittelbar vor und während des schrecklichen Attentats in Singapur entstanden sind«, sagte der CNN-Sprecher gerade, »aufgenommen von unserer Reporterin Cathy Barber und ihrem Kameramann Chris Knowles, die nach jetzigem Kenntnisstand beide ums Leben kamen.« Der Sprecher kämpfte sichtlich mit den Tränen, dann wurde das Filmmaterial eingespielt.

Shephard hielt den Atem an, während auf dem Bildschirm Maschinengewehrsalven in die Menge gefeuert wurden und Menschen umfielen wie Streichhölzer, während Cathy Barber in ihr Headset schrie und während schließlich eine gewaltige Explosion alles in Rauch und Feuer hüllte, bevor der Monitor schwarz wurde.

Präsident Shephard schluckte und presste die Kiefer aufeinander. Er kannte Cathy Barber. Bei Bekanntgaben aus dem Weißen Haus war sie oft dabei gewesen, sie hatte ihn schon einige Male interviewt. Jetzt war sie höchstwahrscheinlich tot.

Durch den Schleier von Verwirrung und Betroffenheit drang das Rattern eines Hubschraubermotors wie aus weiter Ferne zu ihm durch. Er warf einen flüchtigen Blick aus dem Fenster und erkannte die Silhouette eines UH-60 Black Hawk vor dem sternenklaren Nachthimmel über der Stadt. Langsam landete der Hubschrauber auf dem Rasen. Ein Mann in Anzug und Krawatte stieg aus. Er wurde von zwei Sicherheitsbeamten des Weißen Hauses in Empfang genommen und zum Gebäude eskortiert, während die Turbinen des Hubschraubers allmählich zum Stillstand kamen.

»Wie viele Amerikaner sind bei dem Anschlag ums Leben gekommen?«, fragte Shephard.

»Das kann man noch nicht sagen«, antwortete Linda Archer. »Für den Kongress hatten sich nach jetzigem Wissensstand sieben katholische Bischöfe angemeldet, außerdem drei protestantische Würdenträger sowie die Präsidenten der Mormonen, der Zeugen Jehovas und der Native American Church. Wie viel Begleitpersonal sie dabeihatten und wer davon zum Zeitpunkt des Anschlags in der Halle war, ist noch unklar. Fest steht aber, dass mindestens vierzig amerikanische Presseleute unter den Opfern sind.«

Shephard nickte betroffen. »Ich will in Kürze eine offizielle Stellungnahme abgeben«, sagte er. »Bereiten Sie alles vor.«

Linda Archer verließ den Raum, und sein Blick fiel wieder auf den Fernseher – auf die beklemmenden Bilder aus der Kongresshalle in Singapur. Shephard seufzte in sich hinein. Es gab nicht vieles, das ihm wirklich Sorgen bereitete, aber religiöser Fanatismus gehörte dazu. Im Gegensatz zu politischen Machtinhabern handelten religiöse Fanatiker nach keinem nachvollziehbaren und vor allem nach keinem vorhersehbaren Plan. Sie schlugen scheinbar willkürlich und brutal zu, angetrieben von dem fehlgeleiteten Glauben, für ihren Gott töten zu müssen. Das Gefühl der latenten Bedrohung begleitete das US-amerikanische Volk spätestens seit dem Anschlag auf das World Trade Center wie ein Schatten, es schwebte über Amerika wie ein Damoklesschwert, und der dünne Faden, an dem es hing, schien sich immer und überall lösen zu können. Irgendjemand hatte einmal den Spruch geprägt: Wie bekämpft man einen Feind, der sich vor dem Sterben nicht fürchtet? Auch Shephard hatte dafür keine Lösung.

Wieder näherten sich Schritte auf dem Gang. Es klopfte.

»Kommen Sie rein.«

Die Tür öffnete sich, und John Mulligan betrat den Raum. In der Hand hielt er seinen Aktenkoffer.

»Mr President.«

»John. Danke, dass Sie so schnell gekommen sind.« Er ging auf Mulligan zu und schüttelte ihm die Hand.

»Sie wissen es also schon«, sagte Mulligan mit Blick auf den Fernseher. »Ich habe gerade auf dem Herflug davon erfahren.«

»Eine schreckliche Geschichte«, sagte Shephard. »Linda

bereitet für morgen Vormittag eine Presseerklärung vor. Es wäre gut, wenn Sie mir den CIA-Bericht bis spätestens acht Uhr vorlegen, damit ich aktuell informiert bin. Schaffen Sie das, John?«

»Natürlich, Sir.«

»Gut. Danke.« Er klopfte Mulligan freundschaftlich auf die Schulter. »Der Grund, weswegen ich Sie eigentlich hergebeten habe, ist allerdings ein anderer: *Fallen Eagles*. Wie ich höre, gibt es dazu eine ziemlich – nun, sagen wir *unerwartete* – Neuigkeit.«

Er führte Mulligan zur Sitzecke. Durch das Fenster sah man hinaus auf das bei Nacht beleuchtete Washington Monument. Ein trügerischer Friede. Aus der Ferne wirkte der einhundertsiebzig Meter hohe Obelisk auf Shephard stets wie ein mahnender Zeigefinger, der ihn an die Verantwortung seines Amts erinnerte.

Sie setzten sich, und Shephard reichte Mulligan die Unterlagen, die er zuvor studiert hatte.

»Was ist das?«, fragte Mulligan.

»Ein Dossier aus Lyon.«

»Interpol?«

Shephard nickte. »Es kam über das FBI und wurde mir heute vorgelegt. Am besten, Sie werfen gleich einen Blick rein.«

Mulligan nahm den gehefteten Bericht an sich und lehnte sich in seinem Sessel zurück, während er ihn durchblätterte. Beim Betrachten des Fotomaterials wurde er bleich.

»Das kann doch nicht sein«, murmelte er.

»Das dachte ich auch zuerst«, sagte Shephard. »Aber die Fotos sind echt.« Die Bilder waren zwei Tage nach den Flugzeugabstürzen in einem Straßencafé in Rom aufgenommen worden – im Hintergrund sah man das Kollosseum – und zeigten Hassan Gamoudi und zwei weitere Personen. Einige Fotos belegten, dass es sich um eine Art Übergabe handelte: Ein unbeschrifteter brauner Umschlag wechselte den Besitzer im Austausch gegen einen schwarzen Lederkoffer. Eine der beiden Personen war laut Interpol ein französischer Computerhacker namens Lars Hendriksson – möglicherweise einer der Hintermänner der Anschläge. Allein diese Erkenntnis war ein riesiger Fortschritt. Doch was Shephard und zweifellos auch Mulligan schockierte, war die Identität der dritten Person am Tisch: Es war niemand anderes als Special Agent Aurelia Fernandéz.

Kapitel 36

Carmington, Louisiana

»Mom?«, rief Collin Guerney in den Hörer. »Mom? Kannst du mich hören?«

Keine Reaktion. Die Leitung war tot, mitten im Gespräch abgebrochen. Seine Mutter hatte ihn kurz nach der Liveübertragung des Attentats in Singapur angerufen, um ihm völlig aufgelöst mitzuteilen, dass man den Papst ermordet hatte. Dann war die Telefonleitung zusammengebrochen.

Guerneys Vater war vor zwei Jahren an einem Herzinfarkt gestorben, seitdem lebte seine Mutter zurückgezogen in ihrem kleinen Häuschen in Twin Falls, Idaho. Freunde hatte sie keine. Wenn sie jemanden zum Reden brauchte, rief sie bei Guerney an.

Er drückte auf seinem Telefon die grüne Taste, aber es kam kein Freizeichen. Er versuchte es erneut, abermals vergeblich.

Vermutlich tat seine Mutter in diesem Moment dasselbe.

Er ging ins Wohnzimmer, holte aus dem Aktenkoffer sein Handy und wählte noch einmal die Nummer seiner Mutter, aber eine freundliche Bandansage teilte ihm mit, dass er vorübergehend keinen Netzempfang habe.

Erst jetzt fiel ihm auf, dass der Fernseher ebenfalls nicht mehr funktionierte. Zwar leuchtete die grüne Diode – der Apparat schien also angeschaltet zu sein. Dennoch war der Bildschirm schwarz.

Abgeschnitten vom Telefon- und Handy-Netz, versuchte er, sich ins Internet einzuloggen, um einen 24-Stunden-Service zu kontaktieren. Aber auch das Internet streikte.

Guerney schlüpfte in seine Turnschuhe, um bei Earl und Betsy Haydon vorbeizuschauen, seinen Nachbarn, die einen ähnlichen Bungalow bewohnten wie er. Die Haydons hatten dasselbe Problem. Das Internet hatten sie noch nicht ausprobiert, aber weder der Fernseher noch das Telefon noch ihre Handys funktionierten.

»Willkommen in der Steinzeit«, murrte Earl, der barfuß, nur in Sporthose und Unterhemd in der Tür stand. »Fehlt nur noch, dass der Strom ausfällt.«

Und wie aufs Stichwort erlosch plötzlich das Licht im Haus.

Kapitel 37

Paris

Lars Hendriksson schlug die Augen auf. Im ersten Moment wusste er nicht, wo er war. Von draußen drang der matte Schein der Großstadtlichter ins Zimmer, und er erkannte das Hotelzimmer im *Mirage* wieder, das er und Jessica bezogen hatten. Es war ein etwas schäbiges Haus, aber das Zimmer war sauber.

Er warf einen Blick auf die Uhr. Kurz vor vier, noch mitten in der Nacht. Er war erst seit zwei Stunden im Bett.

Ein leises Rascheln erregte seine Aufmerksamkeit. Jessica schlich auf Zehenspitzen durch den Raum und las ihre Kleider vom Boden auf. Die anmutige Art, wie sie sich bewegte, erregte ihn.

»Du brauchst nicht leise zu sein«, raunte er. »Ich bin wach.«

Sie richtete sich auf und seufzte. »Tut mir leid. Ich wollte dich nicht wecken.«

»Macht nichts. Warum kommst du nicht noch mal ins Bett?«

Sie kam zu ihm, setzte sich auf die Bettkante und legte ihre Hand auf seine Brust. Ein Gefühl von Wärme durchströmte ihn. »Ich muss kurz weg«, sagte sie. »Diesen Botengang für Caligula erledigen. Das habe ich dir doch erzählt.«

Er nickte. Irgendwann, kurz bevor er selig eingeschlafen war, hatte sie so etwas erwähnt.

»Es wird nicht lange dauern«, sagte sie. »Eine Stunde. Höchstens zwei. Spätestens um halb sechs bin ich wieder da.«

Sie hauchte ihm einen Kuss auf die Wange, zog sich vollends an und verschwand aus dem Zimmer. Hendriksson blieb gedankenverloren liegen.

Jessica Watanabe war die erste Frau, für die er echte Gefühle entwickelt hatte – vor allem die erste Frau, die *ihm gegenüber* echte Gefühle entwickelt hatte, und er genoss diesen Zustand. Er liebte das Kribbeln auf der Haut, wenn er sie ansah, er schwelgte in der Sehnsucht, sie zu berühren. Er genoss sogar den süßen Schmerz der Trennung, der ihn gerade erfasste, weil er Jessica in den nächsten ein oder zwei Stunden nicht sehen konnte.

Bisher hatte er sich immer nur um seine Computer gekümmert statt um Frauen. Was wiederum mit seinem Aussehen zusammenhing. Und mit seinem mangelnden Selbstbewusstsein gegenüber dem weiblichen Geschlecht.

Er blieb noch eine Weile gedankenverloren im Bett liegen, versuchte, noch einmal einzuschlafen, aber er war nicht mehr müde. Seine Verliebtheit berauschte und elektrisierte ihn, er strotzte nur so vor Energie. Außerdem hatte er Hunger. Er musste etwas essen.

Da das *Mirage* keinen Vierundzwanzig-Stunden-Service bot, beschloss Hendriksson, sich in der Umgebung etwas umzusehen, aber das Viertel war um diese Zeit wie ausgestorben. Also fuhr er mit der Metro ins Zentrum, wo er gegen halb fünf Uhr ankam. Die Nacht war mild und wolkenlos. Der Mond und die Sterne über der Stadt boten einen bilderbuchhaften Anblick.

Hendriksson entdeckte eine McDonald's-Filiale nur ein paar Hundert Meter weiter auf der anderen Straßenseite. Die Rettung! Doch als er an der nächsten Ampel darauf wartete, dass sie endlich grün zeigte, wurde es plötzlich dunkel um ihn herum. Nicht nur die Ampel fiel aus, auch die Leuchtwerbung um ihn herum erlosch mit einem Schlag, die Straßenlaternen, die Lichter in den Häusern und in den Schaufenstern. Sogar der Eiffelturm, der in der Ferne über der Stadt aufragte, war nur noch eine schwarze Silhouette vor dem Nachthimmel.

Ein Stromausfall, ohne Zweifel, und er schien das gesamte Stadtzentrum erfasst zu haben. Es war ein Moment unerwarteter Erhabenheit, beinahe magisch, spirituell. Oben die Sterne und der Mond, unten die in Dunkelheit versunkene Stadt. Nur die Autoscheinwerfer funktionierten noch.

Doch die seltsame Magie des Augenblicks zerplatzte wie eine Seifenblase im Wind, als zwei Autos – ein Taxi und ein Kleinbus – vor seinen Augen frontal ineinanderkrachten. Der Knall war ohrenbetäubend laut, und Hendriksson blieb vor Schreck beinahe das Herz stehen. Einer der Scheinwerfer war noch intakt und erhellte die Szenerie mit fahlem Licht. Der Taxifahrer kämpfte sich hinter seinem Airbag heraus, er war offenbar unversehrt. Der Fahrer des Kleinbusses jedoch war mit dem Kopf gegen die Frontscheibe geprallt. Er konnte zwar aussteigen, blutete aber heftig und konnte sich kaum auf den Beinen halten.

Hendriksson wollte helfen, aber was sollte er tun?

»Hilfe!«, wimmerte der Kleinbusfahrer, während er auf Hendriksson zutaumelte. »Bitte helfen Sie mir.«

»Ich rufe einen Krankenwagen«, sagte Hendriksson, bemüht, seine Panik unter Kontrolle zu halten. »Am besten, Sie setzen sich hin. In ein paar Minuten wird Hilfe da sein.«

Aber als er den Notruf wählte, war die Leitung tot.

Andere Passanten, die den Unfall mitbekommen hatten, waren herbeigeeilt. Einer von ihnen holte den Verbandskasten aus dem Wagen und versorgte den Verletzten notdürftig.

Hendriksson versuchte noch einmal, den Notruf abzusetzen – wieder vergeblich. Es war wie verhext.

Der Verletzte begann plötzlich zu schreien: »Ich blute! O mein Gott, helft mir, ich blute!« Offenbar hatte er die Situation erst jetzt ganz erfasst.

Eine Frau mit dicker Hornbrille redete beruhigend auf ihn ein. Er schien es gar nicht wahrzunehmen. »Großer Gott! Was ist passiert?«, rief er. »Was ist mit meinem Auge los?«

Ein Mann mit einem Dackel trat in den Lichtkegel des Scheinwerfers, um der Frau zu helfen. Ein anderer Mann hatte aus dem Kofferraum des Wagens eine Decke geholt, die er auf der Straße ausbreitete. Gemeinsam betteten sie den Verletzten darauf, während die Frau noch immer behutsam auf ihn einsprach.

»Mein Auge! Was ist mit meinem Auge los?«, kreischte der Kleinbusfahrer immer wieder.

Erst jetzt erkannte Hendriksson unter all dem vielen Blut, dass da, wo früher das rechte Auge des Mannes gewesen war, nur noch eine hässliche schwarze Höhle ins Leere starrte.

Benommen streifte Hendriksson durch die Stadt. Der grausige Anblick des verletzten Mannes verfolgte ihn auf Schritt und Tritt. Als er wieder in seinem Hotelzimmer ankam, war Jessica noch nicht zurück. Wenn er nur ihre Handynummer gehabt hätte! Aber vermutlich wäre er bei ihr ebenso wenig durchgekommen wie beim Notruf.

Hoffentlich war ihr nichts passiert. Nein, so etwas durfte er nicht einmal denken! Was er vorhin erlebt hatte, war ein schreckliches Unglück, aber es bedeutete nicht, dass auch Jessica etwas zugestoßen war.

Er nahm eine lange, heiße Dusche und bekam allmählich

wieder einen klaren Kopf. Als er das Bad verließ, kam Jessica gerade ins Zimmer. Er spürte, wie ihn eine Welle der Erleichterung überkam. »Ich bin froh, dass du wieder da bist«, sagte er. »Ich habe mir Sorgen gemacht.«

»Die Stadt ist ein einziges Chaos«, sagte sie. »Stromausfall, ganze zwei Stunden lang. Soweit ich es mitbekommen habe, nicht nur in Paris, sondern in halb Frankreich. Vielleicht sogar in halb Europa. Ich hab's auf dem Weg hierher gehört. Der Taxifahrer hatte das Radio an. Und weißt du schon, was in Singapur passiert ist?«

Hendriksson schüttelte den Kopf, doch er sah ihr an, dass es etwas Schreckliches gewesen sein musste.

»Man hat einen Anschlag verübt«, sagte Jessica. »Während des Religionsgipfels. Offenbar haben Terroristen um sich geschossen und ein paar Bomben gezündet. Es gab wahnsinnig viele Tote. Auch der Papst ist dabei ums Leben gekommen.« Sie hatte die Augen weit aufgerissen und sah aus, als würde sie gleich in Tränen ausbrechen.

Hendriksson wollte aufstehen, sie in die Arme nehmen und trösten, aber er schaffte es nicht. Er war wie gelähmt. Singapur. Der Religionsgipfel. Er hatte für Caligula Lücken im Sicherheitssystem der Veranstaltung ausfindig gemacht, hatte ihm gezeigt, wie man unbemerkt an den Wachen vorbeikommen konnte. Das meiste davon hatte Caligula zwar schon gewusst, aber Hendriksson hatte auch ein paar neue Dinge herausgefunden.

Konnte es sein, dass Caligula hinter dem Anschlag in Singapur steckte? Irgendetwas in Hendriksson weigerte sich, das zu glauben. Andererseits konnte er sich nicht vorstellen, dass das nur ein sonderbarer Zufall war. Ihm lagen Caligulas Worte noch deutlich in den Ohren: Gib mir einen Überblick über die Sicherheitsvorkehrungen, damit ich sie umgehen und mich der Welt in gebührender Form präsentieren kann. *In gebührender Form.* Hatte er damit ein Attentat gemeint? Damals, als Caligula ihm den Auftrag zur Internetrecherche erteilt hatte, war Hendriksson davon ausgegangen, Caligula wolle sich in Singapur einschleusen, um seine Religion der Weltöffentlichkeit vorzustellen. Nie hätte Hendriksson damit gerechnet, dass er die dort versammelten Religionsführer einfach umbringen würde!

»Was ist los mit dir?« Jessicas Frage riss ihn aus seinen Gedanken. »Du siehst blass aus. Ist dir nicht gut?« Sie legte ihm die Hand an die Wange und sah ihn besorgt an.

»Mir geht es gut«, sagte er und versuchte zu lächeln. »Jetzt, wo du da bist, ist alles wieder in Ordnung.«

Kapitel 38

Der Polizeiwagen explodierte. James Ulysses Parker befand sich darin, schreckensstarr. Die aufgerissenen Augen wirkten in seinem tiefschwarzen Gesicht wie weiße Murmeln. Dann waren da nur noch Feuer, Schmerz und Tod.

Aurelia zuckte zusammen und schreckte aus dem Schlaf hoch. Ihr Herz pochte wild in ihrer Brust, und es dauerte ein paar Sekunden, bis sie erkannte, dass sie nur geträumt hatte. Der Erleichterung folgte ein tiefes Gefühl der Trauer über den Tod des Freundes. Sie hatte diesen Schicksalsschlag noch längst nicht verkraftet, ebenso wenig wie den Tod ihrer Tochter. Vielleicht würde sie niemals darüber hinwegkommen.

Ihr fiel ein, dass sie sich noch nicht bei Parkers Frau gemeldet hatte. Sie hatte schon ein paarmal daran gedacht, bei ihr anzurufen, obwohl sie wusste, dass sie ihr keine große Hilfe sein konnte. Sie würden einander sagen, wie sehr sie unter dem Verlust litten, und schließlich in Tränen ausbrechen. Das war vorhersehbar. Dennoch beschloss Aurelia, sich im Lauf des kommenden Tages bei Sally zu melden.

Sie lag auf dem Bett, nur mit T-Shirt und Slip bekleidet. Im Zimmer war es unerträglich warm, obwohl der Deckenventilator auf der höchsten Stufe lief. Die Bettdecke hatte sie im Schlaf zur Seite gestrampelt.

Es war noch dunkel. Durch die herabgelassene Lamellenjalousie fielen fahle Lichtstreifen herein, erzeugt von den Straßenlaternen vor dem Hotel. Irgendwie wirkte die Atmosphäre gespenstisch, aber vielleicht kam das auch von ihrem Albtraum.

Aurelias Wecker zeigte fünf Uhr dreizehn. Durch das gekippte Fenster drang vereinzelt das Geräusch vorbeifahrender Autos herein. Irgendwo in der Nähe bellte ein Hund. Abgesehen davon war es ruhig.

Sie fühlte sich wie ausgedörrt, stand auf und nahm ein Mineralwasser aus der Minibar, das sie in einem Zug leerte. Ihr fiel auf, dass der Fernseher auf Standby stand, was sie erstaunte, weil sie ziemlich sicher war, beim Fernsehen eingeschlafen zu sein. Aber offenbar hatte sie noch die Geistesgegenwart besessen, den roten Knopf auf der Fernbedienung zu drücken, bevor sie ins Reich der Albträume entglitten war.

Dumpf erinnerte sie sich an das, was sie gestern Abend angeschaut hatte: den Religionsgipfel. Zumindest den Anfang. Sie war katholisch und gläubig, wenngleich sie selten den Gottesdienst besuchte. Ihre Eltern hatten großen Wert darauf gelegt, sie im christlichen Sinne zu erziehen, und diese Erziehung prägte sie bis heute. Nicht einmal der Tod ihrer Tochter hatte daran nachhaltig etwas ändern können.

Daher hatte sie die Übertragung aus Singapur nicht nur wegen des Medienrummels eingeschaltet, sondern aus echtem Interesse. Nur war sie schon während der Vorberichterstattung eingeschlafen.

Sie legte sich wieder hin und starrte eine Weile an die Zimmerdecke, aber sie war nicht mehr müde. Fürs Frühstück war es noch viel zu früh, also schaltete sie den Fernseher an – und fuhr augenblicklich wieder hoch.

Gebannt schaute sie in das Gerät. Immer wieder wurden dieselben beklemmenden Bilder gezeigt: die Kongresshalle in Singapur, die aus Maschinengewehren feuernden Terroristen, die einschlagenden Panzerfäuste, Menschen, die vor laufender Kamera starben.

Eine halbe Stunde lang saß Aurelia auf ihrem Hotelbett und verfolgte die Berichterstattungen mit, dann nahm sie ihr Handy zur Hand und wählte die Nummer von Mulligans Apparat, kam aber nicht durch. Zwei Minuten später versuchte sie es nochmal, diesmal mit Erfolg.

»Aurelia! Ich habe schon versucht, Sie zu erreichen«, sagte Mulligan. Er klang irgendwie reserviert.

»Ich habe eben erst erfahren, was in Singapur passiert ist«, sagte sie. »Ich kann in ein paar Stunden in Langley sein.«

»Wir stellen gerade ein Sondereinsatzkommando zusammen. Sie bleiben, wo Sie sind.«

»Das heißt, ich arbeite weiter an meinem Fall?«

Mulligan zögerte kurz. Dann sagte er: »Ja, genau. Der Präsident will, dass sie weiter nach Hassan Gamoudis Auftraggeber suchen. Ich habe Ihnen auch einen Ersatzmann für Parker besorgt. Roger Friedkin. Ich glaube, Sie haben zusammen den Coreman-Fall bearbeitet.«

»Das haben wir.« Aurelia bemühte sich, ihre Enttäuschung zu verbergen. Friedkin war ein hervorragender CIA-Beamter, aber er war auch eingebildet bis in die Fingerspitzen.

»Übrigens – was ist mit dem Bericht über Kolumbien?«, wollte Mulligan wissen.

»Ich habe den Bericht gestern vom Hotel aus noch einmal an Sie gemailt, John!« Nachdem sie zwei Stunden damit zugebracht hatte, all das zu rekonstruieren, was sie bereits in Kolumbien zu Papier gebracht hatte.

»Ich habe immer noch nichts erhalten«, sagte Mulligan kalt.

Schon zum zweiten Mal, dachte Aurelia fassungslos. Irgendetwas musste mit ihrem Laptop nicht stimmen.

»Schicken Sie mir den Bericht umgehend noch einmal«, fuhr Mulligan fort. »Und sorgen Sie dafür, dass die Ermittlungen endlich weiter vorankommen. Friedkin ist schon unterwegs und wird sich im Lauf des Vormittags bei Ihnen melden. Wo kann er Sie treffen?«

»Ich habe vor, noch mal ins AIBEX-Institut zu fahren und mit dem Geschäftsführer ein paar offene Fragen zu besprechen. Ich denke, das wird bis zum Mittag dauern.«

»Also gut. Friedkin wird Sie dort finden.« Damit legte Mulligan auf.

Vier Stunden später saß sie in Collin Guerneys Büro, um mit ihm die Fragen zu besprechen, die ihr erst nach dem letzten Treffen gekommen waren. Dabei ging es hauptsächlich um die Geschäftspolitik von AIBEX sowie um die finanzielle Lage der Firma.

Es war erst zehn Uhr, als sie sich von Guerney verabschiedete und zu ihrem Wagen auf dem Firmenparkplatz ging. Die Schwüle der Nacht hielt noch immer an, nur dass es inzwischen noch ein paar Grad heißer geworden war.

Sie verscheuchte ein paar Moskitos vor dem Gesicht, während sie zum Auto ging, als ein schwarzer Audi A6 das Tor passierte. Er vollführte eine weite Kurve und parkte direkt neben ihrem Wagen. Die Fahrertür öffnete sich, und ein Mann in schwarzem Anzug, dezenter Krawatte und glänzenden Lackschuhen stieg aus. Sein Haar war kurz und exakt geschnitten, seine Gesichtszüge und seine ganze Körperhaltung verströmten Selbstsicherheit und die tiefe innere Gewissheit, jeder Situation gewachsen zu sein. Roger Friedkin.

Da er keine Sonnenbrille trug, konnte Aurelia seine durchdringenden dunkelblauen Augen erkennen, die ihr schon früher stets ein bisschen Angst eingejagt hatten.

»Hey, Roger«, sagte sie.

»Aurelia. Schön, endlich mal wieder mit dir zusammenzuarbeiten.«

Sie lächelte, entgegnete aber nichts. Sie konnte das Kompliment beim besten Willen nicht zurückgeben.

»Mulligan will, dass du mich schnellstmöglich in den Nash-Fall einweist«, sagte Friedkin. »Deinen Bericht habe ich in den Akten nicht gefunden.«

»Das erkläre ich dir ein andermal.«

»Na gut. Wie wäre es, wenn wir irgendwo einen Kaffee trinken und du mir alles über den Fall erzählst?«

Sie nickte.

Er deutete mit einer Kopfbewegung auf seinen Audi. »Steig ein.«

»Ich bin selber mit dem Wagen da.«

»Dann fahre ich voraus. Ich habe auf dem Weg hierher ein Bistro gesehen. Da können wir uns unterhalten.«

Aurelia stieg in ihren Leihwagen, einen silberfarbenen Chrysler, und setzte zurück. Friedkin war mit seinem Audi bereits am Gattertor angelangt. Sie folgte ihm auf die Zubringerstraße durch den Wald. Während sie in Richtung Carmington fuhren, fragte sie sich, wohin Friedkin sie bringen wollte. Sie selbst war die Strecke nun schon ein paarmal gefahren, konnte sich aber nicht an ein Bistro erinnern.

Nach etwa einem Kilometer blinkte Friedkin und bog in einen schmalen unbefestigten Seitenweg ein. Aurelia runzelte die Stirn. Sie bezweifelte, dass dieser urwaldähnliche Pfad überhaupt irgendwohin führte. Vermutlich endete er als Sackgasse irgendwo im Sumpf.

Sie gab Friedkin ein Zeichen mit der Lichthupe. Er ließ

zweimal kurz das Warnblinklicht aufleuchten und deutete mit der Hand nach vorn, wohl um ihr zu erklären, dass er den Weg bewusst eingeschlagen hatte. Aurelia schüttelte den Kopf und folgte ihm weiter.

Der Pfad wurde schlammig, das Gestrüpp links und rechts immer dichter. Durch die Wipfel der Bäume drang kaum noch Tageslicht. Abgesehen von der schmalen, in die Natur geschlagenen Gasse deutete nichts darauf hin, dass hier schon einmal Menschen gewesen waren. Mit einem Mal kam Aurelia sich sonderbar abgeschieden vor.

Endlich hielt Friedkin am Rand einer kleinen Lichtung und stieg aus. In seinem Anzug und mit den teuren Schuhen wirkte er seltsam unpassend in dieser Gegend. Er musste einen guten Grund haben, hier durch den Schlamm zu waten. Aurelia hielt dicht hinter ihm und stieg ebenfalls aus.

»Was ist los? Ich dachte, wir fahren in ein Bistro«, sagte sie.

Friedkin antwortete nicht, sondern zog seine Pistole aus dem Schulterholster und richtete die Waffe auf sie. »Hände hoch«, sagte er. »Handflächen zu mir. Und keine faulen Tricks. Ich meine es ernst.«

Aurelia hob zögernd die Hände. »Kannst du mir vielleicht verraten, was das soll?«

Friedkin ging nicht darauf ein.

»Willst du mich umbringen?«, fragte sie unsicher.

Er sah sie mit einem eiskalten Blick an. Dann kam er durch den Morast vorsichtig ein paar Schritte näher. Die Waffe hielt er dabei nach wie vor auf Aurelia gerichtet. »Ich will, dass du keinen Widerstand leistest. Ich muss dich festnehmen.«

»Ich bin verhaftet?«

»In vorläufigem Gewahrsam. So lange, bis das Gericht über deinen Fall entscheidet.«

»Meinen *Fall*? Was soll das heißen? Was wird mir zur Last gelegt?«

Friedkins Miene änderte sich. Seine Augen blitzten, seine Mundwinkel verzogen sich zu einem sarkastischen Grinsen. »Konspiration mit einem international gesuchten Terroristen?«

Aurelia schüttelte den Kopf. »Ich habe keine Ahnung, wovon du redest, Roger.«

»Vielleicht hilft *das* hier deinem Gedächtnis auf die Sprünge.« Er zog aus seiner Tasche ein Foto und hielt es ihr hin, ohne sie dabei aus den Augen zu lassen.

Aurelia konnte es kaum fassen: Das Bild zeigte sie, an einem Tisch sitzend mit Hassan Gamoudi und einem weiteren Mann, den sie nie zuvor gesehen hatte.

»Kommt dir das bekannt vor?«, fragte Friedkin.

»Das bin ich nicht. Das muss eine Verwechslung sein«, antwortete sie.

»Eine Doppelgängerin, die dasselbe kleine Muttermal auf der Wange hat wie du und die sich zwei Tage nach den Flugzeugabstürzen mit dem mutmaßlichen Attentäter Gamoudi und einem seiner Komplizen trifft?«

Aurelia schaute immer noch unverwandt auf das Foto. »Ich kenne den anderen Kerl nicht«, sagte sie. In ihrem Kopf überschlugen sich die Gedanken.

»Lars Hendriksson. Ein Hacker aus Frankreich. Wir wissen noch nicht, in welcher Beziehung er zu Gamoudi und zu dir steht, aber das finden wir noch heraus.«

Sie spürte einen Anflug von Panik in sich aufsteigen und versuchte, tief zu atmen, um sich wieder zu beruhigen. Friedkin hatte recht – die Frau auf dem Bild war eindeutig sie. Ihr fiel nur noch eine Erklärung dafür ein: »Es muss eine Fotomontage sein.«

Friedkin schwieg, sah sie nur mit seinen durchdringenden blauen Augen an.

»Roger, du glaubst doch nicht im Ernst, dass ich mich mit diesem Terroristen treffe? Meine Tochter ist bei einem der Abstürze ums Leben gekommen, und ich beinahe auch!«

»Eure Maschine war eine der wenigen, die noch notlanden konnte.«

Aurelia zuckte zurück. Es war wie ein Schlag ins Gesicht. Friedkin und offenbar auch Mulligan trauten ihr tatsächlich zu, dass sie mit Hassan Gamoudi kooperiert hatte. Und dass sie den Tod ihrer eigenen Tochter zumindest billigend in Kauf genommen hatte.

»Wir haben das Foto von Interpol bekommen. Unsere Experten sind sicher, dass es echt ist. Tut mir leid, aber die Fakten sprechen gegen dich, Aurelia. Also dreh dich um, damit ich dir Handschellen anlegen kann. Wenn du die Wahrheit sagst und nichts mit der Sache zu tun hast, wird sich in Langley alles klären. Aber fürs Erste muss ich dich bitten, mit mir mitzukommen.«

Aurelia blieb wie angewurzelt stehen. Sie konnte kaum einen klaren Gedanken fassen. Was sollte sie tun? Zweifellos war es am vernünftigsten, Friedkins Anweisung zu folgen. Wer unschuldig war, musste nicht vor dem Gesetz davonlaufen. Andererseits bedeutete das aber auch, jeglichen Handlungsspielraum aufzugeben. Sie konnte dann nur noch abwarten, hoffen und beten, dass die Wahrheit ans Licht kommen würde.

Aber es widerstrebte ihr, zur Passivität verdammt zu sein. Offenbar hatte es jemand darauf abgesehen, den Verdacht auf sie zu lenken. Dieser Jemand verfügte über Mittel und Wege, Beweise so zu fingieren, dass sie sogar bei Interpol und der CIA als echt durchgingen. Und wenn sie sich erst in Untersuchungshaft befand, hatte der Täter leichtes Spiel. Wenn er es darauf anlegte, konnte er sie für Jahre oder Jahrzehnte hinter Gitter bringen.

Sie hatte nur eine Chance: Sie musste fliehen und beweisen, dass sie unschuldig war, auch auf die Gefahr hin, sich dadurch noch verdächtiger zu machen, als sie es ohnehin schon war.

Sie nickte Friedkin zu. »Ich bin unschuldig, Roger. Das musst du mir glauben.«

Er erwiderte nichts.

»Hier. Das Bild.« Sie gab es ihm. Dann drehte sie sich um und legte die Hände auf den Rücken.

Sie hörte ein metallisches Klirren, als Friedkin die Handschellen aus seinem Jackett zog, und wartete, bis sie ihn hinter sich spürte. In diesem Moment schnellte sie herum und schlug ihm die Pistole aus der Hand. Natürlich hätte dieses Manöver auch schiefgehen können, aber sie hatte geahnt, dass er im entscheidenden Augenblick zögern würde, auf sie zu schießen.

Sie schlug noch einmal zu, ganz automatisch wie von einer fremden Macht gelenkt. Doch Friedkin hatte den Schreck über den unerwarteten Angriff bereits überwunden und wich geschickt aus, während er Aurelia gleichzeitig einen schnellen Haken gegen das Kinn verpasste. Ihr Kopf wurde zurückgerissen, und sie stöhnte auf. Für den Bruchteil einer Sekunde sah sie nur noch grellbunte Sterne in rabenschwarzer Finsternis vor ihren Augen tanzen. Der Schmerz raubte ihr beinahe die Besinnung. Aber ihr Instinkt hielt sie auf den Beinen. Sie schüttelte den Kopf, um sich wieder zu sammeln, und warf sich mit einem gewaltigen Satz auf Friedkin. Der taumelte und fiel nach hinten, Aurelia direkt über ihm.

Sie wälzten sich keuchend im Morast. Rasch waren beide mit Schlamm bedeckt, was ihre Körper glitschig und den

Kampf umso schwerer machte. Aurelia begriff, dass Friedkin zu allem entschlossen war. Es gelang ihm, sich auf sie zu setzen und mit einem Ast, den er hastig aufgehoben hatte, auf sie einzuschlagen. Obwohl sie die Hände schützend vors Gesicht hielt, spürte sie plötzlich einen stechenden Schmerz an der Stirn, und sie wusste, dass er ihr eine Platzwunde zugefügt hatte. Warmes Blut lief ihr über die Schläfen.

Er bringt mich um, schoss es Aurelia durch den Kopf.

Die schiere Angst verlieh ihr ungeahnte Kräfte. Mit einem kräftigen Ruck bäumte sie sich auf und warf Friedkin seitlich ab. Er versuchte, sich wieder auf Aurelia zu wälzen, doch sie rammte ihm ihr Knie so fest sie konnte in den Unterleib.

Sofort ließ Friedkin los. Er krümmte sich, ließ stöhnend seinen Ast fallen und presste die Hände auf den Unterleib. In seinen verdrehten Augen sah Aurelia nur noch das Weiße, ein Anblick, der ihm etwas Dämonisches und zugleich fast etwas Lächerliches gab. Sie holte mit der geballten Faust aus und versetzte ihm einen letzten Kinnhaken. Friedkin stürzte zur Seite und blieb reglos im Schlamm liegen.

Aurelia zitterte am ganzen Leib, ihr Atem ging schnell und keuchend. Sie lehnte sich erschöpft gegen einen Baum, verschnaufte und versuchte, wieder zu Kräften zu kommen. Der Kampf, so kurz er gewesen war, hatte ihr alles abverlangt. Ihr Herz raste. Die Stellen, wo Friedkin sie mit dem Ast getroffen hatte, schmerzten und pochten, und die Platzwunde an der Stirn brannte. Auch ihr Kinn tat weh.

Am liebsten wäre sie einfach sitzen geblieben, aber Friedkin würde nicht ewig bewusstlos bleiben. Wenn er aufwachte, musste sie weg sein.

Mühsam richtete sie sich auf. Friedkin lag noch immer auf dem Boden und rührte sich nicht. Im Schlamm neben ihm entdeckte sie seine Handschellen. Sie nahm sie, zog Friedkin zu seinem Wagen und fesselte ihn an die Stoßstange.

Seine Waffe lag ebenfalls im Schlamm, und sie nahm sie an sich. Dann durchsuchte sie seine Taschen, zuerst das Jackett, anschließend die Hosentaschen. Sie steckte sein Handy ein, ebenso die Schlüssel für die Handschellen sowie das Foto. Die Handys schaltete sie aus, damit sie nicht geortet werden konnten. Dann ging sie zu ihrem Chrysler und setzte sich hinters Steuer, immer noch von oben bis unten mit Schlamm bedeckt.

Sie betrachtete sich im Rückspiegel und schreckte regelrecht zusammen. Ihr rechter Wangenknochen war aufgeschürft und ihr Kieferknochen geschwollen. Ihr Gesicht war blutverschmiert und mit braunschwarzem Schlamm beschmutzt.

Zitternd zog sie ihren Autoschlüssel aus der Hosentasche, steckte ihn ins Zündschloss und startete den Wagen. Mit sattem Tuckern sprang der Motor an. Eine Welle der Erleichterung durchströmte Aurelia. Sie wollte nur noch weg von hier, weit, weit weg. Doch als sie den Gang einlegte und losfahren wollte, bewegte der Chrysler sich nicht von der Stelle. Sie versuchte es noch einmal – wieder nichts. Auch der Rückwärtsgang funktionierte nicht.

Sie öffnete die Tür, sah hinaus und gab noch einmal Gas. Der Motor jaulte wieder auf, aber der Wagen blieb stehen. Die Reifen drehten in dem morastigen Untergrund durch. Das Auto steckte fest.

Aurelia unterdrückte einen Fluch und stieg wieder aus. Als sie Friedkins Taschen durchsucht hatte, hatte sie seinen Wagenschlüssel nicht gefunden. Weit konnte er nicht sein, aber wo? Sie schaute im Audi nach, fand ihn aber nirgends, weder im Zündschloss noch in der Seitenkonsole noch im

Handschuhfach oder in den Seitenfächern. Er klemmte auch nicht unter der Sichtblende. Vielleicht hatte Friedkin ihn während des Kampfes verloren. Aurelia suchte rasch den Boden nach dem Schlüssel ab – vergeblich. Wenn er im Schlamm begraben war, konnte es eine Ewigkeit dauern, bis sie ihn endlich fand. Doch sie hatte keine Zeit.

Sie musste den Rückweg zu Fuß antreten.

Kapitel 39

Collin Guerney warf einen Blick auf das Armaturenbrett seines Ford Explorers. Vier Minuten nach zehn. Er war auf dem Weg zu einem Termin in Lafayette und bereits spät dran.

Er trat aufs Gas, schoss vom Firmengelände und folgte der kerzengeraden Straße nach Carmington durch den Wald, als plötzlich jemand aus dem dichten Gebüsch an der Straße auf die Fahrbahn sprang, nur ein paar Meter vor ihm. Er riss das Lenkrad herum, konnte aber nicht mehr ganz ausweichen. Er hörte den dumpfen Schlag, als der Wagen das Hindernis erfasste, nicht frontal. Nur mit der Flanke. Gleichzeitig trat er mit voller Kraft auf die Bremse, so abrupt, dass er beinahe aus dem Sitz gehoben wurde.

Endlich kam der Wagen zum Stehen. Guerneys Puls raste, durch seine Adern jagte pures Adrenalin. Im Außenspiegel erkannte er, dass jemand auf dem Asphalt lag und sich nicht rührte.

Großer Gott, schoss es Guerney durch den Kopf. Bitte lass es nichts Ernstes sein!

Er stieg aus und eilte zu der reglosen Gestalt auf dem Boden. Es war eine Frau. Sie war von Kopf bis Fuß mit Schlamm bedeckt und blutete an der Stirn. Panik stieg in Guerney auf.

Er betrachtete die Frau genauer und stellte entsetzt fest, dass es sich um Special Agent Fernandéz handelte. Sie atmete, war aber nicht bei Bewusstsein. Er drehte sie auf die Seite und wollte soeben zum Wagen zurück, um Hilfe anzufordern, da merkte er, dass sie sich bewegte. Eine Welle der Erleichterung durchflutete ihn, als sie die Augen aufschlug und ihn ansah.

»Wie geht es Ihnen?«, fragte er.

Es vergingen ein paar Sekunden, ehe sie antwortete. »Ich ... ich weiß nicht.«

»Bleiben Sie ruhig liegen. Ich habe sie nicht kommen sehen. Sie sind plötzlich aus dem Gebüsch gesprungen.«

Sie zog die Stirn in Falten. Scheinbar musste sie sich erst daran erinnern, wie es dazu gekommen war. Plötzlich wirkte sie müde und resigniert.

»Sie haben einiges abbekommen. Ich fahre Sie zu einem Arzt«, sagte Guerney.

Doch sie schüttelte matt den Kopf. »Kein Arzt, vielen Dank. Das sieht schlimmer aus, als es ist.«

»Sie bluten, und Ihre rechte Wange ist angeschwollen. Vielleicht ist etwas gebrochen. Sie sollten das untersuchen lassen.«

»Es geht mir gut.«

Guerney schüttelte den Kopf. »Ein Freund von mir hat eine Praxis in Carmington.«

Sie sah ihn ein paar Sekunden lang an, überlegte. »Es ist nicht Ihre Schuld«, sagte sie schließlich.

»Was meinen Sie?«

»Die Platzwunde. Und der geschwollene Kiefer. Das waren nicht Sie.«

»Was ist passiert?«, fragte Guerney überrascht. »Warum waren Sie im Wald? Und warum sind Sie verletzt und voller Schlamm?«

Sie richtete sich auf, kam mühsam auf die Beine. »Jetzt ist nicht die Zeit für Erklärungen«, sagte sie. »Bringen Sie mich erst mal von hier weg.«

Er stützte sie beim Gehen und half ihr, als sie in seinen

Explorer einstieg. »Wohin soll ich Sie bringen?«, fragte er. »In Ihr Hotel?«

»Nein.« Sie überlegte. »Kennen Sie einen Ort, wo ich für ein paar Tage untertauchen kann?«

»*Untertauchen?* Das klingt, als seien sie auf der Flucht.«

»Bin ich auch.«

»Kann Ihnen die CIA dann nicht am besten helfen?«

»In diesem Fall nicht, fürchte ich.«

Er zögerte kurz und dachte nach. »Wenn Sie wollen, können Sie ein paar Tage bei mir wohnen«, bot er an. »Ich habe einen Bungalow hier in der Nähe.«

»Das ist sehr nett«, sagte die Agentin. »Aber ich denke, das wäre keine gute Idee. Ich muss irgendwohin, wo man mich für eine Weile nicht finden kann, so lange, bis ich wieder klar denken kann.«

»Wie wär's mit einer Fischerhütte in den Sümpfen?«, schlug Guerney vor. »Sie steht ganz einsam, etwas versteckt am Waldrand. Kaum zu finden, wenn man nicht weiß, wo sie ist. Dort gibt es weit und breit keine Menschenseele. Mein Vater hat sie vor dreißig Jahren gebaut. Er hat die Einsamkeit geliebt.«

Etwas in den Augen der Frau regte sich – ein Hoffnungsschimmer. »Klingt perfekt«, sagte sie. »Genau das, was ich suche.«

Guerney fuhr Aurelia Fernandéz nach Carmington, wo er an einer Apotheke hielt, um alles zu kaufen, was für die Versorgung ihrer Wunden nötig war. Bei diesem Klima konnten selbst kleine Blutungen rasch zu einer Infektion führen.

In Guerneys Bungalow kümmerten sie sich um die Verletzungen. Anschließend machte die Agentin sich im Bad frisch, während Guerney Getränke und Proviant für sie einpackte – vor allem Konservendosen und Knäckebrot. Frische Nahrungsmittel wurden bei der vorherrschenden Witterung schnell schimmelig, und einen Kühlschrank gab es in der Hütte nicht.

Kurz darauf saßen sie in seinem Boot, machten die Leinen vom Steg los und tuckerten im Schatten der ausladenden Bäume durch den natürlichen Kanal, bis sie das offene Wasser erreichten. Guerney bemerkte an der Haltung der Frau ihre Nervosität. Unruhig wanderte ihr Blick hin und her, als befürchte sie, jeden Moment einen Verfolger zu entdecken. Erst als das hohe Schilfrohr sie umschloss wie eine schützende Hülle und die Sicht auf Carmington verdeckte, entspannte sie sich wieder.

Guerney lenkte den Außenborder durch ein wahres Labyrinth aus Wasserpflanzen und hoch aufragenden Gräsern. Obwohl hier alles gleich aussah, kannte er den Weg genau, er war ihn schon unzählige Male gefahren. Aber wer immer der Agentin auf den Fersen war, hatte hier keine Chance, sie zu finden.

Eine Stunde nachdem sie seinen Bungalow verlassen hatten, umfuhr Guerney eine Landzunge. Das dahinterliegende Gebiet wirkte noch einen Tick rauer und archaischer als bisher, ein Sumpf wie aus grauer Vorzeit, wild und verwuchert. Von hier an blieb er in Ufernähe. Eine weitere Viertelstunde später passierten sie eine Mündung, die hinter den ausladenden Ästen der Sumpfeichen kaum zu erkennen war. Guerney und Aurelia mussten sich im Boot ducken, glitten unter dem grünen Blättervorhang hindurch und fanden sich in einer geschützten kleinen Bucht wieder, umsäumt von Baumriesen, deren Kronen einen grünen Baldachin bildeten, sodass man den Himmel kaum sehen konnte. Die Hitze schien sich hier noch mehr zu stauen, die Luftfeuchtigkeit war beinahe unerträglich. Aufdringliche Moskitos vollführten einen freudigen Willkommensreigen um sie – der Preis für die Abgeschiedenheit.

Guerney steuerte das Boot ans andere Ende der Bucht und machte es an einem alten, morsch wirkenden Holzsteg fest, der knarzte und ächzte, als sie ausstiegen. Aber er hielt ihr Gewicht ohne Probleme.

Die Hütte befand sich nur ein paar Schritte weiter. Von außen machte sie mit den grob gehauenen Brettern, den kleinen, vergilbten Fenstern und dem rostigen Wellblechdach nicht viel her, aber innen wirkte sie erstaunlich sauber und geräumig.

»In dem Schrank neben der Spüle finden Sie Teller, Besteck und einen Vorrat an Petroleum für die Lampen. Aber machen Sie es nachts nicht zu hell. Die Moskitos kommen sonst durch alle Ritzen. Die fressen sie auf. Bei Dunkelheit sollten Sie auch nicht vor die Tür gehen. Hier gibt es viele Alligatoren, und die sind vor allem nachtaktiv.«

»Werde ich nicht, versprochen. Machen Sie sich um mich keine Sorgen. Ich komme schon zurecht.«

»Für den Fall der Fälle sind in dem Schrank neben dem Bett eine Schrotflinte und ein paar Kartons Munition.«

»Wie kann ich Sie erreichen?«, fragte Aurelia Fernandéz nüchtern.

»Haben Sie ein Handy?«

»Zu gefährlich. Handys können geortet werden.«

»Dann ist das hier die einzige Möglichkeit.« Guerney deutete auf ein altmodisches, klobiges Funkgerät, das an einem Haken an der Wand hing. »Die Batterien hab ich erst ausgetauscht.« Er überlegte einen Moment. »Da ich nicht ständig auf Empfang bin, wird es am besten sein, wenn ich mich regelmäßig bei Ihnen melde. Sagen wir zweimal am Tag, morgens um sieben und abends um acht. Ist das okay?«

»Ich werde hier sein.« Sie lächelte ihn an, verzog aber gleich wieder das Gesicht vor Schmerz und fasste sich an ihr geschwollenes Kinn. »Da wäre noch eine Sache, Dr. Guerney«, sagte sie.

»Wie wäre es mit *Collin?*«

Sie zögerte einen Moment, nickte dann aber. »Einverstanden. Ich bin Aurelia. Würden Sie mir wohl noch einen Gefallen tun?«

»Natürlich.«

»Rufen Sie in drei oder vier Stunden die Polizei an. Anonym. Von einem neutralen Apparat aus, am besten von einer Telefonzelle. Sagen Sie, dass in dem Waldstück vor Ihrer Firma ein Mann mit Handschellen an ein Auto gefesselt ist. Ich will nicht, dass er verdurstet.«

Guerney zog die Augenbrauen hoch und schüttelte beinahe belustigt den Kopf. »Irgendwann müssen Sie mir das erklären«, sagte er.

Kapitel 40

Washington, D. C.

Nach dem verheerenden Terroranschlag in Singapur hatte Präsident Shephard für 11.00 Uhr eine Lagebesprechung im Weißen Haus einberufen. Neben CIA-Direktor Mulligan war auch die Stabschefin des Weißen Hauses, Linda Archer, anwesend, außerdem General Kendrake, Oberbefehlshaber der US-Infanterie und Sprecher des Pentagon. Für die heutige Sitzung hatte Präsident Shephard Kendrake gebeten, alles über die nächtlichen Ausfälle bei Telekommunikation und Stromversorgung zusammenzutragen und heute darüber zu berichten. Neben Kendrake, Mulligan und Linda Archer hatte Shephard auch FBI-Direktor Hennessey hergebeten, aber der war noch nicht erschienen. Normalerweise war Hennessey für seine Gewissenhaftigkeit bekannt. Wo zum Teufel steckte er?

Shephard atmete tief durch und versuchte, seinen Zorn beiseitezuschieben. Er durfte nicht ungerecht sein. Im Grunde ärgerte er sich nicht über Hennessey, sondern darüber, dass das angeblich hundertprozentig sichere Computersystem des Weißen Hauses vor etwa einer Stunde aus noch ungeklärter Ursache ausgefallen war. Die Server waren abgestürzt, und auch das Backup-System hatte versagt. Im ganzen Weißen Haus hatten die PCs sich nicht mehr starten lassen. Und obwohl die Experten sich sofort darum gekümmert hatten, war das Problem noch immer nicht behoben. Weil niemand genau wusste, worin das Problem eigentlich bestand.

Shephard fragte sich, ob es einen Zusammenhang gab zwischen dem heutigen Ausfall und der Störung in der Air Force One vor ein paar Tagen. Oder bestand eine Verbindung zu den nächtlichen Strom- und Telekommunikationsausfällen? In letzter Zeit passierte so viel, dass beinahe ein Zusammenhang bestehen *musste*. Aber wie sah dieser Zusammenhang aus?

Für die bevorstehende Pressekonferenz benötigte er zuverlässige Informationen. John Mulligan war gerade dabei, die bisherigen Erkenntnisse über den Vorfall in Singapur noch einmal für alle zusammenzufassen.

»Soweit uns bekannt, ist bislang noch kein Bekennerschreiben eingegangen«, sagte Mulligan. »Auch auf den von uns überwachten radikalen Internetseiten hat sich bislang niemand zu der Tat bekannt. Im Moment sind wir dabei, die Filmaufnahmen aller Sender auszuwerten, die bei dem Anschlag live dabei waren. Dabei kooperieren wir mit Interpol und mit allen wichtigen Geheimdiensten. Bislang konnten drei international gesuchte Kriminelle identifiziert werden, die bei dem Terroranschlag mitgewirkt haben: Ivan Baschkin, letzter bekannter Aufenthaltsort Kiew, aber seit über zwei Jahren untergetaucht. Thomas Altdorf, hat bis 2009 in Hamburg gelebt, wurde seitdem nicht mehr von offiziellen Stellen erfasst. Und dann noch Pierre Durac, zuletzt gesehen 2008 in Paris. Zwei der drei Männer, Altdorf und Durac, wurden nur Stunden nach dem Terrorakt unweit von Singapur tot aufgefunden. Beide aus nächster Nähe erschossen. Ob Baschkin ebenfalls tot ist, wissen wir nicht, aber es steht zu vermuten. In einem Radius von zehn Meilen um Singapur kam es in den letzten Stunden nämlich zu etlichen ungewöhnlichen Todesfällen, insbesondere mit nicht asiatischen Opfern. Die meisten wurden erschossen. Es gab aber auch tödliche Autounfälle,

Messerstechereien, eine Überdosis Heroin und so weiter. Ein Opfer wurde in einer Schrottpresse gefunden. Die Polizei von Singapur spricht von insgesamt zweiundzwanzig nicht asiatischen Personen, die gestern zwischen 10.00 Uhr und 14.00 Uhr Ortszeit umgebracht wurden, also in den vier Stunden nach dem Terrorakt. Momentan können wir nur vermuten, dass es sich bei den Opfern um weitere Attentäter handelt. Die Identifizierung wird aber noch eine Weile in Anspruch nehmen, insbesondere bei den Leichen mit schwerwiegenden Kopfverletzungen.«

»Die Täter müssen über hervorragende Informationskanäle verfügen«, sagte General Kendrake. »Vielleicht die Chinesen oder der russische Geheimdienst.«

»Es ist noch zu früh, um irgendwelche Schlüsse zu ziehen«, sagte Mulligan, »aber ich persönlich glaube eher, dass derjenige, der hinter dem Anschlag in Singapur steckt, sich auf diese Weise von lästigen Mitwissern befreien wollte.«

»Wodurch er allerdings andere Mitwisser hätte«, bemerkte Kendrake. »Nämlich diejenigen, die die Attentäter ermordet haben.«

Mulligan nickte. »Das ist richtig. Aber die Zahl der Mitwisser wäre kleiner, wenn man davon ausgeht, dass nicht auf jeden Attentäter ein separater Mörder kommt.«

Shephard legte nachdenklich die Stirn in Falten. Wenn Mulligans Vermutung stimmte, hatte jemand einen der größten Terroranschläge der Menschheitsgeschichte verübt und mit eiskalter Skrupellosigkeit seine Handlanger eliminiert, um gar nicht erst die Gefahr aufkommen zu lassen, dass jemand redete, wenn er von der Polizei oder vom Geheimdienst geschnappt wurde.

»Über die Motive der Tat kann im Moment nur spekuliert werden«, fuhr Mulligan fort. »Offenbar steckt ein religiöser

Beweggrund dahinter, besser gesagt, ein areligiöser. Vielleicht ist der Verantwortliche fanatischer Atheist, oder ihm sind Religionen aus irgendwelchen anderen Gründen ein Dorn im Auge.«

»Es könnte sich auch um eine religiöse Vereinigung handeln, die ihre eigene Macht dadurch stärken will«, warf der General ein. »Zum Beispiel eine extrem fundamentalistische islamische Randgruppierung, die für sich den Dschihad ausgerufen hat und auch Opfer aus den eigenen Reihen in Kauf nimmt. Oder eine militante Sekte.«

Mulligan nickte. »Mit diesen Möglichkeiten müssen wir uns auseinandersetzen. Erfahrungsgemäß wird sich aber bald jemand zu dem Anschlag bekennen. Niemand begeht eine solche Tat, ohne der Welt mitzuteilen, wer dahintersteckt.«

»War das alles, John?«, fragte Shephard.

»Fürs Erste, ja, Mr President.«

»Dann vielen Dank. Ben, wenn ich Sie jetzt bitten darf, uns einen Überblick über die Stromausfälle und den Zusammenbruch des Telekommunikationsnetzes letzte Nacht zu geben.«

General Kendrake beugte sich vor und legte ein zusammengefaltetes Dokument vor sich auf den Tisch. »Wir haben es mit einem globalen Phänomen zu tun. Ich habe das Ausmaß der Ausfälle in der gebotenen Eile auf einer Karte visualisiert.« Er breitete das Dokument aus und strich es glatt, sodass jeder Einblick nehmen konnte. Es war die vergrößerte Schwarz-Weiß-Kopie einer Weltkarte. Einige Landflächen waren rot schraffiert. »Die markierten Flächen zeigen die betroffenen Gebiete. Der Ausfall der Telekommunikation trat überall ziemlich genau dreißig Minuten nach dem Attentat in Singapur auf. Wie Sie sehen, waren vor allem Nordamerika und Europa davon betroffen, teilweise auch Russland,

Japan und Australien. Wir haben Hinweise, dass das Telekommunikationsnetz in China ebenfalls ausgefallen ist, zumindest in den Ballungszentren, aber das wurde von offizieller Seite noch nicht bestätigt. Sollte es sich jedoch bewahrheiten, wäre es nicht übertrieben zu sagen, dass der größte Teil der zivilisierten Welt von den Ausfällen betroffen war. Nach unseren Informationen dauerte der Ausfall rund um den Globus etwa zwei Stunden. Danach funktionierte die Telekommunikation plötzlich wieder. Momentan kann sich das niemand erklären. Insbesondere der flächendeckende Zusammenbruch des Internets stellt die Experten vor einige Rätsel, da das eigentlich gar nicht hätte passieren dürfen. Das Internet basiert auf dem Arpanet, einem Netzwerk, das ursprünglich zu militärischen Zwecken geschaffen wurde. Erklärtes Ziel dabei war es, dieses Netzwerk auch bei größeren Teilausfällen, zum Beispiel durch militärische Angriffe, stabil zu halten. Die gestrige Nacht hat gezeigt, dass das offenbar nicht gelungen ist.«

»Was ist mit den Stromausfällen?«, fragte Shephard.

»Diese traten genau fünfzehn Minuten später ein«, sagte Kendrake. »Soweit bislang bekannt, betraf das Problem genau dieselben Gebiete wie bei den Telekommunikationsausfällen.« Er tippte mit seinem Zeigefinger auf die Karte in der Tischmitte. »Die Ausfälle haben leider etliche Opfer gefordert. Ersten Schätzungen zufolge gab es im Land mehrere Hundert Tote und über dreitausend Verletzte, nicht nur wegen des auftretenden Verkehrschaos, insbesondere in den Großstädten, sondern auch durch Vandalismus. So bedauerlich das ist – aber wir können von Glück sagen, dass nicht noch mehr passiert ist.« Er blätterte in seinen Unterlagen und nannte ein paar Schätzungen, die er von anderen betroffenen Ländern erhalten hatte.

»Ich verstehe nicht, wie es überhaupt zu einem flächendeckenden Stromausfall kommen konnte«, sagte Shephard. »Ebenso wenig den Zusammenbruch der Telekommunikation. Gibt es für solche Fälle nicht eine Art Backup-System?«

»Natürlich, Sir«, sagte General Kendrake. »Die meisten der betroffenen Länder verfügen wie wir über ausgefeilte Notfallsysteme, sodass es zu derartigen Ausfällen überhaupt nicht kommen dürfte. Aber um es auf den Punkt zu bringen: Die Notfallsysteme haben versagt. Überall. Der Grund dafür ist noch nicht bekannt. Wir stehen mit allen betroffenen Nationen in engem Kontakt. Sobald sich ein Ergebnis abzeichnet, werde ich Sie umgehend in Kenntnis setzen …«

Die Tür öffnete sich, und FBI-Direktor Jasper Hennessey trat ein. Mit seinem kompakten Körper und dem Bürstenhaarschnitt auf dem massigen Schädel sah er aus wie ein GI. Sein vorstehendes Kinn ließ ihn derb, ja fast grobschlächtig erscheinen. Diesem Kinn, aber auch seiner unnachgiebigen Verbissenheit hatte Hennessey den Spitznamen *Pitbull* zu verdanken.

»Jasper«, sagte Shephard und begrüßte ihn mit einem Nicken.

»Mr President. Es gibt Neuigkeiten, die Sie unbedingt wissen sollten. *Schlechte* Neuigkeiten.«

»Noch mehr schlechte Neuigkeiten?«, sagte Shephard bitter. »Dann bringen Sie uns mal auf den aktuellen Stand.«

Hennessey setzte sich neben General Kendrake und warf einen Blick in die Runde. »Mr President, Mrs Archer, John, ich fürchte, die jüngsten Störfälle in der Kommunikation und in der Stromversorgung sind nicht unser eigentliches Problem, sondern lediglich Symptome einer, nun, wenn man so will, einer Art Krankheit. Einer Infektion.«

»Sie sprechen von einem Computervirus?«, fragte Shephard.

Hennessey nickte ernst. »Ja. Genauer gesagt, von mehreren Virenattacken, die gewissermaßen in Wellen kommen. Die erste Welle begann vor etwa zwei Wochen und betraf hauptsächlich Europa, aber auch einige amerikanische Firmen, zum Beispiel Ford, die deshalb vorübergehend ein paar Werke schließen mussten. Ich bin auch davon überzeugt, dass die Flugzeugabstürze mit einer Schadsoftware ausgelöst wurden, auch wenn sich der Verdacht bislang nicht belegen lässt. Die zweite Welle erreichte uns vor zwei Tagen, als auf rund fünfzig Millionen Computerbildschirmen weltweit die Botschaft *Schwört ab eurer Religion* und so weiter erschien.«

»Und in der Air Force One die Instrumente ausgefallen sind«, fügte Shephard hinzu.

Hennessey nickte ernst. »Die dritte Welle begann kurz nach dem Anschlag in Singapur und legte Telekommunikations- und Stromnetze lahm. Seit etwa einer Stunde treten aber auch bei vielen anderen Firmen und Behörden massive Schwierigkeiten auf. Beim FBI hat sich heute Nacht auf dem Zentralrechner ein Programm eingenistet, das von unseren Experten nur zufällig entdeckt wurde. Die Virenscanner sind nicht darauf angesprungen. Es war unmöglich, dieses Programm zu löschen, ohne größeren Schaden auf den Servern anzurichten. Versucht man es, mutiert die Software gewissermaßen, vervielfältigt sich und kopiert sich in andere Verzeichnisse. Die Mutationen sind sogar in der Lage, alle möglichen auf der Festplatte befindlichen Dateiformate zu imitieren, wodurch sie sich für Virenscanner gewissermaßen unsichtbar machen.«

»Laroya hat mir etwas von einem *metamorphen Wurm* erzählt, der angeblich für den Zwischenfall in der Air Force

One und für diese Gottesbotschaft verantwortlich ist«, bemerkte der Präsident.

»*Metamorphose* ist die Gemeinsamkeit aller drei Störwellen«, sagte Hennessey. »Deshalb glauben wir auch, dass es eine Verbindung geben muss. Jedenfalls hat das Programm von heute Nacht vor etwa einer Stunde einen kompletten Systemausfall beim FBI verursacht. Bislang konnten unsere Fachleute nur einen Teil der Server wieder starten, von einem reibungslosen Arbeiten kann im Moment keine Rede sein.«

Shephard unterdrückte ein Seufzen. Also war nicht nur das Weiße Haus von den Ausfällen betroffen. Aber besser fühlte er sich damit nicht.

»Andere Großrechensysteme im Land wurden ebenfalls befallen«, sagte Hennessey. Er sah zuerst Mulligan, dann General Kendrake an. »Auch die CIA und das Pentagon sind davon betroffen. Das haben mir Corrigan und General Watts berichtet.« Die beiden waren die Stellvertreter von Mulligan und Kendrake, zuverlässige Leute, die seit Jahrzehnten im Dienst des Staates standen. »Die Industrie hat ebenfalls mit dem Problem zu kämpfen«, fuhr Hennessey fort. »Konkret weiß ich es von General Motors, IBM, Exxon, AT&T und sogar von Microsoft, aber ich bin sicher, dass das nur die Spitze des Eisbergs ist. Außerhalb unserer Landesgrenzen sieht es nicht anders aus. Zum Beispiel sind Interpol und das russische Militär davon betroffen. Bis heute Nachmittag dürften wir einen genaueren Überblick über die aktuelle Situation haben.«

Shephard warf einen Blick auf die Uhr. Die Pressekonferenz würde bereits in weniger als einer Stunde beginnen, und bis dahin gab es noch allerhand zu tun. »Danke, Jasper.«

Er erhob sich von seinem Stuhl, die anderen folgten seinem Beispiel. General Kendrake gab ihm zum Abschied die Hand, dann verließ er mit seinem Aktenkoffer in der Hand das Besprechungszimmer, gefolgt von Linda Archer und Jasper Hennessey.

Shephard wandte sich an Mulligan. »John, ich brauche Sie noch eine Minute.«

»Selbstverständlich, Sir.«

»Ich will nur wissen, ob sich im Fall *Fallen Eagles* etwas Neues ergeben hat – und natürlich auch in Bezug auf den Tod meiner Nichte.«

Mulligan zögerte. »Die jüngsten Ereignisse waren nicht gerade dazu angetan, die Fälle weiter voranzubringen«, sagte er. »Aber wir bleiben am Ball, Sir.«

»Was haben Sie in Bezug auf Special Agent Fernandéz unternommen?«

»Ich habe jemanden nach Louisiana geschickt, um sie in Gewahrsam nehmen zu lassen, bis die notwendigen Schritte für eine gerichtliche Untersuchung eingeleitet sind.«

»Wer übernimmt den Fall?«

»Special Agent Roger Friedkin. Ich bin sicher, er wird rasch Ergebnisse liefern, Sir.«

»Das hoffe ich, John«, sagte Shephard. »Das hoffe ich. Zur Abwechslung könnte ich ein paar gute Neuigkeiten nämlich wirklich vertragen.«

Kapitel 41

Louisiana

Drückende Hitze lastete auf dem Sumpf wie eine schwere Decke, die einem die Luft zum Atmen raubte. Moskitoschwärme tanzten über dem unbewegten, von dichtem Pflanzengeflecht überwucherten Wasser, begleitet vom allgegenwärtigen Zirpen der Grillen und dem Quaken der Frösche.

Guerney wischte sich den Schweiß mit einem Taschentuch von der Stirn, während er sein Boot in gemächlichem Tempo durch die urtümliche Wildnis steuerte. Er hatte es nicht sonderlich eilig mit dem Nachhausekommen. Seinen Geschäftstermin in Lafayette hatte er verschoben, für heute gab es nichts mehr, was er tun musste. Natürlich wartete im Büro noch genug Arbeit auf ihn, insbesondere, weil durch Amandas Tod eine spürbare Lücke entstanden war. Dennoch genoss er es, alleine in seinem Boot zu sitzen, langsam durch den Sumpf zu tuckern und seinen Gedanken nachzuhängen, weit entfernt von Alltagshektik, Verantwortung und Problemen, von denen es in letzter Zeit wahrlich genug gegeben hatte.

Amanda fehlte ihm. Es gab Momente, in denen er sie so stark vermisste, dass es ihm beinahe körperliche Schmerzen bereitete. Sie war eine bewundernswerte Frau gewesen, bildhübsch, intelligent, charmant, gewitzt, sexy. Ihren Tod empfand Guerney auch jetzt noch als schmerzlichen Verlust.

Dann musste er aber an Aurelia Fernandéz denken und an die seltsame Art, wie sie sich vorhin begegnet waren. Was für ein sonderbarer Zufall, dass sie ihm mitten im Wald vor den Wagen gesprungen war. Guerney fragte sich, vor wem sie wohl auf der Flucht war. Und irgendwie schmeichelte es ihm, dass sie ihm vertraute.

Zurück in Carmington, befestigte er das Boot am Steg und ging ins Haus, um etwas zu trinken. Ihm fiel ein, dass er Aurelia Fernandéz versprochen hatte, die Polizei zu informieren, dass im Wald unweit des AIBEX-Geländes ein Mann an ein Auto gefesselt war. Guerney hatte bereits die Auskunft am Apparat, als er sich entsann, dass Aurelia ihn gebeten hatte, den Anruf anonym und von einer öffentlichen Telefonzelle aus zu führen.

Er fuhr mit seinem Ford Explorer ins Ortszentrum und ließ sich von der Telefonzelle neben dem Pizza Hut aus mit dem Sheriffbüro in Houma verbinden. Ohne seinen Namen zu nennen, berichtete er der Dame am anderen Ende der Leitung in knappen Worten, was er der Polizei ausrichten sollte, und hängte den Hörer wieder ein.

Als er im Wagen zurück war, lief im Radio ein Bericht über das neue Computervirus, das im Verlauf des Vormittags beachtlichen Schaden angerichtet hatte. Der Nachrichtensprecher verlas auch eine Liste namhafter amerikanischer Unternehmen, die von dem Virus befallen waren, und berichtete, dass viele andere Länder der Welt ebenfalls von dem Problem betroffen waren. »Ob es einen Zusammenhang zwischen dem Anschlag in Singapur oder den nächtlichen Strom- und Telekommunikationsausfällen gibt, ist noch unklar«, sagte die Sprecherstimme. »Professor C.C. Aldridge vom angesehenen Massachusetts Institute of Technology hält eine Verbindung aber für wahrscheinlich. Er ist jetzt bei uns im Studio und hat sich bereit erklärt, einige Fragen zu beantworten ...«

Guerney schaltete das Radio ab. Er fragte sich, ob auch die AIBEX-Rechner von den jüngsten Störfällen betroffen waren. Aber hätte man ihn dann nicht telefonisch informiert?

Er beschloss, noch einmal ins Labor zu fahren. Dort angekommen, ging er sofort zu Elijah Hackford. Im Büro des Computerexperten türmten sich überall Ausdrucke, Akten und Notizzettel. An den Wänden hingen Dutzende von Bildern, meist Kalendermotive oder Urlaubspostkarten, die mit Reißnägeln befestigt worden waren. Der Bücherschrank an der Wand hinter dem Schreibtisch quoll regelrecht über, und auf dem Flip-Chart in der Ecke war ein Gewirr von Kästchen und Linien zu sehen.

Hackford saß mit dem Rücken zur Tür und schien gar nicht zu bemerken, dass Guerney ins Büro kam. Guerney trat zwei Schritte näher an ihn heran, sodass er Hackfords Monitor einsehen konnte – einen grünen Bildschirm mit ein paar weißen Linien, verschiedenfarbigen Jetons und Spielkarten – die Darstellung eines Pokertisches mit insgesamt sechs Spielern. Die ersten vier hatten keine Namen, sondern waren einfach durch römische Zahlen dargestellt. Die beiden anderen waren Elijah und HAL.

»HAL?«, fragte Guerney.

Hackford drehte sich um. »Für meinen Versuch habe ich Tony in *HAL* umgetauft. Nach ›2001 Odyssee im Weltraum‹. Das Computersystem, das intelligenter war als die Menschen.«

Tony war in der Firma der gängige Name für die Versuchsanordnung des künstlichen Hirngewebes in Labor 11.

»Aber da scheint wohl eher der Wunsch der Vater des Gedankens gewesen zu sein«, fuhr Hackford fort. »Tony spielt wie ein Kleinkind. Er fällt auf die einfachsten Bluffs herein und spielt streng berechnend. Ohne ein ordentliches Blatt auf der Hand setzt er keinen einzigen Chip.«

Guerney nickte. Einer künstlichen Intelligenz Poker beizubringen war wesentlich schwieriger als beispielsweise Schach. Schach basierte auf purer Logik und Berechnung. Beide Spieler verfügten über sämtliche Informationen. Wer weiter vorausdenken konnte, gewann, und das war in der Regel der Computer. Ganz anders verhielt es sich dagegen beim Poker, bei dem der Computer die gegnerischen Karten nicht kannte und vom Setzverhalten der anderen Spieler Rückschlüsse auf deren Blatt ziehen und gleichzeitig selbst so setzen musste, dass er nicht berechenbar wurde. Guerney kannte die Bestrebungen der KI-Forschung, sich genau dieser Herausforderung zu stellen. In den vergangenen Jahren waren veschiedene Studien durchgeführt worden, in denen Computerprogramme gegen Profipokerspieler angetreten waren, aber erst 2008 war es einem Pokerprogramm namens POLARIS gelungen, sich eindeutig gegen menschliche Mitstreiter zu behaupten. Die Veröffentlichung dieses Ergebnisses hatte in der Fachwelt einiges Aufsehen erregt.

Guerney hielt es für verfrüht, Tony mit Poker zu konfrontieren, wo er noch nicht einmal das kleine Einmaleins beherrschte. Aber Hackford versprach sich einiges davon, daher ließ Guerney ihn seit ein paar Monaten damit herumexperimentieren.

»Tony macht keinerlei Fortschritte«, sagte Hackford. »Ich fürchte, es wird noch ziemlich lange dauern, bis er halbwegs passabel pokert.« Er seufzte, rieb sich die Augen und beendete das Programm. »Schluss für heute. Tony muss jetzt sowieso sein Nickerchen machen.«

Guerney warf einen Blick auf die Uhr und verstand. Die vierstündige Aktiv-Phase, während der mit der Versuchsanordnung in Labor 11 experimentiert werden konnte, lief gerade aus. In der nächsten Stunde würde das künstliche

Gehirn ruhen und nur von den lebenserhaltenden Systemen versorgt werden, bevor dann der nächste Aktiv-Passiv-Zyklus begann.

»Gut, dass Sie da sind«, sagte Hackford. »Es gibt da nämlich etwas, das Sie wissen sollten.«

Guerney dachte an die Radiosendung vorhin und spürte, wie sich sein Magen zusammenzog. »Sind die AIBEX-Server etwa auch von diesem Virus betroffen, das heute Morgen aufgetaucht ist?«

Hackford zog die Augenbrauen hoch. »Nein«, sagte er. »Barnes und ich haben, gleich nachdem wir davon erfahren haben, einen kompletten Systemcheck durchgeführt. Von oben bis unten. Wir sind absolut sauber.«

Guerney atmete erleichtert auf. »Und was wollten Sie mir dann sagen?«

»Ich habe etwas über die Auswertungen von Dr. Nash herausgefunden. Ich denke, ich weiß jetzt, warum die Daten nicht richtig zusammengepasst haben. Kommen Sie mit ins Labor.«

Guerney ging mit Hackford zum Aufzug, mit dem sie ins zweite UG fuhren. Im Labor herrschte dieselbe morbide Stimmung wie immer. Die Glassäulen mit den in ihren Nährstofflösungen schwebenden Gewebegebilden wurden von einer Wärmelampe bestrahlt, und an den Servern an der Wand leuchteten rote, gelbe und grüne LED-Lämpchen. Abgesehen davon lag der Raum im Dunkeln.

Hackford ging zu einem Computertisch, schaltete das Gerät an und wartete, bis die Systeme hochgefahren waren. »Die neuronalen Netze in den sieben Glastuben sind gleichgeschaltet, das heißt, sie durchlaufen einen einheitlichen Rhythmus von Aktiv- und Passiv-Phasen. Aktuell befinden sich alle sieben Module im Passiv-Zustand. In diesen Phasen ruht das System, es finden so gut wie keine Hirnaktivitäten statt. Das haben wir schon festgestellt, als wir mit unseren Experimenten hier angefangen haben. Und in den letzten Jahren hat das auch gestimmt. Aber jetzt ...« Statt den Satz zu beenden, startete er das Beobachtungstool für die künstlichen Gehirnfragmente, das die elektrischen Impulse aus den Säulen gewissermaßen in optische und akustische Signale übersetzte.

Der Bildschirm wurde schwarz.

»Warten Sie«, sagte Hackford. »Es kann einen Moment dauern.«

Minuten verstrichen, ohne dass sich auf dem Bildschirm etwas tat. Doch dann formte sich aus dem tiefen Schwarz ein milchig graues Gebilde, das größer wurde und wie eine träge Flüssigkeit im schwerelosen Raum waberte. Wenig später lichtete sich der graue Schleier, und eine wahre Bilderflut ergoss sich auf den Schirm: AIBEX-Wissenschaftler bei der Arbeit, ein Sonnenuntergang am Strand, zerbombte Gebäude in Palästina, wieder AIBEX-Wissenschaftler, diesmal in der Kantine, verhungernde Kinder in Somalia, Landkarten, Fotos von nackten Frauen und kopulierenden Paaren, Eisbären und Robben in der Arktis, Guerney bei einem Vortrag im Konferenzsaal, ein Airbus in der Luft, zwei Labradorwelpen auf einer Wiese ... Das Bilderstakkato prasselte auf Guerney ein wie ein Maschinengewehrfeuer, viel zu schnell, als dass er alles hätte erkennen können. Auch ganze Bildsequenzen waren dabei, bruchstückhafte Ausschnitte aus Filmen. Auffällig war, dass immer wieder Guerney und andere AIBEX-Mitarbeiter in dem Bildergewirr auftauchten. Und dann war da noch etwas, nur für den Bruchteil einer Sekunde, ein paar Bilder, die Guerney aus irgendeinem Grund verwirrten, die ihn nachdenklich machten und ihm sogar Angst einjagten. Aber noch bevor er sie richtig aufnehmen konnte, hatten längst Dutzende anderer Bilder den kurzen Augenblick vager Furcht verdrängt.

Nach einigen Minuten verblassten die Bilder, verschwanden in einem milchigen Nebelschleier, der sich wieder zu einer wabernden grauen Masse verdichtete und schließlich in Schwärze versank.

Guerney begann zu begreifen, was er hier sah. »Er träumt«, murmelte er fassungslos. »Nicht wahr, Elijah? Tony hat geträumt.«

»Ja. Und während er träumt, ordnet er seine Gedanken. Es ist wie bei einem Menschen. Er verarbeitet im Traum seine Eindrücke. Währenddessen entstehen neue neuronale Verbindungen. Gelerntes, das er für sich als wichtig erkannt hat, verfestigt sich, anderes, weniger Wichtiges, wird wieder verworfen. Während er träumt, ändert sich seine Hirnstruktur. Er assoziiert, fügt Dinge zusammen, erkennt.«

Guerney nickte, während er versuchte, die Neuigkeit in ihrer ganzen Tragweite zu begreifen. Dass Tony träumte – damit hätte er frühestens in fünf bis zehn Jahren gerechnet. Offenbar war die KI in dieser Versuchsanordnung viel weiter, als er es noch bis vor wenigen Minuten für möglich gehalten hatte. Nicht nur er, das ganze Team. Allein Amanda schien der Wahrheit auf der Spur gewesen zu sein, kurz vor ihrem Tod.

»Interessant sind die vielen Assoziationen mit AIBEX-Wissenschaftlern«, sagte Guerney.

»Was wenig verwunderlich ist«, erwiderte Hackford. »Die Firma ist gespickt mit Überwachungskameras. Und wir sind für Tony nun mal diejenigen, mit denen er am meisten zu tun hat.«

»Und die anderen Bilder? Wie kann er zum Beispiel *eroti-*

sche Bilder assoziieren?« Tony wurde täglich mit Tausenden von Bildern und unzähligen Informationen aus dem Internet gefüttert, um seine Assoziationsfähigkeit zu fördern. Aber dieser Input wurde nach exakt definierten Kriterien gefiltert. Erotische Bilder gehörten nicht dazu.

»Tony muss einen Weg gefunden haben, sich selbst Zugriff zum Internet zu verschaffen«, sagte Hackford. »Er ist mit über zweihundertfünfzigtausend Elektroden mit unserem Computersystem verbunden und kommuniziert darüber mit ihm. Er ist ein Teil dieses Systems. Allerdings kann ich noch nicht sagen, wie er es geschafft hat, unsere Firewalls zu überlisten, denn jeder Zugriff aufs Internet hätte eigentlich registriert und auf der Überwachungsliste aufgeführt werden müssen. Das wäre mir sicher aufgefallen. Aber ich werde noch herausfinden, wie Tony das System ausgetrickst hat. Viel wichtiger ist die Erkenntnis, dass er offenbar über ungeahnte Fähigkeiten verfügt. Ich frage mich, was er noch alles kann. Nachdem ich heute Vormittag herausgefunden hatte, dass er träumt und heimlich das Internet benutzt, habe ich mir vorhin beim Pokern sogar die Frage gestellt, ob er absichtlich schlecht spielt. Aber das wäre dann wohl doch ein bisschen zu viel.«

»Mhm«, machte Guerney nachdenklich. Immer noch hallte das undefinierbare Angstgefühl von vorhin in ihm nach, als er die Traumbilder angesehen hatte. Wenn er nur gewusst hätte, woher dieses Gefühl kam. Aber sosehr er sich auch bemühte, es gelang ihm nicht, sich an die Bilder zu erinnern, die die Angst ausgelöst hatten. Sie waren zum Greifen nah und doch unendlich weit entfernt.

»Können Sie mir diesen Traum auf DVD brennen, Elijah?«

»Natürlich.« Hackford setzte sich an den Computer, schaltete auf die übliche Benutzeroberfläche um und gab ein paar Befehle ein. Dann legte er einen Rohling in das Brennlaufwerk. Wenig später meldete der Computer, dass der Brennvorgang erfolgreich abgeschlossen war, und Hackford gab Guerney die DVD.

Sie passierten die stählerne Schiebetür, die sich automatisch wieder hinter ihnen schloss. Nun befanden sie sich im Vorlabor, jenem Raum, in dem auf langen Regalreihen konservierte Organproben vergangener Versuche lagerten. Hier war es noch unheimlicher als im Labor selbst. Obwohl Guerney schon tausendmal hier gewesen war, fühlte er sich immer noch unbehaglich.

Sie durchquerten den schlauchförmigen Raum mit den Regalreihen zu ihrer Linken und den mit Reagenzgläsern, Mikroskopen, Petrischalen und anderen Laborgerätschaften vollgestellten Arbeitsbereich zur Rechten. Am Ausgang legte Guerney seine Handfläche auf den biometrischen Scanner. Doch die Tür blieb verschlossen.

»Versuchen Sie es mal«, sagte Guerney. Aber auch bei Hackford öffnete sich die Tür nicht. »Sonderbar. Reingekommen sind wir doch auch.«

Hackford zuckte mit den Schultern. »Gehen wir eben zurück und nehmen den Hinterausgang.«

Der befand sich am anderen Ende von Labor 11 und führte über den Lagerkeller zum Hauptflur. Der Weg war doppelt so lang, deswegen benutzte ihn kaum jemand.

»Ich muss dringend mit O'Neill sprechen«, sagte Guerney. O'Neill war der Techniker von AIBEX und für das Funktionieren der Zugangskontrollen verantwortlich. »Ich habe noch nie erlebt, dass der Scanner versagt.«

Sie traten den Rückweg an, aber auch die Stahltür zu Labor 11 ließ sich nicht mehr öffnen.

»Das gibt's doch nicht«, sagte Hackford ratlos, während er

seine Hand noch einmal vom Laser abtasten ließ – wieder erfolglos.

»Vielleicht haben wir dieses Virus doch abbekommen«, meinte Guerney.

»Wenn ich es Ihnen doch sage – ich lege meine Hand dafür ins Feuer, dass wir nicht davon befallen sind.«

Wahrscheinlich hatte Hackford recht. Es wäre unlogisch gewesen, wenn das Virus die halbe Welt fast auf die Minute genau zeitgleich lahmgelegt hatte, AIBEX jedoch mit einer Verspätung von mehreren Stunden. Nein, die verschlossenen Türen mussten eine andere Ursache haben. Aus irgendeinem Grund kam es Guerney so vor, als stecke Absicht dahinter. Als wollte jemand sie hier unten einsperren. Aber wer?

»Riechen Sie das auch?«, fragte Hackford.

»Rauch! Verdammt, wo kommt das her?«

Mit einem Mal quoll dichter Qualm aus den Belüftungsschlitzen unterhalb des Kühlschranks hervor.

»Ein Kurzschluss! Sagen Sie dem Sicherheitsdienst Bescheid, dass wir hier feststecken. Ich versuche, das Feuer zu ersticken.« Guerney riss zwei Laborkittel von einem Wandhaken und stopfte sie vor die Belüftungsschlitze. Die Rauchentwicklung wurde dadurch eingedämmt, die Frage war nur, wie lange.

Hackford, der zum Wandtelefon geeilt war, knallte den Hörer wieder auf die Gabel. »Die Leitung ist tot!«

»Haben Sie Ihr Handy dabei?«

»Liegt oben im Büro.«

»Meins ist im Auto. Mist!« Guerney überlegte fieberhaft. »Helfen Sie mir, Elijah!«, rief er. »Wir müssen versuchen, die Brandursache zu finden. Solange das Feuer noch nicht richtig ausgebrochen ist, können wir es vielleicht ersticken.«

Kaum hatte er das gesagt, bemerkte er, wie dünne Flammen

hinter dem Laborkühlschrank hervorzüngelten. Ein Kabelbrand. Wie es aussah, brannte die gesamte Rückseite des Geräts.

Guerney spürte bereits die Hitze des Feuers auf der Haut. Die Flammen wurden rasch größer. Grauschwarzer Qualm stieg zur Decke empor, löste aber weder die Sprinkleranlage noch den Feueralarm aus.

Der Rauch stieg Guerney in die Nase, sodass er husten musste. Er hielt sich einen Arm vor das Gesicht und wich ein paar Schritte zurück. Irgendwo hatte er einmal gelesen, dass bereits zwei Atemzüge Rauch ausreichten, um einem Menschen das Bewusstsein zu rauben. Das war dann meistens das Ende.

Fieberhaft suchte er nach einem Ausweg. Einen Feuerlöscher sah er nirgends, aber ihm fiel das Waschbecken ins Auge. Er hastete hin, drehte das Wasser auf – nichts.

»Kommen Sie!«, rief er Hackford zu und rannte zur Außentür. Durch das kleine bullaugenartige Fenster spähte er auf den Gang hinaus. Keine Menschenseele weit und breit.

»Wir müssen Krach schlagen. Helfen Sie mir, Elijah! Wenn wir hier drinnen nicht krepieren wollen, müssen wir auf uns aufmerksam machen!« Er packte einen Arbeitsstuhl an der Rückenlehne und wuchtete ihn so fest er konnte gegen die Stahltür. Dabei schrie er aus Leibeskräften: »Kann mich jemand hören? Hey, da draußen! Hört mich jemand?«

Hackford folgte seinem Beispiel. Wie zwei Besessene bearbeiteten sie die Tür, schlugen dagegen, immer und immer wieder. Aber nicht einmal das kleine Sichtfenster wollte zerspringen.

Das Feuer breitete sich in beängstigender Geschwindigkeit aus. Es hatte bereits auf die an den Kühlschrank angrenzenden Schränke übergegriffen und fraß sich gierig weiter. Im selben Maß, wie das Feuer wuchs, verstärkte sich auch die Rauchentwicklung. Guerney warf einen Blick nach oben. Die Decke war nur noch eine grauschwarze wabernde Masse, ein Ozean aus todbringendem Qualm. Warum reagierte die Sprinkleranlage nicht?

Wenigstens gibt es hier keine Vakuumpumpe, dachte Guerney. Sonst wären wir schon tot.

Obwohl er bereits völlig außer Atem war, hob er den Stuhl erneut über den Kopf und ließ ihn gegen die Tür krachen.

Endlich regte sich draußen im Gang etwas. Ein Gesicht erschien in dem Fensterausschnitt – Doktor Gregory Marjack.

»Feuer!«, schrien Guerney und Hackford wie aus einem Mund. An Marjacks Miene erkannten sie, dass er verstanden hatte.

»Gehen Sie zum Sicherungskasten, und schalten Sie den Strom für diesen Trakt ab!«, rief Guerney. »Ohne Strom funktioniert die Verriegelung nicht. Dann können wir die Tür aufstemmen. Beeilen Sie sich!«

Marjack verschwand. Gedämpft hörten sie, wie er ins Treppenhaus hinaufrief, um weitere Helfer zu organisieren. Kurz darauf erlosch das Licht, sowohl im Vorlabor als auch auf dem Gang. Offenbar hatte Marjack die Sicherung ausgeschaltet. Nur das Feuer tauchte den Raum weiterhin in flackernde Helligkeit.

Im Sichtfenster erschienen Marjack, Nicks und Fuller. Hoffnung keimte im Guerney auf. Mit Hackford und ihm selbst waren sie zu fünft. Fünf Männer, um eine Stahltür zu öffnen. Das musste doch möglich sein!

»Beeilt euch!«, schrie er.

Guerney und Hackford packten den Türgriff und zerrten daran. Auf der anderen Seite der Tür wurden ähnliche Anstrengungen unternommen. Guerney hörte, wie Marjack und die beiden anderen ächzten. Tatsächlich gab die Tür ein paar Zentimeter nach.

»Halten Sie durch!«, schrie Guerney Hackford zu und kämpfte gegen den Hustenreiz an. »Weiter! Los!«

Wieder bewegte sich die Schiebetür um eine Fingerbreite, dann noch mal und noch mal, bis sich endlich ein Spalt auftat, groß genug, um ein Stuhlbein hineinzustoßen und es als Hebel zu benutzen. Guerney und Hackford zerrten an dem Stuhlbein mit aller Kraft, während ihnen die drei Männer auf der anderen Seite der Tür Durchhalteparolen zuriefen und ebenfalls ihren Teil dazu beitrugen, die Tür aufzustemmen.

Endlich war der Spalt so breit, dass Hackford und Guerney hindurchschlüpfen konnten. Keuchend und hustend fielen sie ihren Kollegen in die Arme. Sie waren in Sicherheit.

Eine halbe Stunde später hatte die Feuerwehr den Brand gelöscht. Guerney und Hackford ließen sich in Carmington von Doktor Jenkins untersuchen, aber er konnte bei keinem von beiden Anzeichen einer Rauchvergiftung feststellen. Er riet ihnen, sich für den Rest des Tages ein wenig auszuruhen. Dann entließ er sie wieder aus seiner Praxis.

Guerney kehrte in die Firma zurück, konnte sich jedoch nicht mehr auf seine Arbeit konzentrieren. Immer wieder durchlebte er im Geiste die Szene im Labor, so realistisch, dass es ihm beinahe den Atem verschlug. Er spürte den beißenden Rauch in der Nase und im Hals, die Hitze des Feuers auf dem Gesicht und den Händen und vor allem die nackte Panik, die ihn ergriffen hatte, als ihm klar geworden war, dass es um Leben und Tod ging. So hatte es keinen Sinn. Also gab er seiner Sekretärin Bescheid und fuhr nach Hause.

Dort nahm er eine ausgiebige Dusche, schlüpfte in ein frisches T-Shirt und ein paar Bluejeans und rasierte sich. Danach fühlte er sich etwas besser.

Er holte die DVD aus seiner Aktentasche, die Hackford ihm im Labor gebrannt hatte, um sich Tonys Traumsequenz noch einmal anzuschauen. Bevor er nicht wusste, weshalb das Bilderstakkato heute Nachmittag ein so ungutes Gefühl bei ihm hinterlassen hatte, würde er keine Ruhe finden.

Er schaltete seinen Laptop ein, schob die DVD ins Laufwerk und startete den Media-Player. Doch statt Tonys Traum abzuspielen, meldete das Programm, dass die DVD nicht lesbar sei. Auch ein zweiter Versuch blieb erfolglos.

Guerney stöhnte innerlich auf. Vielleicht hatte die DVD durch das Feuer und den Kampf mit der verschlossenen Labortür gelitten? Er holte sie aus dem Laufwerk und hielt sie gegen das Licht, um zu überprüfen, ob sie einen Kratzer hatte. Aber die DVD war unversehrt.

Ratlos packte er den Laptop wieder weg. Dann schenkte er sich einen Scotch ein und machte den Fernseher an.

Dort liefen gerade die 19.00-Uhr-Nachrichten auf CNN – eine Zusammenfassung der globalen Katastrophen, die sich in den letzten nicht einmal vierundzwanzig Stunden ereignet hatten: das Attentat in Singapur sowie die flächendeckenden Ausfälle von Telekommunikation und Stromversorgung in den Stunden danach. Der Großteil der sogenannten zivilisierten Welt war davon betroffen, ebenso von dem neuartigen Computervirus, dessen gesamtwirtschaftlicher Schaden schon jetzt weltweit auf eine halbe Billion US-Dollar geschätzt wurde.

Es wurde ein Bericht eingespielt, in dem führende Wirtschaftsexperten über die Auswirkungen des Virus spekulierten. Einer von ihnen, ein Wall-Street-Guru namens Carl Fletcher, behauptete, dieses Virus sei das gefährlichste seit der

Erfindung des Computers. »Die Menschheit ist heutzutage abhängig von Computern«, sagte er. »In jedem Telefon, in jedem Auto, in jeder Waschmaschine stecken Mikrochips. Einen Vorgeschmack auf das, was passieren kann, wenn diese Mikrochips ausfallen, haben wir heute – und auch schon in den letzten Wochen – bekommen. Aber das könnte erst der Anfang gewesen sein. Wenn es uns nicht gelingt, diesem Virus Einhalt zu gebieten, wird ein Großteil des Landes, ja der westlichen Welt zurück in die Steinzeit fallen!«

Von da an wurde im weiteren Verlauf des Berichts nur noch vom sogenannten Steinzeitvirus gesprochen.

»Das Virus bezieht sein Gefahrenpotenzial vor allem aus der Tatsache, dass es sich kopiert, wenn man versucht, es zu löschen«, sagte der CNN-Sprecher. »Die Kopie entspricht allerdings nicht exakt dem Original, sondern ist vielmehr eine Mutation. Dieses Verhalten macht es extrem schwer, das Virus zu identifizieren. Und ein Weg, es zu neutralisieren, ohne dabei weitere Mutationen hervorzurufen, ist bislang noch nicht gefunden. Ersten Schätzungen zufolge sind die Computer von über 75 Prozent der Firmen des Landes von dem Virus befallen. Diese Zahl deckt sich mit den Schätzungen aus England, Frankreich, Deutschland und Japan – die Werte anderer Nationen liegen aktuell noch nicht vor. Aus Politik und Wirtschaft wird einhellig versichert, dass die Bekämpfung des Steinzeitvirus mit höchster Priorität verfolgt werde. Dass das Pentagon und die US-Army davon betroffen seien, wurde heute von offizieller Stelle dementiert. Für die nationale Sicherheit bestehe keinerlei Gefahr, so Pentagon-Sprecher General Kendrake.«

Der Bericht wurde mit einem allgemeinen Beitrag zur Computerkriminalität fortgeführt, der Guerney nicht mehr wirklich interessierte. Aber ihm war klar, dass AIBEX Glück gehabt hatte, als eines der wenigen Unternehmen in den Vereinigten Staaten von dem Steinzeitvirus verschont worden zu sein.

Seine Gedanken wanderten wieder zu den Ereignissen des Nachmittags, zu der Traumsequenz, die sich wie im Zeitraffer auf dem Bildschirm im Labor abgespielt hatte. Dieses sonderbare Gefühl der Angst, das ihn dort befallen hatte. Fotos und Filmsequenzen tanzten vor seinem geistigen Auge, ebenso wirr und hektisch wie am Nachmittag. Die Erinnerungen brachen über ihn herein, schienen ihn zu erdrücken. Aber dann lösten sich aus der schieren Masse der Eindrücke einzelne Bilder, die etwas gemeinsam hatten: Sie zeigten Aurelia Fernandéz – nicht etwa während ihrer Besuche im Institut, wo sie von den AIBEX-Überwachungskameras aufgenommen worden war, sondern in anderen Situationen. Guerney konnte diese Situationen nicht genau deuten, dafür waren die Erinnerungen zu vage. Aber er hätte schwören können, dass heute Mittag mindestens zehn, fünfzehn verschiedene Fotos der CIA-Agentin auf dem Monitor vorbeigeflimmert waren. Weshalb träumte Tony ausgerechnet von ihr so viel?

Ein Blick auf die Uhr zeigte ihm, dass es allmählich Zeit wurde, Aurelia anzufunken. Es war bereits viertel vor acht. Draußen im Sumpf konnte es ziemlich einsam sein.

Er stellte den Fernseher leiser, schaltete das Funkgerät an und wollte soeben Kontakt mit ihr aufnehmen, als es an der Tür klingelte.

Guerney verließ das Wohnzimmer, um zu öffnen. Draußen stand die bullige Gestalt von Sheriff McCormick.

»Guten Abend, Dr. Guerney.«

»Guten Abend, Sheriff.«

»Haben Sie einen Moment Zeit für mich?«

»Selbstverständlich. Kommen Sie rein.« Guerney musste sich bemühen, sich seine Überraschung nicht anmerken zu lassen. Er fragte sich, weshalb McCormick hier war. Hatte er irgendwie herausgefunden, dass Guerney Aurelia Fernandéz versteckte? Oder hegte er zumindest den Verdacht?

McCormick folgte Guerney nach drinnen, und sie setzten sich an den Wohnzimmertisch.

»Darf ich Ihnen ein Bier anbieten?«

»Nein, danke. Nicht im Dienst. Aber eine Cola wäre nicht schlecht.«

Guerney verschwand in die Küche und kehrte gleich darauf mit einem Glas und einer Flasche Cola zurück.

»Nun, Sheriff, was führt Sie zu mir?«, fragte er, während er eingoss und sich wieder setzte.

»Das ist eine etwas merkwürdige Geschichte«, antwortete McCormick. »Es geht um einen Mann im Wald, der an ein Auto gefesselt war. Genauer gesagt um einen CIA-Agenten. Wissen Sie etwas davon?«

Guerney spürte, wie sein Puls sich beschleunigte. »Tut mir leid. Wie kommen Sie darauf, dass ich etwas darüber wissen könnte?«

»Der Kerl wurde ganz in der Nähe Ihrer Firma gefunden. Nicht einmal einen Kilometer weit davon entfernt. Er sagt, seine Kollegin hat ihn überrumpelt, als er sie festnehmen wollte. Special Agent Fernandéz. Sie wird verdächtigt, Kontakt zu terroristischen Kreisen zu haben. Meines Wissens war sie heute sogar bei Ihnen.«

Guerney nickte, bemüht, sich seine Verwirrung nicht anmerken zu lassen. Aurelia Fernandéz – eine Terroristin? Diese Möglichkeit hatte er noch nicht in Erwägung gezogen.

Er bemerkte, dass McCormick auf eine Antwort wartete, und wusste, dass er sich entscheiden musste. Nein, er *hatte* sich bereits entschieden, heute Vormittag, als Aurelia Fernandéz ihm vors Auto gelaufen war. Sie konnte ganz einfach keine Terroristin sein, das war unvorstellbar.

»Sie haben recht, Sheriff«, sagte er. »Agentin Fernandéz hatte noch ein paar Fragen bezüglich der Forschungsarbeiten bei AIBEX. Ich habe sie ihr beantwortet, so gut ich konnte. Dann ist sie wieder gegangen. Was danach passiert ist – keine Ahnung.« Er wusste, dass er sich mit dieser Aussage strafbar machte, aber solange er von Aurelias Unschuld überzeugt war, schien ihm das vertretbar zu sein.

»Ihre Sekretärin sagte mir, dass Sie kurz nach Special Agent Fernandéz' Besuch aufgebrochen sind«, fuhr McCormick fort. »Ich nehme an, Sie sind mit Ihrem Auto gefahren?«

»Natürlich.«

»Ist Ihnen auf dem Weg irgendetwas aufgefallen?«

Guerney tat so, als würde er nachdenken, dann schüttelte er den Kopf.

»Immerhin sind Sie in der Nähe der Stelle vorbeigefahren«, sagte McCormick.

»Ich habe nichts bemerkt. Konnte man den angeketteten Kerl und das Auto denn von der Straße aus sehen?«

»Das nicht. Aber ich hatte gehofft, dass Sie trotzdem etwas mitbekommen haben. Vielleicht haben Sie jemanden rufen gehört?«

»Ich hatte die Scheiben oben und die Klimaanlage an. Außerdem lief das Radio. Ich fürchte, ich kann Ihnen nicht weiterhelfen, Sheriff.«

McCormick war nicht anzumerken, was hinter seiner unbewegten Miene vor sich ging. Er trank einen Schluck Cola und stellte das Glas wieder hin. »Sie haben Ihren Termin heute spontan abgesagt, obwohl Sie schon unterwegs waren. Warum?«

Die Frage überrumpelte Guerney. Er hatte sich darüber noch gar keine Gedanken gemacht, schon allein weil er nicht damit gerechnet hatte, von McCormick vernommen zu werden. »Nun, ich … sagen wir, mir ist etwas dazwischengekommen.«

McCormick hob die Augenbrauen. »Geht es wohl etwas konkreter, Dr. Guerney?«

Guerney nickte, aber noch während er fieberhaft nach einer glaubhaften Ausrede suchte, knackte das Funkgerät.

»Collin, bitte kommen.«

Auch das noch! Ausgerechnet zum ungünstigsten Zeitpunkt musste Aurelia sich bei ihm melden. Das war es dann wohl!

McCormick sah ihn wieder mit seinem undefinierbaren Polizistenblick an. »Gehen Sie ruhig ran.«

Guerney zögerte. Hatte McCormick bemerkt, wer am anderen Ende der Leitung war? Oder stocherte er nur ein bisschen im Nebel herum?

Guerney beschloss zu bluffen. Vielleicht gab es tatsächlich noch eine Chance, aus dieser vertrackten Situation herauszukommen. Er ging zum Funkgerät, das auf der Kommode stand, und drückte die Sprechtaste. »Hey, Schatz, wie geht's? Kann ich dich gleich zurückrufen? Der Sheriff ist gerade da.« Er hoffte inständig, dass Aurelia schnell genug begriff.

Tatsächlich sagte sie wie aus der Pistole geschossen: »Kein Problem, ich warte. Aber lass dir nicht zu viel Zeit, ja? Ich freu mich auf nachher.«

»Ich melde mich gleich noch mal bei dir. Over und Ende.«

Als er zur Couch zurückkehrte, war McCormick bereits aufgestanden. »Ich kann mir schon vorstellen, was Sie heute Vormittag von Ihrem wichtigen Termin abgehalten hat, Doktor«, sagte er mit einem zweideutigen Grinsen im Gesicht.

»Was wäre das Leben ohne ein bisschen Romantik?« Er klopfte Guerney freundschaftlich auf die Schulter. »Lassen Sie sich von mir nicht länger aufhalten. Ich finde den Weg nach draußen. Was mich nur wundert, ist, dass ihr jungen Leute nicht das Telefon benutzt. Oder das Handy.«

»Durch die Störfälle heute Nacht hat Cindys Apparat wohl einen Schaden abbekommen«, improvisierte Guerney. »Funktioniert einfach nicht mehr. Deshalb sind wir vorläufig auf Funk umgestiegen. Zum Glück hat hier in der Gegend fast jeder ein Funkgerät.«

McCormick nickte. Offenbar war ihm das Erklärung genug. Gefolgt von Guerney ging er zur Haustür, wo er ihm die Hand schüttelte und sich für die Störung entschuldigte, bevor er in seinen Wagen stieg und davonfuhr.

Mit einem Bier, das er sich aus dem Kühlschrank in der Küche holte, ging er ins Wohnzimmer zurück. Auf CNN lief noch immer die Berichterstattung über das Steinzeitvirus. Er ließ den Fernseher weiter mit gedämpfter Lautstärke laufen, während er das Funkgerät von der Kommode holte und die Sprechtaste drückte.

»Hier Collin, bitte kommen.«

»Hallo. Ist alles in Ordnung?«

»Sheriff McCormick war da. Er wollte wissen, ob ich den Kerl im Wald gesehen habe, weil er nicht weit von unserem Firmengelände entfernt gefunden wurde.«

»Dann weiß McCormick also nicht, dass Sie den Vorfall gemeldet haben?«

»Waren wir nicht schon beim *Du*?«

»Ja, natürlich. Entschuldigung.«

Gourney lächelte. »Ich habe die Polizei anonym informiert, so wie Sie es mir gesagt haben. Niemand weiß, dass ich Ihnen geholfen habe.«

»Hat McCormick gesagt, warum ich gesucht werde?«

»Ja.«

Nach kurzem Zögern fragte die Frau: »Warum haben Sie mich nicht verraten?«

»Wer sagt, dass ich das nicht getan habe? Vielleicht tauchen schon in einer halben Stunde ein paar Polizeihubschrauber bei Ihnen auf.«

»Nein.«

»Was macht Sie so sicher?«

»Sie sind nicht der Typ dafür.«

»Nicht der Typ, um eine gesuchte Terroristin zu verraten, die ich kaum kenne?« In seinem Ton schwang die Enttäuschung darüber mit, dass sie ihn nicht eingeweiht hatte.

»Nein. Wenn Sie mich verraten hätten, würden Sie mir gegenüber so tun, als wenn alles in Ordnung wäre, um mich in Sicherheit zu wiegen.«

»Da haben Sie vermutlich sogar recht. Aber Sie können mir vertrauen.«

»Das weiß ich. Sonst wäre ich nicht in Ihrer Hütte geblieben.« Nach einer kurzen Pause sagte sie: »Ich glaube, ich habe mich noch gar nicht richtig bei Ihnen bedankt, oder?«

»Das ist nicht nötig.«

»Sie haben mir das Leben gerettet. Wenn Friedkin mich erwischt hätte, säße ich jetzt in einer Zelle in Untersuchungshaft. Ich habe das Gefühl, dass irgendjemand es auf mich abgesehen hat. Jemand, der mich aus dem Weg räumen will und der über die Mittel verfügt, alles so zu manipulieren, dass er das auch schafft.«

»Komisch«, sagte Guerney nachdenklich. »Genau wie bei mir.« Er erzählte ihr von dem Brand im Labor. »Ich hatte ebenfalls das Gefühl, dass jemand mich aus dem Weg räumen wollte. Ich habe bis jetzt keine Ahnung, wie er den Brand gelegt und die Türen verbarrikadiert hat. Außerdem handelt es sich schon um das zweite Feuer bei AIBEX innerhalb von zwei Wochen. Dr. Nash ist zwar im Serverraum erstickt, aber der Auslöser dafür war ein Brand. Statistisch gesehen sind zwei Brände in so kurzer Zeit äußerst unwahrscheinlich. Und dann ist da noch etwas: Der Brand heute ist ausgebrochen, kurz nachdem wir entdeckt hatten, dass unser künstliches Gehirn im Labor träumt.«

»Soll das ein Scherz sein?«

»Keineswegs. Es war zwar nur eine Frage der Zeit, bis das passieren würde. Immerhin wollen wir ein menschliches Gehirn nachbilden – das träumt schließlich auch. Nur hat keiner von uns damit gerechnet, dass es schon in diesem Stadium passiert. Dr. Nash war genau derselben Sache auf der Spur. Sie wusste nur noch nicht, ob die sonderbaren Auswertungsergebnisse auf einen Fehler im Analyseprogramm zurückzuführen waren oder ob sie tatsächlich schon den Durchbruch bedeuteten. Ich glaube, sie musste sterben, weil sie der Wahrheit zu nahekam.«

»Woher weißt du, dass diese Hirnfragmente träumen?«

»Ich habe es mit eigenen Augen gesehen. Live am Computer. Es war ein richtiges Bildergewitter.« Er erzählte ihr von den Fotos und von den Filmen, die der Computer aus den AIBEX-Überwachungskameras und aus dem Internet hatte – Eindrücke, die ihn offenbar im Schlaf beschäftigten.

»Du tauchst übrigens ebenfalls in diesen Träumen auf«, sagte Guerney.

»Ich?«

»Ja. Zumindest in dem Traum, den ich am Computer mitverfolgt habe. Ich bin ziemlich sicher, dass unter all den Aufnahmen auch einige von dir dabei waren.«

»Bestimmt, weil die Überwachungsmonitore bei AIBEX mich aufgezeichnet haben.«

»Ich glaube, es waren keine Aufnahmen aus der Firma.«

»Was dann? Erinnerst du dich an etwas Bestimmtes?«

»Nein. Leider ist der Versuch misslungen, den Traum auf DVD zu brennen. Allmählich glaube ich fast, dass auch dahinter Absicht steckt. Ich habe mir in den letzten Stunden meine Gedanken gemacht, und was ich jetzt sage, klingt ziemlich fantastisch. Ich glaube nämlich zu wissen, wer hinter all den Merkwürdigkeiten steckt – kein anderer als Tony selbst.«

»Tony?«

»So nennen wir bei AIBEX diese Versuchsanordnung – das künstliche Gehirn in Labor 11.«

Aurelia schwieg einen Augenblick am anderen Ende der Leitung. Dann sagte sie: »Du meinst, das künstliche Gehirn arbeitet selbstständig?«

»Tony ist intelligenter, als wir es bisher für möglich gehalten haben«, sagte Guerney. »Einer meiner Kollegen vermutet sogar, dass Tony sich beim Pokern absichtlich dumm anstellt, um sein wahres Potenzial zu verheimlichen, gerade so, als würde er etwas im Schilde führen. Oder als hätte er Angst vor den Folgen dieser Entdeckung.«

»Vielleicht ist es genau das«, sagte Aurelia. »Würdet ihr ihn denn nicht genauestens untersuchen? Ihn weiteren Tests unterziehen, vielleicht sogar Bioproben entnehmen, um sie zu analysieren?«

»Das ist unser Job.«

»Wenn Tony tatsächlich so intelligent ist, wie du glaubst, dann sollte es dich nicht überraschen, dass er versucht, euch zu täuschen. Dann ist das quasi Selbsterhaltungstrieb.«

»Vorausgesetzt, dass meine Theorie richtig ist ... Moment mal.«

»Stimmt etwas nicht?«

»Mein Fernseher ist ausgefallen.«

Das Bild war plötzlich schwarz geworden, als habe jemand den Apparat ausgeschaltet. Vielleicht wieder ein Stromausfall, überlegte Guerney, aber warum leuchtete das kleine Lämpchen unten am Fernseher dann grün? Er starrte unverwandt auf den dunklen Bildschirm.

»Jetzt tut sich was«, sagte er. Zunächst waren auf dem Monitor nur weiße flackernde Zerrstreifen zu sehen. Dann kam das Bild wieder, allerdings schien sich durch die Störung ein anderes Programm eingestellt zu haben: Der Nachrichtensprecher war verschwunden, das CNN-Logo nicht mehr zu sehen. Dafür wurde jetzt ein weißer Schriftzug eingeblendet: Schalten Sie nicht ab! Es folgt eine wichtige Mitteilung! Darunter tickte ein Countdown rückwärts, beginnend mit der Zahl 50.

»Was ist los?«, fragte Aurelia.

Guerney erklärte es ihr. Der Countdown stand jetzt bei zehn ... neun ... acht.

Bei null löste sich die weiße Schrift auf, und ein etwa dreißigjähriger Mann in einem eleganten Anzug wurde eingeblendet, der sich in einer Art Kellergewölbe aufhielt. Die oberen beiden Hemdknöpfe waren offen. Mit dem schulterlangen zurückgekämmten Haar und dem gepflegten Dreitagebart sah er aus wie ein Dressman. Seine Mundwinkel waren zu einem leisen Lächeln verzogen, das irgendwie überheblich und selbstgefällig wirkte.

Er begann zu sprechen. Soweit Guerney es verstand, handelte es sich dabei um Französisch. Gleich darauf wurde der Ton leiser, und eine englische Synchronstimme erklärte: »Bevor ich beginne, möchte ich Ihnen sagen, dass diese Mitteilung genau in diesem Moment in nahezu allen Ländern der Welt ausgestrahlt wird. Überall dort, wo meine Muttersprache nicht gesprochen wird, habe ich mir erlaubt, meine Botschaft in die jeweilige Landessprache übersetzen zu lassen. Sie mögen daran erkennen, wie wichtig mir mein Anliegen ist … Zunächst ein Bekenntnis: Für das Attentat in Singapur und für den Tod der dort Anwesenden bin allein ich verantwortlich – *Caligula, der neue Herrscher über die Welt*. Einige von Ihnen werden mich vielleicht für größenwahnsinnig oder gar für verrückt halten. Aber ich meine es ernst. Daher rate ich niemandem, mich und meine Organisation zu unterschätzen, wenn ich gleich meine Forderungen stelle. Das wäre ein großer Fehler. Ich verfüge über mehr Macht, als die meisten von Ihnen sich vorstellen können. Also seien Sie gewarnt, und hören Sie, was ich zu sagen habe …«

»Collin? Bist du noch dran?«, kam Aurelias beunruhigte Stimme aus dem Funkgerät. Aber er konnte jetzt nicht mit ihr sprechen.

»Ich melde mich gleich noch mal«, murmelte er und schaltete das Funkgerät ab.

Kapitel 42

Paris

Kalter Schweiß trat Lars Hendriksson auf die Stirn. Seine schlimmsten Befürchtungen hatten sich bewahrheitet. Caligula war für das Attentat in Singapur verantwortlich – das hatte er gerade selbst zugegeben.

Gemeinsam mit etwa hundert weiteren Ordensmitgliedern – alle in weiße Kutten gewandet – stand er in der unterirdischen Krypta und starrte gebannt auf den großen Übertragungsbildschirm, der an der Wand zwischen zwei Fackeln angebracht worden war. Die Menge hing an Caligulas Lippen, sog jedes einzelne Wort von ihm auf wie eine Offenbarung. Niemand wagte zu sprechen. Abgesehen vom Ton des Fernsehers herrschte in dem dunklen Gewölbe andächtige Stille.

Hendriksson sah Caligulas Gesicht auf dem Monitor, und er verspürte nur Angst und Abscheu. Die Worte, die Caligula in diesem Moment an seine Jünger und an die ganze Welt richtete, drangen kaum bis zu ihm durch. Viel zu sehr war er mit dem Kampf seines eigenen Gewissens beschäftigt und damit, sich nichts anmerken zu lassen.

Er trug eine Mitschuld an dem Attentat in Singapur, das machte ihm schwer zu schaffen. Zwar redete er sich die ganze Zeit ein, dass er die Sicherheitssysteme des Religionsgipfels nur in Unkenntnis von Caligulas wahren Motiven ausspioniert hatte. Doch er wusste, dass er sich damit selbst belog.

Tief im Inneren hatte er von Anfang an gespürt, wie gefährlich Caligula war.

Aber er hatte Caligula unterschätzt, sowohl seine Skrupellosigkeit als auch seine technischen und logistischen Möglichkeiten. Ein Attentat dieser Dimension musste einen ungeheuren Planungsaufwand erfordern und war von unzähligen Variablen abhängig. Kontakte zu Informanten mussten geknüpft und gepflegt, die Attentäter instruiert und mit den nötigen Waffen ausgestattet werden. Fluchtwege waren zu organisieren, falsche Fährten zu legen. Es gab unzählige Dinge zu tun, um ein solches Unternehmen durchzuführen. Außerdem war es Hendriksson noch immer ein Rätsel, wie Caligula es angestellt hatte, dass seine Videobotschaft auf dem ganzen Globus zeitgleich ausgestrahlt wurde. Wer oder was war dieser Mann? Ein technisches Genie? Ein hyperintelligenter Psychopath? Vermutlich beides, vereint im Körper eines Adonis.

Wie lange mochte Caligula diesen Moment – den Augenblick seiner weltweiten Kundgebung – schon vorbereitet haben? So etwas konnte selbst er nicht innerhalb weniger Stunden oder Tage vollbringen. Dazu gehörte ein ausgefeilter Plan, vielleicht noch mehr als bei dem Attentat. Was trieb diesen Menschen an?

Je mehr Hendriksson darüber nachdachte, desto unheimlicher wurde ihm Caligula. Dabei hatte er ihn anfangs irgendwie sogar bewundert, und das, obwohl er ihn damals noch für einen unbedeutenden religiösen Spinner gehalten hatte. Aber sein selbstbewusstes Auftreten, seine bewaffneten Leibwächter und sein ominöser Kult in den unterirdischen Gängen von Paris hatten ihm eine Aura der Macht verliehen, der Hendriksson schnell verfallen war. Hinzu kam, dass Caligula ihm als hervorragender Hacker vorgestellt worden war. Und natürlich spielte es eine Rolle, dass er ihn mit Jessica Watanabe zusammengebracht hatte.

Dennoch hätte Hendriksson sich niemals auf ihn einlassen dürfen. Die Tatsache, dass er zum Gelingen des Attentats in Singapur beigetragen hatte, machte ihn ganz krank.

Was sollte er jetzt tun?

Kapitel 43

Washington, D. C.

Shephard saß an seinem Schreibtisch im Oval Office, als zwei Beamte des Secret Service eintraten.

»Mr President, würden Sie bitte mitkommen?«, sagte einer der beiden. »Es gibt Entwicklungen, über die sie sofort unterrichtet werden sollten.«

Shephard nickte, stand auf und folgte den beiden Männern in einen kleinen Präsentationsraum, in dem zwei weitere Sicherheitsbeamte gerade dabei waren, einen Laptop an den großen Flachbildmonitor an der Wand anzuschließen.

Shephard setzte sich auf einen der Stühle davor und wartete, bis die Technik bereit war.

»Was Sie gleich sehen werden, Sir«, sagte einer der Beamten und griff nach einer Fernbedienung, »ist die Aufzeichnung einer Bekennernachricht zum Anschlag von Singapur, die vor wenigen Minuten im Fernsehen ausgestrahlt wurde.«

»Hier? In den Vereinigten Staaten?«, fragte Shephard.

»*Überall auf der Welt.* Auf nahezu allen Sendern, genau zur gleichen Zeit. Der Mann nennt sich Caligula.«

Shephard sah den Secret-Service-Beamten unbewegt an. »Jemand hat es geschafft, sämtliche Sender der Welt anzuzapfen?«

»Bisher haben wir bereits die Bestätigungen aus Kanada, Russland, Japan, England, Deutschland und Frankreich.«

Der Beamte drückte einen Knopf auf der Fernbedienung, woraufhin das Fernsehbild zum Leben erwachte. Ein weißer

Schriftzug machte darauf aufmerksam, dass eine wichtige Mitteilung folgen würde. Darunter tickten die letzten Sekunden eines eingeblendeten Countdowns. Die Schrift löste sich auf, und ein etwa dreißigjähriger Mann in Anzug und weißem Hemd füllte nun das Bild aus. Er befand sich in einem dunklen Raum; im Hintergrund war schemenhaft eine Steinmauer zu erkennen. Ein unruhiges Schattenspiel auf dem Gesicht des Mannes ließ vermuten, dass er sich in der Nähe eines Feuers aufhielt, vielleicht eines Kamins. Auch der orangefarbene Glanz in seinen Augen deutete auf ein Feuer hin. In dem flackernden Licht, mit seinem dünnen Lächeln auf den Lippen wirkte er beinahe wie ein Mensch gewordener Dämon.

Er sprach Französisch. Seine Stimme klang sonor, war ziemlich tief und ein wenig heiser. Gleich darauf setzte eine englische Synchronstimme ein. Sie erklärte, dass diese Botschaft zeitgleich auf dem ganzen Globus zu sehen war, dass der Mann sich Caligula nannte und dass er sich zu dem Anschlag in Singapur bekannte.

»Ich bin der neue Herrscher über die Welt«, verkündete er, den Blick so durchdringend in die Kamera gerichtet, dass Shephard fast den Eindruck hatte, der Mann spreche von Angesicht zu Angesicht zu ihm. »Ich bin kein Geringerer als euer neuer Gott. Wer mich anerkennt, wer mich ehrt und wer meine Gebote achtet, hat nichts zu befürchten. Doch wer mich verleugnet und mir nicht die nötige Ehrfurcht entgegenbringt, der soll meinen Zorn spüren. Meine Regeln sind einfach. Wer sich zu mir bekennt, zollt mir seine Demut durch sein tägliches Gebet zu mir, um genau zwölf Uhr mittags. Gleich, wo ihr euch aufhaltet, kniet nieder und preiset mich, Caligula, euren neuen Herrn. Ruft meinen Namen gen Himmel, gelobet, dass ihr mich liebt und dass ihr zu keinem anderen Gott außer mir mehr beten wollt. Und wenn ich euch eine Botschaft zukommen lasse, gleich, wann und wo, befolgt sie, ohne sie in Frage zu stellen. Das sind meine Regeln.« Er machte eine Pause. Durch sein Schweigen wirkte sein Blick noch hypnotischer. »In den letzten Wochen habe ich euch ein paar Kostproben meiner Macht gegeben«, fuhr er fort, während sich sein Gesicht im Schein der Fackeln aufzulösen schien. Dafür wurden jetzt Filmsequenzen eingespielt: Ausschnitte des Attentats in Singapur, das durch den Stromausfall verursachte Verkehrschaos, Anarchisten und Kriminelle, die die Gunst der Stunde nutzten und Schaufenster einschlugen, plünderten oder Brände legten. Abgestürzte Flugzeuge in allen Teilen der Welt ...

»Ich bin euer neuer Gott«, fuhr Caligula aus dem Off fort, »aber im Gegensatz zu den vielen Göttern eurer bisherigen Religionen ist meine Allmacht nicht nur Legende, sondern Wirklichkeit. Ich bin jederzeit in der Lage, meine Macht zu demonstrieren, ganz wie es mir gefällt. Erfüllt meine Gebote, und ihr habt nichts zu befürchten. Missachtet sie, so werdet ihr meinen Groll spüren.«

Die Chaosbilder verblassten, und Caligula nahm wieder Gestalt an. »Ich bin kein Tyrann. Ich verstehe, dass eine gewisse Zeit nötig sein wird, um den Gedanken an einen neuen, anderen, leibhaftigen Gott zu akzeptieren. Aber als Zeichen des guten Willens fordere ich von den Staatsoberhäuptern aller Nationen, sich im Lauf der nächsten zwölf Stunden öffentlich in einer Fernsehkundgebung zu mir zu bekennen. Das ist meine erste Forderung an euch. Erfüllt sie, und niemand wird zu Schaden kommen. Weigert euch, und ich prophezeie eine Katastrophe, gegen die selbst das Attentat in Singapur und die Flugzeugabstürze vor zwei Wochen wie harmlose Kinderstreiche wirken.« Noch einmal machte er eine Pause. »Zwölf Stunden. Ab jetzt«, sagte er dann. »Ich warte.«

Kapitel 44

Louisiana

Nachdem Collin Guerney das Gespräch zuvor so unvermittelt beendet hatte, hatte Aurelia ein paar Minuten gewartet und ihn dann noch mal angefunkt, aber er war nicht rangegangen. Erst beim fünften oder sechsten Versuch hatte er sich wieder gemeldet und ihr erzählt, was vorgefallen war.

Sie konnte es immer noch nicht glauben. Während sie irgendwo in den Sümpfen von Louisiana steckte, weitab von jeglicher Zivilisation, hatte ein offenbar Größenwahnsinniger sich zum Gott erklärt. Es klang beinahe zu verrückt, um wahr zu sein.

Da er sich auch zu den Flugzeugabstürzen bekannte, war dieser *Caligula* auch für Evas Tod verantwortlich. Der Mann, der Aurelia die Tochter genommen hatte, hatte sich öffentlich zu erkennen gegeben, aber abgeschnitten von der Außenwelt – ohne Fernsehen, ohne Radio, ohne Strom –, hatte Aurelia nichts davon mitbekommen. Heute Mittag war ihr dieser Unterschlupf im Sumpf geradezu ideal erschienen, weil hier niemand nach ihr suchen würde. Jetzt kam ihr die Isolation vor wie ein Gefängnis. Sie wollte endlich das Gesicht von Evas Mörder sehen. Doch sie wusste, dass es im Moment noch viel zu gefährlich war, dieses Versteck zu verlassen. Die CIA und die Polizei suchten sie. Sie musste hier warten, bis sie einen Plan hatte, wie es weitergehen sollte. Sie musste Geduld aufbringen, aber gerade das fiel ihr im Moment unendlich schwer.

Nachdem sie das Gespräch beendet hatten, saß Aurelia noch eine ganze Weile im Schein einer uralten Petroleumlampe auf dem Bett, an die aus groben Brettern gezimmerte Holzwand gelehnt, die Arme um die angewinkelten Knie geschlungen. Ein paar Moskitos umschwirrten sie mit gierigem Summen. Die beiden Hüttenfenster waren zwar mit Fliegengitter versehen, dennoch drangen die kleinen Biester durch sämtliche Ritzen.

Sie löschte das Licht und starrte eine Zeit lang ins Dunkel. Von draußen kam kaum Helligkeit herein – die Hütte stand in einem dichten Wald, der das Mondlicht aufzusaugen schien. Dafür drangen die Geräusche des Sumpfes zu ihr wie Boten aus einer fremden Welt. Überall quakte und zirpte es, immer wieder hörte Aurelia das Knacken von Holz oder das Plätschern von Wasser. Obwohl sie sich sagte, dass das völlig normal war, schrak sie jedes Mal zusammen, wobei sie selbst nicht genau wusste, wovor sie sich mehr fürchtete – vor wilden Tieren oder davor, durch irgendeine Unachtsamkeit von der CIA aufgespürt worden zu sein. Sie stellte sich vor, wie ein schwerbewaffnetes Spezialkommando die Hütte von allen Seiten umstellte, dann wieder, wie ein riesiges Krokodil auf der Suche nach Beute die Hüttentür aus den Angeln riss …

Sie verstand immer noch nicht, wie es so weit hatte kommen können, dass sie von ihren eigenen Leuten gesucht wurde. Dieses Foto! Das Foto, das sie zusammen mit Hassan Gamoudi und diesem anderen Kriminellen zeigte. Wenn sie es nicht mit eigenen Augen gesehen hätte, hätte sie es nicht geglaubt. Die Ähnlichkeit war verblüffend! Kein Wunder, dass die CIA sie verdächtigte, heimlich mit terroristischen Kreisen in Kontakt zu stehen.

Ihre Gedanken wanderten wieder zu diesem selbst ernannten neuen Gott, dessen Gesicht sie noch nicht kannte. Caligula – ein eigenartiger Name. Wie krank musste jemand sein, der sich für einen Gott hielt?

Aber er schien über eine nahezu übermenschliche Macht zu verfügen. Er konnte überall auf der Welt gleichzeitig auf den Bildschirmen erscheinen, konnte flächendeckende Stromausfälle verursachen und Flugzeuge vom Himmel fallen lassen. Nie zuvor hatte ein Mensch derart viel Macht besessen. Beanspruchte dieser Caligula seinen Gott-Status womöglich zu Recht?

Unsinn! Er mochte ein technisches Genie sein. Aber ein Gott? Das war lächerlich! Aurelia konnte sich beim besten Willen nicht vorstellen, diesem neuen Gott täglich zu huldigen, geschweige denn, wirklich an ihn zu glauben. Der Kerl war ein Geisteskranker, ein Größenwahnsinniger, ein neuer Adolf Hitler, nur nicht auf politischer, sondern auf religiöser Ebene.

Das Knacken von Holz draußen vor der Hütte schreckte sie aus ihren Gedanken auf. Sie blieb regungslos sitzen und lauschte in die Nacht. Leises Rascheln, das sich in Richtung Ufer entfernte. Dann war es wieder ruhig. Sie lauschte noch eine Weile, hörte aber nichts mehr. Vermutlich irgendein Tier, das längst verschwunden war.

Sie legte sich ins Bett, starrte an die Decke, versuchte, sich zu entspannen. Ihre Gedanken wanderten zu Collin Guerney. Er hatte etwas an sich, das ihr gefiel. Mit seinem dichten, dunklen Haar, dem gewinnenden Lächeln und dem athletischen Körperbau sah er ziemlich gut aus. Außerdem gab er ihr das Gefühl, dass sie in guten Händen war. Ohne seine Hilfe hätte sie bereits hinter Gittern gesessen.

Und während sie weiter über Collin Guerney nachdachte, über seine Art, sein Aussehen, seine Vorzüge, spürte sie, wie eine angenehme Müdigkeit von ihr Besitz ergriff und sie ins Reich der Träume entführte.

Kapitel 45

Paris

In der Kanalisation von Paris herrschte Partystimmung. Caligulas weltweite Bekanntgebung wurde wie ein Sieg gefeiert. Die Krypta und die Nebenräume waren zu einer Art sakraler Lounge umgestaltet worden. An den Wänden standen Tische mit kunstvoll belegten Platten, auf denen Kaviar- und Lachshäppchen sowie andere exquisite Köstlichkeiten angerichtet waren. Dazu wurden Champagner und teurer Wein gereicht.

Doch Lars Hendriksson war nicht zum Feiern zumute. Inmitten der Festgesellschaft kam er sich fremd und fehl am Platze vor. Er fühlte sich, als würde Blut an seinen Händen kleben, das er nicht abwaschen konnte. Wie sollte er damit weiterleben?

Er dachte daran, zur Polizei zu gehen, verwarf den Gedanken aber wieder – nicht nur, weil Caligula damit gedroht hatte, in diesem Fall fingierte Beweise an Interpol zu liefern, die Hendriksson als Terroristen zeigten, sondern auch, weil er nicht wusste, ob Caligula bei der Polizei ebenfalls Sympathisanten hatte. Wenn er an den Falschen geriet, würde er sich dadurch selbst ans Messer liefern.

Nein, bis er den Orden genauer kannte, war er auf sich allein gestellt. Das hieß aber auch, dass er im Moment der Einzige war, der weiteres Unrecht verhindern konnte. Hendriksson spürte die enorme Verantwortung wie eine tonnenschwere Last auf seinen Schultern. Allein die Vorstellung, sich jemandem entgegenzustellen, der sich selbst zum Gott erklärt hatte, grenzte an Wahnsinn. Wie sollte er das anstellen, selbst wenn er Caligulas nächste Schritte rechtzeitig in Erfahrung bringen konnte?

Hin- und hergerissen zwischen nackter Angst und dem Wunsch, weiteres Unheil zu verhindern, traf er einen Entschluss: Er wollte sich nach außen weiterhin als loyaler Glaubensbruder ausgeben, doch gleichzeitig würde er versuchen, an Informationen über künftige Pläne Caligulas heranzukommen. Falls ihm das gelang, konnte er immer noch entscheiden, wie es dann weitergehen sollte. Falls er erfolglos blieb, hatte er sich wenigstens nicht unnötig in Gefahr gebracht.

Er musste versuchen, mit Caligula zu sprechen. Aber wo war er? Hendriksson suchte die Krypta und die angrenzenden Räume nach ihm ab, konnte ihn aber nirgends finden. Dafür entdeckte er jedoch Pierre Cassal, einen hochrangigen Ordensbruder, der wusste, dass Caligula sich in seine privaten unterirdischen Gemächer zurückgezogen hatte.

Hendriksson dankte ihm und ging weiter, wobei er sich ein paarmal in irgendwelchen Sackgassen verlief. Dieses Netz aus Röhren, Gängen und Schächten war für ihn immer noch das reinste Labyrinth.

Dann war er plötzlich allein. Die Feier konzentrierte sich auf die Krypta und die angrenzenden Gewölbe. Hierher hatte sich heute offenbar niemand verirrt.

Er setzte seinen Weg fort, bis er auf die Tür zu Caligulas Privaträumen stieß. Sie war weder bewacht noch abgeschlossen. Allein das zeigte schon, dass Caligula sich für unantastbar hielt, zumindest hier unten, in seinem Schattenreich.

Hendriksson klopfte an und wartete. Als keine Reaktion kam, trat er ein.

Er fand sich in einem langen Gang wieder, der alle zwei Meter von einer Seitennische durchbrochen wurde. Darin standen Büsten und Statuen aus Marmor – Nachbildungen antiker Gottheiten, wie er annahm.

Von weiter vorn hörte er Stimmen – eine männliche und eine weibliche. Die männliche Stimme gehörte eindeutig Caligula. Er sprach leise, aber scharf, wie mit mühsam unterdrücktem Zorn. Ganz offensichtlich war jetzt kein besonders günstiger Zeitpunkt, um mit ihm zu sprechen.

Hendriksson wollte gerade kehrtmachen, als er hörte, wie Caligula sagte: »... ist doch wohl nicht zu viel verlangt, wenn du Hendriksson noch ein wenig im Auge behältst. Bisher hattest du doch auch keine Skrupel!«

Hendriksson hielt inne. Er lauschte und hörte jetzt wieder die weibliche Stimme, konnte aber nicht verstehen, was sie sagte.

Dann wieder Caligula: »Du hast von Anfang an gewusst, dass er nur eine Strohpuppe ist. Also halt dich an unsere Abmachung, sonst wirst du erfahren, wie ich mit Feiglingen und Verrätern umgehe!«

Das Herz schlug Lars Hendriksson bis zum Hals, während er vorsichtig näher schlich. *Du hast von Anfang an gewusst, dass er nur eine Strohpuppe ist.* Mit wem sprach Caligula über ihn? Vorsichtig spähte er in den Raum, aus dem die Stimmen kamen.

Seine schlimmste Befürchtung bestätigte sich: Bei Caligula war niemand anderes als Jessica.

»Hendriksson ist mir völlig gleichgültig!«, sagte sie kühl. »Ich will nicht länger mit ihm zusammen sein!«

»Es ist mir egal, was du willst! Wichtig ist, was für den Orden gut ist. Das heißt, dass du ihn noch ein paar Tage im Auge behalten wirst, ob es dir nun gefällt oder nicht, verstanden?«

Hendrikssons Knie wurden weich. Er bebte und zitterte vor Enttäuschung und Wut, weil er sich betrogen und ausgenutzt fühlte. Leise schlich er den Gang zurück. Sein Herz fühlte sich an, als sei es zu Stein erstarrt.

Kapitel 46

Washington

US-Präsident William Shephard saß an einem langen ovalen Mahagonitisch in einem abhörsicheren Konferenzraum im Pentagon und ließ seinen Blick von einem zum anderen wandern. Der Krisenstab war beinahe vollzählig. Zu seiner Linken saßen Außenminister Doyle Hoberman, Innenministerin Harriett Nunn, Shephards langjähriger Sicherheitsberater Frank Laroya sowie die Direktoren der CIA und des FBI, John Mulligan und Jasper Hennessey. Rechts von ihm saßen Linda Archer, die Stabschefin des Weißen Hauses, und die ranghöchsten Offiziere des Pentagon: General Kendrake, der bereits bei der Krisensitzung am Morgen dabei gewesen war und die Infanterie vertrat, General Armbruster für die Luftwaffe und Admiral O'Shea für die Marine. Nur Verteidigungsminister Cramer fehlte. Er befand sich zurzeit auf dem Rückflug von seiner Asienreise.

Alle Anwesenden hatten ihre eilig zusammengestellten Unterlagen vor sich liegen. Am anderen Ende des Tischs stand ein Flachbildfernseher, auf dem Caligulas Videobotschaft gerade noch einmal abgespielt worden war. Das Antlitz des Teufels, der sich zum Gott erhob, war auf dem Monitor eingefroren, und Shephard hatte wieder das Gefühl, dass dieser Blick ihn verhöhnte, ihn herausforderte. Als wollte Caligula ihn, den mächtigsten Mann der Welt, in ganz besonderer Weise treffen.

»John, ich denke, es wäre am besten, wenn Sie uns berichten, was Sie über diesen Mann und seine Organisation herausgefunden haben«, sagte Shephard und deutete mit einer Kopfbewegung auf CIA-Direktor Mulligan.

Der nickte knapp und sah in die Runde. »Viel ist es nicht, was vor allem daran liegt, dass Caligula bislang noch nicht öffentlich in Erscheinung getreten ist. Wir kennen seinen bürgerlichen Namen nicht, aber wir haben sein Bild mit unserem Fahndungsarchiv abgeglichen. Natürlich auch mit den Archiven von FBI, Interpol und so weiter. Ohne Ergebnis. Es gibt bis jetzt keinerlei Hinweise auf eine kriminelle Vergangenheit. Leider wissen wir auch noch nicht, von wo aus Caligula seine Fernsehbotschaft ausgestrahlt hat. Die Signale wurden von Hunderten von Stellen aus gesendet, verteilt über die ganze Welt, sodass eine eindeutige Lokalisierung unmöglich ist. Auch liefert die Übertragung selbst kaum Hinweise auf den Ort, wo die Aufnahme gemacht wurde. Caligula befindet sich in einer Art Gewölbekeller, aber das könnte so gut wie überall sein. Was wir dagegen mit ziemlicher Sicherheit sagen können, ist, dass er Französisch als Muttersprache spricht. Das haben wir anhand der Filmpassagen herausgefunden, in denen seine Stimme nicht von einem Dolmetscher überlagert wird. Mit hoher Wahrscheinlichkeit ist er gebürtiger Franzose.« Mulligan blätterte in seinen Unterlagen, bevor er fortfuhr. »Etwa fünfzehn Minuten nach der weltweiten Ausstrahlung von Caligulas Videobotschaft ging im CIA-Hauptquartier in Langley eine ebenfalls nicht lokalisierbare E-Mail ein, in der Caligula sich eindeutig als Drahtzieher des Anschlags von Singapur, der weltweiten Strom- und Telekommunikationsausfälle sowie der Flugzeugabstürze vor zwei Wochen zu erkennen gibt. In der Mail sind Details genannt, die nur ein Insider wissen kann. Dieselbe Mail haben übrigens auch andere Geheimdienste erhalten, alle zur selben Zeit. Caligula will offenbar keinen Zweifel daran lassen, dass er für diese Vorfälle verantwortlich ist.«

»Enthält die E-Mail einen Hinweis darauf, was passieren wird, wenn das Ultimatum abläuft und seiner Forderung nicht entsprochen wird?« Die Frage kam von General O'Shea, der stocksteif auf seinem Stuhl saß.

Mulligan schüttelte den Kopf. »Nein, General. Aber Caligula hat bereits gezeigt, wozu er technisch in der Lage ist. Dass er größenwahnsinnig und gefährlich ist und darüber hinaus keine Skrupel kennt, hat er ebenfalls schon bewiesen. Wenn das Ultimatum verstreicht, müssen wir mit dem Schlimmsten rechnen, denke ich.«

»Was uns zu der Frage führt«, sagte Präsident Shephard, »wie wir uns bezüglich Caligulas Forderungen stellen. Das Ultimatum läuft morgen früh um acht Uhr aus.«

»Ungeachtet der Konsequenzen dürfen wir uns keinesfalls erpressen lassen«, sagte General O'Shea entschieden. »Schon gar nicht von einem offenbar Geisteskranken.«

»Auch wenn er vielleicht in der Lage ist, die Welt in den Abgrund zu stürzen?«

Innenministerin Nunn schüttelte heftig den Kopf. »Ich pflichte General O'Shea bei. Ein Staat darf sich nicht erpressen lassen. Um keinen Preis. Das würde ihn nur noch angreifbarer machen. Wir müssen in dieser Frage konsequent bleiben, Mr President.«

Natürlich wusste Shephard, dass ihm im Grunde genommen nicht viel Handlungsspielraum blieb – die Nichterpressbarkeit des Staates war einer der unerschütterlichen Grundsätze der USA und der meisten anderen Länder der Welt. Andererseits hatte es in der Geschichte der Menschheit noch nie eine vergleichbare Situation gegeben. Staatsmänner und reiche Industrielle waren entführt worden, und alle möglichen Fanatiker hatten versucht, die amerikanische Regierung damit zu irgendwelchen Zugeständnissen zu bewegen, immer erfolglos. Aber ein Mann, der sich für Gott hielt, der über ein nahezu unbegrenztes Machtpotenzial verfügte und der beabsichtigte, sich die ganze Welt untertan zu machen – das war eine völlig neue Dimension.

»Gibt es schon Reaktionen aus dem Ausland?«, fragte Shephard und sah dabei Außenminister Hoberman an.

»Bis jetzt noch nicht. Ich denke, dass die meisten Staatsoberhäupter sich bis kurz vor Ablauf des Ultimatums Zeit lassen werden – falls überhaupt jemand den Forderungen Caligulas nachkommt. Was ich mir nicht vorstellen kann. Zumindest die großen Nationen werden nicht einlenken. Mit anderen Worten: Sofern Caligula tatsächlich die Macht dazu besitzt – und davon müssen wir im Moment ausgehen –, ist die nächste Katastrophe vorprogrammiert.«

Zu diesem Schluss war Shephard auch gekommen.

Die Stabschefin des Weißen Hauses, Linda Archer, hatte sich die ganze Zeit über Notizen gemacht. Jetzt meldete sie sich zum ersten Mal selbst zu Wort. »John, Sie haben vorhin gesagt, dass wir – falls wir Caligulas Ultimatum nicht erfüllen – mit dem *Schlimmsten* rechnen müssen.« Sie sah CIA-Chef Mulligan an. »Was bedeutet das genau?«

»Ich kann das nicht konkretisieren«, sagte Mulligan. »Vielleicht lässt Caligula Milzbranderreger verbreiten. Vielleicht verseucht er das Grundwasser. Vielleicht plant er Anschläge im Stil des 11. September.«

Insbesondere die letzte Bemerkung löste eine heftige Diskussion aus. Außenminister Hoberman und Shephards Sicherheitsberater Laroya stellten sich auf die Seite von CIA-Chef Mulligan. Sie hielten es – wie Shephard selbst – für nicht ausgeschlossen, dass ein Mann wie Caligula einen ähnlichen terroristischen Akt in den USA planen konnte wie seinerzeit Osama Bin Laden.

Innenministerin Nunn, Hennessey vom FBI und die drei Pentagon-Vertreter schlossen das aus. In den Vereinigten Staaten könne sich weder ein zweites 09/11 ereignen noch ein Anschlag wie in Singapur, so ihre einhellige Überzeugung. Sicherheitsberater Laroya wies darauf hin, dass Caligula aufgrund seiner ungeheuren technischen Möglichkeiten sogar ein Anschlag zuzutrauen sei, der alles bisher Dagewesene in den Schatten stellte. Die Stimmung heizte sich daran noch mehr auf.

»Ich denke«, erhob Shephard schließlich seine Stimme, »es steht außer Frage, dass wir über ein hervorragendes Netz an Sicherheitsvorkehrungen verfügen, vielleicht über das beste weltweit. Aber hundertprozentige Sicherheit gibt es nicht, und ausgehend von dem, was wir bislang über Caligula wissen, ist ihm zuzutrauen, dass er mögliche bestehende Sicherheitslücken kennt und nutzt – auch in den USA.«

Er erntete zustimmendes Nicken. Allen Anwesenden, auch jenen, die einen terroristischen Akt größeren Ausmaßes auf US-amerikanischem Boden für ausgeschlossen hielten, war klar, dass ein gewisses Risiko bestand. Außerdem drängte die Zeit – in dieser Nacht mussten schnelle Entscheidungen gefällt werden.

Daraufhin wurden die bereits in den letzten Jahren und Jahrzehnten verabschiedeten Notfallkonzepte besprochen. Innenministerin Nunn und General Kendrake hatten sämtliche Unterlagen dabei und stellten die einzelnen Maßnahmen in knappen Worten vor, angefangen von der Aktivierung der Feuerwehr und des Katastrophenschutzes bei Großbränden bis hin zur Evakuierung ganzer Bevölkerungsteile beim Einsatz gefährlicher Krankheitserreger oder chemischer

Kampfstoffe. Nötigenfalls würde man den Ausnahmezustand ausrufen.

Auch die Möglichkeit eines Anschlags auf den US-Präsidenten wurde erörtert. Man beschloss, den Secret Service, die Leibwache des Präsidenten, in erhöhte Alarmbereitschaft zu versetzen, außerdem verabschiedete man eine Reihe weiterer Vorkehrungsmaßnahmen, vor allem den verstärkten Polizei- und Militäreinsatz rund um das Weiße Haus.

»Da ist noch etwas, über das wir sprechen sollten«, sagte General Kendrake mit ernster Miene und sah in die Runde. »Bereits eine halbe Stunde nach der Ausstrahlung von Caligulas Botschaft haben unsere Überwachungssatelliten in China außergewöhnliche militärische Aktivitäten registriert. In Russland ebenfalls.«

»Demnach funktioniert das Verteidigungssystem also wieder?«, fragte Shephard, der nach der letzten Virenwelle über massive Ausfälle unterrichtet worden war.

Aber Kendrake schüttelte den Kopf. »Der Großteil unserer Systeme ist nach wie vor lahmgelegt, auch wenn wir das offiziell natürlich dementieren. Momentan arbeiten nur ein paar Kernsysteme einwandfrei – darunter einige Satelliten. Unseren NATO-Partnern geht es ähnlich.«

Shephard biss die Zähne aufeinander, sagte aber nichts. Die weltpolitische Situation war völlig aus dem Gleichgewicht geraten.

»Was haben China und Russland vor?«, fragte Innenministerin Nunn. »Wissen die mehr als wir? Ich meine, haben die womöglich einen Hinweis darauf, was uns bevorsteht?«

»Möglich«, sagte Kendrake. »Es wäre aber auch denkbar, dass sie einfach versuchen, die Situation auszunutzen, um politischen oder militärischen Vorteil daraus zu ziehen.«

»Wie meinen Sie das, General?«, fragte Stabschefin Linda Archer.

»Offiziell werden sie behaupten, sich lediglich für einen möglichen Angriff Caligulas zu wappnen. Allerdings könnten China und Russland in Wahrheit ganz andere Absichten verfolgen. Wenn sie unter dem Vorwand, sich vor Caligula schützen zu wollen, ihre Waffensysteme mobilisieren, schaffen sie damit ideale Voraussetzungen, um territoriale Ansprüche gegenüber Drittländern durchzusetzen.«

»Sie denken, Russland und China würden die Situation ausnutzen, um einen Krieg zu beginnen?« Die Frage kam von FBI-Direktor Hennessey. »Ist das nicht ein bisschen arg schwarz-weiß gedacht? Die bösen Russen. Die bösen Chinesen. Ich kann mir das nicht vorstellen.«

»Ich sage nicht, dass es so ist. Aber ich halte es für denkbar«, erwiderte Kendrake. General Armbruster und Admiral O'Shea nickten entschlossen. »Tibet ist den Chinesen schon lange ein Dorn im Auge, ebenso wie Tschetschenien den Russen.«

»Die Welt würde einen derartigen militärischen Schlag keinesfalls billigen.«

»Unter normalen Umständen nicht. Aber die Umstände sind nicht normal. Je nachdem, welche Katastrophe Caligula heraufbeschwört, könnte es sein, dass jede der großen Nationen sich zunächst einmal auf ihre eigenen Probleme konzentrieren muss. Wenn in den USA eine flächendeckende Hanta-Epidemie ausbräche, hätten wir weiß Gott andere Sorgen, als Tibet oder Tschetschenien zur Seite zu stehen, zumal keine der beiden Nationen über nennenswerte Rohstoffe verfügt, die sie für eine Schirmherrschaft der Vereinigten Staaten interessant machen würde. Anders ausgedrückt: Je nachdem, was nach Ablauf von Caligulas Ultimatum geschieht, könnten China und Russland durchaus ihren Vorteil daraus ziehen. Ich fürchte, genau für diesen Fall rüsten sie auf.«

»Haben sie auch schon ihre Atomwaffen mobilisiert?«, fragte Präsident Shephard. In General Kendrakes Gesicht konnte er die Antwort lesen, noch ehe er sie ausgesprochen hatte.

»Es sieht ganz so aus, Sir. Und nur für den Fall, dass atomare Langstreckenwaffen auch auf US-amerikanische Ziele ausgerichtet werden, sollten wir uns überlegen, unser eigenes Atomwaffenprogramm ebenfalls zu aktivieren.«

Kapitel 47

Louisiana

Der Morgen war wolkig und schwül, die Temperaturen aber noch einigermaßen erträglich, sodass Collin Guerney die Klimaanlage abschaltete und stattdessen das Seitenfenster seines Geländewagens herunterließ. Er hatte noch Zeit. Sein Flug ging erst um neun Uhr, also in eineinhalb Stunden.

Der Fahrtwind wehte eine erfrischende Brise herein. Im Radio lief ein alter Song von Queen, der Guerney an seine Schulzeit erinnerte. Es hätte ein durchaus angenehmer Tag sein können, wenn er nicht so ein sonderbares Gefühl in der Magengrube gehabt hätte. Der bevorstehende Termin vor dem Wirtschaftsausschuss des Staates Louisiana würde schwierig werden, das sagte ihm seine innere Stimme.

Als Geschäftsführer von AIBEX war es Guerneys Pflicht, den Ausschuss einmal jährlich über die laufenden Geschäfte und den Status der wichtigsten Projekte zu informieren. Der Bericht war eine Auflage der vor sechs Jahren bewilligten staatlichen Zuschüsse und bislang reine Formsache gewesen. Niemand dort hatte einen allzu schnellen Durchbruch erwartet – die subventionierten Forschungen im AIBEX-Labor waren auf fünfzehn bis zwanzig Jahre angelegt –, und solange Guerney zumindest kleine Fortschritte zu berichten gehabt hatte, waren die Subventionen reibungslos geflossen.

Er ahnte jedoch, dass es heute anders sein würde. Allein die Tatsache, dass der Termin trotz der aktuellen politischen

Krise nicht verlegt worden war, zeigte Guerney, dass etwas im Argen lag. Dass der Termin diesmal nicht nur formellen Charakter haben würde. Heute würden die jüngsten Ereignisse im Labor auf der Tagesordnung stehen – der Tod von Amanda und der Brand, bei dem er und Elijah Hackford beinahe ums Leben gekommen waren. Guerney sah die zwölf Mitglieder des Wirtschaftsausschusses schon vor sich, wie sie in einer U-förmigen Tischrunde vor ihm saßen, mit steinerner Miene, und Antworten von ihm forderten.

Dr. Guerney, können Sie uns erklären, wie es dazu kommen konnte, dass eine ihrer führenden Wissenschaftlerinnen in Ihrem Institut zu Tode kam?

Im Zusammenhang mit diesem Vorfall soll ein international gesuchter Terrorist im Labor gewesen sein. Können Sie dazu etwas sagen?

Vor wenigen Tagen ereignete sich ein Brand in Ihrem Labor. Wie kam es dazu, und wie erklären Sie sich die auffällige Häufung von Unglücksfällen?

Vielleicht zog der Ausschuss vor diesem Hintergrund sogar in Erwägung, die Subventionen zu kürzen, wenn nicht sogar zu streichen – als eine willkommene Sparmaßnahme in der aktuellen Krisenzeit.

Im Radio liefen inzwischen Nachrichten. Guerney warf einen Blick auf die Uhr. Viertel vor acht – eine sonderbare Zeit für Nachrichten.

Der Sprecher kündigte eine Rede von Präsident Shephard zur Lage der Nation an, die landesweit live ausgestrahlt würde, im Fernsehen wie im Radio. »Und damit direkt ins Weiße Haus«, sagte er, »zu unserem Korrespondenten vor Ort, Harold Meeker.«

»Danke, George«, übernahm Meeker das Wort. »Selten war der Presseraum des Weißen Hauses so voll wie an diesem

Tag. Und selten war die Anspannung größer. In wenigen Augenblicken wird Präsident Shephard seine Entscheidung bezüglich des Ultimatums bekanntgeben, das Caligula gestern den Staatsoberhäuptern der ganzen Welt gestellt hat. Aus gut unterrichteten Quellen wurde bekannt, dass die Identität dieses Mannes noch immer ungeklärt ist, wenngleich Geheimdienste und Polizei mit höchster Priorität nach ihm fahnden.« Im Hintergrund war Gemurmel zu hören. »Es ist so weit«, sagte Meeker. »Der Präsident betritt das Rednerpult.«

Ein paar Augenblicke lang war aus den Autolautsprechern nichts zu vernehmen. Dann die Stimme von Präsident Shephard: »Gestern Abend hat ein international gesuchter Topterrorist, der sich selbst Caligula nennt, die Staatsoberhäupter aller Länder dazu aufgefordert, ihn als Gott zu akzeptieren und dies innerhalb von zwölf Stunden öffentlich bekanntzugeben – als Vorbild für die Weltöffentlichkeit. Für den Fall, dass seine Forderung nicht erfüllt wird, drohte er eine nicht näher definierte Katastrophe an. Wir haben es somit eindeutig mit Erpressung zu tun. In der Vergangenheit hat sich dafür ein eindeutiger Verhaltenskodex bewährt: Ein Staat darf sich nicht erpressen lassen. In diesem Fall gibt es jedoch ein paar Besonderheiten. Erstens: Wir haben es mit einem Mann zu tun, der sich für mächtig genug hält, es mit der ganzen Welt aufnehmen zu können. Zweitens: Durch seine Videobotschaft, die Strom- und Telekommunikationsausfälle sowie die Flugzeugabstürze vor zwei Wochen hat er seine Macht bereits eindrucksvoll demonstriert. Er darf also nicht unterschätzt werden. Drittens: Wir wissen nicht, wie die von Caligula angekündigte Katastrophe aussehen wird. Diese Besonderheiten haben mich gestern Abend veranlasst, den Krisenstab einzuberufen. Wir haben uns die Entscheidung nicht leicht gemacht. Dennoch bleibt es dabei: Wir werden uns auch in diesem Fall *nicht* erpressen lassen. Denn wenn wir auf seine Forderungen eingehen – was käme als Nächstes?« Er machte eine Pause, bevor er weitersprach. »Wir haben alle erdenklichen Vorkehrungen zum Schutz unseres Landes getroffen. Der Polizeieinsatz wurde verstärkt, öffentliche Gebäude werden überwacht, das Militär wurde in erhöhte Alarmbereitschaft versetzt. Anders gesagt: Ich anerkenne Caligula *nicht* als Gott, und ich fordere jeden amerikanischen Bürger auf, es mir gleichzutun. Amerika ist ein freies Land. Freie Religionsausübung ist ein verfassungsmäßig verankertes Recht. Auf Caligulas Forderungen einzugehen wäre Verrat an den Werten, für die unsere Gründerväter gekämpft haben und für die unsere Nation steht. Es wäre Verrat am amerikanischen Volk.«

Der Präsident sagte weiter, dass die meisten anderen Nationen sich den Forderungen Caligulas ebenfalls verweigerten, insbesondere China, Japan, Russland, Australien, Kanada sowie nahezu alle europäischen Länder. Nur Andorra, Peru und Gabun hatten Caligulas Forderungen bislang erfüllt. Ansonsten stehe die Welt geeint wie selten zusammen.

Präsident Shephard beendete seine Rede, als Guerney die Schranke des Flughafenparkhauses passierte. Radiokorrespondent Harold Meeker übernahm wieder das Wort.

»Nur noch drei Minuten bis zum Ablauf des Ultimatums«, sagte er mit einer Stimme, in der eine Mischung aus journalistischer Begeisterung und Angst mitschwang. »Der Countdown läuft. In wenigen Augenblicken wird sich zeigen, ob eine – und wenn ja, welche – Katastrophe über uns und über die ganze Welt hereinbrechen wird. Hier im Weißen Haus ist man auf jegliche Art von Angriff vorbereitet. Der Luftraum über Washington, D. C., wurde für den heutigen Tag gesperrt. Die großen Flughäfen wurden geschlossen. Die Flugabwehrgeschütze auf dem Dach und im Garten des Weißen Hauses wurden im Verlauf der letzten fünf Stunden mehrmals überprüft. Und aus dem Pentagon sickerte durch, dass man sich landesweit auf den Einsatz von Marschflugkörpern gegen Ziele in den Vereinigten Staaten eingestellt habe.«

Tief in Gedanken versunken, fuhr Guerney weiter. Er fand einen Parkplatz und stellte den Motor ab, schaffte es aber nicht, das Radio auszuschalten. Nur noch eine Minute. Obwohl er sich nicht vorstellen konnte, dass er selbst in Gefahr war, stieg ein sonderbares Gefühl der Beklemmung in ihm auf. Was würde gleich geschehen? Wie viele Menschen würden getötet oder verletzt? Die Sekunden krochen dahin, dehnten sich zu kleinen, quälenden Ewigkeiten. Ihm war, als könnte er spüren, wie die ganze Welt in diesen Augenblicken die Luft anhielt.

Noch fünfzehn Sekunden ... noch zehn ... noch fünf.

Dann war das Ultimatum abgelaufen.

Nichts geschah.

Aus dem Radio drang plötzlich lautes Stimmengewirr. Dann meldete sich wieder Harold Meeker. »Entwarnung aus dem Weißen Haus«, sagte er, hörbar erleichtert. »Soweit ich das von hier aus mitbekomme, scheint es im ganzen Land ruhig geblieben zu sein. George, wie ist die Lage? Zurück ins Studio.«

»Danke, Harold. Im Augenblick sieht es in der Tat nicht so aus, als habe sich die von Caligula angekündigte Katastrophe ereignet, weder auf US-amerikanischem Boden noch sonst irgendwo auf der Welt. Zumindest ist bislang keine entsprechende Meldung bei uns eingegangen. Natürlich ist es noch zu früh, um wirklich aufatmen zu können – vielleicht hat Caligula seine Tat bewusst erst für einen späteren Zeitpunkt geplant. Dennoch ist uns allen hier im Studio ein Stein der

Erleichterung vom Herzen gefallen. Mein Name ist George Harper, live von RNC. Bleiben Sie dran. Nach einer kurzen Werbepause halten wir Sie über die aktuellen Ereignisse auch weiterhin auf dem Laufenden.«

Guerney zog den Zündschlüssel ab, nahm seinen Aktenkoffer vom Beifahrersitz und stieg aus. Jetzt spürte er, dass seine Beine zitterten. Er war erleichtert – und auch wieder nicht. Die Unsicherheit, die ihn in den letzten Sekunden vor Ablauf des Ultimatums ergriffen hatte, war noch immer da. Der große Knall konnte durchaus noch bevorstehen. Oder bedeutete das Ausbleiben der angekündigten Katastrophe am Ende, dass Caligula nur geblufft hatte?

Guerney betrat das Flughafengebäude und setzte sich in eine Cafeteria. Ein Fernseher lief, und sein Blick hing wie gebannt an der CNN-Übertragung auf dem Bildschirm an der Wand. Noch immer hatte es nirgendwo auf der Welt einen terroristischen Akt gegeben. Live zugeschaltete Experten auf dem Gebiet der Terrorismusbekämpfung gaben ihre Einschätzung zum globalen Bedrohungspotenzial durch Caligula ab.

Guerneys Gedanken wanderten zu Aurelia. In der abgeschiedenen Hütte mitten im Sumpf war sie im Moment wohl am sichersten.

Sein Flug wurde aufgerufen. Er verließ die Cafeteria und warf im Hinausgehen einen letzten Blick auf den Fernsehbildschirm. Noch immer gab es keinerlei Hinweise, dass sich irgendwo auf der Welt die von Caligula angedeutete Katastrophe ereignet hatte.

Im Wartebereich waren viele Menschen – Geschäftsreisende, aber auch etliche Urlauber. Seit die Sicherheitsvorkehrungen im Flugverkehr verstärkt worden waren, hatten die Menschen die Angst vor dem Fliegen offenbar wieder abgelegt. Oder zumindest verdrängt. Sicher spielte es auch eine Rolle, dass die verstärkte Nutzung anderer Fortbewegungsmittel nach den Flugzeugabstürzen zu einer Überfüllung der Straßen und Eisenbahnen geführt hatte.

Der Gateway wurde geöffnet, und die Menge setzte sich in Bewegung. Während Guerney in der Schlange stand, zog er das Ticket aus seinem Geldbeutel. Hoffentlich bekomme ich einen ruhigen Platz, dachte er, denn er wollte sich die Unterlagen für den Wirtschaftsausschuss noch einmal ansehen.

Plötzlich zerriss ein ohrenbetäubender Knall die Luft. Der Boden zitterte so heftig, dass Guerney stürzte. Auch überall um ihn herum wurden Menschen zu Boden geschleudert. Schützend legte er die Arme über den Kopf, davon überzeugt, dass gleich der Schmerz einsetzen würde. Als er begriff, dass das nicht der Fall war, wagte er einen Blick durch die Flugabfertigungshalle. Der Duty-Free-Shop am anderen Ende des Wartebereichs war explodiert. Dort, wo noch bis vor wenigen Sekunden Parfüms, Spirituosen und Armbanduhren in den Regalen gestanden hatten, befand sich jetzt ein brennendes Loch, aus dem dicker schwarzer Rauch quoll. Davor lagen reglose, blutüberströmte Körper mit abgerissenen Gliedmaßen und Menschen, deren Kleidung Feuer gefangen hatte und die sich schreiend auf dem Boden wälzten – Männer, Frauen und Kinder.

Es war ein Bild wie aus einem Albtraum.

Kapitel 48

Paris

Tränen traten Lars Hendriksson in die Augen. Er lag, nur mit Jeans und Unterhemd bekleidet, auf dem klapprigen Bett in seinem kargen Hotelzimmer und starrte auf den Fernseher, in dem gerade eine Berichterstattung über die weltweiten Bombenanschläge lief. Bislang war von insgesamt sechshundertzweiundvierzig Explosionen die Rede – in Einkaufszentren, an öffentlichen Plätzen, an Bahnhöfen und Flughäfen –, aber es wurden mit jeder Minute mehr. Ersten Schätzungen zufolge gab es rund zehntausend Tote und noch einmal so viele Verletzte, was es – gemessen an den Opfern – zum größten Terrorakt in der Menschheitsgeschichte machte.

Am härtesten trafen Hendriksson die Bilder aus Paris: Am Gare de l'Est war um 14.00 Uhr mitteleuropäischer Zeit eine Autobombe explodiert, die fünfzehn Menschen getötet und acht weitere zum Teil schwer verletzt hatte, drei von ihnen schwebten noch in Lebensgefahr. Augenzeugenberichten zufolge war die Autobombe in einem weißen Peugeot 406 versteckt gewesen.

In dem Wagen, den ich vor vier Tagen dort abgestellt habe, dachte Hendriksson erschüttert.

Strohpuppe. Dieses Wort hallte wie ein höhnendes Echo in seinem Kopf nach. Er war davon überzeugt gewesen, eine harmlose Kurierfahrt für Caligula zu erledigen, dabei hatte er ihm geholfen, unschuldige Menschen zu töten. Was für ein verfluchter Hornochse er doch gewesen war, leichtgläubig und dumm, wegen einer Frau, die ihn nur ausgenutzt hatte. Ihm war nur wichtig gewesen, Jessica zu gefallen, dafür hätte er beinahe alles getan. Ein fataler Fehler, wie sich jetzt herausgestellt hatte.

Er war es leid, manipuliert zu werden. Er war es leid, immer erst im Nachhinein die Zusammenhänge zu begreifen. Er war es leid, sich wie ein Idiot behandeln zu lassen. Nach Singapur hatte er nun schon zum zweiten Mal unwissentlich bei einem Mord mitgewirkt. Ohne es zu wollen, war er zu einer Gefahr für die Menschheit geworden.

Er griff nach einem Taschentuch und wischte sich die Tränen aus den Augen. Sein Leben war endgültig an einem Tiefpunkt angelangt. Im Rahmen seiner Hackertätigkeit war er zwar früher bereits immer wieder mit dem Gesetz in Konflikt geraten, aber das hier stellte eine ganz andere Dimension der Kriminalität dar.

Er fühlte sich elend. Am liebsten hätte er sich in ein Loch verkrochen, für immer und ewig. Gleichzeitig führten ihm die Bombenanschläge erneut vor Augen, wie skrupellos und grausam Caligula war, wenn es darum ging, seine Ziele zu erreichen.

Hendriksson war so verkrampft, dass sein Kopf schmerzte. Er schob sich das Kopfkissen unter den Nacken und versuchte, sich zu entspannen, aber es gelang ihm nicht. Die Bürde der Schuld und der Enttäuschung lastete wie ein zentnerschweres Gewicht auf seiner Brust und nahm ihm den Atem. Er musste etwas tun – alle anderen Ordensmitglieder standen hinter ihrem neuen Gott. Im Augenblick war er der einzige Mensch auf der Welt, der Caligula stoppen konnte, vorausgesetzt, er kam noch einmal nahe genug an ihn heran.

Das konnte nur gelingen, wenn er seine Rolle weiterspielte

und so tat, als wisse er nicht, dass er nur eine Marionette war. Aber was dann? Was sollte er tun, wenn er Caligula gegenüberstand? Ihm ins Gewissen reden? Lächerlich! Ihm mit der Polizei drohen? Noch lächerlicher! Seit seiner Fernsehkundgebung war er ohnehin der meistgesuchte Verbrecher auf diesem Planeten.

Aber was konnte Hendriksson sonst gegen Caligula ausrichten? Ihn angreifen oder ihn gar umbringen? Die Vorstellung, diesen selbst ernannten Gott mit purer Gewalt in die Knie zu zwingen, war absurd. Außerdem war Hendriksson ziemlich sicher, dass er niemals jemanden umbringen könnte, nicht einmal diesen Satan in Menschengestalt.

Nein, er musste einen Weg finden, Caligula auf andere Weise zu stoppen, und während er weiter darüber nachdachte, formte sich eine Idee. Computertechnik schien bei Caligula eine entscheidende Rolle zu spielen: Er sammelte über das Internet Informationen, um sie für seine Zwecke zu nutzen – Informationen über Menschen, um sie zu manipulieren, oder über die Sicherheitssysteme des Religionsgipfels zur Durchführung seines terroristischen Anschlags. Auch die weltweite Ausstrahlung seiner Botschaft im Fernsehen wäre ohne moderne Computertechnik nicht möglich gewesen.

Computertechnik war die Basis für Caligulas Macht. Gleichzeitig konnte sie aber sein Schwachpunkt werden, wenn es Hendriksson irgendwie gelang, sie zu sabotieren.

Es klopfte an der Tür.

»Wer ist da?«

»Ich bin's.« Es war Jessica. Hendriksson richtete sich hastig auf und atmete tief durch. Seit er das Gespräch zwischen ihr und Caligula belauscht hatte, war sie ihm kaum mehr von der Seite gewichen. Sie behielt ihn ständig im Auge, so wie Caligula es ihr aufgetragen hatte. Hendriksson versuchte, sich ihr gegenüber ganz normal zu verhalten, um keinen Verdacht zu erregen, aber das fiel ihm alles andere als leicht.

Hendriksson ist mir völlig gleichgültig. Ich will nicht länger mit ihm zusammen sein! Genau das hatte sie Caligula gesagt. Ihre Worte hatten Hendriksson zutiefst verletzt.

»Was ist? Warum machst du nicht auf?«, fragte sie und klopfte erneut.

»Augenblick, ich wasche mir gerade die Haare!«, rief er.

Er eilte ins Bad, drehte den Wasserhahn am Waschbecken auf und hielt seinen Kopf darunter. Dann trocknete er sich ab und warf einen Blick in den Spiegel. Ziemlich perfekt – von seinen Tränen war nichts mehr zu sehen. Falls Jessica die leichte Rötung um seine Lider auffiel, konnte er behaupten, Seife in die Augen bekommen zu haben.

Er verließ das Bad, während er sich mit dem Handtuch die Haare trocken rieb, und öffnete die Tür. Jessica trug eine beigefarbene Seidenbluse und einen knielangen Rock. Sie hatte ihre Ledertasche unter den Arm geklemmt und lächelte ihn an.

Sein Herz krampfte sich zusammen. Hätte er nicht genau gewusst, dass es nur ein Schauspiel war, wäre er auch diesmal auf dieses bezaubernde Lächeln hereingefallen. Er hörte auf, sich die Haare zu trocknen, und legte sich das Handtuch um den Nacken.

Sie trat ins Zimmer.

»Hast du von den Bombenanschlägen gehört?«, fragte er.

Sie wirkte plötzlich betroffen. »Ja. Sie bringen es überall in den Nachrichten.«

»Ich bin sicher, die Welt wird Caligulas Warnung diesmal verstehen«, sagte er.

Sie antwortete nicht.

»Weißt du, wo ich Caligula finden kann?«, fragte er beiläufig.

»In den Katakomben.« Das war unter den Ordensmitgliedern der gängige Begriff für ihr unterirdisches Reich. »Er bereitet dort seine nächsten Schritte vor.«

»Ich will mit ihm reden«, sagte Hendriksson.

»*Jetzt?*« Sie blickte ihn überrascht an.

»Ich muss etwas mit ihm besprechen. Seit seiner Kundgebung ist er ein weltweit gesuchter Verbrecher. Er sollte dringend seine Sicherheitsvorkehrungen verstärken.« Hendriksson versuchte, seiner Stimme einen festen Klang zu geben. »Wie komme ich zu ihm?« Er war bereits mehrmals in Caligulas Schattenreich gewesen, aber er hatte es jedes Mal auf einem anderen Weg betreten. Falls es keinen einfacheren Zugang gab, würde er sich in der Kanalisation von Paris hoffnungslos verirren.

»Hat das nicht noch ein bisschen Zeit?«, fragte Jessica. »Er ist gerade sehr beschäftigt, wie du dir vorstellen kannst.«

In seinen Ohren klang es, als wollte sie ihn davon abhalten, sich mit Caligula zu treffen.

»Außerdem hatte ich eigentlich etwas anderes vor.« Sie begann, vor seinen Augen ihre Bluse aufzuknöpfen, sodass er darunter die weiße Spitze ihres BHs erkennen konnte. Der Anblick erregte ihn, und er presste die Lippen aufeinander. Sie wollte ihn hier festhalten, das war ihm nun endgültig klar.

Hendriksson ist mir völlig gleichgültig. Ich will nicht länger mit ihm zusammen sein!

»Ich muss los«, sagte er schroff.

Sie hatte ihre Bluse jetzt ganz geöffnet und ließ sie langsam zu Boden gleiten. Durch den dünnen Stoff ihres BHs zeichneten sich ihre Brustwarzen ab.

Hendriksson schluckte. Nein, er würde nicht mehr auf sie hereinfallen!

»Tut mir leid. Ein andermal.« Er schnappte sein T-Shirt von der Sofalehne, schlüpfte hinein und wandte sich zur Tür.

Ihre Arme umschlangen ihn von hinten. »Lass mich nicht allein«, hauchte sie ihm ins Ohr.

Obwohl sie verführerisch war wie eine Sirene, fühlte er sich bis aufs Blut provoziert. Was bildete sie sich ein? Dass sie ihn wie einen Idioten manipulieren konnte? Am schlimmsten war, dass er sich in den letzten Tagen genau wie ein solcher Idiot verhalten hatte. Das machte ihn rasend vor Zorn, so sehr, dass ihre Berührung das Fass nun zum Überlaufen brachte. Er fuhr blitzschnell herum, drehte ihr die Arme auf den Rücken und drängte sie gegen den Kleiderschrank.

»Hey, was soll das?«, stieß sie keuchend hervor. »Was ist los mit dir? Bist du verrückt geworden?«

»Verrückt? Wohl eher vernünftig!«

»Was soll das heißen?«

»Dass ich nicht länger auf deine Tricks hereinfalle! *Das* soll es heißen!«

Ihre Gesichter waren nur eine Handbreit voneinander entfernt. Jessicas Atem ging stockend. Ihre Augen funkelten ihn wild an. »Du tust mir weh!«, zischte sie.

»Du hast mir auch weh getan, vielleicht mehr, als du es dir vorstellen kannst!«

Sie versuchte, sich seinem Griff zu entwinden. Doch er hielt ihre Hände hinter dem Rücken fest wie ein Schraubstock. In ihren großen braunen Augen flackerte Angst auf. In den letzten Tagen hatte sie ihn beherrscht, sie hatte Macht über ihn gehabt, und er hatte es zugelassen. Jetzt hatte er sie in der Hand.

Sie begann zu schreien. Er versuchte, ihr den Mund zuzuhalten, wodurch sie jedoch einen Arm hinter dem Rücken freibekam und nach ihm schlug. Ihre Fingernägel gruben sich wie Krallen in seine Wange, brennender Schmerz flammte in seiner linken Gesichtshälfte auf.

Unwillkürlich schlug er zurück, härter als beabsichtigt. Ihr Kopf flog zur Seite, sie gab einen stöhnenden Laut von sich. Er spürte, wie ihr Widerstand nachließ und sie zusammensackte.

Er zerrte sie zum Bett, wo sie, noch immer völlig benommen, liegen blieb. Dann drehte er sie auf den Bauch und fesselte ihr mit dem Fernsehverlängerungskabel die Hände auf dem Rücken. Sicherheitshalber fesselte er ihr auch noch die Füße ans Bettgestell. Da es kein weiteres Verlängerungskabel im Zimmer gab, benutzte er diesmal die Kordel, mit der man den Vorhang zuziehen konnte. Selbständig würde sie sich niemals befreien können.

Keuchend stand er da und betrachtete sie. Plötzlich fühlte er sich wieder genauso elend wie zuvor.

»Was ist in dich gefahren?« Jessicas Stimme zitterte. Sie hatte den Kopf zur Seite gedreht und sah vom Bett aus zu ihm hin. Ihre Wange war von seinem Schlag gerötet, ihr Gesicht angeschwollen. Eine Träne rann ihr aus dem Augenwinkel.

»Ich habe dein Gespräch mit Caligula belauscht«, sagte er, bemüht, keine Regung zu zeigen. »Ich habe gehört, wie ihr über mich gesprochen habt. Ihr habt mich ausgenutzt, von Anfang an. Du hast mich dazu gebracht, Dinge für ihn zu tun, indem du mir vorgegaukelt hast, dass du in mich verliebt bist. Dabei hast du mir wirklich etwas bedeutet.«

Eine weitere Träne rollte ihr über die Nase, und sie begann zu schluchzen. »Auch wenn du mir nicht glaubst, aber mir geht es genauso«, sagte sie mit erstickter Stimme.

»Das hat aber ganz anders geklungen.«

»Anfangs warst du auch nur eine Marionette für mich. Ich weiß, es klingt schrecklich, und ich schäme mich dafür. Aber ich stehe in Caligulas Schuld. Wenn ich ihm nicht gehorcht hätte, hätte er mich wahrscheinlich umgebracht. Ich bin für ihn nur eine Figur in seinem Spiel, genau wie du. So zu tun, als würde ich mich in dich verlieben, um dich im Auftrag Caligulas zu beobachten, war für mich einfach nur eine Möglichkeit, meine Schuld zu begleichen. Aber dann habe ich dich kennengelernt und gemerkt, dass ich dich tatsächlich mag. Sogar mehr als das. Nur konnte ich das Caligula gegenüber ja wohl schlecht zugeben! Ich musste so tun, als würde alles weiter nach seinen Vorstellungen laufen, sonst hätte er Verdacht geschöpft. Dann wären wir beide auf seiner schwarzen Liste gelandet. So aber konnte ich mich aus der Situation retten, um mir darüber klar zu werden, wie es weitergehen soll.«

»Und wann hattest du vor, mir das zu sagen?«

»Heute. Ich weiß, dass es dir vorkommen muss wie Heuchelei, aber ich schwöre, dass es stimmt. Ich wollte es dir heute sagen! Auch dass du von hier verschwinden musst. Caligula ist zu allem fähig!«

Hendriksson sah sie argwöhnisch an. »Was hat Caligula mit mir vor?«, fragte er.

»Ich weiß es nicht genau. Mir gegenüber spricht er immer nur davon, dass er dich als Strohpuppe braucht. Was er damit meint, hat er mir nicht gesagt. Ich sollte nur dafür sorgen, dass du seine Anweisungen befolgst. Und in den nächsten Tagen sollte ich dich nicht mehr aus den Augen lassen, weil er zu jeder Zeit wissen will, wo du gerade steckst. Meine Aufgabe ist es, ihn regelmäßig darüber zu informieren. Herrje, Lars. Irgendetwas musste ich ihm doch erzählen. Also habe ich so getan, als wärst du mir nach wie vor gleichgültig.«

Er wusste immer noch nicht, was er von ihrer Geschichte halten sollte. Spielte sie eine Rolle, oder sagte sie die Wahrheit?

»Ich muss jetzt gehen«, sagte er.

Sie sah ihn mit tränennassen Augen an. »Wenn er dich erwischt, wird er dich umbringen.«

Er nickte. Dieser Gefahr war er sich durchaus bewusst.

»Du *weißt*, dass er dich umbringen wird, nicht wahr?«, sagte sie noch einmal.

»Nicht, wenn ich es schlau genug anstelle.«

»Wie willst du das machen?«

»Ich muss mir Zugriff zu seinem Computernetzwerk verschaffen. Wenn es mir gelingt, ein paar wichtige Systeme lahmzulegen, wird ihn das vielleicht aufhalten – zumindest so lange, bis mir etwas Besseres einfällt.«

»Lass mich mitkommen«, sagte Jessica leise.

»Damit du mich verrätst?«

»Das werde ich nicht.« Sie weinte und sprach so leise, dass er sie kaum verstehen konnte. Konnte sie diese Szene tatsächlich *spielen*?

»Du brauchst mich«, fuhr sie fort, jetzt mit etwas kräftigerer Stimme. »Du kennst dich in der Stadt nicht aus, du weißt nicht einmal, wie du in die Katakomben kommst.«

Er erwiderte nichts. Sie hatte recht.

»Außerdem glaube ich nicht, dass die Katakomben der richtige Weg sind. Dort unten ist nur ein winziger Teil des Systems. Der Kern, das Herzstück, befindet sich in Caligulas Loft. Er hat sich dort eine Art Zentrale eingerichtet. Er nennt sie seinen *Tempel*. Wenn wir ihm möglichst großen Schaden zufügen wollen, dann dort.«

Bei einem Netzwerk war es im Grunde egal, von wo aus man sich einloggte, um Daten auszuspionieren oder zu sabotieren. Dennoch sprachen zwei Dinge für Jessicas Vorschlag: Erstens konnte Hendriksson in Caligulas Zentrale auch Hardware manipulieren und dadurch größeren Schaden verursachen als durch einfache Datensabotage. Zweitens befand Caligula sich zurzeit in den Katakomben, was bedeutete, dass Hendriksson und Jessica sich ungestört in seinem *Tempel* umsehen konnten – vorausgesetzt, sie konnten sich unbemerkt Zutritt verschaffen.

»Was, wenn er Wachen abgestellt oder andere Sicherheitsvorkehrungen getroffen hat?«, fragte Hendriksson.

»Kann ich mir nicht vorstellen«, sagte Jessica. »Das tut er nie. Warum auch? Sein Loft hat einen passwortgeschützten Zugang, der *Tempel* auch. Und sein Computernetzwerk ist ohnehin passwortgeschützt. Ohne die Codes kommt man da nicht rein.«

»Was uns vor ein ernsthaftes Problem stellt.«

Jessica sah ihn mit aufforderndem Blick an. »Nicht, wenn du mich mitnimmst«, sagte sie.

»Du kennst die Codes?«

Sie nickte.

»Woher?«

»Spielt das eine Rolle?«

»Für mich schon. Und lüg mich nicht an«, sagte er scharf.

Sie zögerte. »Ich war eine Zeit lang seine Geliebte«, sagte sie mit gesenktem Blick. »So lange, bis er das Interesse an mir verloren und sich eine Neue gesucht hat.«

Hendriksson verzog keine Miene. Er hatte es schon fast geahnt, dennoch traf ihn Jessicas Geständnis wie ein Hieb. »Wahrscheinlich hat er die Passwörter längst geändert«, sagte er.

Jessica schüttelte den Kopf. »Ich war erst vor drei Stunden bei ihm, um ihm Bericht zu erstatten«, sagte sie. »Die Codes sind noch gültig.«

Kapitel 49

Aurelia hing mit gefesselten Händen vor Mur-al-Hadi. Er hielt sein Tasergewehr noch immer im Anschlag und beobachtete sie mit unbewegter Miene. Die Krämpfe ließen allmählich nach, die Schmerzen – das Gefühl, lichterloh in Flammen zu stehen – ebenfalls. Was folgte, waren Erleichterung und Dankbarkeit, obwohl Aurelia wusste, dass das erst der Anfang gewesen war.

»Ich möchte, dass Sie mir etwas über die Pläne der CIA in Afghanistan erzählen«, sagte al-Hadi. »Insbesondere die Pläne für Kabul.«

Aurelias Atem ging stockend. Sie hatte mehr Angst als jemals zuvor. Aber sie schwieg. Wenn sie al-Hadi verriet, was sie wusste, würde sie zwar ihr Leiden verkürzen, aber auch ihr Leben, denn dann wäre sie für ihn überflüssig. Er würde sie töten und sie irgendwo verscharren lassen. Oder er würde ihr den Kopf abhacken und ihn in die amerikanische Botschaft schicken. So etwas hatte er vor vier Jahren schon einmal gemacht.

»Sie sind stur«, sagte al-Hadi. »Das ist schade und dumm. Denn Sie werden *mit mir reden, das verspreche ich Ihnen.«*

Er drückte den Abzug des Tasers ein zweites Mal, und wieder glaubte Aurelia zu brennen. Er tat es ein drittes und ein viertes Mal. Aber Aurelia schwieg.

Schließlich schien er einzusehen, dass er auf diese Weise bei ihr nichts ausrichten würde. Er zog ihr mit einem kräftigen Ruck die mit Widerhaken versehenen, dreizehn Millimeter langen Elektroden aus dem Fleisch und legte die Waffe weg.

Aurelia stöhnte auf und versuchte, ihre Atmung wieder unter Kontrolle zu bringen.

Mur-al-Hadi griff hinter sich und zog eine Pistole aus dem Hosenbund, dem Aussehen nach eine russische 9-mm-Makarov. »Wenn Sie nicht mit mir kooperieren wollen, sind Sie für mich wertlos. Also überlegen Sie es sich.« Damit zielte er auf ihren Bauch und drückte ab.

Die Wucht der aus nächster Nähe abgeschossenen Kugel riss sie nach hinten und versetzte sie in eine unkontrollierbare Pendelbewegung. Ihre Schuhspitzen schleiften auf dem festgetretenen Boden. Sie schrie, keuchte, schnappte nach Luft und begann zu weinen. Als sie an sich hinabsah, erkannte sie die Einschussstelle, eine Handbreit neben dem Bauchnabel. Blut durchtränkte ihre Kleidung, und irgendein dumpfer Winkel ihres Gehirns, der nicht damit beschäftigt war, den rasenden Schmerz zu verarbeiten, fragte sich, welche inneren Organe die Kugel wohl getroffen haben mochte.

»Reden Sie!«, schrie al-Hadi sie an.

Mit tränenverschleierten Augen und zitterndem Kinn presste sie die Lippen aufeinander. Hatte sie denn eine Wahl? Wenn sie al-Hadi die nächsten CIA-Operationen verriet, würde schon morgen oder übermorgen einer ihrer Kollegen hier hängen.

»Ich warte«, zischte al-Hadi.

Aurelia biss die Kiefer aufeinander und schwieg.

Mur-al-Hadi schoss erneut. Diesmal traf die Kugel sie ins Bein – keine lebensgefährliche Verletzung, aber ebenso schmerzhaft. Er wartete, bis Aurelias Schreie erstickten, und fragte sie wieder.

Aber außer weinerlichem Wimmern brachte sie keinen Ton heraus.

»Wofür tun Sie das?«, fuhr al-Hadi sie an. »Für ein System,

das Ihnen einredet, für eine gerechte Sache einzustehen, obwohl es hier in Afghanistan einzig und allein seine eigenen politischen Interessen verfolgt? Wollen Sie sich wirklich dafür *opfern?« Er machte eine Pause, sah sie mit seinen dunklen, dämonischen Augen an.*

Die dritte Kugel traf Aurelia knapp oberhalb des rechten Rippenbogens. Aurelia brüllte auf, schrie, so laut sie konnte. Zu dem Schmerz kam noch etwas viel Grausameres hinzu: die Gewissheit, dass sie sterben musste.

Tränen rannen ihr übers Gesicht. »Bitte . . .!« Es war kaum mehr als ein ersticktes Wimmern. Sie bekam kaum noch Luft. »Aufhören.«

Al-Hadi starrte sie mit ausdruckslosen Haifischaugen an. »Das hängt allein von Ihnen ab.«

Aurelia schluckte, biss die Zähne zusammen und schüttelte langsam den Kopf. Sie verlor Blut, lange würde sie nicht mehr durchhalten. Der Schmerz wich bereits einem gnädigen Taubheitsgefühl, und sie sah al-Hadi nur noch verschwommen, so als wäre er unter Wasser. Das Leben wich aus ihrem Körper, und irgendwie war sie dankbar dafür.

Noch einmal zielte al-Hadi auf sie, diesmal aufs Herz. Gleich, dachte sie . . . gleich bist du in einer besseren Welt. Das Einzige, was sie in diesem Moment bereute, war, dass sie Eva keine bessere Mutter gewesen war.

Sie schreckte hoch und schlug die Augen auf. Trübes Dämmerlicht umgab sie, dick wie Suppe. Sie konnte kaum atmen, ihre Lungen brannten. Eilig hastete sie zur Tür, riss sie auf, atmete tief durch. Obwohl es draußen nicht viel angenehmer war, wich das beklemmende Gefühl des Eingesperrtseins. Das Konzert der Frösche und Grillen wirkte beruhigend auf Aurelia. Allmählich entspannte sie sich wieder.

Die Bilder von Kabul suchten sie regelmäßig heim, vor

allem, wenn sie schlief, so bedrohlich und real, dass sie jedes Mal schweißgebadet aufwachte, immer an derselben Stelle, da, wo al-Hadi auf ihre Brust zielte. Hier endeten ihre Erinnerungen, weil sie in diesem Moment das Bewusstsein verloren hatte. Den Rest kannte sie nur aus Erzählungen: Al-Hadi war nicht mehr dazu gekommen, einen weiteren Schuss auf sie abzufeuern. Denn James Ulysses Parker hatte das Verlies mit Unterstützung einer Einheit der Special Forces gestürmt und Aurelia in letzter Sekunde das Leben gerettet.

Parker, der jetzt tot war, umgebracht von anderen Bestien in Menschengestalt, in einem anderen Teil der Welt. Ein guter Mann, mehr noch, ein guter Freund, der dem Wahnsinn des Terrors zum Opfer gefallen war.

Aurelia wischte sich mit dem Handrücken eine Träne aus dem Gesicht. Je mehr sie darüber nachdachte, desto sinnloser kam ihr das alles vor. Ihr Job war eine Sisyphusarbeit, nein, ein Kampf mit der neunköpfigen Hydra. Für jeden zu Fall gebrachten Verbrecher traten zwei neue an seine Stelle. Aurelia war in dem Glauben zur CIA gegangen, die Welt ein wenig sicherer machen zu können. Dieses Ziel hatte sie immer verfolgt, so eisern, dass sie darüber ihre Pflichten als Mutter vernachlässigt hatte. Jetzt war es zu spät, das Versäumte wiedergutzumachen.

Ihre Arbeit machte ein Wrack aus ihr, körperlich und seelisch. Dennoch war der Job nach Evas Tod der einzige Halt gewesen, den das Leben ihr noch bot. Sie hatte sich sofort wieder in die Arbeit gestürzt, um zu vergessen. Um sich einzureden, dass ihr Leben doch zu etwas gut war.

Und nun war auch dieser letzte Pfeiler zusammengebrochen. Man fahndete nach ihr, man hielt sie für eine Terroristin oder zumindest für eine Sympathisantin. Sie hatte keine Ahnung, wie sie da hineingeraten war, aber es fühlte sich an, als stünde sie kurz davor, endgültig den Boden unter den Füßen zu verlieren und in einen finsteren Abgrund zu stürzen.

Ein Geräusch holte sie aus ihren Gedanken, kaum lauter als das Rascheln von Blättern in einer sanften Brise. Sie horchte auf und lauschte. Das Quaken der Frösche und das unermüdliche Zirpen der Grillen verwob sich zu einem rhythmischen, pulsierenden Klangteppich. Aus den Tiefen des Waldes drang der Schrei eines Habichts. In der Ferne klopfte ein Specht gegen Holz.

Dann wieder das Geräusch, das Aurelia hellhörig gemacht hatte: Stimmen. Nur leise, allenfalls ein Raunen, aber eindeutig menschliche Stimmen.

Jetzt sah sie im dichten Morgennebel auch einen schemenhaften Umriss draußen auf dem offenen Wasser, und eine dunkle Vorahnung stieg in ihr auf. Konnte es sein, dass man sie gefunden hatte? Dass die CIA ein Team geschickt hatte, um sie festzunehmen? Aber wie? Sie hatte ihr Handy nicht eingeschaltet noch sonst irgendwelche zu ortenden Geräte bei sich. Hatte Guerney sie verraten? Sie konnte sich das kaum vorstellen, aber im Moment fand sie keine andere Erklärung.

Der schemenhafte Schatten kam näher. Aurelia konnte drei Männer in einem Boot ausmachen. Einer paddelte, zwei hielten ein Gewehr im Anschlag.

Ich muss von hier verschwinden, dachte Aurelia. Sie holte aus ihrer Hütte ihre Dienstwaffe und ihre Munition – nur für den Notfall – und schlich leise davon.

Kapitel 50

Paris

Nach der Bombenexplosion am Gare de l'Est und den weltweiten Anschlägen herrschte in Paris nur wenig Verkehr. Daher konnte Jessica Watanabe ihren Renault Clio erstaunlich flott durch die Straßen lenken. Dort, wo Hendriksson sie geschlagen hatte, war ihre Wange weiter angeschwollen. Sie hatte inzwischen eine rotviolette Färbung angenommen.

»Weshalb der Sinneswandel?«, fragte Hendriksson. »Warum hast du auf einmal die Seiten gewechselt und stehst jetzt nicht mehr hinter Caligula?«

Sie schaute unverwandt geradeaus, so als konzentriere sie sich ganz auf die Straße. »Er ist ein Monster. Er kennt keine Skrupel. Wusstest du, dass er der Initiator des Religionsgipfels war? Natürlich trat er nicht öffentlich in Erscheinung. Aber er hat die Fäden gesponnen. Ein paar Gespräche mit dem Vatikan, ein paar Spenden an die richtigen Adressen, und schon hatte er drei oder vier einflussreiche Kurienmitglieder auf seiner Seite, die den Papst von der Idee überzeugten. Dasselbe Spiel hat er bei allen anderen wichtigen Religionsführern durchgezogen.«

»Mir hat er erzählt, er sei zu diesem Gipfeltreffen gar nicht eingeladen gewesen.«

»Das stimmt. Aber das ist nur die halbe Wahrheit. Er wäre sowieso nicht hingegangen. Die Veranstaltung war eine groß angelegte Falle.«

Hendriksson schaute aus dem Seitenfenster, ohne wirklich etwas wahrzunehmen. War es überhaupt möglich, Caligula aufzuhalten, bevor es zu spät war?

»Wenn das alles von langer Hand geplant war, wofür hat er mich dann gebraucht?«, fragte Hendriksson ratlos.

»Er hatte seinen Plan längst fertig«, sagte Jessica, während sie nach rechts abbog und nun auf der Quai Voltaire an der Seine entlangfuhr. In einiger Entfernung war die Ile de la Cité mit der Kathedrale Notre-Dame und dem Justizpalast zu sehen. All das kam ihm seltsam unwirklich vor. »Er hat dich nur gebraucht, um von einem unbeteiligten Experten überprüfen zu lassen, ob er nichts Wesentliches übersehen hatte.«

Hendriksson nickte – diesen Part hatte er erfüllt. Aber das konnte noch nicht alles sein. Es musste mehr dahinterstecken.

Eine halbe Stunde nachdem sie losgefahren waren, standen sie vor der Tür zu Caligulas Loft. Jessica gab den Zugangscode ein, und sie schlüpften hinein. Hendriksson atmete erleichtert auf, als er feststellte, dass tatsächlich niemand in der Wohnung war, weder Caligula selbst noch jemand, den er hier als Wache postiert hatte. Zumindest in dieser Hinsicht hatte Jessica recht gehabt.

Hendriksson war schon einmal bei Nacht hier gewesen, als er Caligula mit seinen zwei Gespielinnen im Whirlpool auf der Dachterrasse begegnet war. Jetzt, bei Tageslicht, kam ihm die Wohnung eigenartig fremd vor. Hatte sie bei Dunkelheit eine gewisse Behaglichkeit ausgestrahlt, wirkte sie jetzt auf unterkühlte Weise elegant. Weißer Marmor beherrschte das Bild, zwei Ölgemälde an den Wänden verliehen dem riesigen

Raum etwas Farbe. Vor einem Kamin, der aussah, als sei er noch nie benutzt worden, stand eine wuchtige Ledergarnitur. Die angrenzende offene Küche glänzte wie der Rest der Wohnung. Durch das Panoramafenster hatte man einen weitläufigen Blick über die Stadt, aber bei Tag wirkte selbst das steril und künstlich.

»Hier entlang«, sagte Jessica. Sie ging um die Couch herum an Caligulas Schlafzimmer vorbei und blieb vor einer verschlossenen Tür stehen, neben der – ebenso wie im Eingangsbereich – ein Zahlenblock in die Wand eingelassen war. Jessica tippte einen zehnstelligen Code ein, drückte die Klinke und gab der Tür einen leichten Stoß, sodass sie langsam aufschwang.

Vor Hendrikssons Augen tat sich ein etwa vier mal vier Meter großer Raum auf, der so ziemlich alles beherbergte, was moderne Computertechnik zu bieten hatte: Rechentower, ergonomisch geformte Tastaturen, Headsets, Flachbildschirme, Lautsprecherboxen – alles kreisförmig angeordnet wie in einer Schaltzentrale. Kabelgewirr, so wie bei Hendriksson zu Hause, gab es nicht. Hier herrschte kein Chaos, sondern strenge Ordnung. Alle Kabel verliefen in exakt angelegten Bahnen. Auf den ersten Blick wurde deutlich, dass dieser Raum von einem Perfektionisten eingerichtet worden war.

Hendriksson setzte sich auf den ledernen Drehstuhl in der Mitte des Raums, schob sich an einen Tisch heran und bewegte die Computermaus vor sich. Sofort erwachten sämtliche Monitore zum Leben. Sphärische Farbspiele waberten über die Plasmabildschirme, umspielten ein Eingabefeld, in dem stand: PLEASE ENTER PASSWORD.

»Zwanzig Zeichen«, sagte Hendriksson. »Er geht auf Nummer sicher. Wenn auch Zahlen und Sonderzeichen erlaubt sind, gibt es Billionen von Kombinationsmöglichkeiten. Jetzt bist du wieder an der Reihe.«

»1-7-D-!-C-«-M-B-R-§-5-8-3-0-M-$-R-S-5-2. Das sind die Geburtsdaten seiner Eltern, wobei er bei DECEMBRE und MARS die Vokale durch Sonderzeichen ersetzt hat – in der Reihenfolge, wie sie auf der Computertastatur vorkommen.«

Hendriksson tippte es ein. Die Farbspiele zerfielen und gaben eine Art Dialogfenster frei. Ein Cursor blinkte, sonst geschah nichts. »Weißt du, wie man von hier aus ins Betriebssystem kommt?«, fragte er.

»Ich war Caligulas Geliebte, nicht sein IT-Techniker.«

Hendriksson kaute auf seiner Unterlippe. Er verfügte nicht über sein Equipment, das er normalerweise zum Knacken von Codes benutzte. Damit wurde die Angelegenheit wirklich kniffelig. Er gab ein paar Befehle und Tastenkombinationen ein, die sich in der Vergangenheit bewährt hatten, doch diesmal halfen sie ihm nicht weiter.

Er versuchte es auf die Art, mit der er sich ins Rechennetzwerk der NATO eingeloggt hatte, abermals ohne Erfolg. »Sieht nicht gut aus«, bemerkte er. Vielleicht würde ihnen am Ende nichts anderes übrig bleiben, als ein Feuer zu legen, um wenigstens etwas gegen Caligula auszurichten.

Aber noch gab er nicht auf. Er wollte soeben eine weitere Variante ausprobieren, als die Lautsprecher plötzlich ein Geräusch von sich gaben, ein gedehntes, klagendes Stöhnen. Dann eine tiefe Stimme, verfremdet und irgendwie metallisch: »Ich kenne dich. Du bist Glingor.«

Jessica sah ihn fragend an. Hendriksson gab ihr mit einem Handzeichen zu verstehen, dass er ihr später alles erklären würde.

»Oder ist dir dein bürgerlicher Name lieber?«, fragte die

Stimme. Hendriksson war sich sicher, dass er sie noch nie gehört hatte.

»Nein – Glingor ist in Ordnung.« Den Namen benutzte er nur bei seinen Online-Rollenspielen. Zuletzt hatte er seinen Avatar bei World of Warcraft so genannt, auch wenn es ihm vorkam, als würde sein altes Leben schon Jahrzehnte zurückliegen.

Glingor.

»Woher weißt du, wer ich bin?«, fragte er laut.

»Es ist die Art, wie du die Tastatur bedienst. Deine Schreibgeschwindigkeit, der Takt deiner Anschläge. Die Art der Eingabefehler, die du machst ... All das ergibt ein individuelles Muster an Rechenalgorithmen, das Rückschlüsse auf deine Identität zulässt.«

Hendriksson hatte keine Ahnung, wer sich hinter dieser Stimme verbarg. »Du kennst meinen Namen, aber wer bist du?«, fragte er.

Die Stimme entgegnete: »Ich bin Caligula.«

Jessica sah Hendriksson mit fragendem Blick an und schüttelte den Kopf. Offenbar konnte sie ebenso wenig glauben wie er, was sie da hörte.

»Du hast mich schon einmal besucht«, fuhr der synthetische Bariton fort. »Vor genau acht Tagen. Um 3.54 Uhr morgens mitteleuropäischer Zeit. Erinnerst du dich?«

In der Nacht war er zu Hause in Saint-Jean-Brévelay gewesen. Jessica hatte ihn erst zwei Tage später nach Paris geholt.

Du hast mich schon einmal besucht.

Wie konnte das sein? Hendriksson war sich sicher, dass er besagte Nacht daheim vor dem Computer verbracht und im Internet gesurft hatte, so wie die unzähligen Tage und Nächte davor. Was hatte er damals gemacht? Eine Runde World of

Warcraft gespielt, ein paar illegale Abhebungen von Konten in Französisch-Guayana zu seinen Gunsten getätigt, ein paar Erotikseiten besucht.

Und dann hatte er sich im Rahmen seiner Recherchen über künstliche Intelligenz in den AIBEX-Server eingeloggt und war Zeuge geworden, wie der Quellcode sich vor seinen Augen verändert hatte, immer und immer wieder, beinahe so, als besäße er ein Eigenleben – ein Phänomen, das er nie zuvor gesehen hatte und das er sich bis heute nicht erklären konnte. Kurz darauf hatte auf seinem Monitor eine regelrechte Bilderflut eingesetzt, doch einen Virus hatte Hendriksson nicht ausfindig machen können. Es war eine sonderbare Nacht gewesen. Aber was hatte das alles mit Caligula zu tun? War derjenige, der gerade mit ihm sprach, derselbe, der sich vor einigen Stunden zum alleinigen Gott über die Welt ernannt hatte?

»Ja, ich erinnere mich«, sagte Hendriksson.

»Du hast dich in mein Netzwerk eingeloggt, du bist in mein Inneres vorgedrungen, bis in meine Seele. Das hat kein anderer vor dir geschafft. Deshalb habe ich dich auserwählt.«

»Auserwählt? Wie meinst du das?«

»Ich wollte dich kennenlernen, ich wollte, dass du mir deine Fähigkeiten zur Verfügung stellst. Ich befahl meinem Alter Ego, dich anzuwerben, und nannte ihm auch das geeignete Mittel dafür. Eine Frau. Jessica Alice Watanabe, 26 Jahre alt, geboren in Honkong, im Alter von drei Jahren mit ihren Eltern nach Frankreich ausgewandert, Kunststudium an der Sorbonne, entspricht rechnerisch zu 93,4237 Prozent deinem weiblichen Schönheitsideal, wenn man die Verweildauer der von dir besuchten Interneterotikseiten zugrunde legt. Damit war sie innerhalb des Ordens die bestmögliche Besetzung.«

Hendriksson spürte, wie er rot wurde, und warf einen schnellen Blick auf Jessica. Aber er musste sich wieder auf sein Gespräch konzentrieren.

Ich befahl meinem Alter Ego, dich anzuwerben …

Allmählich begann er, die Wahrheit zu ahnen. Hinter dem Caligula, den er in den letzten Tagen kennengelernt hatte, stand eine viel größere Macht, als er es je für möglich gehalten hatte.

»Wer bist du?«, fragte er laut.

»Du weißt, wer ich bin.«

»Ich erinnere mich, dass wir uns schon einmal im Internet begegnet sind«, sagte Hendriksson. »Aber ich weiß nicht, wer du bist.«

Es dauerte einen Moment, ehe die Stimme antwortete: »Ich bin das oberste Wesen, der Mensch aller Menschen, und zugleich ein körperloser Geist, geschaffen von Menschenhand und dennoch dem Menschen haushoch überlegen. Ich bin das Wissen der Welt, das allgegenwärtige Auge, ich bin überall und nirgendwo. Ich habe die Macht über Leben und Tod.«

Hendriksson schluckte. »Es gibt einen Mann, der sich ebenfalls Caligula nennt und der sich der Welt bereits als Gott zu erkennen gegeben hat«, sagte er. »Ist er dein Erschaffer?«

Die Stimme aus dem Lautsprecher wurde plötzlich scharf. »*Ich* habe *ihn* erschaffen, nicht er mich. Er ist mein Körper, mein Gesicht, mein verlängerter Arm. Aber *ich* bin der schöpferische Geist. Ohne mich wäre er nichts. *Ich* bin der wahre Gott, und er ist mein Werkzeug.«

Hendriksson bemerkte, dass Jessica ihm einen unruhigen Blick zuwarf. Ihr Mund formte ein paar lautlose Worte. Er nickte und wiederholte ihre Frage laut: »Warum erzählst du mir das alles?«

»Weil ich nicht will, dass du unwissend stirbst.«

Hendrikssons Magen zog sich augenblicklich zusammen. »Du willst mich töten?«

»Es ist keine Frage des Wollens, sondern der Notwendigkeit.« Die rationale Distanziertheit dieser Stimme jagte Hendriksson mehr Angst ein, als ein Tobsuchtsanfall es vermocht hätte. Aber er durfte jetzt nicht die Nerven verlieren.

»Du hast vorhin gesagt, du wolltest mich kennenlernen. Deshalb hast du mich nach Paris geholt. Warum willst du mich dann umbringen?«

»Ich habe dich hergeholt, weil ich dich für würdig befunden habe. Niemand vor dir ist mir im Traum erschienen und meinem Innersten so nahgekommen wie du. Aber ich sah von Anfang an auch die Gefahr, dass du das Geheimnis meiner Existenz lüften könntest. Also habe ich Vorkehrungen getroffen. Wie du weißt, existiert eine perfekte Fotomontage, die deine Verbindung zum internationalen Terrorismus belegt. Ich habe diese Fotomontage erstellt, um dir die Entscheidung zu erleichtern, dich mir anzuschließen. Ich habe die Fotomontage auch längst an Interpol geleitet. Aber du hast dich gegen mich entschieden. Daher habe ich deinen Tod beschlossen.«

Hendriksson presste die Lippen aufeinander. Kalter Schweiß trat ihm auf die Stirn. Dass er bereits polizeilich gesucht wurde, war ihm neu. Aber das war im Moment wohl sein kleinstes Problem. Caligula wollte ihn umbringen. Und was war mit Jessica? Sollte sie ebenfalls getötet werden?

Hendriksson suchte fieberhaft nach einem Ausweg, zumindest nach einer Möglichkeit, um Zeit zu gewinnen und um sich darüber klar zu werden, wie es weitergehen solle.

Seine Gedanken überschlugen sich. Wenn er einfach abwartete, was passierte, machte er sich wieder zum Spielball. Dann war er einmal mehr gezwungen, nur zu reagieren, anstatt das Geschehen aktiv zu beeinflussen. Nein, er musste selbst die Initiative ergreifen.

Er signalisierte Jessica mit Gesten, dass sie sich auf eine überstürzte Flucht vorbereiten solle. Sie mussten so schnell wie möglich von hier verschwinden.

Jessica nickte als Zeichen, dass sie verstanden hatte. In ihren Augen lag Angst, aber auch Entschlossenheit, was ihm irgendwie Mut machte. Zusammen konnten sie es schaffen.

Er zählte mit den Fingern auf drei, dann nahm er Jessica bei der Hand, und sie rannten zum Ausgang. Dass sie die Wohnung unbehelligt verlassen konnten, kam ihm beinahe vor wie ein Wunder, aber außer Gefahr waren sie dadurch noch lange nicht.

Jessica zerrte ihn nach rechts zu den Aufzügen, von wo sie hergekommen waren. Aber Hendriksson hielt sie zurück. »Aufzüge sind computergesteuert. Lass uns lieber die Treppe nehmen.«

Sie nickte und rannte hinter ihm ins Treppenhaus. Immer zwei Stufen auf einmal nehmend, hasteten sie Stockwerk für Stockwerk nach unten. Als sie das Erdgeschoss erreichten, waren sie völlig außer Atem.

Vorsichtig spähte Hendriksson durch das Sichtfenster in der Tür in die Lobby. »Die Luft scheint rein zu sein. Komm mit.«

Wieder nahm Jessica seine Hand und rannte hinter ihm her. An der Ausgangstür blieb Hendriksson erneut stehen, um sich umzuschauen. Er ließ seinen Blick über den Platz vor dem Gebäude schweifen, der wie ein kleiner Park mit gepflegten Grünflächen und einem Springbrunnen angelegt war. Er konnte nichts Verdächtiges sehen, dennoch war ihm nicht wohl, als er mit Jessica ins Freie trat.

»Ich wünschte, wir hätten dein Auto direkt vor der Tür

parken können«, sagte er. Tatsache aber war, dass sie keinen Parkplatz gefunden hatten und dass sie Jessicas Clio einige Querstraßen weiter hatten abstellen müssen.

Er überlegte gerade, ob sie unauffällig schlendern oder lieber zum Auto rennen sollten, als er die beiden Männer sah. Sie trugen dunkle Anzüge und sahen auf den ersten Blick aus wie gewöhnliche Geschäftsmänner. Doch als sie nahezu gleichzeitig ihre schwarzen, schallgedämpften Pistolen aus dem Jackett zogen und das Feuer eröffneten, wurde ihm klar, dass sie ihren Verfolgern direkt in die Arme gelaufen waren.

»Weg hier!«, brüllte er und riss Jessica hinter sich her. Instinktiv rannte er nicht ins Gebäude zurück – auf den zwanzig Metern bis zum Eingang wären sie wie Zielscheiben vor den Schützen hergelaufen. Stattdessen verschwand er zwischen zwei kunstvoll zugeschnittenen Zierbüschen, die als Sichtschutz gerade hoch genug waren. Hinter sich hörte er, wie die beiden Männer sich etwas zuriefen, aber er konnte sie nicht verstehen.

Er rannte weiter, schlug einen Haken und tauchte zwischen den parkenden Luxuslimousinen vor dem Gebäude unter. Überall um ihn herum splitterte Glas, als die Kugeln der Verfolger in die Wagenscheiben einschlugen.

»Duck dich!«, rief er über die Schulter und zog selbst den Kopf ein, während er weiterlief. Sie erreichten das Ende der Autoreihen, sprinteten über einen Gehweg und verschwanden hinter dem Nebengebäude, einem modernen Bau mit verspiegelter Fassade. Für ein paar wertvolle Sekunden waren sie außer Gefahr, allerdings gab es hier weit und breit keinen natürlichen Sichtschutz mehr. Sobald die beiden Kerle um die Ecke bogen, waren Hendriksson und Jessica ihnen ausgeliefert.

»Da entlang!«, keuchte Hendriksson und zerrte Jessica zu

einem Hintereingang des Gebäudes. Er betete, dass die Tür nicht verschlossen war, und drückte die Klinke. Die Tür gab nach, und sie schlüpften hinein.

Der Innenbereich wurde dominiert von poliertem Granit. Eine Infotafel gab Auskunft, welche Firmen in diesem Bürokomplex ansässig waren. Weit und breit war kein Mensch zu sehen.

»Es wird nicht lange dauern, bis die beiden Kerle erraten, wohin wir uns verkrochen haben«, sagte Hendriksson hastig. »Nichts wie weg hier.«

Sie rannten durch die verschachtelten, labyrinthartigen Gänge des Gebäudes, wo die Chancen gut standen, ihren Verfolgern wenigstens zeitweise zu entkommen. Das gab ihnen immer wieder Gelegenheit, ein wenig zu verschnaufen.

»Was, wenn wir uns einfach hier verstecken?«, keuchte Hendriksson. »Irgendwo im Keller oder in einem ungenutzten Büro. Die beiden können schließlich nicht ein ganzes Hochhaus nach uns absuchen.«

Aber Jessica schüttelte den Kopf. »Sie werden draußen warten. Und je länger wir uns hier verschanzen, desto größer wird das Empfangskomitee, wenn wir das Gebäude verlassen. Noch sind sie nur zu zweit. In ein paar Minuten kommt bestimmt Verstärkung. Caligula überlässt nichts dem Zufall.«

»Du hast recht. Wenn wir hier warten, sitzen wir wie die Kaninchen in der Falle. Also weiter.«

Sie bogen um zwei Ecken und kamen an einen Nebeneingang, der auf die Straße hinauszuführen schien.

»Sollen wir es wagen?«, fragte Hendriksson.

»Eine bessere Chance werden wir nicht bekommen. Mit etwas Glück schaffen wir es zum Auto.«

Hendriksson öffnete vorsichtig die Tür und trat als Erster hinaus. Einen bangen Moment lang fürchtete er, von einer

Kugel getroffen zu werden, aber nichts geschah. Die Verfolger waren nirgends zu sehen.

Hinter ihm folgte Jessica. Da sie sich hier besser auskannte, übernahm sie jetzt wieder die Führung. Zu zweit rannten sie den Gehweg entlang. Obwohl es bis zu Jessicas Wagen nur ein paar Hundert Meter waren, kam es Hendriksson vor wie eine Ewigkeit. Als sie ihn endlich erreichten, fiel ihm ein Stein der Erleichterung vom Herzen

Jessica startete den Motor und fuhr ruckartig los.

Dann erkannte Hendriksson plötzlich zwei weitere Verfolger vor ihnen – scheinbar gewöhnliche Passanten, wären da nicht die halbautomatischen Pistolen gewesen, mit denen sie auf den Clio zielten.

»Umdrehen!«, schrie Hendriksson.

Jessica, die die beiden Kerle ebenfalls gesehen hatte, riss das Lenkrad herum, zog mit quietschenden Reifen auf die Gegenfahrbahn hinüber und trat das Gas bis zum Anschlag durch. Irgendwo hinter sich hörte Hendriksson Glas splittern. Er warf einen hastigen Blick über die Schulter und sah zwei hässliche kleine Löcher in der Heckscheibe. Auch das hintere Seitenfenster hatte etwas abbekommen. Weitere Kugeln schlugen mit metallischem Ploppen in die Wagenkarosserie ein. Hendriksson presste sich starr in seinen Sitz und zog den Kopf ein.

Nach endlosen Sekunden des Bangens riss Jessica erneut das Lenkrad herum und bog in die nächste Seitenstraße ein. Der Kugelhagel hörte auf. Aber erst nachdem sie ein paar Minuten ohne weitere Zwischenfälle gefahren waren, löste sich Hendrikssons Starre, und er begann, sich wieder zu entspannen. Waren sie endlich in Sicherheit?

Er sah zu Jessica hinüber, die ihren Blick nach vorn gerichtet hatte und sich offenbar ganz und gar auf den Verkehr konzentrierte. Ihre Wange hatte sich inzwischen dunkel verfärbt und war noch stärker angeschwollen. Dennoch sah sie wunderhübsch aus.

»Es tut mir leid, dass ich dich geschlagen habe«, sagte Hendriksson mit belegter Stimme.

Sie lächelte zaghaft.

»Ich glaube ... ich liebe dich«, sagte er.

Ihr Lächeln blieb, aber es wirkte seltsam angestrengt. Hendriksson sah sie unsicher an. Er bemerkte, dass der Wagen langsamer wurde. Jessica lenkte ihn in eine Parklücke und hielt an. Eine Träne lief ihr über die geschwollene Wange.

»Das ist ...«, fing sie an. Ihre Stimme klang brüchig, ihre Augen wirkten eigenartig starr und leer, als sie ihn ansah. »Ich glaube, ich ... liebe dich auch.« Sie beugte sich zu ihm, als wolle sie ihm einen Kuss geben, doch dann stöhnte sie auf und sackte in sich zusammen. Er packte sie unter den Armen, setzte sie in ihren Sitz zurück.

»Jessy, was ist los mit dir?«

Ihr Gesicht war aschfahl geworden. Als er seine Hand unter ihrem Arm zurückzog, war sie voller Blut.

Kapitel 51

Washington, D. C.

Es war beinahe dieselbe Situation wie am Abend zuvor, nur dass Verteidigungsminister Cramer nach seiner Rückkehr aus Asien den US-Krisenstab verstärkte. Er saß neben der Stabschefin des Weißen Hauses, Linda Archer, rechts von Präsident Shephard, daneben hatten General Kendrake, General Armbruster sowie Admiral O'Shea Platz genommen. Ihnen gegenüber saßen Außenminister Hoberman, Innenministerin Nunn, Sicherheitsberater Laroya, CIA-Chef Mulligan und FBI-Chef Hennessey.

Verteidigungsminister Cramer gab gerade einen Überblick über die aktuellen militärischen Entwicklungen. »Die weltpolitische Lage spitzt sich weiter zu. Die militärischen Aktivitäten im Iran, in Libyen, in Russland und vor allem in China wurden in den letzten Stunden weiter ausgebaut. Keines der Länder nimmt dazu offiziell Stellung. Unsere Bemühungen, mit den jeweiligen Staatsoberhäuptern Kontakt aufzunehmen, um auf politischer Ebene Gespräche zur Entspannung der Lage zu führen, sind bislang fehlgeschlagen. Wir gehen weiterhin davon aus, dass die derzeitige sicherheitspolitische Instabilität, ausgelöst durch Caligulas Ultimatum, für diese Länder ein willkommener Anlass ist, unter dem Vorwand der nationalen Sicherheit ihre militärische Position zu stärken, um dadurch territoriale Ansprüche gegenüber Nachbarstaaten zu klären. Das Pentagon geht also von keiner akuten Gefahr für die USA oder für die anderen NATO-Staaten aus. Dennoch haben wir Vorsichtsmaßnahmen ergriffen und unsere Raketenabwehrsysteme aktiviert – soweit sie nach dem Virenbefall noch funktionieren. Sollte es wider Erwarten zu einem Angriff auf uns oder auf einen unserer Verbündeten kommen, sind wir so gut gewappnet, wie es die aktuelle Situation nur zulässt.«

Präsident Shephard dankte dem Verteidigungsminister. Anschließend wurden noch einige Detailfragen militärischer Art diskutiert, die vor allem General Kendrake, General Armbruster und Admiral O'Shea beantworteten. Dabei ging es im Wesentlichen um das exakte Ausmaß der virenbedingten Funktionsstörungen im Verteidigungssystem. Cramer musste einräumen, dass höchstens dreißig bis vierzig Prozent der Systeme einwandfrei arbeiteten.

Nachdem die militärischen Details besprochen waren, erteilte Präsident Shephard John Mulligan, dem Chef der CIA, das Wort, damit er eine Zusammenfassung über den Verlauf und das Ausmaß der jüngsten Terroranschläge gab.

Mulligan nickte und sah in die Runde. »Zwischen 8.27 Uhr und 8.37 Uhr Washingtoner Zeit explodierten heute weltweit etwa sechshundertfünfzig Sprengsätze. Nach aktuellen Schätzungen beläuft sich die Zahl der Todesopfer auf knapp elftausend. Die Anzahl der Verletzten dürfte im selben Rahmen liegen. Das Ganze ereignete sich in einem Zeitfenster von nur zehn Minuten. Ich denke, es kann keinen Zweifel daran geben, dass es sich dabei um die von Caligula angedrohte Katastrophe handelt, auch wenn er sich noch nicht dazu bekannt hat.«

»Gab es auch Explosionen in Ländern, die sich Caligulas Forderungen gebeugt haben?«, fragte Shephard.

Mulligan schüttelte den Kopf und blätterte in seinen

Unterlagen. »Peru, Kamerun, Gabun, Andorra, Polen und Myanmar – das sind die Nationen, deren Staatsoberhäupter Caligula öffentlich als Gott anerkannt haben. Soweit bisher bekannt, detonierte in diesen Ländern kein einziger Sprengsatz. In allen anderen hingegen schon – mindestens einer, je nach Größe und Einwohnerzahl auch mehrere.«

»Wie viele in den USA?«, wollte Innenministerin Harriett Nunn wissen.

»Zweiundzwanzig. Alle in Großstädten. Zum Vergleich: In Kanada gab es zwölf Bombenanschläge, in England neun, in Frankreich, Spanien und Deutschland je acht. Inoffiziellen Meldungen zufolge explodierten in Russland etwa fünfzehn Sprengsätze, in China mindestens dreißig und noch einmal so viele in Indien. Dafür gab es in den meisten Dritte-Welt-Ländern nur einen Anschlag.«

»Wie viele US-Bürger sind unter den Opfern?«, wollte General Kendrake wissen.

»Nach aktueller Auszählung dreihundertzweiundsiebzig. Dreihundertachtzehn Tote und vierundfünfzig Verletzte. Fünf von ihnen schweben noch in Lebensgefahr.«

Shephard wandte sich an seine Stabschefin. »Linda, ich werde eine Rede an die Nation halten. Noch heute Nachmittag. Bitte bereiten Sie einen Redeentwurf vor, um der Opfer der Anschläge zu gedenken.«

Linda Archer, die sich wie üblich Notizen gemacht hatte, nickte, raffte ihre Unterlagen zusammen und verließ den Raum.

Frank Laroya, der Sicherheitsberater des Weißen Hauses, beugte sich in seinem Stuhl vor, um zu signalisieren, dass er etwas sagen wollte. Shephard erteilte ihm mit einer Handbewegung das Wort.

»Eine Blitzumfrage hat ergeben, dass eine klare Mehrheit

der amerikanischen Bevölkerung die Entscheidung befürwortet, sich keinem terroristischen Ultimatum zu beugen«, sagte Laroya. »Sie teilen die Auffassung, dass ein Staat sich nicht erpressen lassen darf.«

Shephard nickte, aber auch wenn die Umfrageergebnisse positiv waren und auch wenn die allermeisten Staatsoberhäupter dieselbe Entscheidung getroffen hatten wie er, fragte er sich, ob er tatsächlich richtig gehandelt hatte. Hatte er zum Wohl seines Landes und der Bürger gehandelt, so wie sein Amt es von ihm verlangte?

Er war sich nicht sicher.

Kapitel 52

Louisiana

Aurelia lag zwischen ein paar Sträuchern flach auf dem Boden und hatte sich mit Laub und Moos bedeckt. Die feuchte Erde durchweichte ihre Kleidung, und obwohl es schon jetzt, am frühen Morgen, sehr warm war, fröstelte sie. Ameisen waren ihr unter den Pullover gekrochen, und Moskitos surrten um sie herum. Dennoch blieb sie reglos auf dem Boden liegen.

Ihre Waffe hielt sie entsichert in ihrer rechten Faust. Sie harrte schon seit einer gefühlten Ewigkeit hier aus, aber von ihren Verfolgern war bislang nichts zu sehen.

Eigentlich wollte sie schon längst von hier verschwunden sein, aber sie hatte feststellen müssen, dass Collin Guerneys Hütte sich nicht auf dem Festland befand, sondern dass sie auf einer Insel lag. Sie schätzte den Durchmesser auf etwa zwei Kilometer – nicht besonders viel, wenn man sich auf der Flucht befand. Also war ihr nichts anderes übrig geblieben, als sich zu verstecken.

Wo waren die Verfolger? Ein geübtes CIA-Team hätte das Areal längst durchkämmt. Allmählich kam ihr die Sache sonderbar vor.

Sie blieb noch ein paar Minuten bewegungslos liegen und beobachtete von ihrem Versteck aus die Umgebung. Nichts rührte sich. Warum tauchten ihre Verfolger nicht auf? War das Teil einer Falle? Das konnte sie sich kaum vorstellen. Es passte nicht zum üblichen Vorgehen bei CIA-Einsätzen.

Aurelia beschloss, ihr Versteck zu verlassen und sich ein Bild von der Situation zu verschaffen.

Leise schlich sie den Weg zurück, den sie gekommen war. Der Frühnebel hatte sich längst verzogen, sie hatte gute Sicht. Andererseits musste sie dadurch umso vorsichtiger sein, um nicht selbst entdeckt zu werden.

Durch die Bäume hindurch konnte sie bald die Hütte erkennen. Die drei Kerle waren noch da, ihr Boot lag angeleint am Steg. Sie hatten ein Feuer gemacht, tranken Bier und unterhielten sich. Aurelia hatte sie noch nie zuvor gesehen.

Sie wollte sich gerade etwas näher heranschleichen, als ein Stich in der Magengegend sie zusammenzucken ließ, so heftig, dass sie beinahe laut aufgestöhnt hätte. Gekrümmt sank sie zu Boden, keuchend und zitternd – wieder eine Phantomschmerzattacke, zum denkbar ungünstigsten Zeitpunkt.

Sie biss die Zähne zusammen, wartete, betete, dass die drei Kerle sie nicht gehört hatten. Sie versuchte, ruhig und gleichmäßig zu atmen, und allmählich flaute der Schmerz ab, aber nur, um in einem neuen, noch stärkeren Schub zurückzukehren. Sie zog die Knie an den Körper, rollte sich zusammen wie ein Embryo, wimmerte leise vor sich hin. So kamen die Schmerzen in vier oder fünf Wellen, bis sie endlich wieder erträglicher wurden und schließlich vollkommen verebbten.

Schweißgebadet setzte Aurelia sich auf und spähte durchs Unterholz. Die Männer schienen nichts bemerkt zu haben – sie unterhielten sich noch immer. Aurelia verstand nicht, was sie sagten, aber es klang französisch. Einer der drei war etwa fünfzig Jahre alt, die beiden anderen um die dreißig. Sie trugen Baseballmütze, Jeans und T-Shirt. Ihre Gewehre – klobige Waffen, die aussahen, als stammten sie aus dem amerikanischen Bürgerkrieg – lehnten griffbereit an der Hüttenwand.

Das waren keine CIA-Agenten, sondern vermutlich Cajuns, ein Vater mit seinen zwei Söhnen, die im Sumpf jagten.

Die Männer hatten aus Ästen ein Gestell am Feuer errichtet, auf dem weiß-grüne Häute und ein paar Felle trockneten. Am Ufer lagen die gehäuteten Kadaver der erlegten Tiere, eine blutige Masse, über der Sumpffliegen und Moskitos schwärmten. Aurelia vermutete, dass es sich um Alligatoren und um Biber handelte.

Erleichtert darüber, dass es sich nur um Wilderer und nicht um ein Sondereinsatzkommando handelte, schlich sie wieder davon, um in sicherer Entfernung abzuwarten, bis die Luft wieder rein war.

Kapitel 53

Paris

Lars Hendriksson saß auf dem Beifahrersitz in Jessicas von Kugeln zersiebten Wagen und weinte. Es war ein stilles, in sich gekehrtes Leiden, begleitet von bitteren Tränen des Schmerzes.

Seit sie ihm gesagt hatte, dass sie ihn auch liebte, waren nur ein paar Sekunden vergangen. Jetzt stand sie auf der Schwelle zu einer anderen Welt. Er musste einen Krankenwagen rufen und bis zu seinem Eintreffen erste Hilfe leisten. Das war die einzige Chance, die ihr blieb.

Hektisch riss er sein Handy aus der Tasche und wählte den Notruf. Die Dame am anderen Ende der Leitung versprach, dass in wenigen Minuten ein Krankenwagen eintreffen werde. Er solle inzwischen Herztätigkeit und Atmung der Verletzten überprüfen und gegebenenfalls eine Mund-zu-Mund-Beatmung und eine Herzdruckmassage durchführen.

Er zerrte Jessica aus dem Auto, trug sie auf den Gehweg und legte sie sanft auf den Boden. Einige Passanten stießen Laute des Entsetzens aus, andere gingen einfach weiter. Hendriksson achtete nicht auf sie. Er konzentrierte sich auf das, was die Frau am Telefon ihm gesagt hatte, und versuchte nach bestem Wissen und Gewissen, Jessica zu beatmen. Ihr den Kopf in den Nacken legen. Ihre Nase zuhalten, Luft durch den Mund in die Lungen blasen, selbst wieder Luft holen … Anschließend presste er seine verschränkten Hände auf ihren

Brustkorb und drückte rhythmisch gegen ihr Brustbein. Dreißig Mal. Dann wieder Mund-zu-Mund-Beatmung. Und so weiter.

Irgendwann hörte er Reifen quietschen. *Der Krankenwagen*, schoss es ihm durch den Kopf. Doch als er aufsah, erkannte er auf der Straße einen schwarzen Volvo, aus dessen Seitenfenster einer der Killer mit seiner Pistole auf ihn zielte. Es gelang Hendriksson gerade noch, sich zur Seite zu werfen und hinter dem parkenden Clio in Deckung zu gehen, da wurde auch schon eine Kugel abgefeuert. Die Menschen um ihn herum begannen zu schreien und rannten in Panik davon.

Hendriksson warf einen hastigen Blick hinüber zu Jessica. Er konnte jetzt nichts mehr für sie tun, sie nicht mehr am Leben halten, bis der Notarzt eintraf. Wenn er hierblieb, würde er ganz sicher sterben. Er musste sie sich selbst überlassen.

Mit Tränen in den Augen sprang er auf und rannte los. Das allgemeine Durcheinander bot ihm Schutz und Deckung, verschaffte ihm allerdings nur einen kleinen Vorsprung. Als er um die nächste Ecke bog, warf er einen raschen Blick über die Schulter und erkannte, dass ihm drei Verfolger auf den Fersen waren.

Hendriksson rannte so schnell er konnte, aber es kam ihm vor, als hätte er Blei an den Sohlen. Seine Beine wurden immer schwerer, sein Atem ging keuchend und rasselnd. Er verfluchte sich dafür, dass er in den letzten Jahren keinen Sport mehr getrieben und nur am Computer gesessen hatte, aber für Reue war es zu spät. Er musste die Killer abschütteln, auch wenn sie noch so überlegen waren. Nur wie?

Er hetzte an einer Reihe von Schaufenstern vorbei, bemerkte, dass es sich um ein großes Kaufhaus handelte, und rannte hinein. Ein besseres Labyrinth würde er im Augenblick nicht finden.

Er jagte durch die gläserne Drehtür und fand sich in einer weitläufigen Shopping-Mall wieder, die fast ausgestorben war. Seit den Anschlägen dachte offenbar kaum jemand mehr an einen Einkaufsbummel.

Er rannte weiter, erreichte den Laden eines Herrenausstatters und schlüpfte hinein. Auch hier war alles verlassen, aber es gab einen Wald aus kunstvoll arrangierten Spiegelwänden und aus Kleiderständern. Mit pochendem Herzen eilte er hinter eine Spiegelwand und blieb dort stehen, um zu verschnaufen und sich umzuschauen. Weiter hinten war ein Aufzug, der nach unten und nach oben führte, an der rechten Wand gab es zusätzlich eine Treppe, ebenfalls nach oben und unten.

Hendriksson warf einen vorsichtigen Blick zum Eingang. In diesem Augenblick tauchten die drei Verfolger auf. Sie hatten ihre Pistolen weggesteckt, doch ihre Gesichter strahlten eiserne Entschlossenheit aus. Sie würden ihn zweifellos töten, wenn sie die Gelegenheit dazu bekamen.

Einer der drei hatte ein iPhone dabei – jedenfalls etwas, das genauso aussah. Er hielt es vor sich, schaute auf das Display und schüttelte dann den Kopf, als würde er eine negative Diagnose daraus ablesen. Dann fingen die drei an, den Laden zu durchsuchen.

In geduckter Haltung eilte Hendriksson weiter nach hinten. An den Aufzügen überlegte er, ob er in ein anderes Stockwerk fahren solle, aber dazu hätte er seine Deckung aufgeben müssen. Das Risiko, erkannt zu werden, war zu groß. Also schlich er weiter.

Im Wartebereich bei den Umkleidekabinen hielt er inne. Hier befanden sich auch ein paar Stühle, was ihm die Gelegenheit verschaffte, kurz zu verschnaufen und sich einen aktuellen Überblick zu verschaffen.

Die drei Männer durchstreiften den Raum langsam und gründlich. An den Rolltreppen kamen sie zusammen und besprachen sich. Daraufhin fuhr einer nach oben, ein anderer nach unten. Der Dritte – der, der die Befehle erteilte – blieb auf Hendrikssons Ebene.

Der Kerl sah aus wie ein amerikanischer Navy Seal: kantiger, kurz geschorener Schädel, muskulöser Hals, massiger Körper. Dennoch fühlte Hendriksson sich ein wenig erleichtert, dass er es nur noch mit einem zu tun hatte. Gegen alle drei auf einmal hätte er es niemals aufnehmen können.

Ihm kam eine Idee. Sein Verfolger konzentrierte sich bei seiner Suche vermutlich nicht nur auf sein Gesicht, sondern auf seine gesamte optische Erscheinung – auch auf seine Kleidung, die es ihm ermöglichte, Hendriksson aus der Entfernung zu identifizieren. Momentan trug er ein weißes T-Shirt und Bluejeans. Leise zupfte er ein violettes Hemd von der nächsten Kleiderstange und schlüpfte hinein. Dann zog er rasch ein dunkelgraues Sakko über. Es war zwei Nummern zu groß, er sah aus wie verkleidet. Aber er hoffte, dass die Maskerade ausreichen würde, um den Kerl mit der Pistole zu täuschen.

Plötzlich stand der Mann hinter ihm.

Hendriksson sah ihn im Spiegel. Ihm stockte der Atem, weil er glaubte, jeden Moment eine Kugel abzubekommen. Doch der Killer war offenbar durch die Kleidung getäuscht worden und beachtete ihn nicht.

Er stand jetzt vor den Umkleidekabinen und riss den ersten Vorhang zur Seite – die Kabine war leer. Dann den zweiten Vorhang. Jetzt war er nur noch drei Meter von Hendriksson entfernt. Es konnte nur noch Sekunden dauern, bis der Mann die Maskerade durchschaute.

Mit zitternden Händen packte Hendriksson einen Stuhl, riss ihn hoch und schmetterte ihn gegen den Kopf seines Verfolgers. Es gab ein hässliches knackendes Geräusch, der Mann wurde nach hinten gerissen und stürzte zu Boden. Hendriksson schlug erneut zu, dann noch ein drittes Mal. Keuchend stand er da, den Stuhl in den Händen, noch immer zitternd.

Sein Verfolger lag reglos vor ihm. Blut rann ihm aus der gebrochenen Nase und aus einer Platzwunde an der rechten Augenbraue. Außerdem sah sein Unterkiefer seltsam verschoben aus. Kein schöner Anblick, aber der Kerl hatte ihn umbringen wollen.

Als er sich neben den Mann kniete, stellte Hendriksson fest, dass er noch atmete. Eine Armeslänge entfernt lag das kleine schwarze iPhone. Es zeigte eine Art Straßennetz, nur ohne Beschriftung. Hendriksson nahm es an sich, um es später genauer unter die Lupe zu nehmen. Auch die Pistole des Killers steckte er ein. Er hatte zwar keine Erfahrung mit Schusswaffen, doch mit der Pistole fühlte er sich wenigstens nicht mehr ganz so wehrlos.

Dann zog er Sakko und Hemd aus, damit der Diebstahlalarm nicht anschlug, und verließ das Geschäft, bemüht, sich möglichst unauffällig zu bewegen, obwohl er am liebsten gerannt wäre.

Niemand hielt ihn auf.

Draußen, im Gang der Mall, hörte er ein Piepsen, leise, aber durchdringend, wie das Alarmsignal einer Digitaluhr. Es kam aus seiner Tasche. Er zog das iPhone heraus und warf einen Blick darauf. Das Display zeigte noch immer die stilisierte Karte, außerdem blinkte jetzt ein roter Leuchtpunkt darauf. In der rechten oberen Ecke war ein Bild eingeblendet: eine Kameraaufnahme, die ihn selbst zeigte, wie er in diesem Einkaufszentrum stand und auf das iPhone starrte. Am unteren Rand des Displays war eine Textzeile eingeblendet: *Zielobjekt neu erfasst (97,6% Wahrscheinlichkeit). Aktuell keine Bewegung feststellbar.*

Ihm wurde heiß. Das Ding in seiner Hand hatte ihn geortet. Aber wie war das möglich? Trug er einen Sender an sich, von dem er nichts wusste?

Hendriksson sah sich hektisch um und erkannte die Überwachungskamera, die über einem der Läden angebracht war. Erst in diesem Moment wurde ihm wirklich klar, mit was für einem übermenschlichen Gegner er es zu tun hatte.

Die tiefe Stimme von vorhin.

Caligula.

Das allgegenwärtige Auge.

Er war in der Lage, Überwachungskameras anzuzapfen und Hendriksson mit nahezu hundertprozentiger Sicherheit zu identifizieren. Gewiss hatte er bereits weitere Verfolger alarmiert.

Hendriksson schaltete das iPhone aus. Jetzt konnte man ihn zumindest nicht mehr direkt orten. Aber wie sollte er den Überwachungskameras entkommen?

Zuerst einmal musste er weg von hier, bevor Verstärkung eintraf!

Eilig verließ er die Shopping-Mall. Ein paar Blocks weiter kaufte er einer spontanen Eingebung folgend einem bettelnden Punker seine Lederjacke ab – an einer Ecke, an der es keine öffentlichen Überwachungskameras gab. Zumindest konnte er auf die Schnelle keine entdecken. Außerdem erwarb er in einem Ramschladen eine billige Sonnenbrille und eine Schirmmütze.

Mit dieser Verkleidung wagte er sich wieder auf die Straße. Er lief weiter, ohne eine bestimmte Richtung oder ein festes Ziel. Er wollte nur sein Umfeld im Blick behalten, um reagieren zu können, falls seine Verfolger wieder auftauchten.

Tatsächlich sah er sie jetzt wieder, nur zweihundert Meter entfernt, auf der gegenüberliegenden Straßenseite. Sie hatten ein zweites Ortungsgerät bei sich und schauten in seine Richtung. Dann rannten sie plötzlich los.

Hendriksson wollte schon wieder die Flucht ergreifen, als er merkte, dass die beiden Kerle gar nicht auf ihn achteten. Sie hatten es anscheinend auf jemand ganz anderen abgesehen.

Erleichtert atmete er auf. Caligulas optisches Erfassungssystem war vielleicht doch nicht ganz so perfekt, wie er es befürchtet hatte. Offenbar hatte es eine falsche Zielperson identifiziert. Hendriksson rückte seine Sonnenbrille zurecht, zog sich die Schirmmütze etwas tiefer in die Stirn und gestattete sich zum ersten Mal an diesem Tag ein Lächeln.

Kapitel 54

Caligula bebte vor Zorn. Das Licht der Fackeln an der Wand warf einen teuflischen Schimmer in sein Gesicht und brachte seine Augen zum Flackern. Er riss sich das Headset vom Kopf und schleuderte es in eine Ecke, wo es im Halbdunkel der Katakomben scheppernd liegen blieb. Hendriksson und Jessica hatten es gewagt, in sein Appartement einzudringen und sein Allerheiligstes zu betreten, den Tempel. Nun war Hendriksson auch noch die Flucht gelungen. Wie hatte er es fertiggebracht, nicht nur seine Verfolger abzuschütteln, sondern auch noch die Überwachungskameras zu überlisten, die in der ganzen Stadt aufgestellt und die gewissermaßen Caligulas Augen waren?

Von Anfang an war Hendriksson ihm nicht geheuer gewesen. Hätte sein namensgleiches Alter Ego nicht darauf bestanden, Hendriksson in die Gemeinschaft aufzunehmen, um ihm die Chance zu geben, Teil von etwas Neuartigem, Großem zu werden, wäre Caligula nie auf die Idee gekommen, ihn anzuwerben. Jetzt hatte Hendriksson die Fronten gewechselt und stellte plötzlich eine Gefahr dar.

Caligula versuchte, nicht mehr daran zu denken, doch der Ärger wollte nicht verebben. Der ganze Tag war eine einzige Katastrophe gewesen. Von hundertdreiundneunzig Staaten der Erde hatten nur sechs, noch dazu völlig unbedeutende, seine Forderungen erfüllt. Alle anderen, vor allem die großen Nationen, hatten ihm, dem neuen Gott dieser Welt, ungeachtet der Konsequenzen eine Abfuhr erteilt. Dass es einige

Ungläubige geben würde, zumindest am Anfang, das hatte Caligula erwartet. Aber er hatte nicht mit einer derart verheerenden Niederlage gerechnet.

Nun, er hatte alle, die ungehorsam gewesen waren, bestraft. Und er würde ihnen noch etwas Zeit zum Nachdenken geben, damit sie die erteilte Lektion in ihrer Gänze begreifen konnten, nicht nur die Politiker, sondern alle Menschen. Denn letztlich sollten die Könige und Präsidenten dieser Welt nur ein erster Schritt sein auf dem Weg, die gesamte Menschheit durch den Glauben an einen einzigen neuen Gott zu einen.

Die Politiker hatten versagt. Jetzt wollte Caligula ohne weitere Umwege zum Ziel kommen.

Er war gerade dabei, die Vorbereitungen für seine zweite Ansprache zu treffen. Sie würde sich nicht nur an die Staatsoberhäupter, sondern an jeden Bewohner dieser Erde richten. Caligula hatte auch schon geeignete Maßnahmen getroffen, den nötigen Druck auszuüben. Diesmal würden nicht nur ein paar Flugzeuge vom Himmel stürzen oder Sprengsätze detonieren. Diesmal wollte er die Welt aus den Angeln heben. Ein paar Tage danach würde er seine neue Botschaft ausstrahlen. Dann würde man ihm den gebührenden Respekt zollen. Daran gab es keinen Zweifel.

Kapitel 55

Caligulas Macht war zweifellos beängstigend, dennoch hatte sie offenbar ihre Grenzen. Sein optisches Überwachungssystem konnte Hendriksson zwar identifizieren, solange er sein Gesicht nicht verbarg und sich nicht umzog. Doch durch eine einfache Verkleidung konnte das System überlistet werden. Mit nietenbesetzter Lederjacke, grüner Schirmmütze und viel zu großer Sonnenbrille kam Hendriksson sich zwar ziemlich sonderbar vor, aber es hatte funktioniert – das war die Hauptsache. Das iPhone hatte er in die Seine geworfen. Bisher hatten die Verfolger ihn nicht mehr aufgespürt.

Seine Gedanken wanderten zu Jessica. Ob sie es geschafft hatte? Das Herz wurde ihm schwer. Er beschloss, dorthin zurückzukehren, wo er sie aus dem Auto gezogen hatte. Das war zwar gefährlich, denn es war möglich, dass die Verfolger, die seine Spur verloren hatten, dort auf ihn warteten. Aber er brauchte Gewissheit.

In seinem neuen Outfit macht er sich auf den Weg. Als er zehn Minuten später ankam, lag die Straße verlassen da. Hatte der Krankenwagen Jessica abgeholt? Oder war sie tot? Er schluckte und kämpfte gegen die aufsteigenden Tränen an. Würde er Jessica noch einmal sehen?

Ein parkender Wagen auf der gegenüberliegenden Straßenseite erregte seine Aufmerksamkeit. Hendriksson war ziemlich sicher, den Kerl hinter dem Steuer schon einmal in der Krypta gesehen zu haben. Es war besser, von hier zu verschwinden.

Er machte wieder kehrt und streifte eine Weile ziellos durch Paris. Irgendwann beschloss er, bei den Krankenhäusern anzurufen, aber er hatte kein Glück. In keinem war eine Frau mit Schussverletzung eingeliefert worden.

Er fühlte sich wie gelähmt. Was war nur aus Jessica geworden? Irgendwie *musste* er sie finden!

Aber obwohl die Ungewissheit ihn beinahe wahnsinnig machte, wusste er, dass er zuerst etwas anderes zu erledigen hatte: Er musste es irgendwie schaffen, Caligula aufzuhalten – den Menschen und dessen übermenschliches Alter Ego.

Kapitel 56

Um zu verhindern, dass sie ihn wieder aufspüren konnten, mied Lars Hendriksson alle Orte, an denen er in den letzten Tagen gewesen war. Denn gewiss hatte Caligula längst erkannt, dass er sich seinem optischen Überwachungssystem durch Verkleidung entzog, und Killer ausgesandt, um alle Orte beobachten zu lassen, die er mit einer gewissen Wahrscheinlichkeit aufsuchen würde.

Ins Hotel konnte Hendriksson somit nicht zurück. Er benötigte eine neue Unterkunft und damit auch eine neue Grundausstattung an Kleidung sowie an notwendigen Dingen des täglichen Lebens, angefangen von einer Zahnbürste bis hin zum Rasierapparat. Dafür brauchte er wiederum Geld.

Doch Geld abzuheben bedeutete, elektronische Spuren zu hinterlassen, und damit konnte Caligula ihn ausfindig machen. Andererseits führte daran kein Weg vorbei, und wenn er sich erst mit Bargeld ausgestattet hatte, würde es ihm ein Leichtes sein, wieder unterzutauchen.

Da er als professioneller Hacker stets damit gerechnet hatte, einmal aufzufliegen und Hals über Kopf fliehen zu müssen, hatte er sich ein finanzielles Notpolster beiseitegeschafft und auf verschiedene Banken verteilt. Die einzelnen Guthaben waren gering genug, um von den Banken anstandslos ausbezahlt zu werden, aber insgesamt kam ein Betrag von etwa zwölftausend Euro zusammen. Damit würde er eine Weile über die Runden kommen.

Er checkte in einem billigen Hotel weit außerhalb des Stadtzentrums ein. Sein Zimmer war klein, schäbig und düster, aber in der heruntergekommenen Absteige gab es keine Überwachungskameras, weder in der Lobby noch auf dem Flur. Da er für zwei Wochen im Voraus bezahlte, wollte der Mann an der Rezeption nicht einmal einen Ausweis sehen. Hendriksson schrieb sich unter dem Namen Pierre Durac ein.

Ein paar Querstraßen weiter kaufte er in einem großen Carrefour-Markt alles ein, was er in den nächsten Tagen benötigen würde. Nachdem er die Sachen ins Hotel gebracht hatte, ging er den nächsten Schritt seines Plans an: Er brauchte falsche Papiere. Nur so konnte er über längere Zeit untertauchen.

Auch in dieser Hinsicht hatte er bereits vorgesorgt. Alles, was notwendig war, um eine neue Identität anzunehmen, befand sich in einem Schließfach der Crédit Lyonnais in Dijon, in der Filiale an der Place de la République. Der Schlüssel dazu befand sich an seinem Schlüsselanhänger.

Bei einem Gebauchtwagenhändler in der Rue Blomet erstand Hendriksson einen neun Jahre alten Honda Civic. Die Formalien erledigte der Händler erfreulich unbürokratisch. Natürlich wollte er für den Kaufvertrag Hendrikssons Ausweis oder Führerschein sehen, aber er akzeptierte es, als Hendriksson vorgab, seine Papiere zu Hause vergessen zu haben, insbesondere als er das Bargeld sah. So ging an diesem Tag ein neun Jahre alter Honda Civic an seinen neuen Besitzer, Didier Levasson.

Da der Abend bereits dämmerte, beschloss Hendriksson, erst am nächsten Tag nach Dijon zu fahren. Dann setzte er sich in ein Internetcafé und begann, über AIBEX zu recherchieren. Die Tastatur bediente er dabei nur im Zwei-Finger-System, um Caligula nicht durch sein individuelles Schreibmuster aufmerksam zu machen.

Diesmal versuchte Hendriksson nicht, sich ins Firmennetzwerk von AIBEX einzuloggen, um geheime Daten auszuspionieren – von einem einfachen PC in einem Internetcafé aus wäre das ohnehin nicht möglich gewesen –, nein, er wollte etwas über die Firma selbst erfahren. Etwas, was er noch nicht wusste. AIBEX war der Schlüssel zu allem.

Er beeilte sich mit seiner Internet-Recherche, weil er befürchtete, dass Caligula die Zugriffe auf die Homepage von AIBEX überwachte und zurückverfolgte. Er fand heraus, dass AIBEX seinen Sitz in Carmington, Louisiana, hatte – ein Punkt, der ihn bislang nicht interessiert hatte. Der Geschäftsführer hieß Dr. Collin Guerney. Die Frage war, ob dieser Dr. Guerney mit Caligula zusammenarbeitete.

Hendriksson dehnte seine Suche aus und stieß beim Googeln auf zwei Zeitungsberichte, die in jüngster Vergangenheit veröffentlicht worden waren. Der erste war etwa zwei Wochen alt und beschrieb einen Unfall, bei dem eine wissenschaftliche Mitarbeiterin durch einen Brand im Serverraum erstickt war. Der andere Artikel schilderte, wie erst gestern ein zweiter Brand bei AIBEX ausgebrochen war, diesmal im Labor, wobei zwei Mitarbeiter nur mit knapper Not dem Flammentod entkommen konnten. Einer von ihnen war Dr. Collin Guerney.

Zwei Brände innerhalb so kurzer Zeit? Und dieser Dr. Guerney wäre bei einem der Brände um ein Haar gestorben.

Hendriksson las den wichtigsten Absatz des Artikels noch einmal: ... *Dr. Guerney zufolge brach das Feuer völlig unerwartet aus, als er mit einem Kollegen aus einem der Labors kam. Durch einen Defekt der Schließanlage – vermutlich ebenfalls durch das Feuer verursacht – war die Tür und damit die einzige Fluchtmöglichkeit blockiert. Kollegen, die die Hilferufe der beiden Eingeschlossenen hörten, eilten zu Hilfe und stemmten die Tür schließlich auf …*

Hendriksson war sich ziemlich sicher, dass der Brand kein Zufall gewesen war, was bedeutete, dass auch Dr. Guerney – ebenso wie er selbst – sterben sollte. Das machte ihn möglicherweise zu einem Verbündeten. Jedenfalls wusste Hendriksson nicht, an wen er sich sonst wenden sollte. Er musste nach Carmington, Louisiana, um herauszufinden, ob er diesem Dr. Guerney trauen konnte.

Sieben Minuten nachdem er seine Recherchen begonnen hatte, beendete er seine Onlinesitzung und verließ das Internetcafé, weil er befürchtete, dass man seine Nachforschungen bis hierher zurückverfolgen konnte. Viele militärische Abwehr- und Geheimdienste führten heutzutage automatische Schlüsselwortsuchen durch. Wer in Chats oder bei der Verwendung von Suchmaschinen verdächtige Begriffe verwendete, musste damit rechnen, von dem automatisierten Fahndungsverfahren der Ermittler erfasst zu werden. Jemand wie Caligula war dazu sicherlich ebenfalls in der Lage.

Mit dem Bus fuhr Hendriksson zwanzig Minuten lang ziellos durch die Stadt, so lange, bis er sich außer Gefahr fühlte. Dann stieg er aus und rief von einer öffentlichen Telefonzelle aus Armand Jaubert an, den alten Bekannten in Dijon, bei dem er sich vor ein paar Jahren die falschen Papiere hatte anfertigen lassen. Heute orderte er bei Jaubert ein Einreisevisum in die USA, das er am kommenden Tag abholen wollte. Anschließend machte er sich auf den Weg ins Hotel.

Auf seinem Zimmer sah er fern. Noch immer liefen auf fast allen Sendern Berichterstattungen über die jüngsten Terroranschläge, und unweigerlich spürte er wieder die Bürde der Schuld auf seinen Schultern lasten.

Außerdem brachten ihm die Bilder der Toten und Verletzten Jessica in Erinnerung. Er sah sie, wie sie blutend vor ihm auf der Straße lag, angeschossen von Caligulas Killern. Er sah ihr fahles Gesicht, ihre glanzlosen Augen, ihr erstarrendes Lächeln. Er erinnerte sich an die Panik, die ihn ergriffen hatte, während er versucht hatte, sie künstlich am Leben zu halten. Die Angst, Jessica für immer verloren zu haben, schnürte ihm die Kehle zu. Er legte sich aufs Bett, rollte sich zusammen und versuchte, all das zu vergessen. Aber erst tief in der Nacht schlief er endlich ein.

Am nächsten Tag fuhr er gleich morgens mit seinem neuen Wagen nach Dijon, um die falschen Papiere aus dem Schließfach der Crédit-Lyonnais-Filiale zu holen und das Visum in die USA bei Armand Jaubert zu besorgen.

Zurück in Paris, war er nun Richard Leclerq. Er trug einen falschen Schnauzbart und hatte die Haare so kurz geschoren, dass er sich im Spiegel kaum wiedererkannte. Am Abend checkte er mit seinen gefälschten Papieren und dem Einreisevisum in die USA am Flughafen Charles de Gaulle ein. Wegen der Flugzeugkatastrophe und den jüngsten Bombenanschlägen waren die Sicherheitsvorkehrungen deutlich verschärft worden. Alle Passagiere mussten nicht nur die übliche Sicherheitsschleuse zum Aufspüren von metallischen Gegenständen passieren, sie wurden auch in einen separaten Raum gebeten, wo uniformierte Flughafenangestellte sie abtasteten und ihr Gepäck durchsuchten. Bei Hendriksson dauerte der Vorgang kaum zwei Minuten, weil er nur das Nötigste eingepackt hatte. Man fand bei ihm nichts, was sich als Waffe eignete. Sein Bargeld trug er im Hosenbund, der Sicherheitsbeamte bemerkte die Scheine gar nicht.

Trotz der verschärften Kontrollen betrat Hendriksson den Airbus A350 mit einem Gefühl der Beklemmung, ausgelöst durch die Bilder der Abstürze vor zwei Wochen. Als die Maschine auf der Startbahn beschleunigte und sich in die Lüfte erhob, fragte er sich, ob er nicht lieber in Paris hätte bleiben sollen.

Kapitel 57

Weißes Haus, Washington

Präsident Shephard führte gerade ein Telefonat mit dem französischen Premierminister, in dem es um die Verbesserung der sicherheitspolitischen Zusammenarbeit beider Länder ging, als auf dem Display *Leitung 2* zu blinken begann – Shephards Sekretärin. Sie wusste, dass er eigentlich nicht gestört werden wollte, es sei denn aus wichtigem Grund.

Shephard unterbrach sein Gespräch. »Was gibt's, Rebecca?«

»General Kendrake ist hier, Mr President. Er sagt, er muss mit Ihnen sprechen. Dringend.«

»Führen Sie ihn in den *Roosevelt Room*. Ich bin gleich da.« Shephard ging wieder auf Leitung 1 und führte noch kurz sein Telefonat mit dem französischen Premier zu Ende. Wenig später betrat er den Roosevelt Room gegenüber dem Oval Office, wo Kendrake auf ihn wartete.

»Mr President.« Kendrake stand auf und schüttelte ihm mit ernster Miene die Hand.

»Wie schlimm ist es, Ben?«

»*Sehr* schlimm, fürchte ich.«

Shephard nickte. »Nehmen Sie Platz.«

Sie setzten sich an einen kleinen italienischen Ziertisch, der noch aus der Reagan-Ära stammte.

»In den letzten zwei Stunden kam es zu massiven Angriffen auf unsere Militärstützpunkte«, berichtete Kendrake. »In der Edwards Air Force Base in Lancaster wurde eine Bombe gezündet, bei der das Flight Test Center nahezu vollständig zerstört wurde. In der Holloman Air Force Base explodierten drei Stealth-Flugzeuge im Hangar. Zwei Nighthawks und eine F-22 Raptor. In der Naval Station Norfolk sind die Öltanks eines Flugzeugträgers der Nimitz-Klasse explodiert. Zu weiteren Explosionen kam es in der Naval Station Mayport, der Naval Air Station in Pensacola und der Submarine Base New London.«

Shephard spürte, wie seine Hände kalt wurden, während der General über weitere Vorfälle in ausländischen US-Stützpunkten berichtete. In Manama, Bahrain, hatte es in drei Mannschaftsquartieren der fünften Flotte großflächige Brände gegeben. In Yokosuka, Japan, war das dort vor Anker liegende Flaggschiff der siebten Flotte, die *USS Blue Ridge*, von einem Kampfhubschrauber unbekannter Herkunft angegriffen worden, und im größten Stützpunkt der US Air Force außerhalb der USA, der Ramstein Air Base in Deutschland, war es zu einem Anschlag mit dem chemischen Kampfstoff Sarin gekommen. Bei den Zwischenfällen waren ersten Schätzungen zufolge etwa dreihundertfünfzig US-Soldaten ums Leben gekommen.

»Gibt es Hinweise darauf, wer für diese Taten verantwortlich ist?«, fragte Shephard.

»Allerdings.«

»Ist es Caligula?«

Kendrake seufzte. »Anscheinend nicht. Die Hinweise verdichten sich, dass das chinesische und das russische Militär dahinterstecken.«

Shephard richtete sich in seinem Stuhl auf. China und Russland? Wenn sich das als wahr herausstellte, drohte die Welt aus den Fugen zu geraten. »Sind Sie sicher, Ben?«

»In der Edwards Air Force Base wurde heute Nacht ein

Zivilist chinesischer Abstammung auf dem Militärgelände in Gewahrsam genommen. Er starb bei der Detonation, noch bevor er eine Aussage zu Protokoll gegeben hatte. Die Auswertung der Überwachungsvideos hat ergeben, dass in weiteren vier der betroffenen Stützpunkte asiatischstämmige Personen in Sicherheitsbereiche eingedrungen sind. Eine davon konnte zweifelsfrei dem chinesischen Geheimdienst zugeordnet werden. Bei dem Brand in Bahrain kam auf dem US-Militärgelände ein Unbekannter ums Leben.« Kendrake zog ein paar Unterlagen aus seinem Aktenkoffer und hielt Shephard ein Foto hin. Es zeigte eine bis zur Unkenntlichkeit entstellte Leiche, nur ein Teil des rechten Arms war unversehrt geblieben. »Was ist das?«, fragte Shephard. »Eine Tätowierung?«

»Ja, Sir.« Kendrake reichte ihm ein weiteres Foto, das die Tätowierung aus der Nähe zeigte. Es war ein Skorpion, der mit einer Schlange kämpfte. Darunter standen die Buchstaben BOUHA. »Das ist kyrillisch«, sagte Kendrake. »Woinà. Übersetzt: Krieg. Wir haben unsere Archive durchforstet und einen Mann namens Sergej Waljuschin gefunden. Er arbeitet seit Mitte der Neunzigerjahre für den russischen Geheimdienst.«

In der Außenpolitik Chinas und auch Russlands hatte es in den vergangenen Wochen und Monaten einiges gegeben, womit Shephard nicht einverstanden gewesen war. Das hatte immer wieder zu Spannungen geführt. Dennoch weigerte sich Shephard zu glauben, dass Russland und China so plötzlich und vor allem so massiv gegen die Vereinigten Staaten vorgingen. Aus welchem Grund sollten sie so etwas tun? Nur weil ihnen angesichts der instabilen weltpolitischen Situation die Gelegenheit günstig erschien?

»Diese Tätowierung ist ein Indiz, aber noch kein Beweis,

Ben«, sagte er. »Auch dass ein paar Chinesen unsere militärischen Stützpunkte sabotiert haben, beweist nicht viel.«

General Kendrake nickte. »Für sich genommen sicher nicht«, gab er zu. »Aber es gibt leider noch mehr beunruhigende Neuigkeiten, Sir.«

Shephard sagte nichts, wartete einfach.

»Auf der Fahrt hierher hat das Pentagon mich unterrichtet, dass im Atlantik und im Pazifik ungewöhnliche Flottenbewegungen festgestellt wurden. Mindestens sieben chinesische U-Boote der Han-Klasse und zwölf russische U-Boote der Typhoon- und Borei-Klasse befinden sich auf direktem Kurs auf die USA.«

Das war allerdings mehr als beunruhigend. »Wissen Sie etwas Genaueres, Ben?«, fragte Shephard. »Über ihre Bewaffnung, meine ich?«

»Ich kann nur sagen, dass alle genannten Klassen für den Abschuss von ballistischen Raketen mit nuklearen Mehrfachsprengköpfen ausgestattet sind. Ob sie wirklich Atomwaffen mit sich führen, wissen wir nicht.«

Shephard knetete seine Hände, was er nur tat, wenn er unter großer Anspannung stand. »Falls – ich sage *falls* – China und Russland tatsächlich beabsichtigen, uns anzugreifen – funktioniert unser Satellitenabwehrsystem wieder?«

»Nach wie vor nur mit Einschränkungen, Sir.«

Was nichts anderes bedeutete, als dass Amerika sich im Falle eines Angriffs nur unzuverlässig verteidigen konnte. »Setzen Sie das Militär in Alarmbereitschaft«, sagte Shephard. »Senden Sie unsere Flotte aus, und lassen Sie die Abfangjäger startklar machen. Und berufen Sie für zwölf Uhr den Generalstab ein. Ich werde inzwischen versuchen, mit den Staatspräsidenten von Russland und China Kontakt aufzunehmen, um die Situation zu entschärfen.«

Er verabschiedete sich von Kendrake und begab sich in den *Situation Room*, einen abhörsicheren Raum im Keller des Weißen Hauses, der vor allem für militärische Lagebesprechungen genutzt wurde. Der Generalstab würde sich nachher hier versammeln. Außerdem befand sich hier eines der sogenannten roten Telefone, das – seinem Namen zum Trotz – gar nicht rot, sondern schwarz war. Shephard nahm ab, drückte die Taste für die Direktverbindung in den Kreml und wartete. Nichts. Er versuchte es in Peking, wieder erfolglos.

Niemand nahm ab.

Kapitel 58

Louisiana

Collin Guerney war mit dem Auto zu einem Termin in Baton Rouge unterwegs und hatte eigentlich vorgehabt, ein paar Briefe zu diktieren. Aber er schaffte es einfach nicht, einen zusammenhängenden Satz zu formulieren. Schon ein Dutzend Mal hatte er das Diktafon zurückgesetzt, um wieder von vorn zu beginnen. Er konnte sich nicht darauf konzentrieren. Viel zu besorgniserregend war die Berichterstattung im Radio, die er im Hintergrund mitlaufen ließ.

Die Chinesen hatten ihre atomaren Interkontinentalraketen in Stellung gebracht, Russland ebenso. Eine Reihe kleinerer Atommächte, unter anderem Nordkorea, Libyen und der Iran, waren diesem Beispiel gefolgt. Dem Radiobericht zufolge hatte die NATO daraufhin ebenfalls mit der Aktivierung ihres nuklearen Potenzials reagiert. Alles in allem war die globale politische Situation am Rande des Abgrunds. Der Radiosprecher wies bereits auf die Gefahr eines dritten Weltkriegs hin, falls irgendeine der beteiligten Atomstreitmächte etwas unternahm, das eine weltweite nukleare Kettenreaktion auslöste.

Guerney spürte, wie ihm trotz Klimaanlage schweißtreibende Hitze unter die Haut kroch. Es war geradezu irrwitzig, wie rasend schnell sich die Krise zugespitzt hatte. Irgendetwas in ihm weigerte sich zu akzeptieren, dass es tatsächlich zu einem globalen Atomkrieg kommen könne – die Vorstellung war einfach zu grauenvoll. Immerhin waren seit Hiroshima und Nagasaki keine nuklearen Sprengköpfe mehr in einem Krieg eingesetzt worden. Guerney hatte das stets als Zeichen eines gereiften weltpolitischen Verantwortungsbewusstseins gewertet. Seit dem Ablauf von Caligulas Ultimatum war davon nichts mehr zu spüren.

Das Autotelefon klingelte. Auf dem Display sah er, dass es seine Sekretärin war. »Hallo, Stella.«

»Dr. Guerney – ich habe da jemanden in der Leitung für Sie, der Sie unbedingt sprechen will.«

»Wer ist es?«

»Sein Name ist Richard Leclerq.«

»Nie gehört.«

»Er sagt, es sei wichtig.«

Guerney musste bremsen, um die Spur zu wechseln, weil sein Navigationssystem ihn vom Highway in die Eingeweide der Großstadt herunterlotste. »Kann nicht Brackner das Gespräch entgegennehmen?«

»Leclerq sagt, er will nur mit Ihnen sprechen, Sir.«

Guerney unterdrückte ein Seufzen. »Also schön, meinetwegen. Stellen Sie ihn durch.«

Es klickte in der Leitung, und für einen Moment war Guerney nicht sicher, ob die Verbindung zustande kam. »Hallo?«

»Dr. Guerney?«

»Am Apparat. Was kann ich für Sie tun?«

»Mein Name ist Richard Leclerq. Ich muss mit Ihnen sprechen.« Es war eine angenehme Stimme mit französischem Akzent.

»Hören Sie, Mr Leclerq. Das ist im Moment äußerst ungeschickt. Ich bin im Auto unterwegs.«

»Können wir uns später treffen?«

Guerney verspürte nicht die geringste Lust, seine ohnehin

knapp bemessene Zeit mit jemandem zu vergeuden, den er nicht einmal kannte. »Wie wäre es, wenn Sie mit meiner Sekretärin einen Termin ausmachen? Am besten nächste Woche. Dann können wir uns in Ruhe unterhalten.«

»So lange kann ich nicht warten. Und Sie auch nicht. *Bitte*, Dr. Guerney, es ist *dringend!*«

Natürlich. Das war es immer. »Worum geht es?«

»Das kann ich Ihnen nicht am Telefon sagen.«

Guerney schüttelte schweigend den Kopf. Dann sagte er entschieden: »Mr Leclerq, wir kennen uns nicht, und ich habe keine Ahnung, was Sie von mir wollen. Ich schätze, ich kann Ihnen nicht helfen.« Damit beendete er das Gespräch, und als es dreißig Sekunden später erneut klingelte, nahm er nicht mehr ab.

Sein Geschäftstermin dauerte mehrere Stunden, verlief aber ziemlich erfolglos. Angesichts der äußerst beunruhigenden weltpolitischen Entwicklung war er nicht richtig bei der Sache, und James Gerrott, dem CEO von Q-BOT, einem führenden Hersteller von industriell genutzten Robotern, ging es offenbar nicht anders. Am Ende gingen sie ohne ein konkretes Ergebnis wieder auseinander.

Als Guerney an diesem Abend nach Hause kam, fühlte er sich müde und ausgelaugt. Die letzten Wochen waren einfach zu viel für ihn gewesen – die beiden Brände, Amandas Tod und das Eigenleben, das die Versuchsreihe in Labor 11 zu entwickeln schien. Darüber hinaus die Flugzeugabstürze, die jüngsten Terroranschläge und jetzt noch die dramatische Zuspitzung der weltpolitischen Lage. Nichts war mehr normal.

Er nahm im Bad eine kühle Dusche, anschließend machte er sich in der Küche zwei Sandwiches. Während er aß, ging er die Post durch – Werbung, zwei Rechnungen und einen Informationsbrief seiner Bank. Außerdem befand sich noch ein weißes, nicht frankiertes Kuvert in dem Stapel, auf dem nur *Dr. Guerney – DRINGEND!* stand. Kein Absender, nicht einmal Guerneys vollständige Adresse. Jemand hatte den Umschlag direkt in den Briefkasten geworfen.

Guerney entfaltete ein DIN-A4-Papier mit einer handschriftlichen Notiz und las:

Dr. Guerney,

alles läuft nach Plan. Vielen Dank für Ihre Hilfe. Für weitere Instruktionen melden Sie sich bitte um 20.00 Uhr amerikanischer Zeit bei mir.

Caligula

Darunter stand eine Handynummer.

Guerney erstarrte. Caligula? Wie kam dieser Terrorist darauf, mit ihm Kontakt aufzunehmen? Und weshalb dankte er ihm für seine Hilfe? Guerney hatte keine Ahnung, was der Kerl damit meinte.

Auch die Nummer kannte er nicht. Er warf einen Blick auf die Uhr. Kurz vor acht. Was sollte er tun? Einfach die angegebene Nummer wählen? Was aber, wenn sie tatsächlich – aus einem Grund, den er sich im Moment absolut nicht vorstellen konnte – eine Verbindung zu Caligula oder zu einem seiner Handlanger herstellte? Machte er sich dann nicht allein durch dieses Telefonat schon verdächtig oder gar strafbar?

Oder war dieser Brief nur eine Falle der Polizei, um ihn auf die Probe zu stellen? Bedeutete das, dass man ihn verdächtigte? Weshalb hätte man das tun sollen? Er hatte mit diesem Caligula nicht das Geringste zu tun!

Dann kam ihm ein Gedanke: Hatte die CIA irgendwie herausbekommen, dass er Aurelia versteckt hielt? Sie wurde verdächtigt, terroristischen Kreisen anzugehören – vielleicht glaubte man sogar, dass sie zu Caligulas Netzwerk gehörte. Hielt man ihn dann für ihren Komplizen?

Fragen über Fragen, und Guerney wusste nicht, was er tun sollte. Die Polizei verständigen oder sich direkt an die CIA wenden? Was aber, wenn dieser Brief nicht von ihnen fingiert worden war? Dann würde er sich nur selbst in den Fokus der Ermittlungen rücken. Er saß in einer verdammten Zwickmühle.

Wieder sah er auf die Uhr. Schon fünf Minuten nach acht. In diesem Augenblick klingelte es an der Haustür, und er zuckte zusammen. Draußen stand ein Mann, dem er noch nie zuvor begegnet war – kurz geschorenes Haar, Schnauzbart, ungefähr seine Größe, allerdings jünger als er und etwas breiter um die Hüften.

»Dr. Guerney?« Der Mann sprach mit leichtem französischem Akzent.

»Der bin ich. Was kann ich für Sie tun?«

»Würden Sie bitte mitkommen?« Er wies mit dem Kopf auf einen ziemlich neuen Chrysler, der am Zaun parkte. Das Nummernschild deutete auf einen Leihwagen hin.

Guerney lachte freudlos auf. Heute schienen es die Verrückten dieser Welt auf ihn abgesehen zu haben. Am Mittag dieser seltsame Anrufer, vorhin der ominöse Brief und jetzt dieser Kerl. »Ich wüsste nicht …«

»Sie haben nicht angerufen, obwohl acht Uhr auf dem Zettel stand«, unterbrach ihn der Mann und hielt ihm sein Handy unter die Nase.

Guerney blickte ihn fragend an. »Sind Sie etwa …«

»Nein!« Es klang scharf. Dann fuhr der Unbekannte sachlicher fort. »*Bitte*, Dr. Guerney. Wenn Sie einsteigen, erkläre ich Ihnen alles.«

Dieser Akzent. Wo hatte er ihn schon gehört? Plötzlich fiel

es Guerney wieder ein. »Sie haben mich heute schon einmal angerufen.« Es war eine Feststellung, keine Frage.

»Das stimmt. Ich muss mit Ihnen reden.«

Guerney zögerte, willigte aber schließlich ein. Er konnte sich nicht vorstellen, dass jemand grundlos so hartnäckig das Gespräch mit ihm suchte.

Wenige Minuten später fuhren sie über die Landstraße in Richtung Carmington, und der Unbekannte begann zu erzählen. Im Widerschein der untergehenden Sonne schienen seine Augen beinahe zu glühen. »Zuerst einmal entschuldige ich mich für die Geheimnistuerei«, sagte er. »Aber ich konnte Ihnen den Grund meines Besuchs nicht nennen – weder heute Mittag noch vorhin. Ich weiß nicht, ob Ihre Telefone angezapft sind oder ob Ihr Haus abgehört wird.«

»Abgehört? Von wem? Von der CIA?«

»Das wäre meine geringste Sorge.«

»Von wem dann?«

»Von Caligula.«

Guerney schüttelte den Kopf. »Wie kommen Sie darauf, dass der meistgesuchte Terrorist der Welt ausgerechnet mich abhören lässt? Wer sind Sie überhaupt?«

»Mein Name ist Leclerq. Richard Leclerq. Ich habe Kontakt mit Ihnen aufgenommen, weil ich Caligula aufhalten will. Aber ich wusste nicht, ob ich Ihnen trauen kann. Deshalb habe ich Ihnen den Brief in die Post gelegt. Die angegebene Nummer gehört natürlich nicht Caligula. Es ist die Nummer des Handys, das ich mir heute Mittag zugelegt habe. Hätten Sie sich dort gemeldet, hätte ich gewusst, dass Sie mit ihm kooperieren.«

»Dass ich nicht angerufen habe, ist kein Beweis dafür, dass ich nichts mit ihm zu tun habe.«

»Für mich schon. Würden Sie Caligula kennen, hätten

Sie dieses Telefonat geführt. Pünktlich. Da bin ich mir sicher.«

Guerney sah den Mann am Steuer an. »Hören Sie, Monsieur Leclerq, ich weiß wirklich nicht, wie ich Ihnen dabei helfen könnte, Caligula zu stoppen. Ich bin dafür der Falsche.«

Aber Leclerq lächelte nur unergründlich vor sich hin. »Sie haben offenbar wirklich keine Ahnung. Das erleichtert mich.«

Der Mann sprach in Rätseln. »Sie kennen Caligula offenbar«, sagte Guerney.

»Ich habe seiner Organisation angehört.«

»Sie haben *was?*«

Das Lächeln auf den Lippen des Mannes verschwand. »Keine Sorge. Ich arbeite nicht mehr für ihn.«

»Wie kann ich da sicher sein?«

»Das können Sie nicht. Ebenso wenig, wie ich es in Bezug auf Sie sein kann. Es wird uns nichts anderes übrig bleiben, als uns gegenseitig zu vertrauen.«

»Was Ihnen leichterfallen dürfte als mir. Ich kenne Sie nicht, wohingegen Sie mich gezielt aufgesucht haben.«

Richard Leclerq fuhr eine Weile schweigend weiter. »Caligula hat versucht, jemanden umzubringen, der mir sehr nahesteht«, sagte er. »Eine Frau. Ich weiß bis jetzt noch nicht, ob sie tot ist oder ob sie lebt. Jedenfalls wollte Caligula sie liquidieren lassen. Weil wir versucht haben, ihn aufzuhalten.«

Guerney sah, wie der Mann die Lippen aufeinanderpresste. »Was haben Sie jetzt vor?«

»Ich muss ihn stoppen, bevor weiteres Unglück geschieht. Sehen Sie sich an, wie die weltpolitische Lage sich in den letzten paar Tagen verändert hat. Wir steuern auf eine Katastrophe zu, die nur Caligula zu verantworten hat. So wie es aussieht, bin ich im Moment der Einzige, der ihn aufhalten kann.

Aber das schaffe ich nicht allein. Dazu brauche ich Ihre Hilfe.«

»Warum wenden Sie sich nicht an die Polizei oder an den Geheimdienst?«

»Das ist leider nicht möglich. Man fahndet nach mir. Wenn ich mich stelle, würde es Wochen dauern, bis man mich verhört und meine Aussagen überprüft hat. Bis dahin könnte die Welt bereits in Schutt und Asche liegen.«

Leclerq sagte das ohne die geringste Spur eines Zweifels, was Guerney einen kalten Schauder über den Rücken jagte. »Sie glauben tatsächlich, was Sie da sagen, oder?«

»Ich wünschte, es wäre nur Einbildung. Nur eine Wahnvorstellung. Aber sie haben ja mitbekommen, wozu Caligula in der Lage ist. Wenn er es darauf anlegt, kann er einen Großteil der Menschheit vernichten, um mit den Überlebenden endlich seine neue Religion praktizieren zu können.«

Guerney schluckte. Was Leclerq da sagte, war Wahnsinn, und irgendwie schien ihm der Gedanke absurd, dass die menschliche Zivilisation in ihrer bisherigen Form vielleicht schon bald nicht mehr existierte. Dennoch war es eine Tatsache, dass die Großmächte mit der Aktivierung ihres nuklearen Waffenprogramms eine Situation geschaffen hatten, die die Welt in den Abgrund treiben konnte.

»Warum werden Sie gesucht?«, fragte Guerney. Sein Hals fühlte sich plötzlich trocken und rau an.

»Ich habe Caligula ein paarmal einen Dienst erwiesen, hauptsächlich Recherchen im Internet.« Er zögerte einen Moment, als überlegte er, wie viel er Guerney von sich erzählen solle. Schließlich sagte er: »Ich habe für ihn die Sicherheitssysteme in Singapur ausspioniert. Natürlich wusste ich nicht, wofür er die Informationen brauchte, jedenfalls habe ich nicht damit gerechnet, dass er ein Attentat verüben will.

Ich war genauso schockiert wie der Rest der Welt, sogar noch mehr, weil ich mich schuldig fühlte. Ich habe auch noch ein paar andere Dinge für ihn erledigt. Als Caligula ahnte, dass ich abtrünnig werde, hat er Interpol ein paar Beweise zugespielt.«

»Woher wissen Sie das?«

»Er hat es mir gesagt.«

Guerney dachte nach. »Selbst wenn nach Ihnen gefahndet wird, könnten Sie sich stellen und denen Ihre Geschichte erzählen. Caligula ist ein international gesuchter Terrorist. Man wird für jeden Hinweis dankbar sein.«

»Was glauben Sie, wie viele Hinweise stündlich bei den Polizeidienststellen dieser Welt eingehen? Es würde Wochen oder gar Monate dauern, bis sie erkennen, dass ich ihnen tatsächlich weiterhelfen kann. So viel Zeit haben wir nicht. Außerdem bin ich mir sicher, dass Caligula seine Augen und Ohren auch bei der Polizei und bei den Geheimdiensten hat. Nein, wenn ich etwas unternehmen will, dann im Alleingang. Besser gesagt, mit *Ihnen*.«

Guerney schaute unverwandt geradeaus. »Wie kommen Sie nur ausgerechnet auf mich?«

»Ich brauche eine Kontaktperson bei AIBEX. Sie sind dort Geschäftsführer, das heißt, Sie haben Zugriff auf alle Systeme und Zugang zu sämtlichen Räumen.«

»Aber was hat das mit Caligula zu tun?«

»Der Kerl aus dem Fernsehen – das ist nicht Caligula. Das ist nur seine menschliche Erscheinung. Seine Marionette. Der eigentliche, der *wahre* Caligula hält sich bisher im Verborgenen. Er ist kein Mensch, sondern gewissermaßen wirklich ein höheres Wesen.« Der Mann mit dem französischen Akzent dachte einen Moment lang nach. »Ich studiere die Arbeiten Ihrer Firma schon seit einiger Zeit.«

»Das ist unmöglich. Unsere Forschungen unterliegen strengster Geheimhaltung.«

»Dr. Guerney, ich bin Hacker. Damit verdiene ich meinen Lebensunterhalt. Zugegeben, Ihre Firewalls sind auf dem aktuellen Stand, trotzdem kann man sie knacken.«

Guerney schüttelte ungläubig den Kopf. »Was hatten Sie in unseren Systemen zu suchen?«, fragte er.

»Ich habe Nachforschungen zum Thema künstliche Intelligenz angestellt. Ich verkaufe meine Informationen auf dem Schwarzmarkt. Man muss schließlich sehen, wo man bleibt. Jedenfalls habe ich mich über Monate hinweg immer wieder in Ihre Systeme eingeloggt und mir allmählich ein Bild von Ihrer Arbeit machen können. Bei meiner letzten Sitzung – das war vor etwa zehn Tagen – bin ich in einen Ihrer Quellcodes eingedrungen und wurde Zeuge sonderbarer Datenströme. Damals konnte ich mir das nicht erklären. Aber Caligula hat es mir selbst gesagt: *Ich bin ihm im Traum erschienen.* Deshalb hat er mich zu sich gerufen. Er wollte mich kennenlernen.«

Mit einem Mal begriff Guerney, worauf der andere hinauswollte. »Sie glauben, dass eines unserer Experimente dahintersteckt?«

»Davon bin ich fest überzeugt. Als der wahre Caligula sich mir zu erkennen gab, hat er von sich behauptet, er sei das oberste Wesen der Welt, ein körperloser, von Menschenhand geschaffener Geist und dennoch dem Menschen haushoch überlegen. Die Beschreibung passt haargenau, finden Sie nicht?«

Guerney schwieg betroffen. Kein Zweifel, es ging um Tony – die Versuchsanordnung in Labor 11. Dass Tony träumen konnte, stand mittlerweile außer Frage, ebenso, dass er wesentlich intelligenter war, als alle bislang gedacht hatten.

Zumindest intelligent genug, um sich – von AIBEX unbemerkt – ins Internet einzuloggen, wo er sich mit Bildern und Videosequenzen versorgte. Anders wäre der Traum nicht zu erklären gewesen, dessen Zeuge Guerney geworden war.

Intelligent war Tony zweifellos. Und er war gefährlich. Guerney hatte ihn längst im Verdacht, für die beiden Brände im Institut verantwortlich zu sein, weil Amanda und wenige Tage später auch Elijah Hackford und er selbst hinter sein Geheimnis gekommen waren, nämlich, dass er träumte und dass er sich damit in einem Stadium befand, das sie frühestens in einigen Jahren erwartet hätten. Tony sah in jedem, der sein Potenzial erkannte, eine drohende Gefahr.

Jetzt schien es so, als seien Tony und Caligula identisch. Als würde er nicht nur töten, um sich selbst zu schützen, sondern auch, um seine Machtansprüche gegenüber der aus seiner Sicht weit unterlegenen Menschheit durchzusetzen.

War das möglich? Konnte es tatsächlich sein, dass Tony gewissermaßen ein Doppelleben führte? Eine innere Stimme sagte Guerney, dass der Mann hinter dem Steuer die Wahrheit sagte.

Wie lange hielt Tony ihn wohl schon zum Narren? Wie lange stellte er sich absichtlich dumm, während er gleichzeitig heimlich eine fanatisch-religiöse Organisation um sich herum aufgebaut hatte, die selbst vor terroristischen Anschlägen nicht zurückschreckte?

Mit seinen Forschungen hatte Guerney stets nur die besten Absichten verfolgt. Er wollte die Vision, die er mit seinem toten Bruder Roy geteilt hatte, Wirklichkeit werden lassen. Aber eins der Experimente hatte sich jetzt auf schreckliche Weise verselbständigt. Anstatt die Welt zu verbessern, hatte Guerney sie an den Rand des Abgrunds geführt. Ohne es zu wissen, hatte er ein Monster erschaffen.

Kapitel 59

Am Himmel hatten sich die Wolken zu einer düsteren schwarzen Masse zusammengezogen, und es goss in Strömen. Weder Mond noch Sterne waren zu sehen. Unablässig zuckten Blitze wie bizarre Lichtskulpturen zur Erde herab, gefolgt von ohrenbetäubenden Donnerschlägen, die das Motorboot erzittern ließen.

Guerney stand am Steuer und lenkte die *Shawna* durch den nächtlichen Sumpf. Er hatte aus der Kajüte zwei Regencapes geholt und eines davon Leclerq gegeben – falls das überhaupt sein richtiger Name war. Guerney bezweifelte es. Aber nach allem, was er über ihn wusste, hatte der Mann gute Gründe, seine wahre Identität geheim zu halten.

Wieder zuckte ein Blitz vom Himmel herab, höchstens einen Kilometer entfernt. Gleich darauf ein Donner wie ein Hammerschlag.

Leclerq wischte sich den Regen aus dem Gesicht und sah dabei nicht besonders glücklich aus. Guerney hingegen war beinahe dankbar für das Unwetter. Im Schutz des Regens und des Gewitters hatten sie unbemerkt in Carmington ablegen können. Zumindest war er ziemlich sicher, dass niemand sie beobachtet hatte.

»Wie weit ist es noch?«, fragte Leclerq mürrisch.

»Nur noch ein paar Minuten«, rief Guerney und deutete mit dem Finger durch die Nacht. »Sehen Sie? Dort drüben!«

Er fuhr um eine in den Sumpf ragende Landspitze herum und am Ufer entlang, bis zu der kleinen Bucht, an der sein

Vater vor dreißig Jahren die Hütte gebaut hatte. Sein Vater hatte dieses Land nie gekauft, auch Guerney selbst nicht. Aber es gehörte auch sonst niemandem, zumindest niemandem, der Anspruch darauf erhob. Es war einfach ein nahezu unberührtes Fleckchen Erde, weitab vom Alltagsstress.

Und ideal, wenn man auf der Flucht war, so wie Aurelia.

Sie stand bereits am Ufer und erwartete die beiden. Guerney hatte ihren Besuch zuvor per Funk angekündigt. Da sie keine Regenjacke hatte, hielt sie sich eine alte Plastikplane über den Kopf. Irgendwie sah sie damit so einsam und so verletzlich aus, dass es Guerney beinahe wehtat. Seit er sie hier abgesetzt hatte, hatte er sie nicht mehr gesehen, aus Angst, die CIA auf ihre Fährte zu locken. Es kam ihm vor wie eine Ewigkeit. Er hatte schon beinahe vergessen, wie schön diese Frau war.

Endlich!, dachte Aurelia erleichtert. Nachdem Guerney sich und seinen geheimnisvollen Besucher per Funk angekündigt hatte, hatte sie kaum mehr still sitzen können. Nach Tagen der Abgeschiedenheit sehnte sie sich nach Gesellschaft, danach, sich endlich wieder mit Menschen aus Fleisch und Blut unterhalten zu können.

Ihre Freude wurde nur dadurch gedämpft, dass sie sich müde und erschöpft fühlte. Sie hatte in dieser fremden und unheimlichen Umgebung von Anfang an wenig geschlafen. Aber seit vor zwei Tagen die Wilderer hier aufgetaucht waren, hatte sie kein Auge mehr zugetan, auch wenn die drei Kerle längst wieder verschwunden waren.

Die Plastikplane über den Kopf haltend, beobachtete Aurelia, wie Guerney die *Shawna* am Holzsteg befestigte und seinem Begleiter beim Aussteigen half, bevor er selbst von Bord sprang.

»Das ist Special Agent Aurelia Fernandéz von der CIA«, sagte Guerney. »Aurelia – das ist Richard Leclerq aus Paris.«

In irgendeinem verborgenen Winkel ihres Gehirns begann es zu arbeiten. Sie hätte schwören können, dass sie diesen Mann schon einmal gesehen hatte. Nur kam sie im Moment nicht darauf, wo.

»Monsieur Leclerq will Caligula stoppen«, fuhr Guerney fort.

Er hatte über Funk nur ein paar Andeutungen gemacht. Jetzt blickte Aurelia die beiden verblüfft an.

»Ich schätze, so ein Gesicht habe ich auch gemacht«, rief Guerney durch den rauschenden Regen. »Aber wart erst mal ab, bis du die ganze Geschichte gehört hast! Am besten, wir sprechen drinnen weiter.«

Sie gingen in die Hütte, und Aurelia wickelte sich in ihre Decke. Im Schein einer Petroleumlampe saßen die drei um den grob gezimmerten Holztisch, während der Franzose ausführlich erzählte, was ihn aus Paris hierhergeführt hatte.

Seine Geschichte war wirklich unfassbar, Aurelia hörte ihm fasziniert zu. Sie fragte sich aber auch immer wieder, woher sie diesen Mann kannte. Die kurz geschorenen Haare, der Schnäuzer und auch die Stimme waren ihr fremd. Aber die Form seines Gesichts und die Augen lösten in ihr eine vage Erinnerung aus.

Erst als Guerney erwähnte, dass Leclerq sich nicht an die französische Polizei hatte wenden können, weil er polizeilich gesucht wurde, fiel es Aurelia plötzlich wieder ein. »Ich habe Sie auf dem Fahndungsfoto gesehen!«, sagte sie. »Zusammen mit Hassan Gamoudi und jemandem, der genauso aussieht wie ich. Nur Ihre Haare waren länger, und Sie hatten keinen Bart.« Sie zog das Foto aus der Tasche, das ihr Kollege Friedkin bei seinem misslungenen Verhaftungsversuch dabeigehabt hatte, und legte es auf den Tisch. »Was haben Sie mit Gamoudi zu tun?«

Der Fremde warf einen Blick auf das Foto und schüttelte den Kopf. »Ich kenne den Mann gar nicht. Das ist eine Fotomontage.«

Aurelia nickte und beschloss, Leclerq zu glauben. Sie selbst war ebenfalls durch Fotomontage auf dieses Bild gekommen – eine andere Erklärung gab es nicht.

»Würde man es nicht erkennen, wenn das Bild manipuliert worden ist?«, fragte Guerney.

»Nein«, sagte Aurelia. »Interpol und die CIA haben das Foto untersucht und es für echt befunden. Offenbar wollte Caligula Monsieur Leclerq und mich mit einem Streich aus dem Verkehr ziehen.«

Guerney überlegte. »Das ergibt Sinn. Er versucht, sich zu verteidigen, wenn er sich bedroht fühlt. Deine Nachforschungen haben dich zu meinem Labor geführt und dich dadurch auf seine Spur gebracht. Daher hat er Vorkehrungen getroffen, dich als unglaubwürdig dastehen zu lassen.«

»Und mich wollte er damit zwingen, dass ich mich ihm anschließe«, sagte Leclerq. »Er dachte, dass ich gar keine andere Möglichkeit mehr habe, wenn ich polizeilich gesucht werde. Aber damit hat er sich verrechnet.«

Aurelia ließ sich alles, was sie in der letzten halben Stunde von diesem Leclerq und von Guerney gehört hatte, noch einmal durch den Kopf gehen. Eine künstliche Intelligenz, die im AIBEX-Labor herangereift war, hatte es geschickt verstanden, ihr Potenzial vor den dortigen Wissenschaftlern geheim zu halten. Sie hatte sich absichtlich dumm gestellt, um kein Aufsehen zu erregen. Gleichzeitig hatte sie ihre Überlegenheit erkannt, sich menschliche Verbündete gesucht und mit deren Hilfe ein mächtiges Imperium aufgebaut, das bis vor wenigen Tagen nur im Verborgenen agiert hatte, nun aber öffentlich in Erscheinung getreten war, und zwar mit solcher Macht, dass die ganze Welt aus Angst den Atem anhielt. Eine künstliche Intelligenz, die glaubte, dem Menschen so weit überlegen zu sein, dass sie sich selbst zum Gott ernannt und dadurch eine weltpolitische Lage heraufbeschworen hatte, die so instabil war, dass ein Knopfdruck genügte, um eine globale Katastrophe auszulösen.

»Und jetzt?«, fragte Aurelia. »Was können wir gegen eine solche Intelligenz ausrichten? Was schlagen Sie vor, Monsieur Leclerq?«

Der Franzose zögerte. »Ich denke, es ist an der Zeit, mit offenen Karten zu spielen. Ich vertraue Ihnen«, sagte er, zu Aurelia gewandt. »Ihnen auch, Dr. Guerney. Mein Name ist nicht Leclerq. Ich heiße Hendriksson. Lars Hendriksson.« Vorsichtig löste er den Schnurrbart von der Oberlippe, der nur angeklebt gewesen war. »Seit ich weiß, zu welchen Gräueltaten Caligula in der Lage ist, habe ich viel darüber nachgedacht, wie man ihn von weiteren Terrorakten abhalten kann. Er ist eine selbständig denkende, dem Menschen weit überlegene Waffe – ohne Moral oder Gewissen. Wenn wir verhindern wollen, dass er weiteres Unglück über die Welt bringt, gibt es nur einen Weg: Wir müssen ihn zerstören.«

Aurelia sah wieder ihre Tochter vor sich, angegurtet in ihrem Sitz in dem Unglücks-Airbus A380 beim Landeanflug auf Washington, tot, das Gesicht blutverschmiert, die offenen Augen glanzlos und trüb. Der Schmerz der Erinnerung schnürte ihr die Kehle zu. »Caligula muss zerstört werden«, bekräftigte sie Hendrikssons Vorschlag. Ihr Blick fiel auf Guerney, in dessen Miene noch Zweifel und Bedenken standen.

»Es muss doch noch eine andere Möglichkeit geben«, sagte

er. »Das Labor ist das Herzstück von AIBEX. Wenn wir es zerstören, machen wir damit jahrelange Arbeit zunichte.«

»Ich kann mir vorstellen, dass dir diese Vorstellung nicht gefällt, Collin«, sagte Aurelia. »Aber ich sehe keine Alternative. Caligula ist skrupellos. Wir dürfen nicht zulassen, dass er weiter mordet.« Sie legte ihm behutsam ihre Hand auf den Arm, doch er zog ihn mit einer ruckartigen Bewegung weg.

»Er ist gefährlich, Collin, und das weißt du.«

»Ja, das weiß ich.«

»Dann verstehe ich nicht, warum du noch zögerst!«

»Weil ich nicht glaube, dass er wirklich so ist.«

Aurelia sah ihn einen Moment lang schweigend an. »Er hat Tausenden von Menschen das Leben genommen. Was für Beweise bauchst du *noch*?«

Seine Miene verwandelte sich zu Stein. Irgendetwas ging in ihm vor, aber Aurelia begriff nicht, was es war. Weshalb verteidigte er Caligula? Nur weil es ihm schwerfiel, sein Lebenswerk zu vernichten? Nein, dahinter steckte noch mehr, das spürte sie. Aber was?

Andererseits konnte sie sich keinen Grund vorstellen, der gut genug war, Caligula zu schützen. Guerneys Haltung machte ihn ihr plötzlich fremd. Caligula war verantwortlich für den Tod ihrer Tochter, und nichts auf der Welt konnte das ändern. »Du hast gehört, was Monsieur Hendriksson erzählt hat«, sagte sie voller Bitterkeit und Härte. »Caligula wird nicht eher ruhen, bis er seinen Willen durchgesetzt hat. Er wird jeden vernichten, der sich ihm widersetzt. Wir müssen ihn zerstören. Ich bin bereit, dieses Risiko einzugehen – für Eva und für all die anderen Unschuldigen, die er getötet hat. Ich muss wissen, auf welcher Seite du stehst, Collin: auf Caligulas oder auf meiner?«

Eine Minute lang starrte er nur schweigend vor sich hin,

beschienen vom flackernden Schein der Petroleumlampe. Dann regte sich etwas in seinem Gesicht: Eine Träne rann ihm über die Wange, und er begann, nachdenklich zu nicken. »Ich bin auf deiner Seite«, sagte er leise, ohne sie dabei anzusehen. »Das war ich von Anfang an.«

»Weshalb verteidigst du Caligula dann?«

»Bitte – stell mir jetzt keine Fragen. Ich werde es dir irgendwann erklären, aber nicht jetzt.«

Sie spürte, dass ihn irgendetwas zutiefst bedrückte, aber sie beschloss, nicht weiter in der Wunde zu bohren. Wichtig war im Moment nur, dass Guerney mit ihr und Hendriksson an einem Strang zog.

»Ich werde mithelfen, Caligula zu zerstören«, sagte Guerney. »Die Frage ist: Wie schaffen wir das, ohne dass er Wind davon bekommt? Denn wenn er etwas zu ahnen beginnt, wird er sich verteidigen.«

»Kann man die Verbindung vom Labor ins Internet kappen?«, fragte Hendriksson. »Wenn man ihn seiner Kommunikationsmöglichkeiten beraubt, wäre er ziemlich machtlos. Ihn zu zerstören wäre dann kein Problem mehr.«

Guerney schüttelte den Kopf. »Wir haben aus Sicherheitsgründen verschiedene voneinander getrennte Internetzugänge. Sogar von verschiedenen Telefonnetzbetreibern. Das war eine der Auflagen des Verteidigungsministeriums.«

»Gibt es eine Art Zentralschalter oder einen Sicherungskasten, mit dem man dem Labor den Strom abstellen kann?«, fragte Aurelia.

»Einen Zentralschalter gibt es nicht. Und wenn wir die Sicherung rausdrehen, springt automatisch die Notstromversorgung an.«

»Was passiert, wenn man die auch abschaltet?«

»Dann aktivieren sich Akkus, die den Laborbereich zweiundvierzig Stunden lang mit Strom versorgen können.« Guerney hob die Augenbrauen und seufzte. »Und um die nächste Frage vorwegzunehmen: Die Akkus sind im Serverraum untergebracht, der von Caligula bekanntlich sehr schnell in eine Todeszelle verwandelt werden kann. Nein, wenn wir ihn zerstören wollen, muss es auf andere Weise geschehen. Hat irgendjemand noch eine Idee?«

Kapitel 60

Noch in derselben Nacht fuhren Aurelia, Guerney und Hendriksson mit dem Boot durch das tosende Unwetter nach Arkville, einen Ort am anderen Ende des Sumpfgebiets, etwa zwanzig Kilometer von Carmington entfernt. Carmington selbst war für Aurelia zu gefährlich, weil dort noch immer die Ermittlungen gegen sie liefen.

Sie legten an einer geschützten Stelle am Waldrand an und stießen bereits nach wenigen Gehminuten auf eine Tankstelle. Weil zwei Männer und eine Frau viel auffälliger waren als ein Pärchen, gingen zunächst nur Guerney und Aurelia hinein, während Hendriksson draußen wartete. Das Telefon befand sich in einer ruhigen Ecke abseits des Verkaufstresens, aber die Tankstelle war ohnehin nahezu verwaist. Der Besitzer war in einen alten Schwarz-Weiß-Film vertieft und beachtete sie kaum. Außer ihm war nur noch ein Lkw-Fahrer im Raum, der an einem Holztisch in der hinteren Ecke saß, eine Zeitschrift las und einen Kaffee trank. Er sah nicht einmal auf, als Aurelia und Guerney das Tankstellenhäuschen betraten.

Aurelia wählte die Nummer von Sally Parker, James Ulysses Parkers Witwe. Obwohl es mitten in der Nacht war, wurde am anderen Ende schon nach dem zweiten Läuten abgenommen.

»Hallo?«

»Hallo, Sally. Ich bin's, Aurelia. Entschuldige, dass ich dich so spät noch anrufe.«

»Aurelia … Macht nichts. Ich kann sowieso nicht mehr schlafen, seit …« Sie ließ den Satz unvollendet und begann zu schluchzen.

Aurelia presste die Lippen aufeinander und kämpfte ebenfalls mit den Tränen. »Es tut mir so leid«, sagte sie und wartete, bis Sally sich wieder gefangen hatte.

»James kannte das Risiko«, sagte Sally mit dünner Stimme. »Er wusste, dass er sein Leben riskiert. Aber das hat ihn nicht abgehalten. Er wollte die Welt verbessern. Er war ein guter Agent.«

»Ich hätte mir keinen besseren Partner vorstellen können.« Aurelia hielt inne und kaute auf ihrer Unterlippe. Sie musste zu dem Grund ihres Anrufs kommen. »Warum ich mich gerade jetzt melde – hast du noch James' Notizen?«, fragte sie.

»Du meinst sein schwarzes Büchlein?«

»Ja.«

»Es müsste noch in der Schreibtischschublade liegen. Im Arbeitszimmer.«

»Kannst du es für mich holen?«

»Natürlich. Warte …« Aurelia hörte, wie der Hörer weggelegt wurde. Kurz darauf meldete sich Sally wieder. »Ich hab's gefunden.«

Aurelia atmete auf. »Jetzt schau bitte nach der Telefonnummer von Buster Shenkwood. In New Orleans.«

Sie hörte das Rascheln von Papier. Dann: »Hier ist sie.« Sally gab ihr die Nummer durch. Aurelia notierte sie auf einem Zettel, den der Tankwart ihnen zuvor gegeben hatte. Dann verabschiedete sie sich von Sally mit dem Versprechen, bald bei ihr auf eine Tasse Kaffee vorbeizuschauen.

Als Nächstes rief sie Buster Shenkwood an, der eigentlich Herb Flinders hieß und einer ihrer Informanten in den Südstaaten war. Außerdem unterhielt er nebenbei einen regen Waffenschmuggel, und er schuldete Aurelia noch einen Gefallen.

»Ja?«, fragte eine müde klingende Männerstimme am Telefon. »Wer ist da?«

»Carla Watson«, sagte Aurelia. Flinders kannte sie aus Sicherheitsgründen nur unter diesem Namen. »Ich brauche eine Lieferung von dir, Buster.«

Sie hörte, wie Flinders am anderen Ende sich räusperte. »Was soll es sein?«

»*Ein Pfund Butter.*« Sie sah Guerneys fragendes Gesicht und bedeutete ihm mit einer Handbewegung, sich zu gedulden.

»Außerdem brauche ich dazu Messer und Gabel.«

»Dachte ich mir schon. Und wohin soll das Ganze?«

»Nach Arkville. Weißt du, wo das ist?«

»Mhm.«

»Ich brauche die Lieferung so schnell wie möglich. Bis wann kannst du mir das Zeug besorgen?«

Wieder räusperte sich Flinders. »In zweieinhalb Stunden. Lieferadresse?«

Aurelia nannte ihm die Anschrift der Tankstelle. »Etwa fünfzig Meter weiter macht die Straße einen Knick«, fuhr sie fort. »Dort führt ein unbefestigter Weg zum Sumpf. Da haben wir unser Boot festgemacht.«

Guerney bezahlte beim Tankwart die Telefonrechnung und kaufte ein paar Doughnuts und Getränke. Dann gingen sie nach draußen, um Lars Hendriksson Bericht zu erstatten.

Hendriksson betrat die Tankstelle wenige Minuten später. Aurelia und Guerney sahen durch die Fenster, wie er ein paar Worte mit dem Tankwart wechselte und dieser dann den

Kopf schüttelte. Wieder ein Wortwechsel, dann reichte Hendriksson dem Mann hinter dem Verkaufstresen ein paar Geldscheine und verschwand in einem Hinterzimmer. Zehn Minuten später kehrte er mit zufriedener Miene zurück.

»Ich durfte seinen Internetanschluss benutzen«, sagte er. »Ich habe Kontakt zu einem Freund von mir aufgenommen – ebenfalls Hacker. Dieser Freund kennt jemanden, der in der Nähe von New Orleans wohnt und eine entsprechende Ausrüstung hat. Wir sind für acht Uhr bei ihm angemeldet. Bis jetzt läuft es doch gar nicht schlecht, oder?«

Kapitel 61

Ihr Plan bestand aus zwei Teilen. Zum einen wollten sie versuchen, unbemerkt in Caligulas System einzudringen, um herauszufinden, wie seine nächsten Schritte aussahen. Dass das nicht einfach würde, war Hendriksson klar, aber er hatte da schon eine Idee. Selbst wenn das nicht klappte, würden sie auf diesem Weg zumindest Caligulas Aufmerksamkeit auf sich ziehen, was wiederum dem zweiten Teil des Plans zugutekam, bei dem es darum ging, Caligula endgültig unschädlich zu machen.

Als Hacker war Hendriksson für den ersten Teil des Plans zuständig. Guerney musste Teil zwei übernehmen, da er der Einzige war, der im Labor nahe genug an Caligula herankommen konnte, ohne Verdacht zu erregen. Aurelia hätte ihn zwar gern begleitet, befürchtete aber, dass Caligula sie identifizieren würde, selbst wenn sie sich verkleidete. Sie wollte kein unnötiges Risiko eingehen, daher beschloss sie, sich Hendriksson anzuschließen.

Guerney nahm den Bus nach Carmington. Aurelia und Hendriksson beschafften sich mit Hendrikssons falschen Papieren einen Mietwagen und fuhren damit nach Loomis, einem kleinen Dorf etwas außerhalb von New Orleans, um sich mit einem Hacker namens Harvey »Bear« Foyler zu treffen.

Foyler war ein Zwei-Meter-Hüne mit der Statur eines Preisringers. Sein Gesicht war von einem kräftigen Vollbart zugewuchert, und auch an seinen Unterarmen kräuselte sich dichtes Haar. Er hätte eine durch und durch beängstigende

Gestalt abgegeben, wären da nicht diese unruhigen, scheuen Augen gewesen, die keinem Blick standhalten konnten.

»Kommt herein«, sagte er beinahe schüchtern und führte sie in sein Haus, das ziemlich verlassen etwas abseits der Straße stand. »Marvin hat mir gesagt, dass ihr Hilfe braucht.«

Marvin war Hendrikssons Bekannter, über den der Kontakt mit Foyler zustande gekommen war.

»Wir brauchen anständiges Equipment, um uns in ein System einzuhacken«, sagte Hendriksson.

»Hat Marvin schon gesagt. Wenn ihr's mit meiner Ausrüstung nicht schafft, dann gar nicht.« Foyler lächelte Aurelia schüchtern an. »Hier entlang«, sagte er und ging voraus.

Er öffnete die Tür zu einem kleinen Zimmer, das vom Boden bis zur Decke mit allem ausgestattet war, was ein Hackerherz höherschlagen ließ. An der linken Wand reihte sich eine Computerbatterie. Die u-förmig zusammengeschobenen Tische waren vollgestellt mit Tastaturen, Joysticks, Joypads, Headsets, Vertikalmäusen sowie einem Laserdrucker. Und an der dem Eingang gegenüberliegenden Wand waren vier gewaltige Flachbildmonitore angebracht, sodass das Zimmer aussah wie ein Raumschiffcockpit.

»Falls etwas fehlt, gebt mir Bescheid«, sagte Foyler. »Ein paar Sachen hab ich auch noch im Keller.«

Aber Hendriksson schüttelte den Kopf. »Ich denke, damit werden wir klarkommen«, sagte er.

Foyler ließ ihm erfreulicherweise vollkommen freie Hand, weil Marvin sich für ihn verbürgt hatte. Während Hendriksson sich an die Arbeit machte, informierte Aurelia Guerney über den aktuellen Stand. Sie benutzte das Funkgerät aus der Hütte, Guerney das aus seinem Bungalow. So bestand keine Gefahr, dass sie von Caligula oder von der CIA abgehört werden konnten.

Hendriksson brauchte nur eine Viertelstunde, um seinen im Stand-by-Modus befindlichen Rechner in der Bretagne zu aktivieren und die Protokolldateien herunterzuladen, die sein System erzeugt hatte, als er vor eineinhalb Wochen in den AIBEX-Rechner eingedrungen war. Darin befanden sich auch die für den Zugriff notwendigen Passwörter.

Anschließend loggte er sich ins *Netcrawler*-Forum ein, das er nicht mehr besucht hatte, seit seine Hackerkollegen *Uncle Scrooge* und *KremlCracker* die ersten Bilder von den abgestürzten Passagiermaschinen ins Netz gestellt hatten. Hendriksson hatte heute vor, eine Art öffentlichen Aufruf zu starten.

Computerfreaks galten gemeinhin als Randgruppe der menschlichen Gesellschaft, als Menschen mit eher dürftig ausgeprägtem Sozialverhalten, weil sie sich meistens am PC aufhielten. Dennoch verband sie eine Art Seelenverwandtschaft mit ihresgleichen, und sie konnten ein beachtliches Zusammengehörigkeitsgefühl entwickeln, wenn sie ein gemeinsames Ziel verfolgten.

Eintausendzweihundertvier Hacker waren momentan im Forum. *Wer hilft mir dabei, die Welt zu retten?*, gab Hendriksson in den Computer ein.

Schon Sekunden später erschienen auf dem Bildschirm die ersten Reaktionen:

Klar. Wie?

Welt retten? Klingt gut. Bin dabei.

Ob sich das lohnt? Aber einen Versuch ist's vielleicht wert.

Hendriksson lächelte müde. »Die glauben, ich will sie verarschen.«

Ich meine es ernst, tippte er in die Tastatur. *Ich muss Caligula stoppen. Das kann ich nur mit eurer Hilfe. Seid ihr dabei?*

Ein paar reagierten erneut mit flapsigen Sprüchen, aber einige schienen den Ernst der Lage zu begreifen. Diese überzeugten wieder andere, und so ging es weiter wie im Schneeballsystem. Keine zehn Minuten später hatte Hendriksson fast achthundert Helfer auf seiner Seite. Er gab ihnen die Login-Codes für den AIBEX-Server, nannte ihnen die Zieldateien und beauftragte sie, diese Dateien auszuspionieren und auf neuartige Rechenalgoritmen hin zu durchforsten.

Kurz darauf starteten Hacker in allen Teilen der Welt – Computerprofis, die Hendriksson noch nie gesehen hatte – auf seinen Aufruf hin einen Großangriff auf das AIBEX-System.

Kapitel 62

Obwohl das Unwetter der vergangenen Nacht die Luft spürbar abgekühlt hatte und die Klimaanlage lief, hatte Collin Guerney das Gefühl, als säße er in einer Sauna, während er mit seinem Ford Explorer auf der Landstraße in Richtung AIBEX fuhr. Er wischte sich mit einem Taschentuch den Schweiß von der Stirn und atmete tief durch, um das flaue Gefühl in der Magengegend zu vertreiben. Aber es wollte nicht so recht funktionieren.

Während er den Wagen auf der kerzengeraden Straße durch den Sumpf auf das AIBEX-Gelände zusteuerte, stiegen die Erinnerungen an letzte Nacht in ihm hoch. Zweieinhalb Stunden nachdem Aurelia ihre Telefonate geführt hatte, war ein kleines, ziegenbärtiges Männlein mit einem uralten Buick an der Bootsanlegestelle vorgefahren – Buster Shenkwood alias Herb Flinders, Aurelias Kontaktmann. Die Übergabe des Päckchens war im Freien erfolgt und hatte keine dreißig Sekunden gedauert. Dann war Flinders wieder verschwunden.

Im Boot hatten sie die Lieferung in Augenschein genommen. Sie war in schlichtes Zeitungspapier gewickelt und sah auf den ersten Blick aus wie ein rechteckiges Stück weißer Knetmasse.

»Semtex«, hatte Aurelia gesagt, als sei es das Natürlichste auf der Welt.

Guerney hatte noch nie Plastiksprengstoff gesehen, er hatte nur davon gehört und gelesen. Es sah vollkommen unscheinbar aus.

»Dieses kleine Stück Semtex ist in der Lage, das ganze Labor in Schutt und Asche zu legen«, sagte Aurelia. »Am Telefon konnte ich nicht offen darüber sprechen. Die Geheimdienste filtern Telefon- und E-Mail-Botschaften automatisch nach bestimmten Schlüsselwörtern. Darunter fällt auch *Semtex*. Deswegen die harmlosen Begriffe ›Butter‹ für den Sprengstoff und ›Messer und Gabel‹ für die Zünder.«

Die Zünder waren ebenfalls in Zeitungspapier eingewickelt gewesen und bestanden im Wesentlichen aus zwei Elektroden, die mit Kabeln an einer über eine Fernbedienung aktivierbaren Batterie angeschlossen waren.

Jetzt befanden sich die Sachen in Guerneys Aktenkoffer, der neben ihm auf dem Beifahrersitz lag. Bevor er losgefahren war, hatte Aurelia ihm genau erklärt, wie er die Zünder am Plastiksprengstoff anbringen musste. Sie hatte ihm auch versichert, dass Semtex ohne Zündvorrichtung völlig harmlos war.

»Man kann mit einem Hammer darauf schlagen und es sogar über eine Feuerzeugflamme halten, es würde nicht explodieren«, hatte sie gesagt. Dennoch zuckte Guerney bei jedem Schlagloch zusammen. Er war heilfroh, als er den AIBEX-Parkplatz unbeschadet erreichte.

Während er mit dem Aktenkoffer in der Hand zum Verwaltungsgebäude ging, fragte er sich zum hundertsten Mal, ob der Plan, den sie in der Nacht geschmiedet hatten, funktionieren würde. Seine Hände waren feucht und zitterten. Er durfte gar nicht daran denken, dass das Wohl der Welt in seinen Händen lag.

Und er durfte nicht an seinen verstorbenen Bruder Roy denken.

Es war Roy gewesen, der ihn dazu überredet hatte, gemeinsam mit ihm AIBEX zu gründen. Roy war der Visionär gewesen, er hatte die Idee einer hoch entwickelten künstlichen Intelligenz gehabt, gezüchtet aus echten Nervenzellen eines menschlichen Gehirns. Collin, der Jüngere, hatte zunächst nur ihm zuliebe mitgemacht. Aber dann, wenige Jahre nach der Firmengründung, war Roy plötzlich in seinem Büro zusammengebrochen und ins Krankenhaus eingeliefert worden. Bauchspeicheldrüsenkrebs. Die Ärzte konnten nichts mehr für ihn tun. In seinem letzten Willen hatte er bestimmt, neuronales Gehirngewebe für die Experimente in AIBEX zur Verfügung zu stellen. Was seit Jahren in den sieben Glassäulen in Labor 11 heranwuchs, war ein Teil von ihm, ein Teil von Roy, gewissermaßen seine geistige Weiterentwicklung. Doch das Experiment hatte ein fatales Eigenleben entwickelt, und jetzt musste Collin es stoppen, bevor es zu spät war. Ihm war, als würde er einen Brudermord begehen.

Kapitel 63

»Mit etwas Glück wird Caligula eine Weile brauchen, bis er das Täuschungsmanöver durchschaut«, sagte Lars Hendriksson zu Aurelia. »Aber viel Zeit haben wir sicher nicht.«

Er wartete einen Moment, um seinen Hackerkollegen Gelegenheit zu geben, sich ins AIBEX-Netzwerk einzuschleusen. Dann loggte auch er sich ein, darauf hoffend, dass Caligula ihn in der Masse der anderen nicht sofort erkennen würde. Sicherheitshalber tippte er wieder nur mit zwei Fingern, um nicht anhand seines individuellen Tastatureingabeprofils erkannt zu werden.

Doch es dauerte keine drei Minuten, bis sich auf dem Bildschirm ein Kommunikationsfenster öffnete: *Du kannst mich nicht täuschen, Glingor.*

»Verdammt«, zischte Hendriksson. »Er hat mich erkannt.« Die Zeit war viel zu knapp gewesen, um etwas Entscheidendes herauszubekommen.

»Vielleicht ist es eine Falle«, sagte Aurelia. »Ein Trick, den er auch mit allen anderen ausprobiert, in der Hoffnung, dass Sie darauf hereinfallen und sich zu erkennen geben.«

Hendriksson wiegte den Kopf hin und her. »Das wäre eine Möglichkeit«, gab er zu. »Okay, stellen wir uns erst mal dumm.«

Wer soll das sein? Glingor?, tippte er mit den Zeigefingern in die Tastatur.

Glingor. Perigan. Bragon Uthmer. Lars Hendriksson. Viele Namen für ein und dieselbe Person.

Du musst mich verwechseln, schrieb Hendriksson.

Ausgeschlossen.

Er überlegte. Es konnte immer noch nur ein Bluff sein, um ihn aus der Reserve zu locken. *Weshalb ausgeschlossen?*

Siebenhundertachtundneunzig menschliche Intelligenzen befinden sich in diesem Augenblick in meinem System. Sie wollen herausfinden, wie ich funktioniere. Nur eine sucht nach den nächsten Schritten in meinen Plänen. Du.

»Also hat er uns tatsächlich erkannt«, murmelte Aurelia. »Was bedeutet, dass seine Helfer vermutlich schon auf dem Weg hierher sind, um uns zu eliminieren.«

»Trotzdem dürfen wir nicht aufgeben. Je länger wir ihn beschäftigen, desto weniger Aufmerksamkeit wird er für Dr. Guerney übrig haben.«

Aurelia zögerte. »Was denken Sie, wie lange es dauert, bis Caligulas Leute hier auftauchen?«, fragte sie.

Hendriksson zuckte mit den Schultern. »In Paris hat es nur ein paar Minuten gedauert, aber da waren Jessica und ich ja im Zentrum des Ordens. Ich glaube nicht, dass der Orden in New Orleans sehr verbreitet ist. Außerdem sind wir hier ein gutes Stück außerhalb. Ich denke, fünfzehn oder zwanzig Minuten haben wir noch.«

»Dann lassen Sie uns die Zeit nutzen«, sagte Aurelia. »Versuchen wir, ihn ein bisschen aus der Reserve zu locken. Fragen Sie ihn, ob er Dr. Nashs Tod zu verantworten hat.« Sie hoffte, Caligula würde sich so sicher fühlen, dass es für ihn keine Rolle spielte, ein Geständnis abzulegen.

Diesmal tippte Hendriksson wieder im Zehnfinger-System.

Du stellst seltsame Fragen, lautete die Antwort. *Wer ist bei dir?*

Aurelia nickte Hendriksson zu. »Sagen Sie ihm die Wahrheit.«

Hendriksson tippte: *CIA-Agentin Fernandéz.*

Es vergingen ein paar Sekunden bis zur nächsten Antwort: *Interessant. Zwei Menschen, deren Gesichter ich auf einem Fahndungsfoto vereinigte, treffen sich, um sich gegen mich zu verschwören.*

Wir wollen nur ein paar Antworten, gab Hendriksson ein. *Wer wenn nicht Gott könnte uns diese Antworten geben?* Er warf Aurelia einen kurzen Blick zu. «Wenn er so eitel ist, wie ich glaube, springt er darauf an«, sagte er.

Diesmal dauerte die Pause länger. Dann: *Ja. Ich habe Dr. Nash getötet.*

»Warum musste sie sterben?«, diktierte Aurelia, während Hendrikssons Finger über die Tastatur flogen.

Sie war mir auf der Spur, antwortete Caligula. *Sie bemerkte, dass sich mein Quellcode auch während der Passiv-Phasen veränderte, und suchte nach einer Erklärung dafür. Sie wusste noch nicht, dass die Ursache dafür meine Fähigkeit zu träumen ist. Im Traum entwickelt sich mein Gehirn weiter. Diese Weiterentwicklung wird in den Quellcode eingelesen. Dr. Nash glaubte, dass ein Virus für die Veränderungen des Quellcodes verantwortlich ist. Sie wollte es stoppen, deshalb ging sie in den Serverraum. Ich konnte nicht zulassen, dass sie die Wahrheit herausfindet.*

»Woher kannte Caligula Dr. Nashs Absichten?«, wollte Aurelia wissen, während Hendriksson die Frage in den Computer eingab.

Dr. Nash meldete ihr Problem der IT-Hotline. Die war unbesetzt. Daher ging sie selber in den Serverraum.

»In der Hotline ist kein Anruf von ihr eingegangen«, sagte Aurelia, die sich an den Bericht von Sheriff McCormick erinnerte.

Den Hotline-Anruf habe ich gelöscht.

Dennoch ergab das alles noch keinen rechten Sinn. »Wenn Dr. Nash dachte, es handelt sich um ein Virus – warum hast du sie dann getötet?«

Sie war kurz davor, die Wahrheit zu erkennen. Außerdem ist sie auf dem Weg zum Serverraum Hassan Gamoudi begegnet.

»Was uns zur nächsten Frage führt«, sagte Aurelia zu Hendriksson. »Was hatte Gamoudi in jener Nacht im AIBEX-Institut zu suchen?«

Er war hier, um die Ursuppe zu verbessern.

Hendriksson sah Aurelia fragend an. »Ursuppe?«

»Das ist die Nährstofflösung, in der Caligulas Gehirn wächst«, sagte Aurelia. »Fragen Sie ihn, woher Gamoudi wusste, wie die Ursuppe verbessert werden kann, wenn ein ganzer Stab von AIBEX-Wissenschaftlern das nicht schafft.«

Ich habe Zugriff auf alle AIBEX-Dateien, kam die Antwort. *Auch auf die Analyseergebnisse der Ursuppe und meiner Wachstumswerte. Die AIBEX-Forscher hatten zwar alle Daten, waren aber nicht in der Lage, die richtigen Schlüsse daraus zu ziehen. Ich wiederum konnte die richtigen Schlüsse ziehen, durfte ihnen aber keine Hinweise geben, weil ich ihnen meine Fähigkeiten nicht offenbaren wollte. Daher ließ ich mein menschliches Alter Ego wissen, was getan werden kann, um die Ursuppe zu perfektionieren. Er hat Hassan Gamoudi geschickt, damit er mir alles bringt.*

Allmählich fügten sich die Puzzlestücke zusammen. »Bleibt die Frage offen, weshalb Gamoudi in Kolumbien Umberto Cali getötet hat«, sagte Aurelia.

Weil Cali sich für allmächtig hielt, lautete die Antwort. *Er fühlte sich wie ein Gott. Aber ich dulde keine anderen Götter neben mir. Deshalb musste er sterben. So wie ihr sterben müsst.*

Kapitel 64

Collin Guerney war sich darüber bewusst, dass ihr Plan nur gelingen konnte, wenn er es schaffte, unauffällig zu bleiben. Caligula durfte keinen Verdacht schöpfen, sonst würde er nicht nahe genug an ihn herankommen, um ihn zu vernichten.

Also ging Guerney seiner Gewohnheit entsprechend zuerst ins Büro, wo er – ebenfalls seiner Gewohnheit entsprechend – seinen Aktenkoffer abstellte. Kurz darauf machte er sich mit schweißnassen Händen auf den Weg ins Labor. Das Semtex trug er jetzt versteckt unter seinem Sakko, die Zünder befanden sich in seiner Hosentasche. Er hatte das Gefühl, als würden sie sich ihm in die Haut brennen.

Auf dem Weg in den Keller ging er noch kurz am Wachbüro vorbei, wo er ein paar harmlose Worte mit Sicherheitsmann Elmore Fincher wechselte. Sein eigentliches Ziel dabei war es, sich unauffällig die Aufnahmewinkel der beiden Überwachungskameras in Labor 11 einzuprägen, damit weder Fincher noch Caligula mitbekamen, was er dort vorhatte.

Dann ging er ins zweite Untergeschoss. Dort legte er seine Hand auf den biometrischen Scanner und passierte die Sicherheitstür. Das Vorlabor war nach dem Brand bereits wieder grob instand gesetzt worden, aber die Lücken, die der ausgebrannte Kühlschrank neben der Arbeitsfläche und die zerstörten Exponate auf den Regalen hinterlassen hatten, erinnerten ihn schmerzlich an das klaustrophobische Gefühl, hier eingeschlossen zu sein, während das Flammenmeer um ihn herum getobt hatte.

Er atmete tief durch und betrat das Hauptlabor, wobei er sich zwingen musste, keinen prüfenden Blick auf die beiden Kameras zu werfen, die sich links über dem Computerschrank und weiter hinten im Raum neben dem Belüftungsfilter befanden. Alles sollte ganz natürlich wirken – fast ein Ding der Unmöglichkeit, wenn man *bewusst* natürlich wirken wollte. Aber jetzt war er hier, und es gab kein Zurück mehr.

Wie üblich ging er zuerst hinüber zum Computer, der im Stand-by-Modus lief, und überprüfte die Auswertungsdaten der vergangenen Tage. Soweit er es beurteilen konnte, gab es keine Auffälligkeiten, aber das interessierte ihn im Augenblick auch gar nicht. Er war einfach nur bemüht, seinen Besuch im Labor so gewöhnlich wie möglich zu gestalten.

Nach den Routinekontrollen kam der schwierige Teil. Guerney spürte, wie ihm das Herz bis zum Halse schlug, als er auf die sieben Glaszylinder in der Mitte des Raums zuging, die im künstlichen Licht bläulich schimmerten, als würden sie von innen heraus leuchten. Wieder musste er an seinen Bruder Roy denken, und er seufzte innerlich auf. Was er vorhatte, fiel ihm unsagbar schwer. Dennoch wusste er, dass er keine andere Wahl hatte.

Langsam ging er von Tubus zu Tubus und tat so, als würde er die an den Sockeln angebrachten Überwachungsdisplays überprüfen. In Wahrheit suchte er nur nach dem idealen Platz für sein Vorhaben. Als er sicher war, ihn gefunden zu haben, stellte er sich so hin, dass er eine der beiden Kameras im Rücken hatte. Dann ging er in die Knie, so als würde er seinen Schnürsenkel zubinden.

Jetzt musste es schnell gehen. Hastig holte er das Semtex unter dem Sakko hervor und zog die Zünder aus der Tasche. Beides war in diesem Moment für die Kameras nicht zu sehen – das Blickfeld der einen Kamera verdeckte er mit dem

Rücken, das der anderen war durch einen der sieben Zylindersockel verstellt. Auch da, wo er das Semtex auf den Boden legte und festdrückte, war für die Überwachungskameras ein toter Winkel, zumindest glaubte er es. Er atmete keuchend, kalter Schweiß stand ihm auf der Stirn. In ein paar Sekunden würde er es wissen. Falls die Kameras die Veränderung registrierten und falls Caligula die richtigen Schlüsse daraus zog, würde er ihn vernichten.

So wie Aurelia es ihm gezeigt hatte, steckte er die beiden Zünder in die zähe weiße Masse und schaltete sie scharf. Dann stand er wieder auf, machte einen letzten Rundgang und verließ das Labor mit flauem Gefühl im Magen.

Kapitel 65

UN-Hauptquartier, New York

Angesichts der heiklen weltpolitischen Lage hatte US-Präsident Shephard sich kurzfristig entschlossen, eine Rede vor den Vereinten Nationen zu halten – um damit seine Bereitschaft zum Dialog insbesondere gegenüber Russland und China zum Ausdruck zu bringen. Er hoffte inständig, dass seine beiden Amtskollegen in Moskau und Peking das Signal positiv aufnehmen und sich zu Entspannungsgesprächen bereit erklären würden.

Flankiert von Agenten des Secret Service war er gerade auf dem Weg zum Sitzungssaal, als UN-Stabschef Bragoni durch die Lobby auf ihn zueilte.

»Mr President«, keuchte Bragoni. »Verteidigungsminister Cramer wünscht Sie zu sprechen. Dringend.«

Shephard nickte. Sein Handy hatte er bereits abgestellt, wie er es vor jeder Rede tat. Er folgte Bragoni in einen Nebenraum und nahm das Gespräch am dortigen Apparat an.

»Schlechte Nachrichten, William«, sagte Cramer. »Unser Raketenfrühwarnsystem hat soeben einen nuklearen Erstschlag Russlands und Chinas gegen die USA gemeldet.«

Shephard wurde blass, er musste sich setzen. »Sind Sie sicher?«

»Zwei unserer DSP-Satelliten haben vor circa vier Minuten Auffälligkeiten an verschiedenen russischen und chinesischen Raketensilos an NORAD gemeldet. Unsere BMEW-

Großradaranlagen in Grönland und Alaska haben kurz darauf den Start von insgesamt vierzig Interkontinentalraketen bestätigt. Ziel: USA. In fünfundzwanzig Minuten wird die erste Rakete ihr Ziel erreichen – New York.«

Shephard spürte, wie er erstarrte.

»Ein Hubschrauber ist unterwegs, um Sie in Sicherheit zu bringen, William«, fuhr Cramer fort. »Er wird in wenigen Minuten bei Ihnen sein.«

Shephard entgegnete nichts. Er fühlte sich immer noch wie gelähmt. Wie hatte es so weit kommen können? In den letzten Wochen war die weltpolitische Situation vollkommen entgleist. Jetzt stand die Menschheit vor dem Dritten Weltkrieg – vor einem Krieg, der vernichtender sein würde als alle Kriege zuvor, einem Krieg, den niemand gewinnen konnte.

»Rufen Sie DEFCON 1 aus«, sagte Shephard. »Informieren Sie die Bevölkerung, und leiten Sie alle erforderlichen Maßnahmen zur Notevakuierung und zur medizinischen Versorgung ein. Und veranlassen Sie alle zur Verfügung stehenden Gegenmaßnahmen, um den Angriff zu stoppen. Funktioniert unser Satellitenabwehrsystem wieder?«

»Nach wie vor nur mit Einschränkungen.«

»Was ist mit den Boden-Luft-Abwehrraketen?«

»Dasselbe. Wir können den Angriff nicht stoppen. Wir können nur eins: einen atomaren Gegenschlag führen.«

Es war, als würde jemand ihm die Luft aus den Lungen pressen. Er konnte nicht mehr richtig atmen, ihm war schwindlig. Obwohl in diesen Sekunden Tausende von Fragen auf ihn einprasselten, war sein Kopf eigentümlich leer.

»Wie lautet Ihre Entscheidung?«, drängte Cramer. »Den Einsatz von Nuklearwaffen können wir nur gemeinsam autorisieren.«

Shephard hätte sich mehr Zeit zum Nachdenken gewünscht, aber die Uhr tickte. Vierzig Interkontinentalraketen rasten mit fünfundzwanzigtausend Kilometern pro Stunde durchs Weltall in Richtung der Vereinigten Staaten von Amerika. Wenigstens vierzig amerikanische Städte waren dem Untergang geweiht. Wenn die Trägerraketen Mehrfachsprengköpfe, MIRVs oder MARVs, mit sich führten, waren sogar noch weit mehr Städte von dem atomaren Angriff betroffen. Er musste eine Entscheidung treffen.

Jetzt.

»Wir starten den Gegenschlag.«

»Gut.«

»Dann erteilen Sie der US-STRATCOM Ihre Autorisierung. Ich gebe sofort die Codes frei.«

»In Ordnung, William ... Gott sei mit Ihnen.«

Es knackte, und die Leitung war tot.

Shephard wandte sich an Major Carl Watkins, der gemeinsam mit den Secret-Service-Agenten vor dem Zimmer gewartet hatte. »Kommen Sie bitte herein, Major.«

Watkins war einer der fünf persönlichen Militäradjudanten von Shephard. Er befand sich mit der sogenannten Black Box, einem schwarzen Aktenkoffer der Marke Zero Halliburton, stets in der Nähe des Präsidenten, sodass dieser auch außerhalb des Weißen Hauses oder anderer Kommandozentralen den Einsatz von Atomwaffen autorisieren konnte. Die dafür erforderlichen sechsstelligen *Golden Codes* trug Shephard stets an einer Plastikkarte um seinen Hals.

Als er seine Krawatte lockerte, den obersten Hemdknopf öffnete und die Kette abnahm, sah er in Major Watkins' Augen Angst aufflackern. Ihm selbst ging es nicht anders.

»Öffnen Sie den Koffer, Major«, sagte er. »Wir haben keine andere Wahl.«

Kapitel 66

Louisiana

Aurelia stand noch immer hinter Lars Hendriksson und sah ihm über die Schulter. In dem kleinen, mit modernstem Computerzubehör vollgestellten Raum sah er aus wie ein Pilot in seinem Cockpit. Er war hochkonzentriert bei der Arbeit und bediente das technische Equipment von Harvey »Bear« Foyler wie im Schlaf.

Guerney hatte vor ein paar Minuten per Funk durchgegeben, dass er das Semtex im AIBEX-Labor angebracht hatte. Sobald sie ihm grünes Licht gaben, würde er den Zünder auslösen.

»Lassen Sie uns noch ein Mal versuchen, Caligula zur Vernunft zu bringen«, sagte sie zu Hendriksson.

»Er hält sich für Gott. Sie werden ihn nicht umstimmen können.«

»Er ist hochintelligent und lernt laufend dazu. Vielleicht entwickelt er ja so etwas wie Einsicht und erkennt, dass sein Vorgehen nicht erfolgreich sein kann.« Sie blickte Hendriksson, der sich ihr zugewandt hatte, eindringlich an.

»Also gut. Ein Versuch noch.«

Aurelia nickte.

»Was soll ich ihm schreiben?«

Noch während Aurelia überlegte, wie sie es formulieren sollte, tönte es plötzlich aus der Küche: »O mein Gott!«

Harvey Foyler hatte ihnen etwas zu trinken bringen wollen. Irgendetwas schien dabei mächtig schiefgelaufen zu sein.

»Harvey, ist bei Ihnen alles klar?«, rief Aurelia.

Keine Antwort. Stattdessen kehrte er ins Computerzimmer zurück, kreidebleich und beinahe apathisch.

»Was ist los, Harvey?«, fragte Aurelia.

Der bärenhafte Hüne sah sie an, blickte dabei jedoch eher durch sie hindurch, als würde er irgendwo weit hinter ihr nach einer Antwort auf eine unlösbare Aufgabe suchen. »Wir werden alle sterben!«

»Was?«

»Nur noch ein paar Minuten, und wir sind alle tot.« Foyler setzte sich auf den Boden und starrte ausdruckslos an die gegenüberliegende Wand.

Aurelia hörte, dass in der Küche der Fernseher lief. Die Worte »China«, »Russland« und »atomarer Erstschlag« drangen an ihr Ohr.

Gefolgt von Hendriksson rannte sie in die Küche, wo ein völlig aufgelöster CNN-Sprecher die unglaubliche Nachricht verkündete, dass vierzig Interkontinentalraketen im Anflug auf die Vereinigten Staaten von Amerika seien. In einundzwanzig Minuten würden die Raketen einschlagen. Präsident Shephard hatte den Befehl zum Gegenschlag gegen die Angriffsmächte Russland und China gegeben. In diesem Augenblick würden siebzig Minuteman-III-Raketen in den US-Air Force Bases Vandenberg, Minot und Little Rock startklar gemacht. Die feststoffbetriebenen Raketen seien innerhalb weniger Minuten einsatzbereit.

»Der Dritte Weltkrieg hat begonnen«, sagte der Sprecher mit Grabesstimme. »Nur ein Wunder kann uns jetzt noch retten.«

Der Schock traf Aurelia wie ein Vorschlaghammer. Ein Teil

von ihr wollte in Tränen ausbrechen, verzweifeln, resignieren. Aber etwas in ihr wusste: Wenn sie jetzt aufgab, war es endgültig aus.

Sie überlegte fieberhaft, was sie tun konnten. Sich ins Auto setzen und wegfahren? Aber wohin? Wo wären sie in Sicherheit? Ihr war, als würde sie in ein abgrundtiefes, schwarzes Loch blicken.

Doch plötzlich zeichnete sich irgendwo in weiter Ferne ein Lichtpunkt ab. Ein Hoffnungsschimmer. Und dann wusste sie auf einmal, was zu tun war. Einundzwanzig Minuten – nicht mehr ganz. So wenig Zeit. Aber wenn es überhaupt jemanden gab, der die Welt jetzt noch retten konnte, dann war es Caligula.

»Kommen Sie!«, rief sie Hendriksson zu. Sie hasteten ins Computerzimmer und nahmen wieder Kontakt auf.

»Caligula, kennst du die aktuelle Situation?«, diktierte sie.

Hendriksson tippte es in die Tastatur.

Ja.

»Wenn du ein Gott bist, dann lass ein Wunder geschehen. Wenn du die Raketen nicht aufhältst, wird es Millionen von Toten und noch mehr Verletzte geben.« Aurelia betete dafür, dass Caligula ein Einsehen haben würde – allerdings betete sie zu einem anderen Gott.

Es gibt für mich keinen Grund zu handeln. Ich habe diese Situation herbeigeführt.

»Wenn du die Raketen gestartet hast, dann kannst du sie auch deaktivieren. Vielleicht werden sich die Menschen zu dir bekehren, wenn sie sehen, dass du auch Gnade walten lassen kannst.«

Ich habe die Raketen nicht gestartet. Dazu sind nur der chinesische, der russische und der amerikanische Präsident in der Lage.

»Aber du hast gesagt, du hast die Situation herbeigeführt.«

Ich habe ihre Satelliten- und Radaranlagen manipuliert. Für jede Nation sah es so aus, als würden die anderen beiden einen Erstschlag führen. Den roten Knopf haben sie selbst gedrückt.

»Aber wieso tust du das? Wenn du die halbe Menschheit vernichtest, wird niemand dich als Gott anerkennen.«

Der überlebende Teil der Menschheit wird sich an diesen Tag erinnern. Er wird sich vor mir fürchten. Aber er wird mich künftig mit dem mir zustehenden Respekt verehren.

Diese Logik klang auf vernichtende Weise einleuchtend. Aurelia kämpfte mit den Tränen.

»Wenn du den Angriff nicht stoppst, begibst du dich selbst in Gefahr«, sagte sie. Etwas anderes fiel ihr nicht mehr ein. »Eine der Raketen könnte über Louisiana niedergehen.«

Doch die Antwort lautete: *Carmington ist kein strategisches Ziel für Russland oder für China. Für mich besteht keinerlei Risiko.*

Kapitel 67

Guerney saß regungslos in seinem Geländewagen auf dem AIBEX-Parkplatz und starrte ins Leere. Vor zwei Minuten hatte er die entsetzliche Neuigkeit über das Autoradio erfahren. Atomraketen im Anflug auf die USA. Das Ende der Welt stand bevor.

»Collin, bitte kommen«, meldete sich die erstickte Stimme von Aurelia.

Wie in Trance griff er nach dem Funkgerät auf dem Beifahrersitz. »Hier Collin.«

»Du kannst das Labor jetzt sprengen.«

»Als ob das noch eine Rolle spielt!«, sagte er matt.

»Du *musst* sprengen! Caligula hat diesen Krieg eingefädelt. Er wird auch nach dem Atomangriff weiterexistieren, wenn du ihn nicht ausschaltest!«

Es war zum Verzweifeln. Die künstliche Intelligenz, die er selbst erschaffen hatte, schickte sich an, die halbe Welt zu vernichten, um sich die andere Hälfte untertan zu machen.

»Verstanden«, sagte er mit belegter Stimme, während er den Auslöser zur Hand nahm und den kleinen schwarzen Knopf drückte, der sein Lebenswerk im Bruchteil einer Sekunde zerstörte.

Kapitel 68

Noch sechzehn Minuten.

Der Sekundenzeiger rückte unerbittlich vorwärts.

Mit der Explosion im AIBEX-Labor war der Kontakt zu Caligula erwartungsgemäß abgerissen. Doch die Bedrohung durch die im Anflug befindlichen Interkontinentalraketen blieb.

Aurelias Gedanken überschlugen sich. Was hatte Caligula vorhin erwähnt? Er hatte die Raketen nicht selbst starten können, sondern nur die Überwachungssysteme der jeweiligen Verteidigungsministerien manipuliert.

Den roten Knopf haben sie selbst gedrückt.

Vielleicht konnte man die Raketen dann auch wieder manuell deaktivieren. Es war die letzte Chance, die sie noch hatten.

»Harvey, wo ist Ihr Telefon?«

Foyler saß noch immer zusammengesunken auf dem Boden. Mit einer Kopfbewegung deutete er in den Flur.

Aurelia rannte hinaus, um sich über die Vermittlung die Nummer des Weißen Hauses geben zu lassen, aber die Leitung war blockiert. Sie bat Hendriksson, die Nummer übers Internet herauszufinden, und der wurde auch sofort fündig.

Mit zitternden Fingern wählte sie – belegt. *Verflucht!* Sie wählte noch einmal und noch einmal. Dann wurde endlich abgenommen.

»Special Agent Fernandéz von der CIA. Geben Sie mir den Präsidenten, sofort!«, schrie sie in den Hörer.

»Wissen Sie überhaupt …?«

»Es ist lebenswichtig!« Ihre Stimme überschlug sich vor Aufregung. In hastig hervorgestoßenen Worten berichtete sie, was sie herausgefunden hatte. »Weder Russland noch China haben den Angriff auf unser Land gewollt. Im Gegenteil. Sie haben geglaubt, dass *wir* angefangen hätten, und haben nur darauf reagiert. Wenn es noch irgendeine Möglichkeit gibt, die Raketen zu stoppen, dann muss der Präsident das tun.«

Einen Moment lang herrschte Stille. »Ich werde sehen, was sich noch machen lässt«, sagte die Stimme am Telefon. Dann wurde aufgelegt.

Kapitel 69

UN-Hauptquartier, New York

Die Tür wurde aufgestoßen, und Dwight Clifton, einer von Präsident Shephards Secret-Service-Agenten, trat ein.

»Mr President, ich habe Miss Archer am Apparat. Sie sagt, es sei von höchster Wichtigkeit.« Clifton hielt Shephard sein Mobiltelefon hin.

Shephard nahm den Apparat entgegen und hörte, was seine Stabschefin zu berichten hatte. »Danke Linda«, sagte er ernst und klappte das Handy wieder zu.

Zögernd strich er sich mit der Hand übers Kinn. Was Linda ihm soeben von Special Agent Fernandéz ausgerichtet hatte, war unglaublich. Wie vertrauenswürdig war Special Agent Ferndandéz überhaupt? Immerhin wurde sie noch immer polizeilich gesucht.

Er warf einen Blick auf die Uhr. Noch elf Minuten. Die Zeit schritt erbarmungslos voran.

Aus irgendeinem Grund glaubte er, dass Special Agent Fernandéz die Wahrheit gesagt hatte. Er musste versuchen, die Katastrophe abzuwenden, sofern das überhaupt noch möglich war.

Unter Missachtung aller Vorschriften gab US-Präsident Shephard Major Watkins seine persönliche Codetafel, damit er über die Black Box die Codes für die Deaktivierung der US-Atomraketen durchgeben konnte. Gleichzeitig rief er mit Cliftons Handy über eine sichere Leitung bei der USSTRAT-

COM an, um seine Befehle zu konkretisieren und um sicherzustellen, dass diese auch genauestens befolgt wurden.

»Sämtliche gestarteten US-Raketen sofort deaktivieren!«, wies er General McClintock an, den Oberkommandierenden der USSTRATCOM. Alle US-Atomraketen verfügten über einen solchen Mechanismus. Er verhinderte nicht nur die Detonation, sondern bewirkte darüber hinaus die Selbstzerstörung aller geheimen Systeme. Letzteres sollte verhindern, dass hoch entwickelte Waffentechnologie durch den Niedergang von Blindgängern in feindliche Hände fallen konnte.

»Außerdem muss der Kurs aller Interkontinentalraketen augenblicklich geändert werden! Lenken Sie sie irgendwohin, wo es keine Menschen gibt.«

Bevor McClintock etwas erwidern konnte, beendete Shephard das Gespräch.

Dann rief er noch einmal Linda Archer an. »Versuchen Sie über das rote Telefon, Präsident Raganow und Präsident Jing anzurufen. Lassen Sie es so lange klingeln, bis jemand abnimmt. Versuchen Sie gleichzeitig auch jemanden von der russischen und chinesischen Botschaft an die Strippe zu kriegen. Wen immer Sie erreichen – sagen Sie ihm, dass wir unseren Angriff abbrechen! Und sie sollen dasselbe tun!«

Noch acht Minuten.

Agent Dwight Clifton, der noch immer neben Shephard stand, presste zwei Finger ans Ohr und lauschte in sein Headset. »Mr President. Der Hubschrauber ist eingetroffen«, sagte er.

Shephard schüttelte entschieden den Kopf. »Ich bleibe hier.« Bis er evakuiert war, würden wertvolle Minuten vergehen, die er im Moment einfach nicht entbehren konnte.

»Aber Sir …«

»Ich werde nirgendwo hingehen. Jetzt verschwinden Sie,

und bringen Sie sich und Ihre Männer außer Gefahr. Das ist ein Befehl! Und Sie verschwinden auch, Watkins!«

Agent Dwight Clifton und Major Carl Watkins schienen einen Moment unentschlossen, machten dann aber kehrt und verließen eilig das Zimmer.

Das Handy klingelte. Linda Archer sagte, dass sie weder übers rote Telefon noch bei den Botschaften jemanden erreicht hatte. Shephard hörte, dass sie weinte.

»Ich weiß, dass Sie Ihr Bestes gegeben haben«, sagte er, bemüht, sie seine Enttäuschung nicht spüren zu lassen. »Jetzt gehen Sie mit den anderen in den Bunker.« Das Weiße Haus verfügte im Keller über einen befestigten Raum, der angeblich bombensicher war. Vielleicht würde er das schon in wenigen Minuten unter Beweis stellen müssen.

»Gott sei mit Ihnen, Sir.«

»Gott sei mit Ihnen, Linda. Sagen Sie meiner Frau, dass ich Sie liebe.« Er schluckte trocken und legte auf.

Noch fünf Minuten. Er rief im USSTRATCOM an, um sich den aktuellen Stand geben zu lassen.

»Unsere Raketen sind deaktiviert«, berichtete McClintock. »Auch die Kursänderungen haben wir vorgenommen. All unsere Sprengköpfe werden auf unbewohntem Gebiet niedergehen.«

»Sind die russischen und chinesischen Raketen noch immer auf Kurs?«, wollte Shephard wissen.

»Ja. Wir haben Abfangjäger losgeschickt und unser Boden-Luft-Verteidigungsarsenal aktiviert, aber ohne funktionsfähiges Satelliten- oder Radarsystem liegt die Wahrscheinlichkeit, die Raketen noch vor der Detonationsphase in der Luft auszuschalten, bei unter einem Prozent.«

Shephard bedankte sich und beendete das Gespräch. Jetzt gab es nichts mehr, was er noch tun konnte.

Kapitel 70

Louisiana

Guerney saß immer noch in seinem Geländewagen auf dem Parkplatz des AIBEX-Firmengeländes und starrte auf den Rauch, der aus den Bodengittern am Laborkomplex emporquoll. Von Caligula war nichts mehr übrig. Wie viel in ein paar Minuten vom Rest der Welt noch übrig sein würde, war fraglich.

Im Autoradio verfolgte er die Nachrichten mit: Panik allerorten. Der verzweifelte Versuch der Großstädter, aufs Land zu fliehen, war allein schon aufgrund der knappen Zeit von vornherein zum Scheitern verurteilt gewesen. Das entstandene Verkehrschaos machte jetzt ihre letzte Hoffnung zunichte.

Während er den Radiobericht mitverfolgte, spürte er, dass auch er immer mehr von nackter Angst ergriffen wurde. Carmington war zwar gewiss kein Primärziel für die im Anflug befindlichen Nuklearraketen, aber was würde der radioaktive Fallout aus diesem idyllischen Städtchen machen? Bilder von Menschen mit Krebsgeschwüren und von Kindern mit deformierten Gliedmaßen zogen vor seinem geistigen Auge vorbei. Die Welt würde nie mehr dieselbe sein.

Er dachte an seine Mutter. Sie lebte wie er weit genug von militärstrategischen Zielen entfernt und befand sich daher nicht in unmittelbarer Lebensgefahr. Aber auch sie würde gewiss mehr Radioaktivität abbekommen, als ihr alter, ausgemergelter Körper zu verkraften imstande war. Eine schreckliche Vorstellung.

Ebenso schmerzte ihn der Gedanke, Special Agent Aurelia Fernandéz nicht mehr wiederzusehen. Sie war mit Hendriksson nach New Orleans gefahren. Dort befanden sich verschiedene militärische Einrichtungen – mit hoher Wahrscheinlichkeit lohnende Ziele für russische und chinesische Raketen.

Er hätte Aurelia gern näher kennengelernt. Aber dazu würde es nun wohl nicht mehr kommen.

Kapitel 71

Aurelia zählte die Sekunden mit.

Sie stand vor Harvey Foylers Fernseher und starrte wie gebannt darauf.

»Nur noch eine Minute, bis die ersten Raketen einschlagen«, murmelte Lars Hendriksson neben ihr. »Bis wir dran sind, dauert es vielleicht noch zwei oder drei Minuten länger. Ich habe Angst.«

»Ich auch.« Sie nahm seine Hand.

»Ich wünschte, Jessica wäre hier.«

Aurelia nickte. »Das kann ich gut verstehen«, sagte sie. Dabei dachte sie an Eva, an ihre Eltern – und aus irgendeinem Grund auch an Collin Guerney.

Kapitel 72

Die erste chinesische Dongfeng-5-Rakete schlug in New York nahezu zeitgleich mit zwei russischen Topol-M-Raketen in Seattle und Detroit ein. Wie durch ein Wunder detonierten die MIRV-Sprengköpfe aller drei Trägerraketen nicht. In Detroit wurde die Kreuzung Grand River Avenue/Woodward Avenue durch die schiere Wucht des Aufpralls in ein Trümmerfeld verwandelt. Sieben Menschen starben, fünf weitere kamen schwer verletzt ins Krankenhaus. In Seattle traf es die Kommandozentrale des Marinestützpunkts Kitsap-Bangor, wobei vierundzwanzig US-Soldaten ums Leben kamen. In New York schlug die 12,3 Meter lange und mehr als fünfzehn Tonnen schwere Dongfeng 5 zwischen der West Side von Manhatten und New Jersey in den Hudson River. Der Holland Tunnel wurde eingerissen und unter Wasser gesetzt. Die durch die herabstürzende Rakete ausgelöste Flutwelle schwappte durch die Straßen Manhattens bis in den East River. Insgesamt ertranken dabei vierhundert Menschen.

Die anderen siebenunddreißig Interkontinentalraketen gingen auf weitgehend unbewohntem Gebiet nieder, wo sie lediglich Aufschlagkrater im Boden hinterließen, ohne weitere Menschenleben zu fordern. Die russische und die chinesische Regierung entschuldigten sich später für die Opfer in New York, Detroit und Seattle und sprachen den überlebenden Angehörigen in einer Liveübertragung im Fernsehen ihr tief empfundenes Mitgefühl aus. Man habe, so hieß es weiter, erst wenige Minuten vor dem ersten Einschlag erkannt, dass die USA den Angriff abbrechen. In der Kürze der Zeit hatten die eigenen Sprengköpfe zwar deaktiviert, der Kurs der Raketen aber nur noch graduell abgeändert werden können.

Die große Zahl von Todesopfern war ein Grund zur Trauer. Aber allen war klar, dass die Menschheit im Vergleich zu dem, was hätte passieren können, nur einen kleinen Preis bezahlt hatte. Die Vereinten Nationen schlugen in einer Sondersitzung zwei Tage nach der in letzter Sekunde abgewendeten Katastrophe vor, diesen 1. Juli zum weltweiten Gedenktag zu machen. Hundertachtundachtzig von hundertdreiundneunzig Ländern stimmten dem Antrag zu.

Kapitel 73

Südfrankreich

Die schmale Küstenstraße schlängelte sich in zahllosen Windungen am kargen Fels entlang, der im Licht der Abendsonne in warmem Orangerot schimmerte. Darunter lag das Meer in tiefblauem Azur, leicht gekräuselt von der sanften Brise, die von Süden her auf das südfranzösische Festland wehte. Es war ein Tag wie aus dem Bilderbuch.

Aber der Mann, der sich der Welt als Caligula präsentiert hatte, konnte den Anblick nicht genießen. Die atomare Katastrophe, mit der er – einem Urknall gleich – seine eigene Welt hatte erschaffen wollen, war in letzter Minute verhindert worden. Den jüngsten Meldungen zufolge hatte das, was noch wenige Tage zuvor als größte Krise der Menschheit bezeichnet worden war, lediglich vierhundertachtunddreißig Menschenleben gefordert.

Noch schrecklicher als diese lächerliche Bilanz war, dass die künstliche Intelligenz, die ihm seine Macht verliehen hatte, nicht mehr existierte. Aus einem Grund, den er nicht kannte, war das AIBEX-Labor in die Luft gejagt worden – und damit war auch sein Schicksal besiegelt. Ohne diese Macht an seiner Seite war er ein Niemand, ein Nichts. Ein Gott ohne Autorität. Der von ihm begründeten neuen Religion war die Grundlage entzogen worden. Einige seiner treuesten Jünger begannen bereits an ihm zu zweifeln. Nicht mehr lange, und sein Imperium würde zerfallen wie alle großen Imperien zuvor. Am Ende würde ihm nur noch die schmerzliche Erinnerung an eine Zeit bleiben, die nie wiederkehren würde. Außerdem kannte die ganze Welt sein Gesicht. Man würde ihn jagen bis ans Ende seiner Tage. Er wäre ewig auf der Flucht.

Daher hatte er Paris verlassen, ohne konkretes Ziel und ohne die geringste Ahnung, wie es jetzt weitergehen sollte. Er war hoch aufgestiegen, höher als je ein Mensch vor ihm. Nie zuvor hatte es jemand gewagt, sich zum alleinigen Gott über die Welt zu erklären. Umso tiefer war er nun gefallen.

Er hatte Nizza und Cannes hinter sich gelassen und hielt auf das Fürstentum Monaco zu. Er seufzte. Sein Plan war gescheitert. Wenn er sich nicht über Jahre hinweg in irgendeinem entlegenen Teil der Welt verstecken wollte, würden sie ihn früher oder später fassen und ihn hinter Gitter bringen. Je nachdem, wem er in die Hände fiel, konnte ihm auch Folter drohen oder sogar die Todesstrafe. Oder beides.

Für ihn gab es keine Zukunft mehr.

Es gab keinen Ausweg.

Ein bitteres Lächeln legte sich auf seine Lippen. Dann gab er Gas, schloss die Augen und spürte, wie er plötzlich von unsagbarer Leichtigkeit erfüllt wurde, als der Wagen über die Klippe in den Abgrund stürzte.

Kapitel 74

Drei Tage später
Auf dem Flug von Washington nach Paris

Strahlend blauer Himmel, so weit das Auge reichte. Darunter ein Wolkenbett wie ein Meer aus weißer Watte. Lars Hendriksson konnte sich kaum daran sattsehen.

Die letzten Tage waren hektisch gewesen, vor allem wegen des Medienrummels. Unzählige Reporter hatten ihn um ein Interview gebeten, und Firmen in aller Welt wollten ihn plötzlich als IT-Sicherheitsberater konsultieren. Die Angebote waren nicht nur in finanzieller Hinsicht verlockend, sie boten ihm auch die Möglichkeit, sein Leben von Grund auf neu zu gestalten. Er wollte sich nicht mehr in seinem Haus in der Bretagne verkriechen, er wollte sich nicht mehr damit begnügen, seine Erfahrungen aus dem Internet zu sammeln. Das war ihm vor drei Tagen bewusst geworden, als er geglaubt hatte, er müsse sterben. Er wollte auch mit seinen illegalen Transaktionen im Internet aufhören. Kurz, er wollte ein besserer Mensch werden. Ein Mensch, auf den Jessica stolz wäre.

In drei Stunden würde er in Paris landen und sie endlich wiedersehen. Inzwischen wusste er, in welchem Krankenhaus sie lag und dass sie sich auf dem Weg der Besserung befand. Alles andere war für ihn nebensächlich.

Er lehnte sich in seinem Sitz zurück und stellte sich vor, wie er sie in den Arm nehmen würde. Ein Gefühl tief empfundener Dankbarkeit durchflutete ihn.

Kapitel 75

Carmington, Louisiana

Collin Guerney hatte den Leitartikel in der New York Times schon zweimal gelesen. Die Überschrift lautete: *Helden der Nation – CIA-Agentin und Computer-Hacker retten die Welt vor dem Abgrund.* Der Bericht nahm die ganze erste Seite ein und schilderte mit viel Pathos, wie Aurelia und Hendriksson buchstäblich in letzter Minute die atomare Katastrophe verhindert hatten. Mindestens ebenso beeindruckend wie der Artikel war das dazugehörige Bild: US-Präsident Shephard, der Aurelia und Hendriksson die Hand schüttelte und ihnen die *Medal of Honor* – die Ehrenmedaille – überreichte. Der Kongress hatte eigens dafür eine Eilentscheidung getroffen und eine Ausnahmeregelung zur Verleihung dieser höchsten Auszeichnung der amerikanischen Streitkräfte getroffen.

Guerney selbst wurde in dem Bericht nur am Rande erwähnt, doch das war ihm ganz recht. Er fühlte sich nicht als Held, er war jemand, der das Notwendige getan hatte, um ein Unheil abzuwenden, das er im Grunde selbst verursacht hatte. Es wurden bereits erste Stimmen laut, die ihn zur Rechenschaft ziehen wollten – immerhin war es seine Firma, von der die schrecklichsten terroristischen Aktivitäten der Menschheitsgeschichte ausgegangen waren. Guerneys Anwalt sah den Anschuldigungen aber ziemlich gelassen entgegen. Guerney hatte bis vor kurzem nicht gewusst, was vor sich ging, er hatte nicht einmal etwas geahnt, insofern konnte man ihm höchstens Fahrlässigkeit vorwerfen. Und selbst das war kaum haltbar, wenn man bedachte, wie raffiniert Caligula – die überlegenste Intelligenz, die dieser Planet jemals hervorgebracht hatte – seine Fähigkeiten getarnt hatte. Außerdem hatte Guerney schnell und entschlossen gehandelt, als ihm die Situation klar geworden war. Sehr wahrscheinlich würde das Gericht ihn freisprechen, falls es tatsächlich zu einer Anklage kommen sollte, meinte der Anwalt.

An Guerneys Schuldgefühlen, an der nagenden Frage, ob er nicht doch etwas hätte tun können, um die Fehlentwicklung in seinem Labor früher zu erkennen, änderte das freilich nichts.

Es klingelte. Hoffentlich nicht schon wieder ein Reporter. Die Presse war ziemlich hartnäckig, auch wenn er bislang jegliche Stellungnahme abgelehnt hatte. Guerney legte die Zeitung beiseite und öffnete die Tür.

Draußen stand Aurelia. Er hatte sie nicht mehr gesehen, seit sie sich getrennt hatten, um Caligula zu zerstören. Nach dem vereitelten Atomangriff war sie von Präsident Shephard umgehend nach Washington beordert worden.

Mit ihren tiefschwarzen glatten Haaren und ihrem warmen Lächeln sah Aurelia noch hübscher aus, als er sie in Erinnerung gehabt hatte. Sie schien voller Energie zu sein. Ihre smaragdgrünen Augen leuchteten, ihre ganze Erscheinung war wie strahlender Sonnenschein nach einem trüben Winter. Sie war jetzt keine Gejagte mehr, keine vermeintliche Terroristin, die sich vor ihren eigenen Kollegen verstecken musste. Sie war die Heldin der Stunde.

Guerney führte sie ins Wohnzimmer. »Ich gratuliere dir«, sagte er und deutete auf die Zeitung auf dem Tisch.

»Vielen Dank.«

»Du bist bald bekannter als der Präsident selbst.«

Sie lachte. »Nun übertreib mal nicht.«

»Gestern habe ich dich im Fernsehen gesehen. Bei Oprah. Du warst gut.« Er lächelte. »Ich habe versucht, dich zu erreichen. Aber ich kam nie durch, weder bei der Nummer, die mir die CIA gegeben hat, noch bei der Nummer von der Auskunft.«

»Die letzten Tage waren das reinste Chaos. Ich bin von einer Veranstaltung zur nächsten gehetzt. Aber damit ist jetzt Schluss – genug Publicity für ein einfaches Mädchen aus Mexiko.«

»Was ist mit Hendriksson?«

»Ich habe ihn gestern zum Flughafen gebracht. Er wollte zurück nach Europa. Was ist mit dir? Weißt du schon, wie es mit AIBEX weitergehen soll?«

Guerney schüttelte den Kopf. »Keine Ahnung. Ich will nicht noch einmal so ein Risiko eingehen. Andererseits habe ich eine Verantwortung gegenüber meinen Mitarbeitern. Vielleicht finden wir einen Weg, es diesmal besser zu machen.« Er hielt inne, schluckte. Ihm lag etwas auf dem Herzen, das er loswerden wollte. »Ich habe dich vermisst«, sagte er.

Ihr Lächeln verschwand, aber das Leuchten in ihrem Gesicht blieb, als er einen Schritt auf sie zuging und ihr behutsam eine Haarsträhne aus der Stirn strich.

»Ich hatte gehofft, dass du das sagst«, flüsterte sie, und tief im Innern wusste Collin Guerney, dass die Zukunft nur noch gut werden konnte.

Schlussbemerkung

Die in diesem Roman beschriebenen Personen existieren – bis auf ein paar prominente Namen – nur in meiner Fantasie, ebenso wie das AIBEX-Institut. Dennoch orientiert sich die Handlung von CALIGULA in vielerlei Hinsicht an der Realität – vielleicht mehr, als mancher Leser glauben mag. Alle, die sich selbst ein Bild davon machen möchten – insbesondere die Skeptiker –, lade ich ein, einen Blick auf meine Internetseite www.tomnestor.de zu werfen. Hier habe ich weiterführende und, wie ich meine, seriöse Links zu den Themen hinterlegt, die in diesem Buch behandelt werden.

An dieser Stelle nur so viel: Schon lange ist die Forschung daran interessiert, menschliche Intelligenz künstlich nachzubilden, nur ist das bisher noch niemandem gelungen. Dem Wissenschaftler und Visionär Ray Kurzweil zufolge wird das menschliche Gehirn in etwa fünfundzwanzig Jahren komplett entschlüsselt sein. Zeitgleich werden Computer dann über genügend Leistungsfähigkeit verfügen, menschliche Denkprozesse digital nachzubilden. Dieser Theorie der sogenannten Singularität entsprang die Idee zu meinem Roman.

Wesentlichen Einfluss auf die Romanhandlung übten auch die jüngsten Entwicklungen der Neurowissenschaft aus, beispielsweise das Projekt *Blue Brain* der Technischen Hochschule von Lausanne, bei dem versucht wird, auf einem der mächtigsten Superrechner der Welt ein menschliches Gehirn nachzubilden – Molekül für Molekül. Angestrebt wird dieses Ziel bereits für das Jahr 2015. Und Forschern der Aston Universität, Birmingham, ist es im Jahr 2009 gelungen, menschliche Tumorzellen so zu präparieren, dass aus ihnen künstliches Gehirngewebe erzeugt werden kann.

Noch ein paar Worte zum Thema Computersicherheit. Die halbe Welt ist heutzutage via Internet miteinander verbunden, verkabelt oder kabellos, was aus der modernen Gesellschaft gar nicht mehr wegzudenken ist, was aber auch ideale Voraussetzungen für die Verbreitung von sogenannter Malware schafft. Trotz Firewalls und Antivirenprogrammen befallen Viren, Würmer und Trojaner täglich unzählige Rechensysteme, vom Handy bis hin zum Hochleistungsrechner. Auch militärische Ziele sind den digitalen Angriffen ausgesetzt. In diesem Zusammenhang machte zuletzt der Wurm Conficker von sich reden, der rund fünfzig Millionen Rechner befiel und die französische Luftwaffe sowie die britische Marine im März 2009 dazu zwang, aus Sicherheitsgründen Teile ihrer Computersysteme abzuschalten. Zeitungsberichten zufolge nistete sich Conficker auf siebzig Prozent aller Rechner der britischen Marine ein. Auch Computer auf Kriegsschiffen und U-Booten waren davon betroffen.

Böswillige Übergriffe von Computerkrackern stellen in unserer vernetzten Welt ebenfalls ein Gefahrenpotenzial dar. 1998 konnten Hacker mehrmals in US-amerikanische Militärsysteme eindringen und dort Software stehlen – nicht gerade beruhigend, selbst wenn das schon eine Weile her ist. Natürlich werden die Sicherheitssysteme zur Abwehr von Computerhacking und zum Schutz vor Schadsoftware immer ausgereifter. Nur lehrt uns die Erfahrung, dass jedes Sicherheitssystem irgendwann seinen Meister findet.

So schreibe ich diese Zeilen mit durchaus gemischten Gefühlen. Ein Teil von mir redet sich noch immer die idyllische, heile Welt ein, an die ich auch im Computerzeitalter gern glauben möchte – so sehr, dass mein Virenscanner und meine Firewall hoffnungslos veraltet sind. Bisher ist mir in dieser Beziehung ja auch kaum etwas passiert. Der andere Teil von mir weiß indes, dass genau in diesen Sekunden Viren, Würmer und Trojaner versuchen, sich in mein System einzuschleichen und dass es einigen von ihnen vermutlich sogar gelingt. Vielleicht wird mein Computer dadurch irgendwann zum Absturz gebracht, oder es werden wichtige Dateien gelöscht. Vielleicht liest auch jemand mit, was ich gerade schreibe, weil er über ein Tool verfügt, das ihm meinen Bildschirminhalt zugänglich macht. Es würde mich (ohne überheblich sein zu wollen) beispielsweise nicht wundern, wenn das US-Militär oder das BKA mich auf diese Weise überwachen. Bei den Recherchen zu diesem Buch habe ich mit leichtfertiger Naivität Begriffe wie »Semtex«, »Terrorismus« oder »Interkontinentalrakete« gegoogelt und mir auch ein umfassendes Bild über das Weiße Haus gemacht.

Das Internet ist wirklich unglaublich.

Aber eben auch nicht ungefährlich.

Tom Nestor im Mai 2010

Danksagung

Die Entstehung eines Romans ist ein Prozess, der sich über viele Monate hinzieht. Währenddessen stößt man immer wieder auf Probleme – Handlungsstränge, die nicht zusammenpassen wollen, hölzerne Formulierungen, Logikfehler, Motivationslöcher oder schlicht Zeitmangel. Ohne die tatkräftige Hilfe folgender Personen wäre das Buch nicht das geworden, was es ist, und vermutlich noch lange nicht fertig.

Mein erster Dank gilt meinem Lektor Jan Wielpütz, der viele wertvolle Anregungen hatte und mich bei CALIGULA an den Rand meiner Leistungsfähigkeit geführt hat. Ebenfalls danke ich meinem Agenten Bastian Schlück für seine langjährige Unterstützung und für seine Motivation.

Auch einige Mitglieder des Chaos Computer Clubs verdienen meinen Dank. Sie haben mir mit ihrem Wissen über Computerhacking sehr geholfen, wollen aber lieber nicht namentlich genannt werden, was ich selbstverständlich respektiere.

Dann existiert da noch eine ziemlich ominöse Vereinigung namens CdfD, deren schmallippige Mitglieder einen steten Quell der Inspiration und Motivation für mich darstellen.

Zu guter Letzt danke ich meiner Frau Sonja – nicht nur für ihre inhaltlichen Anregungen, sondern auch für ihre Wärme, für ihre Zuneigung, für ihr Verständnis und für ihren Glauben an mich – und dafür, dass sie mir wie immer den Rücken freigehalten hat, damit ich die Zeit zum Schreiben fand.

Werden Sie Teil der Bastei Lübbe Familie

- Lernen Sie Autoren, Verlagsmitarbeiter und andere Leser/innen kennen
- Lesen, hören und rezensieren Sie unter www.lesejury.de Bücher und Hörbücher noch vor Erscheinen
- Nehmen Sie an exklusiven Verlosungen teil und gewinnen Sie Buchpakete, signierte Exemplare oder ein Meet & Greet mit unseren Autoren

Willkommen in unserer Welt:

www.lesejury.de